Sammlung Luchterhand 319

Jurij Trifonow
Moskauer Novellen

Der Tausch
Zwischenbilanz
Langer Abschied

Luchterhand

»Der Tausch«, Originaltitel *Obmen*
Aus dem Russischen von Alexander Kaempfe und Helen von Ssachno
»Zwischenbilanz«, Originaltitel *Predwaritelnije Jtogi*
Aus dem Russischen von Corinna und Gottfried Wojtek
»Langer Abschied«, Originaltitel *Dolgoje proschtschanije*
Aus dem Russischen von Sylvia List

Originalausgabe
Sammlung Luchterhand, November 1980
Lektorat: Ingrid Krüger
Umschlagfoto: Ullstein Bilderdienst

Gesamtherstellung bei der
Druck- und Verlags-Gesellschaft mbH, Darmstadt
ISBN 3-472-61319-X

Der Tausch

Im Juli wurde Dmitrijews Mutter Xenia Fjodorowna schwer krank, und man brachte sie ins Botkin-Krankenhaus, wo sie zwölf Tage blieb; die Ärzte befürchteten das Schlimmste. Im September wurde sie operiert, das Schlimmste bestätigte sich, aber Xenia Fjodorowna, die glaubte, sie hätte Magengeschwüre, fühlte sich besser, konnte schon bald aufstehen und durfte im Oktober nach Hause; sie hatte zugenommen und war der festen Überzeugung, sie werde in kurzer Zeit völlig wiederhergestellt sein. Genau zu dem Zeitpunkt, als Xenia Fjodorowna aus dem Krankenhaus kam, hatte Dmitrijews Frau den Einfall mit dem Tausch: sie beschloß, unverzüglich mit ihrer Schwiegermutter zusammenzuziehen, die ein schönes zwanzig Quadratmeter großes Zimmer in der Profssojusnaja für sich allein bewohnte.
Die Idee, mit seiner Mutter zusammenzuziehen, hatte Dmitrijew selber auch gehabt, er war mehr als einmal darauf zu sprechen gekommen. Aber das war lange her, zu Zeiten, als das Verhältnis zwischen Lena und Xenia Fjodorowna noch nicht die Form einer so versteinerten und dauerhaften Feindseligkeit angenommen hatte, wie das inzwischen, nach vierzehn Jahren Ehe, der Fall war. Stets war er auf Lenas hartnäckigen Widerstand gestoßen, und mit den Jahren kam ihm diese Idee immer seltener. Und auch das nur in Augenblicken der Verärgerung. Sie war zu einer handlichen und bequemen, *stets einsatzbereiten* Waffe für kleinere Familienkräche geworden. Immer wenn Dmitrijew seiner Frau eins auswischen, wenn er ihr Egoismus oder Gefühlskälte vorwerfen wollte, sagte er: »Deswegen willst du auch nicht mit meiner Mutter zusammenleben.« Und wenn das Bedürfnis, zu sticheln oder ihn an der wunden Stelle zu treffen, bei Lena aufkam, sagte diese: »Eben darum kann ich nicht mit deiner Mutter leben und werde es nie können, weil du ihr wie ein Haar dem anderen gleichst, und mit dir habe ich schon genug.«
Früher hatte all das Dmitrijew geärgert und gequält. Wegen seiner Mutter hatte er heftige Wortwechsel mit seiner Frau, er konnte wegen irgendeiner boshaften Bemerkung Lenas in wilden Zorn geraten; wegen seiner Frau ließ er sich auf mühselige Aussprachen mit seiner Mutter ein, nach denen die Mutter tagelang kein Wort mit ihm sprach. Hartnäckig versuchte er, sie

zusammenzubringen, zu versöhnen, schickte sie gemeinsam auf die Datscha, kaufte den beiden sogar einmal eine Reise an den Rigaer Strand, aber bei alledem kam nichts Rechtes heraus. Irgendeine Schranke stand zwischen den zwei Frauen, die sie einfach nicht überwinden konnten. Warum das so war, begriff er nicht, obwohl er früher oft darüber nachgedacht hatte. Warum pflegten zwei gebildete, von jedermann geachtete Frauen – Xenia Fjodorowna arbeitete als Oberbibliothekarin in einer großen Akademie-Bibliothek, Lena machte technische Übersetzungen aus dem Englischen, galt allgemein als vorzügliche Übersetzerin, hatte sogar ein Lehrbuch für Übersetzungsfragen mit zusammengestellt –, warum also pflegten diese beiden guten Frauen, die Dmitrijew, einen ebenfalls guten Menschen und seine Tochter Nataschka heiß liebten, so hartnäckig diese mit den Jahren starr gewordene gegenseitige Abneigung?
Dmitrijew quälte sich, wunderte sich, zerbrach sich den Kopf, aber schließlich gewöhnte er sich daran. Er sah, daß es allen genauso gegangen war – und alle hatten sich daran gewöhnt. Und er tröstete sich mit der sprichwörtlichen Wahrheit, daß es im Leben nichts Weiseres und Wichtigeres gebe als die Ruhe und daß man diese mit aller Kraft wahren müsse. Und als Lena plötzlich von einem Wohnungstausch mit den Markuschewitschs zu reden anfing – spätabends, lange nach dem Abendessen, Nataschka schlief bereits –, da erschrak Dmitrijew. Wer waren diese Markuschewitschs? Wo hatte Lena sie aufgetan? Eine Zwei-Zimmer-Wohnung in der Malaja Grusinskaja. Er begriff Lenas geheimen und einfachen Gedanken, dieses Begreifen ließ ihn in seinem Herzen erschrecken, er wurde blaß und senkte den Kopf, unfähig, die Augen zu Lena zu erheben.
Da er schwieg, fuhr Lena fort: Das Zimmer der Mutter in der Profssojusnaja werden ihnen bestimmt gefallen, die Lage sei günstig für sie, da Markuschewitschs Frau irgendwo in der Nähe der Kalugaer Bannmeile arbeitet, doch auf das eigene Zimmer werde man wahrscheinlich draufzahlen müssen. Sonst sei es nicht interessant genug. Man könnte natürlich auch versuchen, ihr Zimmer gegen etwas Besseres zu tauschen, ein Dreifachtausch also, das ginge auch. Man müsse energisch vorgehen. Jeden Tag etwas tun. Am besten einen Makler finden. Ljussja kenne einen Makler, so ein Alterchen, sehr lieb. Allerdings gebe er niemandem Adresse oder Telefonnummer, sondern sei plötzlich da, wie vom Himmel gefallen, ein richtiger

Verschwörer, doch bei Ljussja müsse er bald aufkreuzen, sie habe bei ihm Schulden. Das sei die feste Regel: Diesen Leuten nie im voraus Geld zu geben.
Im Sprechen machte Lena das Bett. Er hatte keine Möglichkeit, ihr in die Augen zu sehen, obwohl er das jetzt wollte; aber Lena stand immer entweder seitlich oder mit dem Rücken zu ihm. Und als sie sich umdrehte und er ihr direkt in die kurzsichtigen Augen mit den durch die abendliche Lektüre geweiteten Pupillen schaute, sah er – Entschlossenheit. Wahrscheinlich hatte sie sich seit langem auf dies Gespräch vorbereitet, vielleicht schon von dem Tag an, als sie von der Krankheit seiner Mutter erfuhr. Da war ihr der Einfall gekommen. Und während er niedergeschlagen und voll Angst von Arzt zu Arzt rannte, mit den Krankenhäusern telefonierte, alles in die Wege leitete, sich kaputtmachte, hatte sie alles gründlich durchdacht und hin und her erwogen. Und stieß endlich auf irgendwelche Markuschewitschs. Seltsam, er empfand in diesem Moment weder Zorn noch Schmerz. Etwas nur blitzte auf – von der Erbarmungslosigkeit des Lebens. Es ging dabei nicht um Lena, sie war ein Teil dieses Lebens, ein Stück Erbarmungslosigkeit. Und außerdem, konnte man einem Menschen böse sein, dem beispielsweise das musikalische Gehör fehlte? Lena zeichnete sich immer durch eine gewisse seelische – nein, nicht Taubheit, das wäre zu stark – durch eine gewisse seelische Ungenauigkeit aus, und diese Eigenart trat schärfer zutage, wenn eine andere, die ausgeprägteste, Eigenschaft Lenas in Aktion trat: die Kunst, ihren Willen durchzusetzen.
Er klammerte sich an das Nächstliegende: Wozu einen Makler, wenn die Wohnung in der Malaja Grusinskaja schon gefunden war? Der Makler werde gebraucht, wenn sie ihr eigenes Zimmer tauschen müßten. Und überhaupt, um den ganzen Vorgang zu beschleunigen. Sie werde ihm nicht eine Kopeke zahlen, ehe sie nicht den Wohnberechtigungsschein in der Hand halte. Die Sache sei nicht allzu teuer, hundert Rubel, allerhöchstens hundertfünfzig. So sei es eben! Sie hatte also seine mürrische Reaktion auf ihre Weise ausgelegt. Welch feinfühlige Seele, welch eine Psychologin. Er sagte, sie hätte lieber warten sollen, bis er mit diesem Gespräch von sich angefangen hätte, und hätte er das nicht getan, so hieße das, daß es nicht notwendig, nicht möglich sei, momentan an so etwas zu denken.
»Witja, ich versteh dich. Verzeih mir«, sagte Lena mit Anstren-

gung. »Aber ... (Er sah, daß es ihr sehr schwerfiel, daß sie aber dennoch ausreden würde.) Erstens hattest du doch dieses Gespräch schon angefangen oder nicht? Und zwar oft. Und zweitens ist es notwendig, für uns alle, besonders aber für deine Mutter. Witja, Lieber, ich verstehe dich wirklich und fühle mit dir wie niemand sonst, und ich sage: Es muß sein! Glaub mir ...«

Sie umarmte ihn. Ihre Arme umklammerten ihn immer heftiger. Er wußte: diese plötzliche Liebe war nicht gespielt. Aber er fühlte sich gereizt und schob Lena mit dem Ellenbogen weg.

»Du hättest jetzt nicht damit anfangen dürfen!« wiederholte er finster.

»Dann verzeih mir, bitte. Aber ich sorge mich nicht um mich, wirklich nicht ...«

»Schweig!« brüllte er fast, flüsternd.

Lena ging zur Couch zurück und fuhr schweigend fort, das Bett zu machen. Sie entnahm dem Kasten am Kopfende der Couch ein dickes kariertes Tischtuch, das gewöhnlich als Unterlage unter dem Bettuch diente, manchmal indessen seiner eigentlichen Bestimmung auf dem Eßtisch zugeführt wurde; auf das Tischtuch legte sie das Laken, das sich aufblähte und ungleichmäßig zu liegen kam, und Lena bückte sich, streckte die Arme vor, um ans andere Couchende zu langen – ihr Gesicht rötete sich jäh, der Bauch hing herunter und erschien Dmitrijew überaus groß –, sie strich die hochgeschlagenen Bettuchzipfel glatt (wenn Dmitrijew das Bett machte, strich er nie die Zipfel glatt), warf dann in Richtung Bettkasten zwei Kissen aufs Laken, wovon eines weniger frisch bezogen war; dies Kissen gehörte Dmitrijew. Endlich zog Lena aus dem Kasten zwei wattierte Decken, legte sie auf die Couch und sagte mit bebender Stimme:

»Du scheinst mir Taktlosigkeit vorzuwerfen, aber Ehrenwort, Witja, ich dachte wirklich an uns alle ... An Nataschkas Zukunft ...«

»Wie kannst du nur ...«

»Was?«

»Wie kannst du nur überhaupt davon reden! In diesem Augenblick! Bleiben dir nicht die Worte im Hals stecken? Es ist einfach nicht zu fassen!« Er spürte, daß seine Verärgerung anwuchs und sich Luft machen wollte. »Bei Gott, du mußt eine Art seelischen Defekt haben. Irgendwie unterentwickelte Gefühle. Etwas, verzeih mir, nicht ganz Menschliches. Wie kannst du nur? Immerhin ist es meine Mutter, die krank ist, und nicht deine, oder etwa nicht? Und ich würde an deiner Stelle . . .«

»Sprich leiser.«

»Ich an deiner Stelle würde niemals als erster . . .«

»Still!« Sie machte eine unwirsche Handbewegung.

Beide lauschten. Nein, alles war still. Die Tochter schlief hinter dem Wandschirm in der Ecke. Dort, hinter dem Schirm, stand auch ihr kleiner Schreibtisch, an dem sie abends ihre Hausaufgaben machte. Dmitrijew hatte ein Bücherregal geschreinert und über dem kleinen Schreibtisch aufgehängt und eine Leitung für die Tischlampe dorthin verlegt – er hatte hinter dem Wandschirm ein separates kleines Zimmer eingerichtet, die »Klause«, wie es in der Familie genannt wurde. Dmitrijew und Lena schliefen auf der breiten tschechoslowakischen Couch, die sie vor drei Jahren mit einigem Glück erstanden hatten und die den Neid ihrer Bekannten erweckte. Die Couch stand am Fenster und war von der »Klause« durch ein geschnitztes Eichenbüfett getrennt, das Lena von ihrer Großmutter geerbt hatte – ein unsinniges Stück, das Dmitrijew wiederholt vorgeschlagen hatte zu verkaufen, Lena war auch nicht dagegen, aber die Schwiegermutter widersprach. Vera Lasarewna wohnte nicht weit entfernt, zwei Häuser weiter, und kam fast jeden Tag vorbei unter dem Vorwand, daß sie »Nataschenka helfen« oder »Lena die Arbeit erleichtern« wolle, doch in Wirklichkeit verfolgte sie nur das eine Ziel: sich schamlos in das Leben anderer einzumischen.

Wenn sie sich abends auf ihrer tschechischen Liege schlafen legten – die sich als nicht sehr stabil erwies, sie fing bald an zu wackeln und bei jeder Bewegung zu quietschen –, horchten Dmitrijew und Lena zunächst immer lange auf die Geräusche aus der »Klause« und versuchten auszumachen, ob ihre Tochter schlief oder nicht. Dmitrijew rief sicherheitshalber mit gedämpfter Stimme: »Natascha! Natascha!« Lena ging auf Zehenspitzen hin und blickte durch einen Spalt im Wandschirm hindurch. Vor sechs Jahren hatten sie eine Kinderfrau eingestellt, die auf einem Klappbett mit im Zimmer geschlafen hatte. Fandejews, die Nachbarn, hatten sich dagegen gewehrt, daß sie im Korridor schlief. Die alte Frau litt an Schlaflosigkeit und war ungemein hellhörig, sie murmelte und ächzte nächtelang vor sich hin und hörte alles: da scharrte eine Maus, da lief eine

Küchenschabe, da hatte jemand den Wasserhahn in der Küche vergessen zuzudrehen. Als die Alte wieder fort war, brach bei Dmitrijews eine Art Honigmond an.
»Das Kind hat wieder bis elf Physik gebüffelt«, flüsterte Lena. »Wir sollten jemanden nehmen ... Antonina Alexejewna kennt einen guten Nachhilfelehrer.«
Daß Lena das Gespräch auf Nataschkas Probleme übergeleitet und alle beleidigenden Worte Dmitrijews hingenommen, schlichtweg überhört hatte – was ihr ganz und gar nicht ähnlich sah –, bedeutete, daß sie fest entschlossen war, sich zu versöhnen und die Sache zum Abschluß zu bringen. Aber Dmitrijew war noch nicht nach Versöhnung zumute. Im Gegenteil, seine Verärgerung wuchs an, weil ihm plötzlich klar wurde, worin Lenas eigentliche Taktlosigkeit bestand: sie hatte in einem Ton geredet, als wäre schon alles entschieden und als wüßte auch Dmitrijew, daß alles entschieden sei, als verstünden sie einander ohne Worte. Sie hatte geredet, als gäbe es keine Hoffnung mehr. Wie konnte sie es nur wagen, so zu reden!
Dies alles zu erklären, war unmöglich. Dmitrijew sprang jäh vom Stuhl auf, ergriff Pyjama und Handtuch, und ohne ein Wort zu sagen, floh er fast aus dem Zimmer.
Als er einige Minuten später zurückkam, war das Bett fertig. Im Zimmer roch es nach Parfüm. Lena stand im offenen Morgenrock vor dem Spiegel und kämmte sich das Haar, ihr Gesicht drückte Teilnahmslosigkeit und sogar, wenn man so wollte, gut kaschierte Gekränktheit aus. Aber der Parfümgeruch verriet sie. Das war eine Aufforderung zum Waffenstillstand. Den Morgenrock mit der einen Hand am Kinn, mit der anderen am Bauch zusammenhaltend, ging Lena mit raschem und geschäftigem Schritt, ohne Dmitrijew anzusehen, an diesem vorbei in den Korridor. Wieder fielen ihm jene Verse ein, die er die ganzen letzten Tage vor sich hingemurmelt hatte: »O Gott, wie vollkommen sind deine Werke ...« Er schloß die Augen und setzte sich auf den Couchrand. »Dachte der Kranke ...« Er blieb einige Sekunden so sitzen. Er wußte, daß Lena in der Tiefe ihres Herzens zufrieden war, das Schwierigste war getan: sie hatte es gesagt. Nun mußte sie die Wunde zulecken, die eigentlich nicht einmal eine Wunde war, sondern nur ein kleiner Kratzer; der war allerdings völlig unvermeidlich gewesen. Eine Art intravenöse Spritze. Halten Sie bitte den Wattebausch. Es tut ein bißchen weh, aber dafür wird nachher alles gut. Darum

ging es doch, daß *nachher alles gut würde*. Und er hatte nicht geschrien, nicht mit dem Fuß aufgestampft, hatte nur ein paar verärgerte Sätze von sich gegeben, war dann ins Badezimmer gegangen, hatte sich gewaschen und sich die Zähne geputzt und würde jetzt gleich schlafen. Er legte sich auf seinen Platz, zur Wand hin, und drehte sich mit dem Gesicht zur Tapete.
Bald kam auch Lena, ließ das Türschloß einschnappen, rauschte mit dem Morgenrock, raschelte mit dem frischen Nachthemd, machte das Licht aus. So sehr sie sich bemühte, sich leicht zu bewegen und möglichst schwerelos zu sein, die Couch knarrte unter ihrem Gewicht, und bei diesem Knarren flüsterte Lena, nicht einmal ohne Spott:
»Mein Gott, was für ein Alptraum . . .«
Dmitrijew schwieg, er rührte sich nicht. Nach einiger Zeit legte ihm Lena die Hand auf die Schulter. Das war keine Zärtlichkeit, sondern eine freundschaftliche Geste, vielleicht sogar das ehrliche Eingeständnis ihrer Schuld und die Bitte, sich zu ihr umzudrehen. Aber Dmitrijew bewegte sich nicht. Er wollte am liebsten sofort einschlafen. Mit einem Gefühl der Rache fand er Gefallen daran, daß er in Unbeweglichkeit und Schlaf versank, daß jetzt nicht die Zeit war, zu verzeihen, Erklärungen zu flüstern, sich umzudrehen, Großmut zu üben; er konnte nur die Fühllosigkeit bestrafen. Lenas Hand begann jetzt, ganz sacht seine Schulter zu streicheln. Das war die Kapitulation! Mit scheuen Berührungen bedauerte sie ihn, erbat Verzeihung, entschuldigte sich wegen ihrer Herzlosigkeit, die indessen sehr wohl zu rechtfertigen war, suchte ihn zu Weisheit und Güte zu bewegen und dazu, daß er in sich die Kraft finden möge, Mitgefühl mit ihr zu haben! Aber er gab nicht nach. Irgend etwas Nichtbeschwichtigtes in ihm hinderte ihn daran, sich umzudrehen und den rechten Arm um sie zu legen. Durch die einsetzende Schläfrigkeit hindurch sah er die Vortreppe eines Holzhauses, sah Xenia Fjodorowna auf der obersten Treppenstufe stehen und sich die Hände mit einem zerknautschten Waffeltuch abwischen, sah ihren langsamen Blick direkt in Dmitrijews Augen, vorbei am hellbraunen Kopf, vorbei am leuchtendblauen Seidenkleid, und hörte ihre dumpfe Stimme: »Junge, hast du es dir gut überlegt?« Dumpf deshalb, weil sie von weither kam, von jenem eisigen Maitag, als alle noch sehr jung waren, als Waljka im Fluß baden gegangen war, Dmitrijew ein Zweipudgewicht hob, Tolik auf seiner »Wanderer« los-

raste, um Wein zu holen, unterwegs einen Zaun kaputtfuhr, woraufhin die Miliz geholt wurde, und wo dann später, auf der kalten Veranda, über deren Glas das Licht der Laterne schwankte, Lena weinte, sich quälte, ihn umarmte, flüsterte, daß sie niemals, niemanden, fürs ganze Leben, es habe keine Bedeutung. Mutter hatte sich am Morgen aufs Moped gesetzt, die Milchkanne ans Lenkrad gehängt und war nach Milch und Brot zur Bahnstation gefahren. Ihr Unglück: immer gleich das zu sagen, was ihr in den Sinn kommt. »Junge, hast du es dir gut überlegt?« Was konnte hilfloser sein als dieser konfuse, armselige Satz? Er war alles andere als imstande zu überlegen! Der Mai mit seinen eisigen Winden, die das zarte junge Laub abrissen – das war es, was sie damals atmeten. Mutter lernte Englisch, einfach so, für sich, um Romane lesen zu können. Dmitrijew bereitete sich auf die Aspirantur vor, sie paukten zusammen mit Irina Jewgenjewna, aber das hörte plötzlich auf, als Lena auftauchte. Mit der Spitze ihres Schirms klopfte Mutter gegen das Verandaglas, es war noch nicht spät, gegen sieben Uhr abends: »Steh auf! Irina Jewgenjewna wartet!« Dmitrijew und Lena, unter einer weiten Steppdecke verborgen, taten, als schliefen sie. Noch zwei-, dreimal pochte der Schirm unschlüssig ans Fenster, dann knirschten Fichtenzapfen unter Schuhen, Mutter entfernte sich stumm. Sie selber verlor die Lust am Englischlernen und das Interesse an Kriminalromanen. Einmal hatte sie gehört, wie Lena lachend ihre Aussprache nachmachte. Damals, auf jener ländlichen kleinen Veranda mit den Sprossenfenstern, begann das, was sich jetzt nicht mehr in Ordnung bringen ließ.

Lenas Hand bewies Hartnäckigkeit. In den vierzehn Jahren hatte sich auch diese Hand verändert – sie war früher so leicht, so kühl. Jetzt, da sie auf Dmitrijews Schulter lag, drückte sie mit einigem Gewicht. Ohne ein Wort zu sagen, drehte sich Dmitrijew auf die linke Seite, umfing Lena mit dem rechten Arm, zog sie näher an sich heran, wobei er sich schlaftrunken einredete, er habe das Recht dazu, denn er hatte ja schon geschlafen und geträumt, vielleicht schlief er sogar in diesem Augenblick. Auf jeden Fall sagte er nichts, hielt die Augen geschlossen wie jemand, der wirklich schläft und auch in jenen Sekunden, als Lena sich sehr wünschte, daß er ihr etwas sagte, fuhr er zu schweigen fort. Erst später, als er tief und echt schlief, so gegen zwei Uhr nachts, murmelte er etwas Wirres vor sich hin.

Dmitrijew war im August siebenunddreißig geworden. Manchmal glaubte er, noch alles vor sich zu haben.
Solche optimistischen Anwandlungen hatte er morgens, wenn er plötzlich frisch und unerwartet munter aufwachte – das Wetter trug viel dazu bei –, und, nachdem er das Klappfenster geöffnet hatte, damit begann, rhythmisch die Arme zu schwingen und sich in der Taille vorzubeugen und wiederaufzurichten. Lena und Nataschka standen eine Viertelstunde früher auf. Manchmal kreuzte bereits zu früher Stunde, um Nataschka in die Schule zu bringen, Vera Lasarewna auf. Dmitrijew lag mit geschlossenen Augen im Bett und hörte die Frauen schlurfen, sich hin- und herbewegen, laut flüstern, mit dem Geschirr klappern, Nataschka quengelte: »Schon wieder Grütze! Fällt euch denn gar nichts ein?« Lena reagierte mit dem üblichen Morgenzorn: »Ich zeig dir gleich, was mir einfällt! Setz dich hin, wie es sich gehört!« Und die Schwiegermutter knurrte: »Wenn andere Kinder hätten, was du hast . . .« Das war eine glatte Lüge. Andere Kinder hatten genau dasselbe und noch erheblich mehr. Aber an jenen Morgen, wenn Dmitrijew mit diesem unverständlichen Optimismus aufwachte, konnte ihn nichts aufregen. Von der Höhe des vierten Stockes blickte er auf die Grünanlage mit dem Springbrunnen, die Straße, den Metallpfahl mit dem Trolleybusfahrplan, um den herum sich eine dichte Menschenmenge ansammelte, und weiter weg sah er den Park, die vielstöckigen Häuser am Horizont und den Himmel. Auf einem Balkon des Nachbarhauses, ganz nah, in höchstens zwanzig Meter Entfernung, erschien eine junge, unschöne Frau mit Brille, in einem kurzen, nachlässig zugebundenen Morgenrock. Sie ging in die Hocke und tat irgend etwas mit den Blumen, die in Töpfen auf dem Balkon standen. Sie berührte und streichelte sie, schaute unter die Blätter, hob einige Blätter hoch und roch an ihnen. Weil sie in der Hocke saß, öffnete sich der Morgenrock und gab die großen bläulichweißen Knie frei. Das Gesicht der Frau hatte denselben Farbton wie die Knie, bläulichweiß. Dmitrijew beobachtete die Frau, während er sich vorbeugte und wieder aufrichtete. Er betrachtete sie hinter der Gardine hervor. Warum, war unerfindlich – die Frau gefiel ihm überhaupt nicht –, doch ihre heimliche Beobachtung inspirierte ihn. Er dachte daran, daß noch nicht alles verloren war, siebenunddreißig – das war nicht siebenundvierzig und nicht siebenundfünfzig, und daß er durchaus noch einiges erreichen konnte.

Durch den Korridor trampelnd, atemlos und von Lenas Rufen begleitet (»Habt ihr eure Schultaschen? Lauft nicht über die Straße! Attention, Kinder, attention!«), verließen Nataschka und Fandejews Walja, die in die sechste Klasse ging, um acht Uhr dreißig das Haus. Unter ihren Sprüngen erzitterte die Treppe. Dmitrijew schlüpfte ins Badezimmer, schloß sich ein, doch nach drei Minuten unterbrach ein leises Klopfen seine Meditationen: »Viktor Georgijewitsch, heute ist Freitag, mein Waschtag, ich flehe Sie an – beeilen Sie sich!« Das war die Stimme ihrer Nachbarin Iraida Wassiljewna, mit der die Schwiegermutter überhaupt nicht redete, Lena kühle Beziehungen unterhielt, während Dmitrijew, der Objektivität und Unabhängigkeit wahrte, sich bemühte, korrekt zu sein. »Geht in Ordnung«, überschrie er das Rauschen des Wassers, »wird gemacht!« Er rasierte sich rasch, schaltete den Gasboiler ein und spülte den Rasierpinsel unter dem heißen Strahl aus, wusch sich das Gesicht über dem alten gelbgewordenen, stellenweise angeschlagenen Waschbecken – es hätte längst ersetzt werden müssen, aber den Fandejews war es schnuppe, über was für einem Becken sie sich wuschen, und Iraida Wassiljewna war ihr Geld dafür zu schade –, und etwas vor sich hinpfeifend, die Zeitungen in der Hand, die er sich auf dem Rückweg vom Bad im Korridor aus dem Briefkasten holte, kehrte er schon bald ins Zimmer zurück. Der Tisch war noch mit dem Geschirr von Nataschka und Lena vollgestellt. Jetzt war Lena in Eile: sie ging zehn Minuten nach Nataschka aus dem Haus, und Dmitrijews morgendliche Bedienung übernahm die Schwiegermutter. Besonders recht war das Dmitrijew nicht, auch die Schwiegermutter legte nicht gerade Begeisterung an den Tag – es war ihr kleines Morgenopfer, eine jener unauffälligen Heldentaten, aus denen das gesamte Leben solcher bienenfleißigen selbstlosen Naturen wie Vera Lasarewna besteht.
Manchmal bemerkte Dmitrijew, daß Lena nur eilig tat, während sie in Wirklichkeit Zeit genug gehabt hätte, ihm Frühstück zu machen, aber sie überließ diese Mission absichtlich ihrer Mutter: wie deswegen, damit Dmitrijew für irgend etwas, sei es noch so unbedeutend, sei es nur für eine Minute, der Schwiegermutter verpflichtet war. Sie konnte ihm sogar im Vorbeigehen ins Ohr flüstern: »Vergiß nicht, dich bei Mama zu bedanken!« Er bedankte sich. Er nahm all diese kleinen Tricks zur Regulierung der Familienbande wahr, und je nach Stimmung ließ er sie

unbeachtet, oder er war leicht gereizt. Leichte Gereiztheit erwiderte Lena Lasarewna stets auf ihre Art – mit sanftestem Sarkasmus. »Wie schnell doch Viktor Georgijewitsch das Bad geräumt hat! Was für ein Teufelskerl!« sagte sie lächelnd und wischte mit dem feuchten Küchentuch eine Stelle auf dem Wachstuch für Dmitrijew sauber. »Das heißt also, eure Nachbarin hat dich darum gebeten . . .« Lena schnitt ihr entschlossen das Wort ab: »Wieso Nachbarin? Witja wäscht sich immer schnell!« – »Das sage ich doch! Ein Teufelskerl, ein Soldat . . .«

An diesem Frühoktobermorgen war im Fenster tiefe Himmelsbläue, das Zimmer füllte sich mit Licht, das vom sonnenüberstrahlten weißen Ziegelfirst des gegenüberliegenden Hauses reflektiert wurde, und Vera Lasarewnas Stimme war nicht zu hören. Im ersten Augenblick, als er eben die vom Schlaf verklebten Augen geöffnet hatte, verspürte Dmitrijew – wegen der Sonne und des Lichts – unwillkürlich Freude, aber schon in der nächsten Sekunde fiel ihm alles wieder ein, die Bläue war dahin, im Fenster stand nun ein hoffnungslos klarer und kalter Herbsttag. Vor dem Frühstück wechselten Lena und er nicht ein Wort. Doch nachdem Dmitrijew mit Xenia Fjodorowna telefoniert hatte – er rief seine Schwester Lora in Pawlinowo an, wo die Mutter jetzt wohnte, und Xenia Fjodorowna erzählte mit frischer Stimme, gestern abend sei Isidor Markowitsch vorbeigekommen, habe ihren Zustand zufriedenstellend gefunden, den Blutdruck normal, habe ihr geraten, beim ersten Schnee in irgendein stadtnahes Sanatorium zu gehen, dann folgten Erkundigungen nach Nataschkas Angelegenheiten, wie ihre Augen seien, ob sie den Dreier in Physik aufgebessert habe, ob sie ihr geriebene rohe Möhren gäben, das sie die beste Nahrung für die Augen, und was mit Dmitrijews Dienstreise sei –, da spürte er eine jähe Erleichterung, als sei der Schmerz abgeebbt und der Kopf wieder frei: auf einmal sah es so aus, als würde vielleicht doch noch alles gut. Fehler kommen schließlich immer vor, die unwahrscheinlichsten Fehler. Mit dieser winzigen Freude und kurzen Hoffnung kam er nach dem Telefongespräch wieder ins Zimmer – Nataschka war schon losgerannt, Lena nähte hastig irgend etwas, sie war halbangezogen, in Rock und schwarzem Unterhemd, mit bloßen Schultern, und als er an Lena vorbeiging, gab er ihr einen leichten Klaps auf die Rückenverlängerung und fragte freundschaftlich:

»Na, wie ist die Stimmung?«

Die Stimmung sei schlecht, antwortete Lena schroff.
»Was ist denn los mit dir?« fragte Dmitrijew, den es wurmte, daß seine freundschaftliche Regung so trocken erwidert wurde. »Warum denn das?«
»Gründe gibt es für mich mehr als genug. Mama ist krank.«
»Deine Mama?«
»Du denkst wohl, nur deine kann krank sein?«
»Und was fehlt Vera Lasarewna?«
»Etwas sehr Ernstes mit dem Kopf. Sie liegt schon den zweiten Tag, ich wollte es dir nicht sagen. Aber heute früh habe ich angerufen ... Irgendwelche Gehirnkrämpfe.«
Lena war mit dem Nähen fertig, sie zog das Jäckchen an, ging zum Spiegel hin und sah sich herablassend an. Die Jacke war kurzärmelig, was unschön aussah, denn Lenas Arme waren oben dick, die Sommerbräune war fort, die Haut war weißlich mit kleinen Pickelchen. Sie dürfte nur lange Ärmel tragen, aber es wäre unvorsichtig, ihr das zu sagen. Welche Selbstbeherrschung: nicht einen Ton über ihren gestrigen Vorschlag! Vielleicht schämte sie sich, aber eher steckte eine gewisse Arroganz dahinter: man hatte ihr Taktlosigkeit und Mangel an Feingefühl vorgeworfen, d. h. genau jene Eigenschaften, die ihr an anderen besonders unangenehm waren, und sie hatte diese Ungerechtigkeit geschluckt, hatte sogar um Verzeihung gebeten, hatte sich irgendwie erniedrigt. Aber jetzt würde sie schweigen! Warum immer die schlechte Rolle haben? Nein, jetzt könnt ihr lange bitten – ihr kriegt nichts aus mir heraus. Außerdem sind ihre Gedanken woanders, sie macht sich Sorgen wegen der Krankheit ihrer Mutter (Dmitrijew hätte hundert gegen eins gewettet, daß seine Schwiegermutter ihre übliche Migräne hatte). Weiß Gott, in diesem Buch konnte er mittlerweile mit geschlossenen Augen lesen! Doch hatte Dmitrijew diesen selbstzufriedenen letzten Gedanken noch nicht auskosten können, als er sich auf einmal wie vor den Kopf geschlagen fühlte. Lena sagte in völlig alltäglichem und friedlichem Ton:
»Witja, ich bitte dich – sprich heute noch mit Xenia Fjodorowna. Du brauchst sie bloß vorzuwarnen, daß Markuschewitschs sich vielleicht ihr Zimmer ansehen und daß der Schlüssel geholt werden muß.«
Er schwieg eine Weile und fragte schließlich:
»Wann wollen sie es sich ansehen?«
»Morgen, übermorgen, ich weiß es nicht genau. Sie rufen

vorher an. Und wenn du heute nach Pawlinowo fährst, vergiß nicht, Xenia Fjodorowna um den Schlüssel zu bitten. Den Kefir tu bitte in den Eisschrank und das Brot in den Brotbeutel. Du läßt es nämlich immer stehen, und dann wird es trocken. Bis später!«
Sie winkte ihm grüßend zu und ging hinaus auf den Korridor. Die Wohnungstür fiel ins Schloß. Der Fahrstuhl summte auf. Dmitrijew wollte etwas sagen, irgendein vage beunruhigender Gedanke war an der Schwelle seines Bewußtseins im Entstehen, entstand aber dann doch nicht, und Dmitrijew, der zwei Schritte hinter Lena her gemacht hatte, stand einen Augenblick lang im Gang und kehrte dann ins Zimmer zurück.
Vom tiefen Blau des Morgenhimmels war keine Spur mehr. Als Dmitrijew zur Trolleybushaltestelle ging, nieselte es kalt. Die ganzen letzten Tage über hatte es geregnet. Natürlich hatte Isidor Markowitsch recht – er war ein erfahrener Arzt und ein alter Hase, man holte ihn zur Konsultation sogar in andere Städte –, daß Mutter aus der Stadt heraus mußte, allerdings nicht bei einem solchen feuchten Grippewetter. Doch wenn er zu einem Sanatorium in der näheren Umgebung von Moskau riet, dann hieß das, daß er keine unmittelbare Gefahr sah – das war der springende Punkt! Und zum zweitenmal an diesem Morgen hatte Dmitrijew den scheuen Gedanken, daß vielleicht doch noch alles gut würde. Sie würden tauschen, eine schöne abgeschlossene Wohnung bekommen, würden zusammenleben. Und je schneller der Tausch vorgenommen würde, desto besser. Besser vor allem für das Wohlbefinden seiner Mutter. Ihr Traum ginge in Erfüllung. Genau das ist Psychotherapie, Seelenheilung! Nein, Lena war doch manchmal sehr klug, ganz intuitiv, auf weibliche Art – plötzlich kam ihr eine Erleuchtung. Denn möglicherweise war dies das einzige, und zwar ein geniales Mittel, Mutters Leben zu retten. Wenn die Chirurgen die Hände sinken lassen, beginnen andere Mächte zu wirken ... Und das war genau das, was nicht ein einziger Professor schaffen konnte, niemand, niemand, niemand!
An nichts anderes konnte Dmitrijew mehr denken, als er im Nieselregen an der Trolleybushaltestelle stand, und später als er sich im Wageninnern zwischen den nassen Regenumhängen, den in Kniehöhe baumelnden Aktentaschen, den nach nassem Tuch riechenden Mänteln durchzwängte, und er dachte daran, als er die durch Tausende von Füßen schmutzig und glitschig

gewordenen Stufen der Metro hinunterlief, sich an der Kasse kurz anstellte, um ein paar Fünfzehnkopekenstücke in Fünfkopekenstücke einzuwechseln, und dann wieder Stufen hinunterrannte, ein Fünfkopekenstück in den Schlitz der automatischen Sperre einwarf, mit raschen Schritten den Bahnsteig entlangging, um in den vierten Waggon einzusteigen, der an der Umsteigestation direkt vor dem Rundbogen hielt, durch den man über eine Treppe in den Verbindungskorridor kam. Und er dachte noch immer daran, als ihn die schlurfende Menge durch den Gang trug, wo die Luft verbraucht war und es immer nach feuchtem Alabaster roch, als er auf der Rolltreppe stand, sich wieder in einen Waggon zwängte und Fahrgäste, Hüte, Aktentaschen, Zeitungsseiten, Kunststoffmappen und flaue Morgengesichter betrachtete, alte Frauen mit Einkaufstaschen auf den Knien – sie fuhren zum Einkaufen ins Stadtzentrum –: jeder dieser Menschen konnte die rettende Variante sein. Dmitrijew war nahe daran, laut in den Waggon hineinzurufen: »Wer braucht ein schönes Zimmer, zwanzig Quadratmeter?«
Viertel vor neun gelangte er aus dem Untergrund auf den Platz hinaus. Fünf vor neun überquerte er die Gasse, ging um die Autos vor dem Eingang herum und trat durch die Tür, neben der unter Glas das schwarze Schild GINEGA hing.

An diesem Tag entschied sich die Frage der Dienstreise nach Golyschmanowo im Gebiet Tjumen. Die Reise war noch im Juli abgesprochen worden, und reisen sollte niemand anderer als Dmitrijew. Pumpen waren seine Domäne. Er allein war für diese Angelegenheit verantwortlich und kannte sich darin als einziger wirklich aus, falls man Snitkin nicht mitrechnete. Vor einer Woche hatte Dmitrijew Snitkin darauf angesprochen, aber Pascha Snitkin, ein gewiefter Bursche (in der Abteilung war er dafür bekannt, daß er noch nie eine einzige Arbeit selbständig erledigt hatte, sondern es geschickt stets so anstellte, daß alle ihm halfen), sagte, er sei leider ganz und gar außerstande zu fahren – ebenfalls aus familiären Gründen. Höchstwahrscheinlich log er. Aber das war sein gutes Recht. Wer hatte schon Lust, bei schlechtem Wetter und Kälte nach Sibirien zu fahren? Es war Snitkin peinlich abzusagen, und verärgert platzte er heraus: »Aber hast du nicht gesagt, es ginge deiner Mutter wieder besser?«
Dmitrijew fing keine Erklärungen an, er winkte nur ab: »Was

heißt hier besser ...« Dabei hatte sich Pascha stets so aufmerksam nach Xenia Fjodorownas Gesundheitszustand erkundigt, hatte ihm Telefonnummern von Ärzten verschafft, sich überhaupt mitfühlend gezeigt, und deshalb war Dmitrijew irgendwie seiner Zusage völlig gewiß gewesen. Aber warum? Wieso eigentlich? Nunmehr war klar, daß diese Gewißheit dumm gewesen war. Nein, solche Leute spielen nicht einmal falsch, wenn sie Mitgefühl zeigen und mit bewegender Behutsamkeit fragen: »Wie steht es denn bei Ihnen zu Hause?« – nur haben dieses Mitgefühl und diese Behutsamkeit feste Größen, wie Stiefel oder Hüte. Man darf sie nicht allzu sehr dehnen. Pascha Snitkin war dabei, seine Tochter in einer Musikschule unterzubringen, mit dieser kniffligen Sache konnte nur er sich befassen – weder die Mutter noch die Großmutter. Und führe er im Oktober weg, fiele die Musikschule für dieses Jahr garantiert ins Wasser, was der Tochter ein schweres Trauma und der ganzen Familie Snitkin einen moralischen Schaden zufügen würde. Aber mein Gott, kann man das denn vergleichen – ein Mensch stirbt, und ein kleines Mädchen kommt auf eine Musikschule? Ja, doch. Man kann. Das sind Hüte von etwa gleicher Größe – wenn *ein Fremder* stirbt, aber die *eigene*, leibliche Tochter auf die Musikschule kommt.
Der Direktor erwartete Dmitrijew um halb elf. Den Kopf zur Seite geneigt, sah er Dmitrijew mit einer Art scheuer Verwunderung in die Augen und sagte:
»Was sollen wir nun tun?«
Dmitrijew antwortete:
»Weiß ich nicht. Ich kann nicht fahren.«
Der Direktor schwieg und betupfte mit seinen breiten weißen Fingern die Haut auf Wange und Kinn, als wolle er prüfen, ob er sich gut rasiert habe. Sein Blick wurde nachdenklich. Er dachte wirklich intensiv über etwas nach und begann sogar, ohne es zu merken, irgendeine Melodie vor sich hin zu summen.
»Hm, ja ... Was machen wir denn nun, Viktor Georgijewitsch? Hm? Und wenn es für zehn Tage wäre?«
»Nein!« schnitt ihm Dmitrijew das Wort ab.
Er begriff, daß er wie ein Fels dastehen konnte und man ihn nicht von der Stelle rücken würde. Nur durfte er sich nicht auf Erklärungen einlassen. Der Direktor dachte noch ein wenig nach und nannte dann den Namen Tjagussow – das war ein

junger Bursche, der vor einem Jahr Examen gemacht hatte und den Dmitrijew für einen kompletten Armleuchter hielt.
Vor kurzem noch hätte Dmitrijew protestiert, aber jetzt empfand er plötzlich, daß das alles unwichtig war. Warum eigentlich nicht Tjagussow?
»Natürlich«, sagte er. »Ich setze mich ein, zwei Tage mit ihm zusammen und erkläre ihm alles. Er schafft das schon. Ein heller Bursche.«
Als er wieder in seinem Zimmer im Erdgeschoß war, arbeitete Dmitrijew anderthalb Stunden ohne Pause: die Dokumentation für Golyschmanowo sollte fertig werden. Obwohl er auch bisher nicht geglaubt hatte, daß man ihn zwingen würde zu fahren, war der Gedanke an die Reise doch eine Last gewesen, die all seinen Bürden noch ein weiteres kleines Gewicht hinzufügte, und jetzt, da man dieses eine Gewicht von ihm genommen hatte, verspürte er Erleichterung. Und dachte hoffnungsvoll, daß dies vielleicht ein Glückstag würde. Wie alle vom Schicksal hart mitgenommenen Menschen hatte auch Dmitrijew seinen Aberglauben: ihm war aufgefallen, daß es Tage gab, wo alles klappte, wo ein Erfolg den anderen ablöste, und an solchen Tagen mußte man möglichst viele Sachen unter Dach und Fach bringen, und dann wieder gab es Tage, wo alles mißlang und zum Teufel ging, was immer man auch tat. Es sah ganz so aus, als habe gerade ein Glückstag angefangen. Genau der richtige Zeitpunkt, sich Geld zu leihen. Lora hatte ihn gebeten, wenigstens fünfzig Rubel mitzubringen. Allein für Isidor Markowitsch hatten sie in diesem Monat – viermal fünfzehn – sechzig Rubel ausgegeben. Aber wo hernehmen? So etwas Gräßliches: sich Geld pumpen. Doch getan werden mußte es heute, wenn nun schon einmal ein Glückstag war.
Dmitrijew fing an zu überlegen, wen er deswegen angehen konnte. Fast alle, fiel ihm ein, hatten letztens geklagt, sie hätten kein Geld, hätten im Sommer alles aufgebraucht. Ssaschka Prutjew baute eine Wohnung in einer Wohnkooperative und war selber total verschuldet. Wassilij Gerassimowitsch, der Oberst, sein Partner bei Preference und bei Angelfahrten, der Dmitrijew sonst immer aushalf, hatte Schreckliches durchgemacht – er hatte sich von seiner Frau getrennt, ihn zu bitten war peinlich. Dmitrijews Freunde vom KHV (Klub der Halbverheirateten), bei denen Dmitrijew in Augenblicken der Verzweiflung Zuflucht suchte, wenn er sich mit Lena gestritten hatte,

waren minderbemittelte Leute – ihre Vermögen bestanden etwa in einem Auto, einem Motorboot, einem Campingzelt, Flaschen französischen Cognacs oder Whiskys Marke »White Horse«, die sie zufällig in der Stoleschnikowgasse erstanden hatten und für dringende Notfälle zu Hause im Bücherschrank aufbewahrten –, und sie konnten einem nicht mehr als einen Viertelrubel leihen, äußerstenfalls zehn Rubel, aber er brauchte mindestens vierzig. Es gab natürlich noch die letzte Möglichkeit, das Äußerste an Qual: die Schwiegermutter zu bitten. Doch das wäre nun wirklich das letzte. Dmitrijew hätte sich selber vielleicht noch Zwang antun, sich hindurchquälen können, aber Lena machten solche Dinge ganz krank. Sie kannte ihre Mutter eben besser. Auf einmal kam es ihm – jener selbe Gedanke, der ihn vage beunruhigt hatte, jetzt aber plötzlich durchbrach: wie sollte er seiner Mutter den Tausch beibringen? Schließlich wußte sie doch genau, was Lena von dieser Idee gehalten hatte, und nun schlug diese aus irgendwelchen Gründen vor zusammenzuziehen. Warum?
Dmitrijew brach der Schweiß aus, als ihm all das schlagartig zum Bewußtsein kam. Er ging auf den Flur hinaus, wo ein Telefon stand, und rief Lena an ihrem Arbeitsplatz an. Gewöhnlich war es nicht leicht, sie zu erreichen. Aber diesmal hatte er Erfolg (ein Glückstag!). Lena befand sich in der Kanzlei und hob selber ab. Hastig drängte Dmitrijew seine ganzen Bedenken in einen einzigen langen und verworrenen Satz zusammen. Lena schwieg zunächst, fragte dann:
»Das heißt was? Du willst also nicht mit ihr reden?«
»Ich weiß nicht wie. Ich kann ihr diese Idee doch nicht suggerieren – begreifst du das?«
Nach neuerlichem kurzen Schweigen sagte Lena, er solle sie in fünf Minuten auf einem anderen Apparat anrufen, wo sie besser sprechen könne. Er rief an. Lena redete jetzt laut und energisch:
»Sag es ihr so: Sag ihr, daß du sehr dafür bist – und ich dagegen. Aber du hast darauf bestanden. Also gegen meinen Willen, klar? Dann klingt es glaubwürdig, und deine Mutter wird sich nichts dabei denken. Schieb alles auf mich. Aber übertreib nicht, nur ein paar Andeutungen . . .« Auf einmal begann sie mit veränderter, schmeichelnder Stimme zu reden: »Entschuldigen Sie bitte, nur noch einen Augenblick, ich bin gleich fertig! Dann ist also alles klar? Bis später! Hallo, Witja, Witja. Sprich mit einem

Arbeitskollegen, bei dem der Tausch gut geklappt hat, hörst du? Bis nachher!«
Das, was Lena gesagt hatte, war natürlich richtig und schlau, und doch preßte Bangigkeit Dmitrijews Herz zusammen. Er brachte es nicht fertig, gleich in das Zimmer zurückzukehren, sondern ging einige Minuten lang im leeren Korridor auf und ab.
Vor dem Mittagessen ging er zu niemanden hin und holte nirgends Auskunft ein, erst nach dem Essen stieg er zu den Wirtschaftlern in den zweiten Stock hinauf. Er hatte kaum die Tür aufgemacht, als Tanja ihn sofort sah und herauskam. Ohne etwas zu fragen, schaute sie ihn erschreckt an.
»Nein, nichts Schlimmes«, sagte er. »Es steht vielleicht sogar ein wenig besser. Tan, du weißt nicht, ob jemand bei euch getauscht hat? Die Wohnung getauscht hat?«
»Weiß ich nicht. Ich glaube, Sherechow. Warum?«
»Ich brauche Rat. Wir müssen dringend tauschen, verstehst du?«
»Ihr?«
»Ja, wir.«
»Ihr wollt . . .«, Tanjas Gesicht rötete sich, »ihr wollt mit Xenia Fjodorowna zusammenzuziehen?«
»Ja, genau! Das ist sehr wichtig. Es würde zu weit führen, das zu erklären, aber es ist momentan einfach unumgänglich.«
Tanja hielt den Kopf gesenkt und schwieg. In den Strähnen, die ihr ins Gesicht fielen, waren viele graue Haare. Sie war vierunddreißig, eine noch junge Frau, aber im letzten Jahr war sie ziemlich gealtert. War sie vielleicht krank? Sie war wirklich stark abgemagert, der Hals wuchs schmal aus dem Kragen hervor, in dem mageren Gesicht leuchteten nur die Augen – gute Augen – in ihrer gewohnten Angst aus der hirsefarbenen, sommersprossigen Blässe. Diese Angst war um ihn, um seinetwillen. Tanja wäre für ihn wahrscheinlich die bessere Frau gewesen. Vor drei Jahren hatte es begonnen, einen Sommer lang gedauert und von selber aufgehört: als Lena und Nataschka aus Odessa zurückkamen. Nein, nicht aufgehört, es zog sich noch als dünner Faden hin, riß für Monate, für ein halbes Jahr ab. Er wußte, daß bei vernünftiger Überlegung sie die bessere Frau für ihn gewesen wäre. Aber was ist schon vernünftig . . . Tanja hatte einen Sohn, Alik, und einen Mann, der den seltsamen Familiennamen Towt trug. Dmitrijew hatte ihn nie gesehen. Er wußte, daß der Mann Tanja sehr liebte und ihr alles verzieh,

aber nach jenem Sommer vor drei Jahren konnte sie nicht mehr mit ihm leben, und sie trennten sich. Dmitrijew tat es sehr leid, daß alles so gekommen war, daß Tanjas Mann ein unglücklicher Mensch geworden war, die Arbeit aufgegeben hatte, aus Moskau weggezogen war und daß auch Tanja unglücklich geworden war, aber er konnte nichts dagegen tun. Tanja wollte vom GINEGA weg, um nicht Tag für Tag Dmitrijew sehen zu müssen, aber wegzukommen erwies sich als schwierig. Allmählich fand sie sich mit allem ab und lernte, Dmitrijew gelassen zu begegnen und mit ihm wie mit einem guten alten Bekannten zu sprechen.
Dmitrijew ging plötzlich auf, woran sie in diesem Augenblick dachte: das hieß also – es war aus, nie wieder.
»Was kann man da tun?« sagte er. »Verstehst du, es ist so etwas wie eine Chance, eine Hoffnung. Mutter hat doch lange davon geträumt, mit mir zusammenzuwohnen.«
»Wovon redest du? Dies ist sicher nicht das, wovon sie geträumt hat.«
»Ich weiß.«
»Ach, Witja ... Nun gut, unterhalte dich mit unserem Sherechow. Ich werde ihn gleich rufen. Nur ist er ein ziemlicher Schwätzer und Lügner, darüber mußt du dir klar sein.« Plötzlich fragte sie: »Brauchst du Geld?«
»Geld? Nein.«
»Witja, nimm es doch. Ich weiß, was es heißt, längere Zeit krank zu sein. Meine Tante war acht Monate krank. Ich hatte zweihundert Rubel für einen Sommermantel zurückgelegt, aber wie du siehst, ist der Sommer vorbei, und ich habe mir nichts gekauft. Also kann ich dir das Geld ohne jede Schwierigkeit bis zum Frühjahr geben.«
»Nein, ich brauche kein Geld. Ich habe welches.« Er runzelte die Stirn. Das hatte noch gefehlt: sich bei Tanja Geld zu leihen! Plötzlich mußte er lachen. »Wirklich ein seltsamer Tag! Erst das eine, dann das andere ...«
»Nach der Arbeit gehen wir bei mir vorbei, und ich gebe es dir, einverstanden?«
Nach einer kurzen Pause sagte er:
»Ich habe gelogen, ich habe kein Geld. Aber von dir will ich keins nehmen.«
»Dummkopf!« Sie gab ihm einen leichten Klaps auf die Wange.

Dmitrijew sah, daß sie sich freute. Sie nahm ihn sogar an der Hand, als sie auf die Tür des Zimmers zugingen, in dem Sherechow saß.

»Leonid Grigorjewitsch!« rief Tanja. »Dürfen wir Sie eine Minute stören?«

Sherechow, ein kleiner, freundlicher alter Mann, völlig kahl, mit einem ebenmäßigen weißen künstlichen Gebiß, begann sehr liebenswürdig und bereitwillig zu erzählen, wie er seine Wohnung getauscht hatte. Dmitrijew kannte Sherechow kaum, hatte aber bemerkt, daß dieser zu allen freundlich und liebenswürdig war – wahrscheinlich, weil der alte Mann, schon im bedauernswerten Rentneralter, um seinen Platz kämpfte und zu jedermann das allerbeste Verhältnis haben wollte. Daher erzählte er unerträglich ausführlich und langatmig. Irgendwer war ins Ausland gegangen. Irgendwer war in eine ausweglose Lage geraten. Irgendwer mußte zahlen. Das war alles nicht das, was Dmitrijew hören wollte. Aber dann rief Sherechow plötzlich aus, und seine hellblauen Greisenaugen weiteten sich unter der andrängenden Freundlichkeit:

»Ja! Mit dem sollten Sie reden – mit Newjadomskij! Kennen Sie Alexej Kirillowitsch? Von KB-3? Bei ihm war es das gleiche, er tauschte auch, weil . . .« Sherechow senkte die Stimme, »weil seine Schwiegermutter unheilbar krank war. Sie hatte ein herrliches Zimmer, an die fünfundzwanzig Quadratmeter, irgendwo im Zentrum. Und Alexej Kirillowitsch lebte in der Ussatschowka. Alles mußte sehr rasch geschehen. Und es gelang, wissen Sie, es gelang vorzüglich! Er wird es Ihnen erzählen. Allerdings hatte er einen Draht zum Bezirkswohnungsamt. Kurz und gut: er schaffte es, den Tausch mit allen Formalitäten durchzuführen, renovierte jene Wohnung – darauf hatte die Bezirkshäuserverwaltung bestanden –, er holte die Schwiegermutter, bekam das Personalkonto, und drei Tage später starb die alte Frau. Können Sie sich das vorstellen? Der Arme, er hat in dem Winter viel durchgemacht, ich erinnere mich gut. Kam nur knapp ums Krankenlager herum. Aber jetzt hat er eine schlichtweg extraordinäre Wohnung, eine Generalswohnung geradezu, de luxe. Loggien, zwei Balkone, massenhaft jede Art Nebenraum. Und auf einem Balkon züchtet er sogar Tomaten. Schauen Sie bei ihm vorbei, er erzählt Ihnen alles. Viel Erfolg!«

Sherechow nickte wohlwollend und zog sich rückwärts gehend

in sein Zimmer zurück. Während er redete, stand Tanja neben Dmitrijew und hielt unauffällig seinen kleinen Finger.
»Komm um sechs runter, und wir fahren sofort los«, flüsterte sie.
»Verstehst du, ich muß heute noch zu Lora nach Pawlinowo. Mutter erwartet mich. Sie ist zur Zeit bei Lora.«
Er wußte, daß er gewissen Hoffnungen Tanjas einen Schlag versetzte, aber lieber sagte er es jetzt gleich.
»Nun, gut. Tu, was du mußt.« Auf ihrem Gesicht drückte sich alles sofort aus: es war erloschen.
»Nein, ich meine bloß, ich muß . . .«
»Ich verstehe! Glaubst du wirklich, ich verstehe nicht? Ich werde dich nicht eine Sekunde aufhalten. Du nimmst das Geld und dann – ab mit dir.«
Mit einem kurzen Nicken ging sie rasch den Korridor entlang von ihm fort. Noch unlängst, vor einem Jahr, hatte ihre große, schmale Figur etwas an sich gehabt, das Dmitrijew erregte. Besonders in jenen Minuten, wenn sie sich von ihm entfernte und er ihr nachblickte. Aber davon war nichts geblieben. Alles war irgendwohin verschwunden. Jetzt war das einfach eine hochgewachsene, magere, sehr langbeinige Frau mit zu einem Knoten gelegten hennagefärbten Haar über einem schlanken Hals. Und dennoch dachte er jedesmal, wenn er ihr nachblickte, daß sie die bessere Frau für ihn gewesen wäre.
Dmitrijew kehrte in die Abteilung zurück, saß eine halbe Stunde über der Dokumentation – seine Gedanken kreisten immer um dasselbe: Mutter, Lora, Tanja, Lena, Geld, Wohnungstausch –, und ihm wurde klar, daß er früher mit der Arbeit aufhören mußte, weil er sonst viel zu spät nach Pawlinowo käme. Tanja wohnte besonders ungünstig, schlimmer ging es wirklich nicht mehr: in Nagatino. Dmitrijew ging in das Arbeitszimmer Warwara Alexejewna Ssotnikowas, seiner Vorgesetzten, und er sagte, daß er heute gern, wenn möglich, bereits um fünf weggehen würde. Warwara Alexejewna war einverstanden. Alle in der Abteilung wußten, was sich bei Dmitrijew abspielte und verhielten sich verständnisvoll: jede Woche konnte er ein- oder zweimal früher von der Arbeit fort. Einmal war er sogar, wirklich eine Sünde, unter diesem Vorzeichen ins Kaufhaus »Moskwa« gelaufen und hatte eine Schuluniform für Nataschka gekauft. Dmitrijew ging wieder in den zweiten Stock hinauf und sagte Tanja, sie solle auch um Erlaub-

nis bitten, um fünf gehen zu können. Dann ging er in die Abteilung KB-3 zu Newjadomskij – ebenfalls im zweiten Stock.

Dmitrijew entschloß sich erst nach einigem Zögern, zu Newjadomskij zu gehen. Ihre Beziehungen waren kühl, durch die Schuld eines Freundes von Dmitrijew, der allerdings schon seit einem halben Jahr nicht mehr im GINEGA arbeitete. Newjadomskij war mit diesem Freund irgendwann im Gewerkschaftskomitee aneinandergeraten. Seither grüßten sie sich nicht. Und wenn Newjadomskij Dmitrijew in Begleitung dieses Freundes begegnete, grüßte er auch Dmitrijew nicht, und Dmitrijew verfuhr aus Solidarität mit dem Freund genauso. Wenn sich Newjadomskij und Dmitrijew indessen einzeln trafen, grüßten sie einander völlig korrekt, wenn auch etwas kühl, und tauschten sogar zwei, drei Sätze aus. Das Ganze war der reinste Krampf, und Dmitrijew beschloß, darauf zu pfeifen und hinzugehen. Vielleicht hatte Newjadomskij wirklich einen *Draht* und würde ihn daran partizipieren lassen.

Newjadomskij, ein hagerer brünetter Mann mit schwarzbraunem Krausbart, zog verwundert die Augenbrauen hoch, als Dmitrijew sein Zimmer betrat und ihn um eine »kurze Audienz« bat. An einem Tisch in der Ecke zogen zwei Leute eine Schachpartie ab und setzten ihre Figuren mit affenartiger Geschwindigkeit. Newjadomskij stand daneben und schaute zu. Schach war die Lieblingsbeschäftigung der »Kabedreier«, sie spielten Blitzpartien von fünf Minuten, während unter den »Kabezweiern« Tischtennis Trumpf war. Die Kämpfe wurden in der Mittagspause ausgetragen, aber manchmal wurde auch die Arbeitszeit mit in Anspruch genommen, besonders gegen Tagesende. Newjadomskij sagte: »Einen Augenblick! Sofort!«, sah aber weiter den Spielern zu. Diese knallten die Figuren mit dem Tempo von Automaten auf das Brett, bis einer rief: »O verflucht!« und mit dem Zeigefinger seinen König umwarf. Newjadomskij lachte schadenfroh und dozierte:

»Das kommt davon, wenn man es eilig hat!«

Dann bewegte er sich mit dem schadenfrohen Lächeln im Gesicht auf die Tür zu, wobei jedoch sein Blick auf Dmitrijew stieß, er verscheuchte das Lächeln, und seine Augenbrauen wanderten wieder verblüfft nach oben. Dmitrijew begann, seine Bitte linkisch vorzubringen, eigentlich mehr die Anspielung auf eine Bitte, gehüllt in rasches inhaltsarmes Gemurmel. Newjadomskij sollte es erraten: man bat ihn um den Rat, wie in ihm wohlbekannten Umständen zu verfahren sei. Aber Newjadomskij erriet nicht. Sein schwarzbrauner Krausbart rutschte in die Höhe, seine Augen blickten immer kälter und, so schien es Dmitrijew, geradezu hochmütig.

»Entschuldigen Sie, ich verstehe nicht ganz ...«

»Ich erkläre es gleich. Die Sache ist die, daß die Ursachen, die Sie und mich ... Kurz und gut, wir sind in der gleichen Situation ...«

»Wie meinen Sie das?«

»Wie ich das meine?« Dmitrijew spürte, daß ihm Hals und Wangen rot anliefen. »Ich meine das so: auch ich muß so schnell wie möglich die Wohnung tauschen. Da wollte ich mich eben mit Ihnen beraten, wie wird das gemacht, ganz allgemein? Womit fängt man an?«

»Womit man anfängt? Was soll das heißen: womit man anfängt? Mit dem Tauschbüro natürlich. Sie zahlen drei Rubel und setzen eine Anzeige ins Anzeigenblatt.«

»Aber Sie verstehen doch, daß, wenn ein Mensch ernsthaft krank ist, sehr ernsthaft sogar, und jede Stunde teuer ist ...«

»Aber Sie können nicht anders anfangen. Mit dem Tauschbüro. Andere Wege kenne ich nicht.« Newjadomskij bohrte den Daumen in eins seiner Nasenlöcher, drückte mit dem Zeigefinger von oben dagegen und begann hingebungsvoll, irgend etwas daraus hervorzuholen. Offensichtlich dachte er angestrengt nach, lohnte es sich oder lohnte es sich nicht, Dmitrijew seinen *Draht* anzuvertrauen. Und kam zum Schluß: es lohnte sich nicht. »Mir standen keinerlei andere Wege zur Verfügung.« Plötzlich prustete Newjadomskij los. »Wissen Sie, Sie haben mich an eine saublöde Geschichte erinnert. Als ich Student war, starb mein Vater. Es vergingen zwei oder drei Monate ...« Während er erzählte, fuhr er fort, mit dem Daumen irgend etwas aus seiner Nase zu holen. »Und plötzlich kommt ein Nachbar zu mir, ein mir unbekannter Mann aus einem anderen Treppenaufgang, und sagt: ›Mein Vater ist gestorben, und ich habe gehört, auch Ihr Vater ist kürzlich gestorben. Da bin ich gekommen, um Ihre Bekanntschaft zu machen und Sie zu bitten, Erfahrungen mit mir auszutauschen.‹ Welche Erfahrungen? Wie? Was? Ich habe ihn natürlich in höflicher Form an die Luft gesetzt.«

»Und nun auch das noch ertragen«, dachte Dmitrijew, er fühlte

sich wie gelähmt. Sich umdrehen, hinausgehen, aber er blieb weiter stehen und sah auf den schwarzbraunen Bart. »Die Tomaten auf Schwiegermutters Grab. Ist doch alles egal. Dies auch. Und es wird noch einiges mehr kommen.«
»Wenn Sie wollen, ich habe irgendwo die Telefonnummer eines gewissen Adam Wikentjewitsch, eines Maklers. Ich könnte sie heraussuchen . . .«
Dmitrijew überwand die Lähmung, drehte sich um und ging durch den Korridor fort. Um fünf kamen Tanja und er auf den Platz hinaus, und dort tauchte gerade – ein seltener Zufall – ein freies Taxi auf. Dmitrijew pfiff, sie sprangen hinein und fuhren los. Die Gasse war von einer Menschenmenge überschwemmt, die sich in Richtung Metrostation bewegte. Die Fabrikschicht war gerade zu Ende. Das Taxi fuhr langsam. Die Leute schauten ins Wageninnere hinein. Irgendwer hämmerte mit der Handfläche gegen das Wagendach. Als sie die Metrostation passiert und sich auf den Prospekt vorgearbeitet hatten, begann Dmitrijew voll Zorn, von Newjadomskij zu sprechen.
Tanja nahm seine Hand.
»Ärgere dich doch nicht. Wozu? Hör auf . . .«
Er spürte, wie ihre Ruhe und Freude auf ihn übergingen. Tanja sagte lächelnd:
»Wir sind alle sehr verschieden. Wir sind ja Menschen . . . Meine Kusine verlor ihren kleinen Sohn. Ein wahnsinniger Kummer, natürlich, entsetzliches Leid, und gleichzeitig dabei eine bisher ungekannte leidenschaftliche Liebe zu Kindern, besonders zu kranken. Sie hatte Mitleid mit allen, versuchte, so gut sie konnte, zu helfen. Und dann habe ich eine Bekannte, deren Junge auch starb, an Leukämie. Diese Frau haßt jetzt alles und jeden, sie wünscht allen den Tod. Freut sich, wenn in der Zeitung steht, daß irgendwer gestorben ist . . .«
Tanja rückte näher. Legte ihm den Kopf auf die Schulter, fragte:
»Darf ich? Stört es dich nicht?«
»Du darfst«, sagte er.
Sie fuhren durch die Außenbezirke, durch Neubauviertel. Dmitrijew erzählte von Xenia Fjodorowna. Tanja fragte voll Mitgefühl – dieses war echt, Dmitrijew wußte, daß sie Sympathie für seine Mutter empfand. Und Xenia Fjodorowna mochte Tanja, sie hatten sich im Sommer ein-, zweimal in Pawlinowo gesehen. Tanja hielt seine Hand in ihrer, ab und zu begann sie, seine

Handfläche mit ihrem Finger leicht zu kitzeln. Tanjas Zärtlichkeiten hatten immer etwas Schulmädchenhaftes.
Ohne die Hand wegzunehmen, erzählte er ausführlich von seiner Mutter: was Professor Surin erklärt hatte, was Isidor Markowitsch gesagt hatte. Tanja lachte:
»Was für ein niederträchtiges Weibsbild! Leiht Geld her und belästigt einen mit Zärtlichkeiten, nicht?« Plötzlich bohrte sie ihre Nase in seine Wange und kuschelte sich an ihn. »Verzeih mir, Witja ... Ich kann nicht ...«
Er streichelte ihren Kopf. Lange fuhren sie stumm. Fuhren die Warschauer Chaussee entlang.
»Was ist denn?« fragte er.
»Nichts ist. Ich kann nicht ...«
»Was?«
»Du tust mir leid, deine Mutter ... Und ich mir selber auch.«
Dmitrijew wußte nicht, was er sagen sollte. Er streichelte einfach ihren Kopf, mehr nicht. Sie fing an zu schniefen, er spürte Feuchtigkeit auf der Wange. Da rückte sie von ihm fort, wandte sich ab und sah zum Fenster hinaus. Schließlich ließen sie die Uferstrecke hinter sich, fuhren Trambahngleise entlang, vorbei an irgendeiner Fabrik, längere Zeit zog sich eine geschlossene Ziegelmauer an der Straße hin. Um einen Bierkiosk drängte sich ein schwarzer Männerhaufen. Einige der Männer, mit Bierkrügen in der Hand, standen einzeln oder zu zweit ein wenig beiseite. Dmitrijew fühlte, daß sein Hals trocken war – ein Schluck hätte ihm jetzt gutgetan. »Ich muß sie fragen«, dachte er. »Tanjuschka hatte immer etwas da. Irgendwas.«
Der fünfzehnstöckige Neubau stand am Rand eines Feldes. Die Straße machte einen Bogen, um das Feld herum.
»Hier ist es«, sagte Tanja.
Dmitrijew erinnerte sich sehr gut, daß es hier war. Zuletzt war er vor ungefähr einem Jahr dagewesen.
»Läßt du den Wagen warten?« fragte Tanja.
Natürlich hätte er ihn warten lassen sollen. Aber seine übliche Unsicherheit – er sah, daß Tanja dies leidenschaftlich nicht wollte – ließ ihn antworten:
»Soll er doch weiterfahren. Ich finde hier schon ein Taxi.«
»Natürlich!« sagte Tanja.
Sie fuhren in den zehnten Stock hinauf. Tanja lebte zusammen mit ihrem Sohn in einer geräumigen Dreizimmerwohnung. Der arme Towt hatte sich diesen Palast in der Wohnkooperative

gebaut, war gerade eingezogen – und da passierte es auch schon. Alik war damals im Ferienlager, Towt arbeitete irgendwo in Daghestan – er war Bergingenieur –, Tanja lebte allein in den leeren unmöblierten Räumen, die nach Farbe rochen. Auf den Fußböden lagen Zeitungen. In einem Zimmer stand ein riesengroßes Sofa, sonst nichts. Dmitrijews Liebe war nicht zu trennen vom Geruch der Farbe und der frischen, noch ungebohnerten Fußböden aus Eichenholz. Barfuß schlurfte er über das Zeitungspapier in die Küche und trank Wasser aus der Leitung. Tanja kannte viele Gedichte und trug sie gern mit leiser, fast flüsternder Stimme vor. Ihr gutes Gedächtnis frappierte ihn. Er selber kannte kein einziges Gedicht auswendig, nur einzelne Vierzeiler. »Alte Mutter bist du noch am Leben.« Tanja dagegen konnte stundenlang Gedichte vor sich hinflüstern. Sie besaß noch aus ihrer Studentenzeit an die zwanzig Hefte, in die sie mit der großen deutlichen Schrift einer Musterschülerin Gedichte von Marina Zwetajewa, Pasternak, Mandelstam und Blok eingetragen hatte. Und in Augenblicken der Muße oder wenn es nichts zu sagen gab und traurig wurde, begann sie, vor sich hinzuflüstern. »O Gott, wie vollkommen sind deine Werke, dachte der Kranke ...« Oder auch: »Nimm deine Hand von meiner Brust, der Strom füllt unsere Adern.«
Manchmal war er des monotonen Raschelns ihrer Lippen müde, dann sagte er: »Schon gut, meine Liebe, ruh dich mal aus. Warum grüßt Chishnjak Warwara Alexejewna nicht?« Nach einer Pause antwortete sie betrübt: »Weiß ich nicht.« Sie war immer nur kurz beleidigt. Selbst wenn sie Ursache gehabt hätte, ernsthaft gekränkt zu sein. Aus irgendeinem Grund war er überzeugt davon, daß sie *nie aufhören würde ihn zu lieben.* In jenem Sommer lebte er in einem Zustand, den er bisher nicht gekannt hatte: dem des Geliebtseins. Ein erstaunlicher Zustand! Man konnte ihn als Zustand der zur Gewohnheit gewordenen Seligkeit definieren, denn seine Stärke war seine Beständigkeit, war, daß er Wochen und Monate anhielt und auch dann nicht aufhörte, als alles vorbei war.
Doch Dmitrijew dachte nicht darüber nach: warum ihm diese Seligkeit? Womit hatte er sie verdient? Wieso ausgerechnet er – ein nicht mehr junger, zur Fülle neigender Mann mit ungesunder Gesichtsfarbe, dessen Mund ewig nach Tabak roch? Er selber sah nichts Rätselhaftes darin. So mußte es sein. Überhaupt schien ihm, er habe lediglich jenen normalen, wahrhaft

menschlichen Zustand erreicht, in dem die Menschen sich ständig befinden oder in den sie mit der Zeit hineinkommen müßten. Tanja dagegen lebte in unausgesetzter Furcht und einer Art leidenschaftlicher Bestürzung. Wenn sie ihn umarmte, flüsterte sie, wie die Verse: »Mein Gott, wofür? Wofür?«
Sie bat ihn um nichts, fragte ihn nach nichts, und er versprach ihr auch nichts. Nein, kein einziges Mal hatte er ihr etwas versprochen. Wozu auch Versprechungen, da er doch genau wußte, daß sie sowieso *nie aufhören würde ihn zu lieben.* Ihm ging nur durch den Kopf, daß sie die bessere Frau für ihn wäre.
In den Zimmern waren neue Möbel aufgetaucht – in einem Zimmer eine Anrichte sowie ein runder polierter Tisch, in einem anderen ein halbleerer Bücherschrank. Aber das Parkett war noch immer ungebohnert und sah irgendwie schmutzig aus.
Aus einem der Zimmer kam Alik heraus, sichtlich gewachsen, ein blasses sommersprossiges Geschöpf von elf Jahren mit einer Brille auf der dünnen Nase. Den Kopf hielt er ein wenig nach hinten und zur Seite, vielleicht, weil er nicht ganz gesund war, vielleicht aber konnte er auch so besser durch die Brille sehen. Die Kopfhaltung und der kleine gepreßte Mund verliehen dem Jungen einen Ausdruck von Überheblichkeit.
»Mam, ich gehe zu Andrjuscha. Wir wollen Briefmarken tauschen«, verkündete er mit knarrender Stimme und rannte durch den Gang auf die Wohnungstür zu.
»Halt! Warum hast du Viktor Georgijewitsch nicht gegrüßt?«
»Tag«, murmelte Alik über die Schulter, ohne hinzusehen. Eilig schloß er auf, sprang hinaus und warf die Tür zu.
»Komm nicht später als acht!« rief Tanja gegen die geschlossene Tür. »Gute Manieren sind nicht gerade seine Stärke.«
»Er hat mich wahrscheinlich vergessen. Immerhin war ich lange nicht mehr hier.«
»Und selbst wenn du ein Fremder wärst! Muß man nicht auch dann grüßen?« Tanja ging ins große Zimmer, öffnete die Seitentür der Anrichte und sagte: »Er hat dich nicht vergessen.«
Unter einem Stapel sauberer Wäsche holte sie eine Zeitungsrolle hervor, wickelte sie auf und gab Dmitrijew ein Bündel Geldscheine. Er steckte es in die Hosentasche.
»Nun geh schon«, sagte Tanja. »Du hast doch keine Zeit.« Er zog sich plötzlich einen Stuhl vor und setzte sich an den polierten Tisch.
»Ich muß ein bißchen sitzen. Irgendwie bin ich müde.«

Er nahm den Hut ab und fuhr sich mit der Handfläche über die Stirn. »Ich habe Kopfschmerzen.«
»Möchtest du etwas essen? Kann ich dir etwas bringen?«
»Hättest du etwas Trinkbares da?«
»Nein . . . Doch, warte!« Ihre Augen leuchteten vor Freude auf. »Irgendwo muß noch die Flasche Cognac sein, die wir nicht ausgetrunken haben. Erinnerst du dich, als du letztes Mal hier warst? Ich seh gleich nach!«
Sie lief in die Küche und kam eine Minute später mit der Flasche wieder. Es waren noch etwa hundert Gramm Cognac darin.
»Gleich kommt noch eine Kleinigkeit zu essen! Eine Sekunde!«
»Aber wozu das?«
»Gleich! Gleich!« Sie rannte wieder Hals über Kopf in die Küche.
Dmitrijew stand auf und ging zur Balkontür. Vom zehnten Stockwerk aus hatte man einen herrlichen Blick auf weite Felder, den Fluß und das sich mit seinen Kathedralenkuppeln dunkel abzeichnende Dorf Kolomenskoje. Dmitrijew dachte daran, daß er bereits morgen in diese Dreizimmerwohnung umziehen, morgens und abends den Fluß und das Dorf sehen, Feldluft einatmen könnte, mit dem Omnibus bis Serpuchowka fahren, von dort mit der Metro, allzu lang war das nicht. Tanja brachte in einer Glasschüssel Sprotten, zwei Tomaten, Butter, Brot und Gläser. Er goß sich ein volles Glas ein und Tanja den Rest. Sie nippte immer nur, sie bekam sofort einen Schwips.
»Worauf trinken wir?« fragte Tanja.
»Darauf, daß es dir gut geht!«
»Einverstanden. Nein. Nicht darauf! Mir wird es auch so gut gehen. Lieber darauf, daß es dir gut geht!«
»Von mir aus.« Ihm war es egal. Er hatte bereits ausgetrunken und kaute an einer Tomate. Brummte: »Diese Tomaten sind doch nicht etwa vom Grab von Newjadomskijs Schwiegermutter?«
»Deshalb nämlich, Witja«, sagte sie, »weil es dir kaum jemals richtig gut gehen wird. Oder vielleicht auf einmal doch? Darauf also.«
Dmitrijew fragte nicht, was sie damit meinte. Überflüssiges Gerede. Nach dem Cognac wurde ihm warm, er kaute mit Wohlbehagen an der Tomate und betrachtete Tanja, die nach-

denklich gebückt dasaß und mit aufgestützten Ellbogen in die Zimmerecke starrte.
»Mach keinen Buckel!« Er gab ihr einen väterlichen Klaps auf das Schlüsselbein.
Tanja richtete sich auf, fuhr aber fort, die Zimmerecke anzustarren. Ihrem versteinerten Gesicht mit den vom Cognac geröteten Flecken auf den Backenknochen sah man deutlich an, daß sie litt. Einen Augenblick lang empfand er ein stechendes Mitleid mit ihr, aber sofort fiel ihm ein, daß irgendwo weit weg und doch nahe, am anderen Ende von Moskau, am Ufer dieses gleichen Flusses seine Mutter auf ihn wartete, die die Leiden des Todes durchmachte, während Tanjas Leid dem Leben angehörte, also – weswegen sie bemitleiden? Auf der Welt ist nichts außer Leben und Tod. Und alles was dem ersten untertan ist, ist Glück. Und alles, was dem zweiten ... Und alles was dem zweiten zugehört, ist die Vernichtung des Glücks. Und sonst gibt es nichts auf dieser Welt. Dmitrijew stand ruckartig auf, in jäher Eile, als hätte jemand Starkes ihn an den Armen gepackt und emporgerissen, und mit den Worten: »Bis bald! Ich muß laufen« eilte er rasch über den Korridor auf die Wohnungstür zu. Tanja kam nicht mehr dazu, ihm irgend etwas zu sagen. Aber vielleicht hatte sie ihm auch gar nichts sagen wollen.
Dmitrijew fuhr mit dem Omnibus bis zur Metro – ein Taxi war natürlich nicht zu finden gewesen –, stieg zweimal um und stieg dann an der Endstation einer neueröffneten Strecke aus. Ein leichter Regen setzte ein. Moskau war weit weg, seine riesengroßen Häuser blinkten weiß am Horizont, hier aber war ein von Baugruben aufgewühltes Feld, auf dem nassen Lehm lagen Rohre, und bei dem Mast an der Chaussee standen Leute Schlange und warteten auf den Trolleybus. Der Himmel war in Wolken, die in Schichten übereinanderlagen – ganz oben verdichtete sich etwas Unbewegliches, Dunkelviolettes, weiter unten wanderten helle aufgelockerte Wolken, noch tiefer flogen weiße Wolkenfetzen mit dem Wind wie Streifen von Dampf.

Vor vierzig Jahren, als sich Dmitrijews Vater Georgij Alexejewitsch in der Siedlung der Roten Partisanen ein Haus baute, galt Pawlinowo als ein Datschenort. Das war es auch schon vor der Revolution, damals fuhr man von der Stadtgrenze mit der Pferdebahn hierher. In den dreißiger Jahren kam der Junge Witja, ein mittelmäßiger Schüler, aber fleißiger Radfahrer, Ang-

ler, »Einundfünfzig«-Spieler, glühender Leser von Sienkiewicz und Gustave Aimard, an Sommertagen in einem quietschenden alten Omnibus angefahren, der alle Stunde vom kopfsteingepflasterten Swenigorodskij-Platz abfuhr. Im Omnibus war es immer stickig, die Fenster gingen nicht auf, es roch nach groben Stoffen. Am Omnibusfenster vorüber zogen Ödflächen, Gemüsegärten, ein kleines Dorf, ein zweites, ein Kühlhaus, das Rundfunkgelände, eine Schule mit weißer Ziegelmauer, wieder ein Feld, Gemüsegärten, eine Kirche auf einer Anhöhe, plötzlich öffnete sich die Deichsel des Wehrs mit den schwarzen unbeweglichen Booten der Angler und das Herz des Jungen Witja krampfte sich zusammen. Der Weg von der Omnibushaltestelle führte durch Kiefern, vorbei an regengeschwärzten, seit Jahren nicht mehr gestrichenen Zäunen, vorbei an Datschen, die hinter einem Dickicht aus Flieder, Heckenrosen und Holunder versteckt waren und deren mit Sprossenfenstern verglaste Veranden durch das Grün schimmerten. Diesen Weg ging man lange, der Asphalt hörte auf, dann kam eine staubige Landstraße, rechterhand war auf einer Anhöhe ein Kiefernwäldchen mit einer größeren Lichtung – in den zwanziger Jahren war hier ein Flugzeug abgestürzt, das Wäldchen hatte gebrannt –, und links zogen die Zäune sich immer weiter hin. Hinter einem dieser Zäune ragte, durch junge Birken kaum getarnt, ein aus Balken gezimmertes, zweigeschossiges, unterkellertes Haus empor. Es sah überhaupt nicht wie eine Datscha aus, eher wie ein Handelsposten irgendwo in den kanadischen Wäldern oder wie eine Hacienda in der argentinischen Savanne.
Das Haus war von einer Kooperative gebaut worden, die den klangvollen Namen »Roter Partisan« führte. Georgij Alexejewitsch war kein roter Partisan gewesen, ihn hatte sein Bruder Wassilij Alexejewitsch, roter Partisan und Mitarbeiter der OGPU sowie Besitzer eines zweisitzigen »Opel«-Sportwagens, in die Kooperative geholt. Nicht weit weg lebte auf dem gleichen Grundstück in einer kleinen Datscha der dritte Bruder, Nikolaj Alexejewitsch, auch er roter Partisan, der im Außenhandelsamt angestellt war und monatelang mal in China, mal in Japan lebte. Aus China brachte Nikolaj Alexejewitsch ein Mah-Jongg-Spiel mit, in einer Mahagonischatulle fanden in vier herausziehbaren Fächern einhundertvierundvierzig Steine Platz, deren eine Seite aus Bambus und deren andere aus Elfenbein war. Das Mah-Jongg-Fieber packte zuerst die Er-

wachsenen, die um Geld spielten, später, als es den Erwachsenen langweilig wurde oder ihnen nicht mehr danach war, ging das Spiel in den Besitz der Kinder von Nikolaj Alexejewitsch sowie der ganzen Kinderkommune von Pawlinowo über. Nichts war übriggeblieben von jenen Abenden mit Grammophonmusik wie »Die ermattete Sonne nahm zärtlich Abschied vom Meer«, mit dem lauten Gespräch zweier schwerhöriger Rotpartisanen, die sich im Obergeschoß unablässig über etwas stritten, mit dem Klopfen der chinesischen Spielsteinchen auf der kleinen Veranda von Nikolaj Alexejewitsch. Auf dieser Welt, so stellte sich heraus, verschwinden nicht Menschen, sondern ganze Nester, ganze Stämme mit ihrem Alltag, ihrer Umgangssprache, ihren Spielen, ihrer Musik. Sie verschwinden so vollständig, daß sich keine Spur mehr findet. Obwohl dort, in Pawlinowo, Lora wohnen geblieben war. Aber außer Lora – niemand, nicht ein einziger Mensch. Von den Brüdern war zuerst der älteste, Georgij Alexejewitsch, gestorben. Der jähe Tod durch Herzschlag – damals nannte man das apoplektischer Schlag – ereilte ihn an einem schwülen Tag auf offener Straße.
Dmitrijew konnte sich nur undeutlich und bruchstückhaft an seinen Vater erinnern. Er erinnerte sich an einen dunklen Schnurr- und Kinnbart, eine goldgeränderte Brille, ein sehr dünnes, weich anzufühlendes gelbliches Hemd aus chinesischer Rohseide mit Tabakkrümeln darauf, einen dicken Bauch unter dem Hemd und ein immerwährendes Lachen über alles und jeden. Georgij Alexejewitsch war Straßenbauingenieur, aber sein Leben lang träumte er davon, diese Arbeit aufzugeben und sich dem Schreiben humoristischer Erzählungen zuzuwenden. Er glaubte, das sei seine Berufung. Ständig lief er mit einem Notizbuch in der Tasche herum. Dmitrijew wußte noch, wie rasch und leicht sein Vater komische Geschichten erfand – einmal gingen sie abends in den Gemüsegarten Gurken begießen und sahen, wie sich Marja Petrowna, die Tante eines roten Partisanen, abmühte, den Ball ihres Enkels Petjka von einer Kiefer herunterzubekommen. Zuerst schleuderte sie einen Stock hoch, der Stock blieb in den Zweigen hängen, dann begann sie ihren Schuh zu werfen, der Schuh blieb ebenfalls hängen. Bis sie zum Gemüsegarten kamen, erzählte Vater ein zwerchfellerschütterndes Märchen davon, wie Marja Petrowna ihren zweiten Schuh auf die Kiefer warf, dann das Jäckchen, den Gürtel, den Rock, all das hing an der Kiefer, und Marja

Petrowna saß nackt darunter, dann kam Onkel Matwej gelaufen und begann seinerseits Schuhe und Hosen zu werfen. Und als der Vater einige Tage später aus der Stadt zurückkehrte, brachte er eine Zeitschrift mit, in der die Erzählung »Der Ball« abgedruckt war. Für seine Brüder hatte Georgij Alexejewitsch vorwiegend Spott übrig, er hielt sie für beschränkt, nannte sie im Spaß »die Äxte im Walde«. Er selber hatte ein abgeschlossenes Studium, während die Brüder nicht einmal das Gymnasium zu Ende besucht hatten: der Bürgerkrieg brachte alles durcheinander, hatte den einen in den Kaukasus, den anderen in den Fernen Osten verschlagen. Manchmal wunderte sich der Vater im Gespräch mit der Mutter: »Wie kommt es bloß, daß man solche Leute ins Ausland schickt, die nicht eine Silbe in irgendeiner Fremdsprache können?« Dann warf er den Brüdern noch vor, sie seien gierig, hätten ein sattes Leben, machte sich über die chinesischen Steinchen lustig und über das allsonntägliche Getue mit dem Auto – er sprach von dem brüderlichen Opel nie anders als mit einem »sh« davor.* Und in Koslowo litten ihre Tanten Hunger, starben einer nach der anderen, und die Neffen hatten kein Geld, um nach Moskau zu kommen. Nur Georgij Alexejewitsch half, so gut er konnte.
Zwischen den Brüdern gab es immer wieder fürchterlichen Streit – monatelang besuchte er sie nicht und sie ihn nicht. Mutter war der Ansicht, an den Streitereien und am späteren Unglück der Brüder seien deren Frauen Marjanka und Rajka schuld, denn die seien vom kleinbürgerlichen Spießertum angesteckt; aber später war es auch für sie, die Ärmsten, kein Zuckerschlecken mehr.
Insgesamt war Vater besser und klüger als seine Brüder, ein gar nicht schlechter Mensch. Allerdings ein Pechvogel. Er starb früh, ohne viel erreicht zu haben. Was war von seinen Notizbüchern geblieben, in denen so viel Lustiges und Schönes stand? Die Notizbücher waren verschwunden wie alles andere. Wie Rajka, die Frau Nikolaj Alexejewitschs, einst eine Schönheit und die modebewußteste Frau der Siedlung »Roter Partisan«. Wie der sandige Steilhang am Fluß, wo ganz früh morgens die Fische so gut anbissen. Nach acht Uhr schwammen die Fische fort – das Flußboot fing an, zwischen Anlegestelle und Dorf hin- und herzutuckern, Motorboote tauchten auf. Dann mußte

* *Shopel* klingt wie *Shopa* = *Arsch*

man aufs andere Ufer hinüber, dort waren stille kleine Buchten, wo die Fische sich versteckten, aber bei praller Sonne war es dort nicht auszuhalten – es gab weder Baum noch Strauch, nur eine kahle Wiese mit hartem Gras.
Dmitrijew sprang überraschend eine Haltestelle zu früh aus dem Trolleybus. Er hatte auf einmal Lust, die Stelle aufzusuchen, wo früher sein geliebter Flußhang war. Er wußte, daß das Ufer jetzt ausbetoniert war, aber die Angler kamen trotzdem dorthin. Neue Angler, aus den vierstöckigen Häusern jenseits der Brücke. Sie hatten es sehr bequem, sie kamen mit dem Trolleybus her.
Er stieg über steinerne Stufen zum Fluß hinab – alles hier war gründlich gemacht, wie im Gorkijpark – und ging über die Betonplatten, die sich etwa zwei Meter über den Wasserspiegel erhoben. So konnte man, am Fluß entlang, fast bis zum Haus gehen. Jetzt sackte das Ufer wohl nicht mehr ab. Früher brachen jedes Jahr im Frühling ganze Stücke vom Ufer ab und stürzten in den Fluß, manchmal samt Sitzbänken und Kieferngruppen.
Auf den nassen Platten glänzte der Himmel, und keine Menschenseele war zu sehen. Doch nein, ein Stück weiter weg saß jemand mit krummem Rücken da, und Dmitrijew ging langsam auf ihn zu. Das Wasser wirkte sehr sauber und unverschmutzt, aber dunkel – Herbstwasser. Dmitrijew blieb im Rücken des Anglers stehen und begann, auf den Schwimmer zu starren. Er starrte etwa fünf Minuten und dachte mit wachsender Unruhe und einer jähen Schwäche und Mutlosigkeit daran, wie schwer es sein würde zu reden. Fast unvorstellbar schwer. Und auch mit Lora. Mit Lora vielleicht noch schwerer als mit seiner Mutter. Aber was konnte er tun? Sie würden natürlich alles begreifen. Möglich wäre allerdings auch, daß Mutter nicht begriffe – wenn er die Sache so darstellte, wie das Lena vorgeschlagen hatte; Mutter hatte doch ein sehr schlichtes Gemüt –, aber Lora würde sofort begreifen. Lora war schlau, durchschaute alles und mochte Lena überhaupt nicht. Wenn Mutter bei aller Unfreundlichkeit Lenas sich dennoch mit ihr abgefunden und gelernt hatte, dieses nicht zu bemerken, jenes zu verzeihen, so wurde Lora mit den Jahren in ihrer Abneigung gegen Lena immer härter – und zwar wegen Mutter. Einmal hatte sie gesagt: »Ich weiß wirklich nicht, was für ein Mensch man sein muß, um unserer Mutter jede Achtung zu versagen!« Es stimmte, Xenia

Fjodorowna wurde von ihren Freunden geliebt, von den Kollegen geachtet, von ihren Nachbarn in der Wohnung und in Pawlinowo geschätzt, denn sie war wohlwollend, nachgiebig, bereit, zu helfen und *Anteil zu nehmen*. Aber Lora begriff nicht ... Nein, begriff einfach nicht, begriff nicht! Lora hatte nie gelernt, ein wenig unter die Oberfläche zu blicken. Loras Gedanken waren überhaupt nicht biegsam. Sie ragten da und dort heraus und stachen: wie Roßhaar aus einer schlecht geschneiderten Weste. Wie konnte man nicht begreifen, daß man Menschen nicht wegen ihrer Laster nicht liebt und nicht um ihrer Tugenden willen liebt!

Gewiß, es war die reinste Wahrheit: Mutter war stets von Menschen umgeben, an deren Schicksal sie *Anteil nahm*. In ihrem Zimmer wohnten längere Zeit irgendwelche betagten entfernten Bekannten, Freunde von Georgij Alexejewitsch, oder noch gebrechlichere alte Frauen, die mit dem Großvater befreundet gewesen waren, oder sogar Zufallsbekanntschaften aus Erholungsheimen, die den Wunsch hatten, Moskauer Ärzte zu konsultieren, oder Mädchen und Jungen aus der Provinz, Kinder von entfernten Verwandten, die an Universitätsinstitute gehen wollten. Ihnen allen versuchte Mutter zu helfen, und zwar völlig selbstlos. Obwohl – womit konnte sie schon helfen? Die Beziehungen waren längst dahin, und sie hatte keine Kraft mehr. Aber trotzdem – mit Unterkunft, Ratschlag und Mitgefühl. Es lag ihr wirklich daran, selbstlos zu helfen. Oder aber, noch genauer: ihr lag daran, so zu helfen, daß um Gottes willen kein Vorteil für sie heraussprang. Aber genau darin bestand der Vorteil: Gutes zu tun und sich dabei ständig als guten Menschen anzusehen. Und Lena, die diese winzige Schwäche seiner Mutter herausgespürt hatte, pflegte in Augenblicken der Verärgerung über sie zu sagen: eine Heuchlerin. Und das brachte ihn in Rage. Er brüllte: »Eine Heuchlerin? Meine Mutter eine Heuchlerin? Und das wagst du mir zu sagen ...« Und damit – fing es an, kam ins Rollen ... Weder Mutter noch Lora ahnten, wie sehr er ihretwegen tobte. Einiges errieten sie natürlich, manchmal waren sie auch Zeugen, aber im vollen Ausmaß – mit dem kompletten Sortiment der Beleidigungen, mit der heulenden Nataschka, dem tagelangen Nichtmiteinandersprechen, der gelegentlichen Anwendung leichter körperlicher Gewalt sogar – kannten sie das alles nicht. Sie waren beide, und ganz besonders Lora, der Meinung, er habe sie in aller Stille

verraten. Irgendwann sagte seine Schwester: »Witja, du hast dich aber mächtig lukjanifiziert!« Lukjanow war Lenas Mädchenname.
Dmitrijew kam plötzlich zu dem Entschluß, daß er etwas Wichtiges und Letztes noch genau durchdenken mußte. Er hatte nicht die Kraft, zum Haus hinzugehen, und schob es Minute um Minute auf.
Er setzte sich in der Nähe des Anglers auf eine Holzkiste – ebenfalls ein Angelzubehör –, die schon lange dort lag und verwitterte und durch und durch feucht war. Kaum hatte Dmitrijew sich gesetzt, begann die Kiste sich zur Seite zu neigen, und er mußte sich sehr fest mit den Füßen gegen den Boden stemmen, um Gleichgewicht zu halten. Auf dem gegenüberliegenden Ufer, wo einst die Wiese war, hatte man ein großes Strandbad mit Schaubuden und Verkaufskiosken angelegt. Die Liegestühle waren zu Stapeln geschichtet, aber zwei Liegestühle standen aus unerfindlichen Gründen weiterhin direkt am Wasser und warfen einen vagen blauen Widerschein auf den dunkelgrauen Sand. Alles auf jenem anderen Ufer war von dunkelgrauer Zementfarbe. Hinter dem Strandbad kräuselte sich ein junger vor etwa zehn Jahren gepflanzter Birkenhain, und dahinter erhob sich in nebligweißen Quadern das Gebirge der Neubauten, zwischen denen zwei besonders hohe Türme aufragten. Alles auf jenem Ufer hatte sich verändert. Alles hatte sich »lukjanifiziert«. Jedes Jahr veränderte sich etwas im Kleinen, doch als vierzehn Jahre herum waren, stellte sich heraus, daß alles lukjanifiziert war – endgültig und hoffnungslos. Aber vielleicht war das gar nicht so schlimm? Und wenn das mit allem so ging – selbst mit dem Ufer, dem Fluß und dem Gras –, dann war das vielleicht etwas ganz Natürliches und mußte so sein?

Das erst Jahr wohnten Dmitrijew und Lena notgedrungen in Pawlinowo. Lora, damals noch ohne Felix, wohnte mit Xenia Fjodorowna in Moskau, die Datscha stand leer, und Dmitrijew und Lena wollten allein sein. Aber das sollte ihnen sowieso nicht gelingen. Die Datschenwohnung in Pawlinowo war seit langem ziemlich verfallen. Das Dach leckte, die Außentreppe war angefault. Die größten Sorgen bereitete die Versitzgrube – sie lief fortwährend über, besonders bei Regen, und verbreitete über die ganze Gegend einen unerträglichen Gestank, der sich mit dem Duft der Linden, des Flieders und des Phlox vermischte. Die Bewohner hatten sich mit dieser Geruchsmischung längst abgefunden, die für sie zu einem unvermeidlichen Bestandteil des Datschenlebens geworden war, und auch mit dem Gedanken, daß die Reparatur der Grube hoffnungslos war, sie hätte ein Heidengeld gekostet, und das besaß niemand. Die ganze Siedlung war verarmt, die Bewohner waren nicht mehr, was sie gewesen waren – die früheren Besitzer waren gestorben oder in alle vier Winde entschwunden, und ihre Nachfolger, Witwen und Kinder hatten ein ziemlich schweres und keineswegs datschenmäßiges Leben. Petjka zum Beispiel, Enkel von Marja Petrowna und Sohn eines roten Professors, arbeitete als ungelernter Ladearbeiter in einem Bauholzlager. Und Valerka, Sohn von Wassilij Alexejewitsch und Vetter von Dmitrijew, hatte sich mit irgendwelchen Ganoven eingelassen, war zum Dieb geworden und irgendwo in den Lagern verschwunden. Andere Nachkommen, die die hohen Steuern für die Datscha leid waren und vorausblickten – die Stadt rückte näher –, verkauften ihre Anteile, und in der Siedlung tauchten gänzlich fremde Menschen auf, die zu den roten Partisanen von einst überhaupt keine Beziehung mehr hatten. Und nur die Birken und Linden, die Dmitrijews Vater, ein leidenschaftlicher Gärtner, vor vierzig Jahren gepflanzt hatte, waren zu einem mächtigen Wald herangewachsen, bildeten eine Mauer aus Blattwerk und verkündeten stolz den Vorübergehenden, die durch die Zäune blickten, daß in der Siedlung alles so blühte und gedieh, wie es sich gehörte.

Und auf einmal sagte Iwan Wassiljewitsch Lukjanow, Lenas Vater, der gekommen war, um nach den jungen Leuten zu sehen und einen Tag lang ihr Gast zu sein, daß Kalugin, der Klempnermeister, der seit dreißig Jahren die Wasser- und sonstigen Rohre in der Siedlung reparierte, ein Schwindler und Taugenichts sei und daß er im Verein mit den Latrinenfuhrleuten, die regelmäßig zum Auspumpen der Gruben bestellt wurden, das Blut der roten Partisanen aussauge, wo doch eine Reparatur der Versitzgrube rasch und billig bewerkstelligt werden könne. Alle fielen aus den Wolken. Man sammelte Geld. Iwan Wassiljewitsch brachte die Arbeiter mit, und nach einer Woche war die Reparatur beendet. Die Nachkommen der roten Partisanen befürchteten sehr, daß Kalugin gekränkt ihre Siedlung verlassen und den Launen des Schicksals ausliefern würde,

aber Iwan Wassiljewitsch verstand es so einzurichten, daß der alte Trunkenbold niemandem böse war, sondern sogar noch voll Respekt für Iwan Wassiljewitsch, und diesen mit »Wassilitsch« anzureden begann.
Lora mit ihrer Manier, alles ohne Umschweife auszusprechen, bemerkte damals, dies komme wahrscheinlich daher, daß Kalugin in Iwan Wassiljewitsch eine verwandte Seele spüre. Wo hatte er die Arbeiter herbekommen? Woher die Ziegelsteine? Den Zement? Natürlich hinten herum! Auf nicht geraden edlen Wegen. Da war nun freilich Mutter empört: »Woher willst du das wissen? Welch ein Recht hast du, so grob und ohne Beweise andere zu verleumden?« – »Schon gut, ich weiß nichts, ich weiß nichts, Mama. Vielleicht irre ich mich ja.« Lora lächelte geheimnisvoll. »Es ist nichts weiter als eine Vermutung. Wir werden sehen . . .«
Iwan Wassiljewitsch war in der Tat ein mächtiger Mann. Seine Hauptstärke waren seine Beziehungen, seine langjährigen Bekanntschaften. Binnen eines halben Jahres hatte er der Datscha in Pawlinowo ein Telefon verschafft. Von Hause aus war Iwan Wassiljewitsch Gerber, er hatte irgendwann in der Stadt Kirssanowo bei einem Privatunternehmer angefangen, aber schon von 1926 an, als er zum Direktor einer Fabrik befördert wurde – einer schäbigen kleinen Fabrik in Marjina Rostscha, die man einem NEP-Mann weggenommen hatte –, machte er Karriere auf dem Gebiet der Administration. Als Dmitrijew ihn kennenlernte, war Iwan Wassiljewitsch schon recht alt, schwer, litt an Atemnot, hatte einen Infarkt hinter sich sowie alle möglichen Mißgeschicke und Stürme, als da waren: Entlassung, Parteiverfahren, Wiedereinsetzungen, Beförderungen, üble Nachrede und Verleumdungen durch diverse Schufte, die darauf aus waren, ihn zu erledigen, doch, wie er selber bekannte, »bezüglich dieser Momente rettete mich nur eins: ich war auf der Hut«.
Die Gewohnheit ständigen Mißtrauens und nimmermüder Wachsamkeit hatte sich seiner Natur so sehr aufgeprägt, daß sie sich überall zeigte, sogar bei ausgesprochenen Lappalien: Beispielsweise fragte Iwan Wassiljewitsch Dmitrijew abends vor dem Zubettgehen: »Viktor, hast du den Türhaken vorgelegt?« – »Ja«, erwidert Dmitrijew und hört, wie sein Schwiegervater über den Gang zur Tür schlurft und das nachprüft. (Das war später, als sie in der Lukjanowschen Wohnung in der Stadt

lebten.) Manchmal platzte Dmitrijew der Kragen, und er rief: »Iwan Wassiljewitsch, warum um Gottes willen fragen Sie mich dann?« – »Seien Sie doch nicht gleich beleidigt, mein Bester, das tue ich ganz automatisch und ohne böse Absicht.« Das Komische war, daß von dem gleichen Mißtrauen gegen alles und jeden – und zuallererst gegen die Seite an Seite mit ihr lebenden Menschen – auch Vera Lasarewna angesteckt war. Manchmal rief sie von irgendwoher an und wollte Lena sprechen. Dmitrijew antwortete, Lena sei nicht da. Dann kam einige Zeit später wieder ein Anruf, und Vera Lasarewna fragte mit verstellter Stimme erneut nach Lena. Und was für komische Szenen sich abends manchmal abspielten, wenn Schwiegervater und Schwiegermutter einander Arzneien kredenzten! »Was hast du mir gegeben, Iwan?« – »Ich habe dir das gegeben, was du verlangt hast.« – »Nun, was denn, was genau? Sag es!« – »Du hast, glaube ich, Dibasol verlangt.« – »Hast du mir Dibasol gegeben?« – »Ja.« – »Bist du sicher?« – »Aber warum wirfst du diese Frage auf?« – »Weißt du was: bring mir doch die Schachtel, aus der du das Mittel genommen hast – ich habe irgendwie den Eindruck, daß das gar kein Dibasol ist . . .«
Solche im Vorbeigehen aufgeschnappten Gespräche fand Dmitrijew früher einmal lustig, genauso wie die Ausdrucksweise des Schwiegervaters: »Betreffs dieser Hinsicht, verehrte Xenia Fjodorowna, werde ich Ihnen meinerseits folgendes Axiom zum Besten geben.« Oder auch so etwas: »Ich war niemals der technische Ausführende meines Vaters und verlangte von Jelena das Analoge.« Sie lachten still vor sich hin. Die Mutter nannte den frischangeheirateten Verwandten den »gelehrten Nachbarn« – hinter seinem Rücken natürlich – und hielt ihn für einen ganz patenten, irgendwie sogar sympathischen, allerdings natürlich leider ganz und gar nicht gebildeten Mann. Er wie Vera Lasarewna gehörten einer anderen Rasse an – derjenigen, die »zu leben verstanden«. Nun, es war gar nicht so übel, mit Menschen einer anderen Rasse in verwandtschaftliche Beziehungen zu treten. Eine Blutauffrischung. Ein Ausnützen fremder Fähigkeiten. Wenn lebensfremde Menschen allzu lange zusammenleben, gehen sie auf die Dauer einander auf die Nerven – und zwar gerade mit ihrer edlen Lebensfremdheit, auf die sie insgeheim so stolz sind.
Hätten denn etwa Dmitrijew oder Xenia Fjodorowna oder sonstwer aus ihrer Verwandtschaft die Reparatur der Datscha

so kühn zu organisieren und durchzuführen verstanden, wie das Iwan Wassiljewitsch tat? Er streckte auch das nötige Geld für diesen ganzen Zirkus vor. Dmitrijew und Lena verbrachten ihren ersten Sommer im Süden. Als sie im August wiederkamen, waren die alten Zimmerchen nicht wiederzuerkennen – die Fußböden blitzten, die Fensterrahmen und Türen leuchteten in sattem Weiß, in allen Zimmern waren teure Tapeten mit eingepreßtem Muster; in dem einen Zimmer grüne, im nächsten blaue und im dritten ziegelrote. Allerdings standen inmitten dieses Glanzes noch immer die armseligen alten Möbel, die einst Georgij Alexejewitsch gekauft hatte. Früher merkte man es nicht, aber jetzt fiel es einem sofort ins Auge: wie schrecklich ärmlich! Irgendwelche eisernen Bettroste auf Böcken anstelle von Betten, Tische und Schränke aus angestrichenem Sperrholz, eine Korbpritsche, noch etwas aus Korb, und das Ganze altersschwach zum Gotterbarmen. Aus dem großen jetzt grüntapezierten Zimmer, in das das junge Paar eingezogen war, hatte Lena natürlich den ganzen Plunder entfernt und einige ganz einfache, aber dafür neue Möbelstücke gekauft: eine Matratze mit Beinen, einen Schülerschreibtisch, zwei Stühle, eine Lampe, eine Gardine, und aus den anderen Räumen holte sie zwei Teppiche, alt, aber sehr schön, Bucharas, einer kam an die Wand, der andere auf den Fußboden. Dmitrijew staunte: wie hatte sich alles auf wundervolle Weise verändert! Er sagte sogar zu seiner Mutter: »Sieh nur, wieviel Geschmack Lena hat! Wir haben so viele Jahre hier gelebt und sind nie auf den Gedanken gekommen, diesen Teppich an die Wand zu hängen. Nein, sie hat wirklich sehr viel Geschmack!«
Im mittleren Zimmer, dem blauen, hatten sich vorübergehend, für August und September, Vera Lasarewna und Iwan Wassiljewitsch niedergelassen, um Lenotschka, die bereits ein Kind erwartete, behilflich sein zu können, und im ziegelroten kleinen lebte Xenia Fjodorowna und übernachtete ab und zu Lora. Damals fing ihre öde Liebesgeschichte mit Felix an, und die Datscha lockte sie nicht. Zu der Zeit lebte Großvater noch, der Vater Xenia Fjodorownas, auch er kam manchmal zu Besuch und schlief auf der Pritsche im Durchgangszimmer. Seltsam, sich daran zu erinnern. War es wirklich so gewesen: sie saßen alle zusammen auf der Veranda um den großen Tisch herum, tranken Tee, Xenia Fjodorowna schenkte ein, Vera Lasarewna schnitt den Kuchen an. Und redete Lora damals mit Lorotschka

an und vermittelte ihr ihre besten Schneiderinnen? So war es gewesen, bestimmt. Gewesen, gewesen. Nur war es nicht im Gedächtnis geblieben, war vorbeigerast, spurlos verschwunden, weil er für nichts lebte, für niemanden Augen hatte außer für Lena. Da war der Süden, die Schwüle, das heiße Batum, die alte Vlastopoulo, bei der sie neben dem Basar ein Zimmer mieteten, der Abchasier, mit dem er sich wegen Lena am nächtlichen Meeresufer prügelte, der Abchasier hatte Lena im Restaurant einen Zettel zustecken wollen; sie saßen ohne Geld da, lebten nur von Gurken, telegrafierten nach Moskau, Lena lag entkräftet nackt und schwarz auf dem Bettlaken, während er loslief, um den Fotoapparat zu verkaufen. Und dann setzte sich dies alles fort, obwohl es anders war, Moskau, er arbeitete schon – der Sommer jagte rasch und wild dahin –, wieder lag Lena mulatinnenhaft auf dem Laken, wieder nächtliches Baden, Wettschwimmen ans andere Ufer, die abkühlende Wiese, Gespräche, Entdeckungen, Unersättlichkeit, Geschmeidigkeit, schamlose Finger, Lippen, stets bereit zur Liebe. Und nicht zuletzt: diese teuflische Beobachtungsgabe! Oh, wie sie es verstand, die Schwächen oder die lächerlichen Seiten sofort herauszufinden! Und ihm gefiel alles, er war von allem verblüfft, staunte bei sich, merkte sich alles.
Ihm gefiel die Leichtigkeit, mit der sie Bekanntschaften anknüpfte und Leute kennenlernte. Das war gerade das, was ihm fehlte. Besonders bemerkenswert war ihr Geschick, *nützliche* Bekanntschaften zu schließen. Kaum war sie nach Pawlinowo gezogen, kannte sie bereits sämtliche Nachbarn, den Chef der örtlichen Miliz, die Wachleute der Bootsanlegestelle, duzte die junge Direktorin des Sanatoriums, und jene erlaubte ihr, das Mittagessen aus der Sanatoriumskantine zu beziehen, was in Pawlinowo als der Gipfel des Komforts und Erfolgs galt und als für gewöhnliche Sterbliche schier unerreichbar. Und wie sie die Untere Dussja abblitzen ließ, die im Souterrain wohnte, als diese mit der für sie typischen Unverschämtheit aufkreuzte und verlangte, daß Dmitrijews ihren eigenen Schuppen räumen sollten, den die Untere Dussja die letzten zehn Jahre unerlaubt benutzt hatte! Die Untere Dussja flog dermaßen von der Vortreppe herunter, als sei sie vom Wind umgefegt. Dmitrijew war hingerissen und flüsterte seiner Mutter zu: »Wie findest du das? Das ist doch etwas anderes als mit uns Schlappschwänzen!« Aber all seine geheime Begeisterung nahm bald von selbst ein

Ende, weil er nämlich längst wußte, daß es keine schönere, klügere und energischere Frau als Lena gab und geben konnte. Darum – wozu sich noch begeistern? Alles war ganz natürlich, in der Ordnung der Dinge. Niemand hatte eine so weiche Haut wie Lena. Niemand konnte so mitreißend Agatha-Christie-Romane vorlesen und dabei aus dem Stegreif ins Russische übersetzen. Niemand verstand es, ihn so zu lieben, wie Lena. Und er selber – jener inzwischen so ferne magere Dmitrijew mit der komischen lockigen Haartolle – lebte wie betäubt und betört dahin, wie im Fieber, wenn der Mensch nicht richtig reagieren kann, weder essen noch trinken mag, sondern bloß im Halbschlaf in einem Zimmer mit verhängten Fenstern auf dem Bett liegt.

Doch eines Abends, gegen Ende des Sommers, sagte Lora: »Witjka, kann ich dich kurz sprechen?« Sie gingen von der Vortreppe auf den Weg hinunter, und solange sie im Lichtquadrat blieben, das von der Veranda einfiel, schwiegen sie vor sich hin, sobald sie aber in den Schatten der Linden kamen, sagte Lora mit unsicherem Auflachen: »Witja, ich möchte mit dir wegen Lena sprechen, geht das? Nichts Besonderes, hab keine Angst, es ist ganz unwichtig. Du weißt, ich mag sie sehr, sie gefällt mir, doch die Hauptsache für mich ist, daß du sie liebst.« Diese Einleitung kränkte ihn bereits, denn die *Hauptsache* war es keineswegs, daß er sie liebte. Sie war absolut wunderbar: ohne Bezug auf ihn. Und schon leicht mißtrauisch geworden, hörte er weiter zu.

»Ich wundere mich nur über einige Dinge. Unsere Mutter würde es nie von sich aus sagen, aber ich sehe deutlich ... Witjka, du bist doch nicht gleich beleidigt?« – »Aber nein, wieso denn! Sprich dich aus!« – »Es ist wirklich so ein Unsinn, dummes Zeug – daß Lena zum Beispiel alle unsere besten Tassen genommen hat, und, daß sie den Eimer neben der Tür zu Mutters Zimmer abstellt ...« (»Mein Gott!« dachte er. »Und das sagt Lorka!«) »Ist mir nicht aufgefallen«, sagte er laut, »aber ich werde es ihr sagen.« – »Das ist nicht nötig! Und es brauchte dir auch gar nicht aufzufallen.« Lora lachte wieder irgendwie verlegen. »Das fehlte noch, daß du auf jeden Unsinn achtest! Aber ich habe Mama ausgeschimpft. Warum kann man nicht einfach sagen: ›Lenotschka, wir brauchen die Tassen, und stellen Sie bitte den Eimer nicht hier ab, sondern dort.‹ Genau das habe ich heute gesagt, und meiner Meinung nach war sie

überhaupt nicht beleidigt. Obwohl es sehr unangenehm ist, von solchen Kleinigkeiten zu reden, glaub mir. Aber etwas anderes hat mich wirklich gekränkt – sie hat aus irgendeinem Grund Vaters Porträt aus dem mittleren Zimmer entfernt und ins Durchgangszimmer gehängt. Mama war sehr verwundert. Dies nun ist etwas, was du wissen mußt, denn das ist nicht irgendwelcher Haushaltskleinkram, sondern etwas anderes. Meiner Meinung nach einfach Taktlosigkeit!« Lora verstummte, und sie gingen eine Zeitlang wortlos nebeneinander her. Dmitrijew strich mit der offenen Handfläche über die Fliedersträucher, die kleinen spitzen Zweige fühlten sich stachlig an. »Nun gut«, sagte er schließlich, »was das Porträt angeht, werde ich mit ihr reden. Nur eins: Wenn du, Lorchen, in ein fremdes Haus kämst? Würden dir dann nicht auch irgendwelche unabsichtlichen Fauxpas und Taktlosigkeiten passieren?« – »Kann sein. Aber nicht von der Art. Ganz allgemein sollte man nicht den Mund halten, sondern reden – das halte ich für richtig –, und dann kommt schon alles in Ordnung.«
Er sprach Lena auf das Bild nicht am gleichen Abend an, sondern am nächsten Morgen. Lena war verblüfft. Sie hatte das Porträt nur abgenommen, weil sie den Nagel für die Wanduhr gebraucht hatte, und irgendeine andere Bedeutung hatte ihre Handlung nicht. Sie finde es eigenartig, daß Xenia Fjodorowna wegen einer solchen absoluten Lappalie nicht selber mit ihr spreche, sondern Viktor als Botschafter vorschicke, womit sie dieser Lappalie ein völlig unangemessenes Gewicht verleihe. Er bemerkte, Xenia Fjodorowna habe keineswegs mit ihm darüber gesprochen. Aber wer dann? Aus schierer Dummheit platzte er damit heraus – mit wie vielem würde er später noch aus Dummheit »herausplatzen«! –, daß Lora ihn darauf angesprochen habe. Lena wurde rot und sagte, Lora habe offenbar die Rolle übernommen, ihr Rügen zu erteilen: mal direkt, mal über dritte Personen.
Als Dmitrijew an jenem Tag aus der Stadt heimkam, war es in der Wohnung ungewöhnlich still. Lena kam nicht sofort heraus, um ihn zu begrüßen, sondern tauchte erst nach etwa zwei Minuten auf und stellte die überflüssige Frage: »Soll ich dir das Abendessen warmmachen?« Lora war nach Moskau gefahren, Mutter ging nicht aus ihrem Zimmer heraus. Dann erschien Vera Lasarewna, städtisch gekleidet, gepudert, mit Glasperlen auf ihrer mächtig vorragenden Büste, und sagte lächelnd, Iwan

Wassiljewitsch und sie dankten für die Gastfreundschaft und hätten auf seine Rückkehr gewartet, um sich von ihm zu verabschieden. Iwan Wassiljewitsch sei gleich mit dem Wagen da. Durch die für einen Augenblick geöffnete Tür sah Dmitrijew, daß das Porträt seines Vaters wieder an der alten Stelle hing. Er wollte wissen: Warum so plötzlich? Sie hätten doch vorgehabt, den ganzen September hier zu verbringen. Ja, aber man müsse dringend etwas erledigen – Iwan Wassiljewitsch dienstlich, sie im Haushalt, sie müsse Konfitüre einmachen, und überhaupt – sind eure lieben Gäste euch nicht schon lästig . . . Xenia Fjodorowna kam heraus, um sich von der Verwandtschaft zu verabschieden – sie sah irgendwie entmutigt aus, lud sie ein wiederzukommen. Vera Lasarewna versprach es nicht. »Ich fürchte, es wird nichts daraus, liebe Xenia Fjodorowna. Es gibt tausenderlei verschiedenste Dinge, um die wir uns kümmern müssen. So viele Freunde möchten uns sehen, laden uns auch auf ihre Datschen ein . . .«
Sie fuhren ab, und Dmitrijew und Lena gingen in die Nachbardatscha zum Pokern. Spät nachts, als Dmitrijew wiederkam, rief ihn Xenia Fjodorowna in ihr Zimmer mit den ziegelroten Tapeten und sagte, sie sei in einer scheußlichen Stimmung und könne wegen dieser Geschichte nicht einschlafen. Er begriff nicht: »Wegen welcher Geschichte?« – »Die, wegen der sie abgereist sind.«
Dmitrijew hatte bei den Nachbarn zwei Gläschen Cognac getrunken, war etwas angeheitert und nicht mehr ganz klar im Kopf, er winkte ab und sagte leicht unwillig: »Ach, Unsinn, Mutter! Lohnt es sich, davon zu reden?« – »Nein, aber Lora ist einfach unbeherrscht. Warum hat sie das Ganze angefangen? Und du hast es aus irgendeinem Grund Lena weitergesagt, und die – ihrer Mutter, wir hatten hier das allerdümmste Gespräch . . . Völliger Schwachsinn!« – »Man soll eben keine Porträts umhängen!« sagte Dmitrijew mit sich verhärtender Stimme und wedelte streng mit dem Zeigefinger. Er fühlte sich plötzlich in der Rolle des Familienschiedsrichters, und das war sogar angenehm. »Na schön, sie sind abgefahren, was soll's? Lenka hat mir *absolut nichts* gesagt, kein einziges Wort. Sie ist eben eine kluge Person. Also reg dich nicht auf und schlaf ruhig!« Er gab der Mutter einen Kuß auf die Wange und ging hinaus.
Doch als er zu Lena kam und sich neben sie legte, rückte sie von

ihm weg zur Wand hin und fragte, warum er zu Xenia Fjodorowna ins Zimmer gegangen sei. Er witterte Gefahr und fing an, Ausflüchte zu machen, zu leugnen, sagte, er sei des Redens müde und wolle etwas ganz anderes, aber Lena, zwischen Strenge und Zärtlichkeit wechselnd, entlockte ihm dennoch, was sie wissen wollte. Daraufhin sagte sie, ihre Eltern seien sehr stolze Menschen. Besonders stolz und empfindlich sei Vera Lasarewna. Sie sei nämlich ihr ganzes Leben lang von niemandem abhängig gewesen und reagiere deshalb schon auf die kleinste Anspielung geradezu krankhaft. Dmitrijew dachte: »Wieso nicht abhängig, wo sie doch nie gearbeitet und immer auf Kosten Iwan Wassiljewitschs gelebt hat?« – doch laut sagte er das nicht, sondern fragte, wodurch sie denn Vera Lasarewnas Unabhängigkeit verletzt hätten. Es stellte sich heraus, daß, als Lena Vera Lasarewna das Gespräch über das Bild wiedergab, diese bloß geächzt hatte: O Gott, glauben die denn wirklich, wir erheben irgendwelche Ansprüche auf dieses Zimmer? Dmitrijew verstand immer weniger: »Was für Ansprüche? Wieso Ansprüche?« Außerdem stand ihm der Sinn nach anderem. Es endete damit, daß Lena ihm das Versprechen abnahm, gleich am nächsten Tag von der Arbeit aus Vera Lasarewna anzurufen und sie sanft und höflich, ohne Porträt und Kränkung zu erwähnen, nach Pawlinowo einzuladen. Sie würden natürlich nicht kommen, da sie sehr stolze Menschen seien. Aber der Anruf müsse sein. Zur Gewissenserleichterung.

Er rief an. Sie kamen tags darauf. Warum fiel ihm jetzt diese uralte Geschichte ein? Später passierte vieles, was noch schlimmer und finsterer war. Nun, wahrscheinlich deshalb, weil diese Geschichte als die erste sich ihm für immer eingeprägt hatte. Er wußte sogar noch, welchen Mantel Vera Lasarewna anhatte, als sie tags darauf kam und mit der Miene unerschütterter Würde – stolz und selbstbewußt vor sich herblickend – die Vortreppe hinaufstieg, wobei sie in der rechten Hand eine Tortenschachtel trug.

Dann waren da die Geschichten mit Großvater. In jenem selben Herbst, als Lena Nataschka erwartete. Ach, Großvater! Dmitrijew hatte seinen Großvater viele Jahre nicht gesehen, aber seit irgendwelchen fernen, unvordenklichen Zeiten schwelte in seinem Herzen der Splitter kindlicher Hingabe. Dem alten Mann war jegliche *Lukjanowerei* dermaßen fremd – gewisse Dinge verstand er einfach nicht –, daß es natürlich Wahnsinn war, ihn

auf die Datscha einzuladen, während diese Leute dort wohnten. Aber keiner begriff damals schon oder war imstande vorauszusehen. Den Großvater einzuladen, war unumgänglich, er war erst kürzlich nach Moskau zurückgekehrt, war sehr krank und brauchte Erholung. Nach einem Jahr bekam er ein Zimmer in Moskau-Südwest.
Der Großvater sagte sehr verwundert zu Dmitrijew: »Heute war ein Arbeiter da, um die Couch neu zu beziehen, und deine schöne Helena sowie deine nicht minder reizende Schwiegermutter redeten ihn vereint mit ›du‹ an. Was soll das heißen? Ist das jetzt so üblich? Einen Familienvater, einen Mann von vierzig Jahren?« Ein anderes Mal fing er mit Dmitrijew und Lena ein komisches und unerträglich langweiliges Gespräch an, weil sie dem Verkäufer im Radiogeschäft – was sie auch noch vergnügt erzählten – fünfzig Rubel zugesteckt hatten, damit er ihnen ein Rundfunkgerät zurücklegte. Und Dmitrijew schaffte es nicht, dies dem Großvater plausibel zu machen. Lena lachte nur und sagte: »Fjodor Nikolajewitsch, Sie sind ein Monstrum! Hat Ihnen das noch niemand gesagt? Sie sind ein guterhaltenes Monstrum!« Großvater war kein Monstrum, er war einfach sehr alt – neunundsiebzig –, solche alten Männer gab es in Rußland nur noch wenige, und Juristen, die an der Petersburger Universität Examen gemacht hatten, noch weniger, und diejenigen unter ihnen, die sich in ihrer Jugend revolutionär betätigt hatten, in der Festung saßen, verbannt wurden, ins Ausland flohen, in der Schweiz und in Belgien arbeiteten, Vera Sassulitsch gekannt hatten – die waren schon gleich an den Fingern abzuzählen. Vielleicht war Großvater in einem gewissen Sinne doch ein Monstrum.
Und was für Gespräche konnten auch zwischen ihm und Iwan Wassiljewitsch samt Vera Lasarewna stattfinden? So sehr sich beide Seiten abmühten, es war nichts Gemeinsames zu finden. Für Iwan Wassiljewitsch und Vera Lasarewna war Großvaters Vergangenheit denkbar uninteressant, und in der Gegenwart kannte Großvater sich so wenig aus, daß er nichts Nutzbringendes darüber mitzuteilen vermochte, deshalb nahmen die zwei auch keinen Anteil an ihm: ein Greis wie alle anderen. Schlurft über die Veranda, qualmt billige, stinkende Zigaretten. Vera Lasarewna sprach mit Großvater normalerweise über seine Raucherei.
Großvater war von kleinem Wuchs, eingetrocknet, mit kupfer-

grauer, wie gegerbter Gesichtshaut, mit rissigen, von der schweren Arbeit verunstalteten, steifen Händen. Er zog sich immer sorgfältig an, trug zum Hemd stets eine Krawatte. Seine Knabenschuhe Größe vierzig putzte er auf Hochglanz und liebte es, am Flußufer spazierenzugehen. Und es war irgendein Sonntag, der letzte warme im September, als sich alle zu einem Spaziergang zusammenfanden – schon längst war eine gewisse Angestrengtheit in den Gesprächen aufgekommen, niemand hatte ein Bedürfnis nach diesem Ausflug, aber irgendwie traf es sich so: man versammelte sich zur selben Zeit und schlenderte los.

An jenem Tag wimmelte es nur so von Leuten. Sie drängten sich im Wäldchen, am Flußufer, hielten sämtliche Sitzbänke besetzt: die einen in Sportanzügen, die anderen in Pyjamas, mit Kindern, Hündchen, Gitarren, mit Wodkaflaschen auf Zeitungen. Und Dmitrijew fing an, die neuen Datschenbewohner lächerlich zu machen: weiß der Kuckuck, sagte er, was das für ein Publikum ist. Vor dem Krieg jedoch lustwandelten hier, wie erinnerlich, Leute mit Bärten und Kneifern ... Unerwartet bekam er Schützenhilfe von Vera Lasarewna, die sagte, auch schon vor der Revolution sei Pawlinowo ein wunderschöner kleiner Datschenort gewesen, als Kind habe sie hier ihren Onkel besucht. Es gab damals ein Restaurant mit Zigeunern, das »Zum Fluß« hieß, es wurde später in Brand gesteckt. Alles in allem wohnten solide Leute hier: Börsenjobber, Geschäftsleute, Advokaten, Künstler. Dort drüben in der Schneise hatte Schaljapins Datscha gestanden.

Xenia Fjodorowna fragte: wer war dieser Onkel? Worauf Vera Lasarewna erwiderte: »Mein Papa war ein einfacher Arbeiter, aber ein sehr guter, ein hochqualifizierter Kürschner, es wurden bei ihm immer teure Sachen in Auftrag gegeben...« – »Mamotschka!« lachte Lena. »Man fragt dich nach deinem Onkel, und du erzählst von deinem Vater.« Der Onkel hatte, wie sich herausstellte, ein Lederwarengeschäft gehabt: Handtaschen, Koffer, Aktentaschen. Auf dem Kusnezkij Most, im ersten Stock, wo heute ein Geschäft für Damenmoden war. Auch während der NEP-Zeit war dort ein Ledergeschäft, aber nicht mehr das ihres Onkels, denn der Onkel war im Jahre neunzehn, während der Hungerszeit, irgendwohin verschwunden. Nein, weder geflüchtet noch gestorben, sondern einfach irgendwohin verschwunden. Iwan Wassiljewitsch unterbrach seine Gemahlin

mit der Bemerkung, solche autobiographischen Details seien für andere schwerlich von Interesse.
An diesem Punkt fing Großvater, der bisher geschwiegen hatte, plötzlich an zu reden. Zu Dmitrijew gewandt sagte er: »Und nun, lieber Witja, stell dir vor, wenn der Onkel deiner Schwiegermutter noch jene Zeiten erlebt hätte, als hier die Bärte mit den Kneifern lustwandelten – was hätte er wohl gesagt? Wahrscheinlich: Was ist das jetzt nur für ein Publikum in Pawlinowo! Irgendwelche Ganoven in Tolstojblusen, mit Kneifern . . . Na? Etwa nicht? Und noch früher war hier ein Landgut, der Gutsbesitzer wirtschaftete es herunter, verkaufte das Haus, verkaufte das Land, und fünfzig Jahre später käme ein Nachkomme von ihm hier auf der Durchreise vorbei, aus trauriger Neugier, sähe die Kaufmannsfrauen, die Beamtenfrauen, die Herren mit ihren Melonen, Ihren Onkel« – Großvater machte eine leichte Verbeugung zu Vera Lasarewna hin – »der mit der Droschke angefahren kommt, und dächte: ›Pfui, wie ekelhaft! Was ist das für ein Gesindel!‹ Na?« lachte er. »Etwa nicht?«
Vera Lasarewna bemerkte mit einiger Verwunderung: »Ich verstehe nicht, wieso – Gesindel? Wozu solche Ausdrücke?« Da erläuterte Großvater: Verachtung ist dumm. Man soll niemanden verachten. Er sagte das für Dmitrijew, und der dachte auf einmal, daß Großvater in gewisser Hinsicht recht hatte. In einer gewissen Hinsicht, die ihn, Dmitrijew, unmittelbar betraf. Alle wurden ein wenig nachdenklich, dann sagte Xenia Fjodorowna, nein, sie könne ihrem Vater nicht zustimmen: Wenn wir auf die Verachtung verzichten, dann begeben wir uns unserer letzten Waffe. Soll doch dieses Gefühl tief in unserem Innern sitzen und von außen absolut unsichtbar sein, aber da sein muß es. Da sagte Lena lachend: »Und ich bin ganz der Meinung Fjodor Nikolajewitschs. Wie viele Leute bilden sich wer weiß worauf etwas ein, tun groß mit irgendwelchen Mythen, Hirngespinsten. Das ist so komisch!« – »Wer zum Beispiel bildet sich worauf was ein?« fragte Dmitrijew in halb scherzhaftem Ton, obwohl die Richtung des Gesprächs ihn zu beunruhigen begann. »Wer wohl«, sagte Lena. »Mußt du denn alles wissen?« – »Einbildung, Lenotschka, und ruhige Verachtung sind verschiedene Dinge«, äußerte lächelnd Xenia Fjodorowna. »Nun, das ist eine Frage des Standorts«, antwortete Lena. »Ich hasse nun einmal allen Dünkel. Meiner Meinung nach gibt es nichts Widerwärtigeres.« – »Sie reden in einem Ton, als wollte ich

beweisen, daß Dünkel etwas Schönes sei. Ich kann Dünkel genausowenig leiden.« – »Besonders wenn kein Grund dazu vorliegt. Sondern so, im luftleeren Raum . . .«
Und hieraus, aus diesem unschuldigen Wortwechsel, hatte sich jenes Gespräch entwickelt, das schließlich zu Lenas nächtlichem Herzanfall führte, zum Rufen des Krankenwagens, Vera Lasarewnas Geschrei über Egoismus und Hartherzigkeit, ihrer und Iwan Wassiljewitschs hastiger Abreise per Taxi am nächsten Morgen und danach zur Abreise Xenia Fjodorownas und jener Stille, die in der Datscha eintrat, als sie nur noch zu zweit waren: Dmitrijew und der Alte. Sie gingen am See spazieren, führten lange Gespräche. Dmitrijew wollte sich gern mit Großvater über Lena unterhalten – ihre Abreise quälte ihn –, sie für ihre unsinnige Zanksucht schimpften, ihre Eltern für ihre Idiotie, wollte vielleicht auch sich selber tadeln, irgendwie in dieser Wunde stochern, aber Großvater sagte weder über Lena noch über ihre Eltern ein einziges Wort. Er sprach vom Tod und davon, daß er ihn nicht fürchte. Er hatte das erfüllt, was ihm in diesem Leben aufgetragen war, und damit hatte es sich. »Mein Gott«, dachte Dmitrijew, »wie mag es ihr dort ergehen? Am Ende hat sie wirklich etwas am Herzen?«
Großvater sprach davon, daß alles, was hinter ihm lag, sein ganzes endlos langes Leben, ihn nicht beschäftige. Nichts Dümmeres, als seine Ideale in der Vergangenheit zu suchen. Mit Interesse blickte er nur nach vorn, aber leider werde er nicht mehr allzu viel zu sehen bekommen.
»Soll ich anrufen oder nicht?« dachte Dmitrijew. »Trotzdem, in welchem Zustand sie auch immer sein mag, daraus folgt noch nicht das Recht . . .«
Abends rief er an. Großvater starb vier Jahre später.
Dmitrijew fuhr direkt von der Arbeit zum Krematorium und sah mit seiner dicken gelben Aktentasche, in der mehrere Dosen mit zufällig auf der Straße erstandenen Fischkonserven lagen, ziemlich blöde aus. Lena mochte Fisch sehr. Als sie über den Hof das Krematoriumsgebäude betraten, machte Dmitrijew rasch ein paar Schritte nach rechts und stellte die Aktentasche in einer Ecke auf den Boden, hinter eine Säule, so daß niemand sie sehen konnte. In Gedanken sagte er vor sich hin: »Aktentasche nicht vergessen, Aktentasche nicht vergessen!« Während der Trauerfeier fiel ihm mehrmals die Aktentasche ein, er blickte die Säule an und dachte gleichzeitig, daß Großvaters Tod ihn

weniger schlimm mitnahm, als er angenommen hatte. Seine Mutter tat ihm sehr leid. Sie wurde auf der einen Seite von Tante Shenja, auf der anderen von Lora gestützt, und ihr Gesicht, von Tränen weiß, war irgendwie neu: sehr alt und zugleich kindlich.

Lena kam auch, schneuzte sich, wischte sich die Augen mit dem Taschentuch, und als der Augenblick des Abschiednehmens anbrach, begann sie plötzlich mit lauter, tiefer Stimme zu schluchzen, verkrallte sich in Dmitrijews Arm und flüsterte, was für ein guter Mensch Großvater doch gewesen sei, der beste in der ganzen Dmitrijewschen Verwandtschaft, und wie sehr sie ihn geliebt habe. Das war eine Neuigkeit. Aber Lena schluchzte so aufrichtig, in ihren Augen standen echte Tränen, und Dmitrijew glaubte ihr. Auch ihre Eltern erschienen noch in letzter Minute, in schwarzen Mänteln, mit schwarzen Regenschirmen, Vera Lasarewna hatte sogar einen schwarzen Schleier am Hut, und sie schafften es gerade noch, auf den ins Souterrain versinkenden Sarg einen kleinen Blumenstrauß zu werfen. Dann sagte Vera Lasarewna verwundert: »Wie viele Leute da waren!« Denn deswegen waren sie gekommen, aus Altersneugier: um zu sehen, ob wohl viele kämen, ihm das Geleit zu geben. Zur Verwunderung Dmitrijews kamen viele. Und vor allem waren von irgendwoher in nicht geringer Anzahl jene wie vom Erdboden verschwundenen, doch nein, noch lebenden seltsamen Greise, jene kettenrauchenden alten Frauen mit den zornigen trockenen Augen angekrochen gekommen, Großvaters Freunde, an die Dmitrijew sich zum Teil aus seiner Kindheit erinnerte. Es kam auch eine bucklige kleine Alte mit einem fast blinden uralten Gesicht, von der seine Mutter irgendwann erzählt hatte, sie sei eine verwegene Revolutionärin gewesen, eine Terroristin, habe auf irgendwen eine Bombe geworfen. Diese bucklige Frau hielt auch die Rede am Sarg. Als alle hinausgingen und im Hof in kleinen Gruppen stehenblieben, trat Lora auf Dmitrijew zu und fragte, ob er und Lena zu Tante Shenja mitkämen, wo sich Freunde und Verwandte träfen. Bis zu dieser Minute war Dmitrijew davon ausgegangen, daß er zweifellos zu Tante Shenja mitgehen würde, aber jetzt schwankte er: Loras bloße Frage enthielt die Möglichkeit einer Wahl. Lora und Mutter waren also der Ansicht, daß er, wenn er nicht wolle, nicht kommen müsse, das hieß, daß er nicht verpflichtet war zu kommen, denn – das begriff er plötzlich – in ihren Augen existierte er schon nicht mehr als ein Teil der Familie Dmitrijew, sondern als etwas anderes, mit Lena Vereintes und vielleicht sogar mit jenen in schwarzen Mänteln und mit schwarzen Regenschirmen, und man mußte ihn wie einen Außenstehenden erst fragen.

»Kommt ihr mit zu Tante Shenja?« Die Frage wurde beiläufig gestellt, aber wieviel steckte dahinter! Unter anderem: »Wenn du allein wärst, würden wir nicht fragen. Wir haben immer den Wunsch, dich zu sehen, das weißt du. Aber wenn wir Kummer haben, wozu dann fremde Leute? Falls möglich, besser ohne sie auskommen. Falls möglich, aber – wie du willst. . .« Dmitrijew sagte, daß sie wohl nicht zu Tante Shenja mitkämen. »Warum? Geh du doch mit!» sagte Lena. »Ich fühle mich nicht besonders, aber du solltest mitgehen! Natürlich, geh mit!« Nein, er würde nicht mitkommen, Lena hatte starke Kopfschmerzen. Lora nickte verstehend, lächelte Lena sogar teilnahmsvoll zu und fragte, ob sie ihr vielleicht eine Tablette geben könne. »Ja«, sagte Dmitrijew. »Nun habe ich doch die Aktentasche vergessen!« Er kehrte ins Krematorium zurück, wo auf dem Postament bereits ein neuer Toter im Sarg lag, um den sich ein schütteres Grüppchen Menschen drängte, und ging auf Zehenspitzen hinter jene Säule. Nachdem er die Aktentasche an sich genommen hatte, blieb er stehen, um eine Minute allein zu sein. Das Gefühl des Nichtwiedergutzumachenden, *des Abgeschnittenseins*, das sich bei Begräbnissen einstellt – das eine ist unwiederbringlich dahin, ist für immer abgeschnitten, und das andere dauert an, aber es ist nicht mehr das gleiche, was schon etwas Neues, in anderen Kombinationen –, war der bohrendste Schmerz, stärker noch als die Trauer um Großvater. Großvater war schließlich alt gewesen, er hatte verlöschen müssen, doch mit ihm entschwand etwas, was nicht direkt mit ihm zusammenhing, was gesondert existierte: gewisse Fäden zwischen Dmitrijew und Mutter und Schwester. Dieses Entschwinden kam so jäh und unerbittlich an den Tag, nur wenige Minuten nachdem sie aus dem schweren Blumengeruch hinaus an die frische Lust getreten waren. Lora erklärte sich gelassen damit einverstanden, daß er nicht zu Tante Shenja mitkam, und er selber fand sich leicht mit ihrer Gelassenheit ab. Und nur seine Mutter machte, halb umgewandt, eine schwache Abschiedsgeste mit der Hand, und er fühlte plötzlich, daß er ihren Schmerz noch vermehrt hatte, stürmte los, um sie einzuholen – stürmte

innerlich los, eine Sekunde lang –, aber es war schon zu spät, unwiederbringlich, alles war abgeschnitten, Lena zog ihn zum Taxi fort, und es ging nach Hause.
Zusammen mit Mutter, Lora, Felix, Tante Shenja und anderen Verwandten ging in der sich entfernenden Menge auch Ljowka Bubrik. Vielleicht war er auch schon früher gekommen, aber Dmitrijew bemerkte ihn erst, als sie auf den Hof hinausgingen. Ljowka war ohne Mütze, dunkel, zerzaust, die Brillengläser glitzerten blind. Zu Dmitrijew ging er nicht hin, nickte nur aus der Ferne. Lena fragte flüsternd: »Was macht denn Bubrik hier?« Dmitrijew unterdrückte in sich ein Gefühl unangenehmer Verwunderung und sagte: »Wieso? Er ist irgendwie um sieben Ecken mit uns verwandt.«
Es waren das erstemal seit einigen Monaten, daß Dmitrijew Ljowka Bubrik nach jener peinlichen Geschichte mit dem Institut wiedersah. Und sofort fiel ihm ein, daß der verstorbene Großvater ihn wegen Ljowka scharf getadelt hatte. Es hatte sogar irgendein Gespräch gegeben, in dem Großvater sagte: »Xenia und ich hatten erwartet, daß etwas anderes aus dir würde. Natürlich ist nichts Schlimmes passiert. Du bist kein schlechter Mensch. Aber auch kein besonders großartiger.«
Ljowka und er kannten sich von Kindheit an, sie hatten am selben Institut studiert. Nicht gerade das, was man unzertrennliche Freunde genannt hätte, aber gute Kameraden, verbunden durch die innigen Beziehungen der Häuser und Familien. Ljowkas Vater, Doktor Bubrik, der Dmitrijew schon als kleines Kind behandelt hatte, war der Bruder des Mannes von Tante Shenja, der im Krieg gefallen war. Das heißt: Ljowka war ein nicht blutsverwandter Neffe Tante Shenjas. Gleich nach dem Institut ging Ljowka nach Baschkirien und arbeitete dort drei Jahre lang im Bergwerk, während Dmitrijew, der etwas älter war als Bubrik und sein Diplom bereits ein Jahr früher gemacht hatte, in Moskau blieb und im Labor eines Gaswerks arbeitete. Auch ihm hatte man diverse verlockende Odysseen angeboten, aber zuzusagen war schwierig. Seine Mutter hätte ihn sehr gern nach Turkmenien gehen sehen, nach Dargan-Tepe, denn das war nicht sehr weit von Loras Kunja-Urgentsch entfernt, lumpige sechshundert Kilometer, und Bruder und Schwester hätten sich dann bei einer Schale turkmenischen Tees treffen und sich gemeinsam dem Heimweh hingeben können. Nataschka kam schwächlich zur Welt, kränkelte, auch Lena kränkelte, sie hatte

keine Milch, sie fanden eine Amme, Frossja, Putzfrau in einer Schule, die in einer Baracke in Tarakanowka wohnte, Dmitrijew fuhr allabendlich hin, um die Flaschen abzuholen. Da war an Dargan-Tepe überhaupt nicht zu denken! Und es gab auch kein Dargan-Tepe. Es gab Träumereien am frühen Morgen, in der Stille, wenn er mit unverhoffter Munterkeit erwachte und dachte: »Es wäre doch schön, wenn. . .« Und alles stellte sich ihm so durchsichtig, so deutlich dar, als habe er an einem klaren Tag einen Berg bestiegen und blicke von dort hinunter in die Ferne. »Witja«, sagte dann Lena (oder »Witjenka«, wenn es eine Periode der Friedlichkeit und Liebe war), »warum machst du dir etwas vor? Du kannst nicht irgendwohin fort von uns. Ich weiß nicht, ob du uns liebst, aber du kannst nicht fort, das geht nicht. Es ist alles vorbei! Du bist zu spät dran. Du hättest es früher tun müssen . . .« Sie umarmte ihn und blickte ihn mit dunkelblauen zärtlichen Hexenaugen an. Er schwieg, denn das waren seine eigenen Gedanken, vor denen er sich fürchtete. Ja, ja, er war zu spät dran. Der Zug war abgefahren. Schon vier Jahre waren vergangen seit seinem Abschluß am Institut, dann vergingen fünf, sieben, neun. Nataschka kam in die Schule. Die englische Spezialschule in der Utingasse, Gegenstand der Begierde, des Neids, Maßstab elterlicher Liebe und *Einsatzbereitschaft*. Ein anderer Schulbezirk, fast unvorstellbar. Und niemand außer Lena hätte die Kraft dazu gehabt. Denn: sie verbiß sich in ihre Wünsche wie eine Bulldogge. So eine entzückende Bulldoggenfrau mit kurzem strohfarbenem Haar und einem stets angenehm gebräuntem Gesicht. Sie ließ nicht locker, bis ihre Wünsche – direkt zwischen ihren Zähnen – Fleisch geworden waren. Eine großartige Eigenschaft! Eine herrliche, bewunderungswürdige, lebensentscheidende Eigenschaft. Eine Eigenschaft für wirkliche Männer.

»Keinerlei Expeditionen. Nicht länger als eine Woche« – das war ihr Wunsch. Ein armer, einfältiger Wunsch, der die Spuren eiserner Zähne trug.

Ein anderer Wunsch Lenas, der sie jahrelang beschäftigte, war: eine Stelle im IMKOIN zu bekommen. O IMKOIN, IMKOIN, unerreichbar, hoch über den Wolken wie der Himalaja! Gespräche über das IMKOIN, Telefonanrufe wegen des IMKOIN, tränenreiche Verzweiflung, Hoffnungsblitze.

»Papa, hast du mit Grigorij Grigorjewitsch wegen des IMKOIN gesprochen?« – »Lenotschka, man hat dich aus dem IMKO-

IN angerufen.« – »Von wo?« – »Aus dem IMKOIN!« – »Mein Gott, aus der Kaderabteilung, oder war es bloß Sojka?« Zwei in diesem Leben ideal etablierte Freundinnen Lenas arbeiteten im IMKOIN – dem Institut für Internationale Koordinierte Information*. Endlich klappte es. Das IMKOIN war Fleisch geworden und krachte zwischen den Zähnen wie ein gut durchgebratener Hähnchenflügel. Es war günstig für sie, Akkordarbeit, sehr gut gelegen – eine Minute zu Fuß vom GUM –, und ihre direkte Vorgesetzte war diejenige der beiden Freundinnen, mit der Lena zusammen studiert hatte. Diese Freundin gab Lena so viel zu übersetzen, wie sie haben wollte. Später zerstritten sie sich, aber etwa drei Jahre war alles »okay«. In der Mittagspause liefen sie ins GUM, um zu sehen, ob nicht irgendwelche Jäckchen angeboten wurden. Donnerstags wurden ausländische Filme im Original gezeigt. Doch an Dmitrijews Stelle die Dissertation schreiben konnte Lena leider nicht. Dmitrijew bekam damals im Labor hundertdreißig, während ein Bekannter vom Institut, einer aus seinem Kurs – ein mausgrauer Knabe, der aber ungeheuer viel arbeitete, ein Schlaukopf, der sich alles versagte und nicht einmal vorzeitig heiratete –, doppelt so viel bekam, weil er sich mit seinem gußeisernen Hintern die Dissertation ersessen hatte. Lena wollte unbedingt, daß Dmitrijew Kandidat der Wissenschaften wurde. Alle wollten das. Lena half mit Englisch nach, die Mutter gab ihren Segen, Nataschka sprach abends nur noch im Flüsterton, und die Schwiegermutter wurde friedlich, aber nach einem halben Jahr gab er auf. Vermutlich aus dem gleichen Grund: der Zug war abgefahren. Die Kräfte reichten nicht aus, jeden Abend kam er mit Kopfschmerzen nach Hause, mit dem einzigen Wunsch, sich so schnell wie möglich ins Bett fallen zu lassen. Er ließ sich auch fallen, sofern es nicht im Fernsehen etwas Lohnendes gab: Fußball oder eine alte Komödie. Und nachdem er aufgegeben hatte, begann er diesen ganzen Klimbim mit der Dissertation zu hassen, sagte, es sei besser, hundertdreißig Rubel ehrlich zu verdienen, als sich zu quälen, die Gesundheit zu ruinieren und vor den erforderlichen Leuten zu kriechen. Und auch Lena dachte nun so und bezeichnete die Kandidaten unter ihren Bekannten verächtlich als Geschäftemacher und Karrieristen. Zu diesem Zeitpunkt, der so günstig war wie noch nie – oder

* Institut Meshdunarodnoj Koordinirowannoj Informazii.

vielleicht doch ungünstig –, tauchte am Horizont Ljowka Bubrik auf mit seiner Bitte bezüglich des Instituts für Gas- und Erdölapparatur, abgekürzt GINEGA*.
Ljowka, aus Baschkirien zurück, konnte lange keine geeignete Arbeit finden. Schließlich fand er das GINEGA. Aber nun mußte er auch noch hineinkommen. Niemals wäre Ljowka noch sonst irgendwer ins GINEGA hineingekommen, hätte Iwan Wassiljewitsch nicht Prussakow angerufen. Und dann war er sogar höchstpersönlich im Dienstwagen zu Prussakow gefahren. Prussakow hielt diese Stelle irgend jemandem frei, aber Iwan Wassiljewitsch machte sich stark, und Prussakow willigte ein. Schließlich und endlich war es nicht Ljowkas Schwiegervater, der zu Prussakow fuhr, sondern Dmitrijews. Zwar Ljowkas wegen. Das war wahr. Weil Lena ihren Vater darum gebeten hatte; Ljowka und seine Frau, die dicke Kluckhenne Innotschka, taten ihr leid. Später machte Innotschka eine fürchterliche Szene, als sie bei gemeinsamen Freunden zu Besuch waren, sie schrie: »Du bist eine gräßliche Person!« Aber Lena hatte das alles in vollem Bewußtsein betrieben und blieb sehr fest und kaltblütig. Die Freunde sagten, Lena habe sich fabelhaft verhalten. Sie nahm alles auf sich und sagte, Dmitrijew habe das nicht gewollt, sie aber habe darauf bestanden: »Ich bin schuld, nur ich, geben Sie Witjka keine Schuld! Wollen Sie etwa, daß wir ewig von hundertdreißig leben und daß Witjka jeden Tag drei Stunden unterwegs ist?«
Natürlich, genauso war es gewesen. Der Gedanke war ihr als erster gekommen, als Iwan Wassiljewitsch kam und erzählte, was für eine Stelle das war. Und Dmitrijew wollte tatsächlich nicht. Drei Nächte schlief er nicht, schwankte, quälte sich, aber allmählich verwandelte sich das, woran man nicht denken, was man nicht tun durfte, in etwas Bedeutungsloses, Winziges, gut Verpacktes, ähnlich einer Oblate, die man – für die Gesundheit war das sogar notwendig – herunterschlucken mußte, trotz des widerwärtigen Zeugs, das darin enthalten war. Schließlich bemerkt doch niemand dieses Zeug. Aber alle schlucken die Oblate. »Ich schätze Ljowka sehr«, sagte Lena, »ich liebe ihn sogar, aber meinen Mann liebe ich eben noch mehr. Und wenn schon Papa, ein alter Mann, der es nicht ausstehen kann,

* Gossudarstwennyj Institut Neftjanoj i Gasowoj Apparatury.

jemandem verpflichtet zu sein, sich aufgerafft hat und hingefahren ist . . .«

Man hätte es ihnen gleich sagen müssen, aber dazu reichte der Mut nicht – man zog es hin, hüllte sich in Schweigen. Bubriks erfuhren es von dritter Seite. Und es war wie abgeschnitten: sie kamen nicht mehr, sie riefen nicht an. Weiß der Teufel, vielleicht hatten sie recht, aber so konnte man das auch nicht machen: man kommt doch, spricht im guten miteinander, findet heraus, wie und warum. Und als sie sich bei Freunden begegneten, wandte Bubrik sich ab, und Innotschka kreischte wie ein Marktweib. Was soll's, Schwamm drüber und vergessen. Und erst vier oder fünf Jahre später – es war Xenia Fjodorownas Geburtstag, Winter, Ende Februar – kam diese ganze Geschichte wieder hoch. Mutter und Großvater hatten Dmitrijew schon früher mit Vorwürfen belästigt, aber nicht sehr böse, weil sie wirklich der Meinung waren, daß Lena alles angezettelt hatte. Und was konnte man von Lena für Rechenschaft fordern? Mit Lena mußte man sich abfinden wie mit schlechtem Wetter. Aber damals, an Mutters Geburtstag . . .

Er sah es so klar, als sei es jetzt: Sie steigen die Treppe hinauf, bleiben vor der Tür stehen. Nataschka trägt die Geschenke, eine Schachtel Pralinen und ein Buch auf englisch, Thackerays »Jahrmarkt der Eitelkeit«, und Lena lehnt sich mit der Schulter gegen die Tür und flüstert mit geschlossenen Augen wie für sich, natürlich aber für Dmitrijew: »O mein Gott, mein Gott, mein Gott . . .« Sieh nur, sagt sie, welche Prüfungen ich deinetwegen auf mich nehme. Und er fängt wie üblich an zu kochen. Lena geht nicht gern zu ihrer Schwiegermutter. Jedes Jahr muß sie sich mehr zwingen. Was kann man da machen? Sie mag nicht, sie kann nicht, sie erträgt es nicht. Alles geht ihr gegen den Strich. Wie gut man sie auch bewirtete, wie freundlich man sich unterhielt, es war zwecklos: als ob man die Straße heizte. Dmitrijew spricht betont zärtlich mit seiner Tochter, nimmt sie in den Arm: »Na, Äffchen, bist du froh, daß du Oma besuchst?« – »Jaha!« – »Kommst du gern her?« – »Furchtbar gern.« Aber Lena fügt lächelnd hinzu: »Sag: furchtbar gern, aber ich muß leider schon früh zu Bett. Und Papotschka, sag, soll sich nicht festsetzen, damit wir ihn nicht mit Gewalt vom Tisch wegzerren müssen. Um halb zehn, sag, stehen wir auf und fahren heim.«

Alles hätte sich damals noch vermeiden lassen, wäre nicht diese

blöde Gans Marina gewesen, seine Kusine. Als er ihre gerötete Visage über dem Tisch mit den Pasteten und Waffeln sah, begriff er sofort: es würde böse enden. Lena war viel klüger als sie, aber irgendwo waren sie sich ähnlich. Und immer, wenn sie sich bei Familientreffen begegneten, ging zwischen ihnen eine Art Hahnenkampf los. Mal stritten sie sich in der Öffentlichkeit, mal versetzten sie sich so raffinierte Stiche, daß man es als Danebenstehender gar nicht merkte. Wie bei den Wasserballspielern, die sich unter Wasser mit den Füßen treten, was die Zuschauer nicht sehen können. Nachts fiel es dann plötzlich über Dmitrijew her: »Warum hat mich deine Kusine den ganzen Abend angegiftet?« – »Wieso angegiftet?« – »Hast du es nicht gehört?« – »Was denn?« – »Nun, zum Beispiel das, was sie über die Frauen des Orients gesagt hat? Über ihre Hintern und Beine?« – »Erlaub mal, du bist doch wohl keine Frau des Orients?« – »Ach, mit dir kann man nicht reden . . .«
Auch damals im Februar – aus irgendeinem Grund erinnerte er sich an alles bis zur letzten Kleinigkeit – begann es mit harmlosen Unterwasserstößen. Er erinnerte sich deswegen, weil es das letzte Mal war, daß Lena bei seiner Mutter zu Besuch war. Seitdem nie wieder. Xenia Fjodorowna kam manchmal vorbei, um nach der Enkelin zu sehen, aber Lena zu ihr – nein. »Wie geht es dir, Marina? Alles beim Alten?« – »Natürlich! Und du? Arbeitest du noch immer dort?« Diese mit einem Lächeln und im Rahmen der Spielregeln ausgesprochenen Sätze bedeuteten in Wirklichkeit: »Na, Marina, bei dir hat noch immer keiner angebissen? Ich bin sicher, daß niemand angebissen hat und niemals anbeißen wird, meine gute alte Jungfer!« – »Aber mich regt das nicht auf, denn ich habe ja ein schöpferisches Leben. Nicht so wie du. Du bist bloß eine unbedeutende Angestellte, ich dagegen bin schöpferisch tätig.« Marina arbeitete damals als Lektorin in einem Verlag. Mittlerweile irgendwo beim Fernsehen. »Habt ihr irgend etwas Gutes in letzter Zeit herausgebracht?« – »Wir haben einiges herausgebracht. Was ist das für ein Kleiderstoff? Hast du ihn aus dem GUM?« Auch hierin steckten geschmeidige Unterwasserschläge: »Von was für einer schöpferischen Tätigkeit faselst du? Hast du persönlich wenigstens ein einziges gutes Buch ediert, gemacht?« – »Ja, natürlich. Aber mit dir darüber zu sprechen ist sinnlos, weil dich das gar nicht interessieren kann. Dich interessiert ja nur der Konsum.« Es gab irgendwelche Streitereien über Gedichte, über das glo-

bale Spießertum. Dies Thema liebte Marina sehr, sie ließ keine Gelegenheit aus, auf dem Spießertum herumzutrampeln. O diese Spießer! Wenn sie wegen jener in Wallung geriet, die Picasso oder den Bildhauer Ersja nicht gebührend würdigten, knäulte sich in ihrem Mund etwas zusammen und schien sogar zu funkeln.

Alles Hassenswerte, was sich für Marina mit dem Wort »Spießertum« verband, war für Lena in dem Wort »Heuchelei« enthalten. Und sie erklärte, das alles sei Heuchelei. Marina war verblüfft: »Heuchelei?« – »Jawohl, Heuchelei.« – »Picasso zu lieben ist Heuchelei?« – »Selbstverständlich, denn diejenigen, die behaupten, Picasso zu lieben, verstehen ihn gewöhnlich nicht, und genau das ist Heuchelei.« – »Mein Gott! Haltet mich fest!« lachte Marina. »Picasso zu lieben ist Heuchelei! Auweia!« Beider Gesichter loderten, in ihren Augen glühte ein gar nicht spaßhaftes Feuer. Picasso! Van Gogh! Sublimation! Akzeleration! Paul Jackson! Was für ein Paul Jackson? Ist egal, ist sowieso Heuchelei! Heuchelei? Heuchelei, Heuchelei! Dann erklär doch wenigstens: was nennst du Heuchelei? Nun, alles, was nicht von Herzen getan wird, sondern mit einem Hintergedanken, aus dem Wunsch heraus, sich ins beste Licht zu setzen. »Aha! Das heißt, daß du Heuchelei betreibst, wenn du zu Tante Xenia zum Geburtstag kommst und ihr Pralinen mitbringst?« Lena warf Dmitrijew ein Lächeln zu, in dem beinahe Triumph lag (ich habe es vorausgesagt, aber du hast darauf bestanden, nun nimm und friß!), und sagte, ihre Beziehungen zu Xenia Fjodorowna seien in der Tat nicht die besten, sie sei aber nicht aus Heuchelei zur Gratulation gekommen, sondern weil Witja sie darum gebeten habe. Irgend etwas in dieser Art. Der Rest war Katastrophe. Die Gäste verabschiedeten sich. Mutter stolperte durchs Zimmer. Tante Shenja fing an, von Ljowka Bubrik zu reden, warum – war unerfindlich. Sie will immer alles so gut wie möglich machen, und immer genau das Gegenteil kommt dabei heraus. Mutter sagte: eine empörende Geschichte, und sie habe lange nicht geglaubt, daß Witja so habe handeln können. »Ach, Sie sind der Ansicht, an allem sei ich allein schuld? Und Ihr Viktor habe nichts damit zu tun gehabt?« – »Ich rechtfertige Viktor nicht.« – »Aber trotzdem – ich?!« Lenas Wangen bedeckte eine stürmische Röte, und in Xenia Fjodorownas Gesicht zeigten sich granitene Züge.

»Ja, natürlich, ich bin ja zu allem fähig. Ihr Viktor ist ein braver

Junge, ich habe ihn verdorben.« Tante Shenja schüttelte ihr freundliches Grauhaar und sagte: »Liebe Lena, so haben Sie es doch Ljowka selber erklärt, ich erinnere mich noch sehr gut.« – »Was besagt das schon! Ich machte mir Sorgen um meinen Mann. Und Sie haben nicht, Sie haben nicht ...« – »Hör auf zu brüllen!« – »Und du bist ein Verräter! Mit dir spreche ich nicht!« Sie packte Nataschka an der Hand und sprang vom Tisch auf. »Warum sagst du immer nichts, wenn man mich beleidigt?« Und – hinaus auf die Treppe, in den Frost, auf immer.
Er rannte hinunter, schlitterte über vereiste Pfützen. Lena und Nataschka machten ganz albern einen Satz von ihm fort in den Trolleybus hinein, die Tür schloß sich, und er wußte nicht, wohin nun, was weiter. Er konnte nirgendwohin. Wenn sein Haus zerbrach, konnte er nirgendwohin, zu niemandem. Nein, noch ein einziges Mal nach jenem Februar ging sie zu seiner Mutter – es gab keinen Ausweg, Iwan Wassiljewitsch lag mit einem Schlaganfall, die Schwiegermutter verbrachte Tag und Nacht an seiner Seite, und Dmitrijew und Lena brannten ihre Reisegutscheine für Zlatni Pjasyzi unter den Nägeln – niemand, bei dem sie Nataschka lassen konnten. In Bulgarien machten sie Abendspaziergänge in Pullovern und liebten einander mit aller Kraft. Tagsüber wurde das Zimmer brütend heiß, obwohl sie den Vorhang geschlossen hielten, das Wasser in der Dusche war warm. Und noch nie hatten sie einander mit solcher Kraft geliebt.

Dmitrijew stand vor dem Haus und sah auf das einzige erleuchtete Fenster – die Küche. Der erste Stock und die linke Seite des Hauses waren dunkel. In dieser Jahreszeit wohnte dort niemand. In der Küche machte sich Lora zu schaffen. Dmitrijew sah ihren über den Tisch geneigten Kopf, das schwarze Haar mit den grauen Strähnen, das unter dem Licht der Glühbirne glänzte, die braungebrannte Stirn – die alljährlichen fünf Monate in Mittelasien hatten sie beinahe zu einer Usbekin gemacht. Aus der Dunkelheit des Gartens heraus betrachtete er Lora wie auf einer leuchtenden Leinwand, wie eine fremde Frau – er sah ihre nicht mehr jungen Jahre, die durch fortwährendes Leben in Wüstenzelten erworbenen Krankheiten, sah den derben Kummer ihres Herzens, das jetzt nur von einer einzigen Sorge besessen war.

Was tat sie dort? Bügelte sie, oder was? Er fühlte, daß er ihr nichts würde sagen können. Jedenfalls nicht heute, nicht gleich. Zum Teufel mit alledem! Niemand bedurfte dessen, niemanden würde es retten, es würde nur Leid und neuen Schmerz bringen.

Denn es gibt nichts Teureres als eine verwandte Seele.

Als er die Stufen der Vortreppe hinaufstieg, klopfte sein Herz. Lora war dabei, auf dem Küchentisch eine Zeitung mit der Schere in lange Streifen zu schneiden. Felix kam mit einer Schüssel mit aufgelöstem Kleister herein. Dmitrijew fing an, ihnen zu helfen. Zuerst verklebten sie das Fenster in der Küche, dann gingen sie ins Mittelzimmer. Mutter war um sechs eingeschlafen, sie würde aber wohl bald wieder aufwachen. So gegen halb fünf hatte sie sich plötzlich schlecht gefühlt, Schmerzen hatten eingesetzt, Lora war sehr erschrocken und wollte einen Krankenwagen rufen, aber Mutter sagte, das sei sinnlos, man müsse Isidor Markowitsch oder den Arzt aus dem Krankenhaus holen. Sie nahm Papaverin, die Schmerzen gingen vorbei. Was war los? Mutter war sehr bedrückt. Eine so plötzliche Verschlechterung. Seit dem Krankenhaus war es das erste Mal. Sie sagt, es sei genauso wie im Mai: genauso starke Schmerzen und an derselben Stelle.

Sie sprachen halblaut.

»Aber ich habe dich doch zwischen drei und vier angerufen!«

»Ja, und alles war in Ordnung. Aber eine Stunde später . . .«

Felix summte etwas vor sich hin und drückte mit dem Küchenmesser einen alten Nylonstrumpf in den Spalt zwischen den Fensterflügeln, Lora bestrich die Zeitungsstreifen mit Kleister, und Dmitrijew klebte. Dann setzten sie sich zum Tee. Die ganze Zeit horchten sie zu Mutters Zimmer hin. Loras Augen waren jammervoll, sie gab sinnlose Antworten, und als Felix kurz den Raum verließ, flüsterte sie rasch:

»Ich bitte dich sehr: er wird gleich von Kunja-Urgentsch anfangen, sag, daß du entschieden dagegen bist . . . Daß du nicht . . .«

Felix kam mit einem schwarzen Paket zurück, in dem Fotos waren. Noch immer vor sich hinsummend, fing er an, sie zu zeigen. Es waren Farbfotos von ihren Ausgrabungen bei Kunja Urgentsch: Tonscherben, Kamele, bärtige Männer, Lora in Hosen, in wattierter Jacke, Felix in der Hocke mit irgendwelchen gleichfalls hockenden Greisen. Felix sagte, Ende Novem-

ber müßten sie fahren. Allerspätestens Anfang Dezember. Auf den Punkt genau am fünfzehnten müßten sie dort sein. Lora sagte, er werde da sein, er solle sich nicht aufregen. Sie würde ihn fahren lassen. Natürlich müsse er fahren, achtzehn Leute warteten auf ihn. Während er die Bilder wieder einsammelte und im schwarzen Paket verstaute – seine Finger bebten leicht, – sagte Felix, daß Lora leider auch fahren müsse. Denn achtzehn Leute warteten auch auf sie.
»Wir haben doch ausgemacht: du fährst zuerst ...«
»Wie stellst du dir das vor?«
Die Brille hüpfte auf Felix' dicker Nase, er konnte sie mit einer speziellen Bewegung seiner Wangen und Brauen hochschieben.
»Und wie stellst du dir das alles vor?«
»Aber Witja ist doch da, der eigene Sohn ...«
»Hör auf! Witja, Witja. Was ist schon mit Witja ... Wir können das nicht heute erörtern.«
Felix steckte das Paket mit den Fotos in eine Tasche seiner Flauschjacke, ging auf die Tür zum Nebenzimmer zu, blieb aber in der Tür stehen.
»Und wann wünschst du, daß wir es erörtern? Wir müssen Mamedow telegrafieren.«
Lora winkte wieder ab, energischer, und Felix verschwand, wobei er die Tür leise hinter sich schloß. Lora sagte, Felix sei wirklich gut, er liebe Mama, Mama liebe ihn, aber manchmal sei er einfach beschränkt. Selten beschränkt. Lora komme es sogar ab und zu so vor, als sei das pathologisch. Es gebe Dinge, die man nicht erklären könne, dann müsse man einfach kategorisch sagen: so und so und damit basta! Dann finde er sich damit ab. Streiten könne er nicht. Dmitrijew müsse hart sagen, daß er bei Mama *nicht bleiben könne*, dann werde Felix aufhören zu drängen. Und wie sollte Dmitrijew denn wirklich bei Mama bleiben können? Sie zu sich nehmen? In die Profssojusnaja ziehen? Lena würde weder mit dem einen noch mit dem anderen einverstanden sein. Für Felix sei es natürlich wichtig, nach Kunja zu fahren, für sie sei es auch wichtig, alles schön und gut, aber was solle man denn machen?
In Xenia Fjodorownas Zimmer war es nach wie vor still. Felix nahm den Kohleneimer und stapfte über die Veranda die Treppe hinunter in den Schuppen. Beim Kohleeinfüllen schepperte er mit der Schaufel. Dmitrijew sagte, man könne natür-

lich versuchen, die beiden Zimmer gegen eine Zwei-Zimmer-Wohnung zu tauschen – was er schon irgendwann einmal versucht habe –, damit sie mit Mama zusammenwohnen könnten, aber das sei eine umständliche Geschichte. Gar nicht so einfach. Obwohl sich gerade jetzt eine solche Möglichkeit biete.

Er hatte das nicht sagen wollen, aber es sagte sich irgendwie so bequem und passend ganz von selbst. Lora sah Dmitrijew leicht verwundert an. Dann fragte sie:

»Das ist wohl Lenas Idee?«

»Nein, meine. Meine alte Idee.«

»Nur sag diese *deine Idee* Felix nicht weiter, ja?« sagte Lora. »Sonst klammert er sich noch daran. Und Mama braucht gerade dies nun ganz und gar nicht. Wo sie in einem solchen Zustand ist, dann noch etwas durchmachen müssen . . . Ich weiß doch: zunächst wäre alles lieb und edel, aber dann begänne die Gereiztheit. Nein, es ist eine schreckliche Idee. Der reinste Alptraum. Brr, ich kann es mir vorstellen!« Lora zog mit dem Ausdruck von Abscheu und jäher Furcht die Schultern zusammen. »Nein, ich bleibe bei Mama und fahre nirgendwohin, Felix wird schon irgendwie zurechtkommen.«

Felix kam mit dem Kohleneimer wieder. Man hörte, wie er leise, um Xenia Fjodorowna nicht zu wecken, mit den Händen im Eimer rumorte, Jedes Stück Kohle einzeln herausnahm und die Stücke vorsichtig auf das Blech vor dem Ofen legte. Man hörte das leichte Knirschen der gußeisernen Ofenklappe. Lora grinste, wollte etwas sagen, schwieg aber.

»Was ist?« fragte Dmitrijew.

»Nichts. Ich habe mich übrigens oft gewundert: wieso baut ihr euch keine Wohnung in einer Kooperative? So teuer ist das doch nicht. Die Verwandtschaft würde helfen. Sie lieben doch ihre Enkelin so sehr . . .« Ihr Gesicht lächelte, aber in ihren Augen stand Wut. Das war Loras altes langvertrautes Gesicht. Als Kinder hatten sie sich oft geprügelt, und im Zorn konnte Lora mit dem ersten besten Gegenstand zuschlagen, den sie zu fassen bekam: einer Gabel, einem Teekessel.

»Worüber redet ihr?« fragte Felix aus der Küche. Er hatte etwas in Loras Stimme gewittert.

»Ich sagte gerade: Warum bauen sich Viktor und Lena nicht eine Wohnung in einer Kooperative? Etwas Kleines, zwei Zimmer? Stimmt's?«

»Wir brauchen überhaupt keine Wohnung«, sagte Dmitrijew mit erstickender Stimme. »Wir brauchen sie nicht, verstehst du? Jedenfalls *ich* brauche sie nicht. Ich nicht! Ich brauche absolut nichts! Nur, daß es unsere Mutter gut hat. Sie wollte doch immer mit mir zusammenwohnen, das weißt du, und wenn ihr das jetzt helfen könnte . . .«
Lora bedeckte mit den Händen ihr Gesicht. Nur noch ihre Lippen waren zu sehen: qualvoll zusammengepreßt. Dmitrijew dachte verzweifelt: »Ich Idiot! Warum sage ich das alles? Ich brauche doch wirklich nichts . . .« Er wäre am liebsten zu seiner Schwester hingestürzt und hätte sie umarmt. Aber er blieb sitzen, wie an den Stuhl gekettet. Felix stand in der Tür und blickte zerstreut abwechselnd auf seine Frau und auf den Bruder seiner Frau. Wie ein Hausherr ging er durch diese Zimmer – ein unbekannter Winzling in einer Flauschjacke mit aufgesetzten Taschen, ein dohlenhaftes, rundes fremdes Wesen in quietschenden Hausschuhen mit Einlagen –, durch die Zimmer, in denen Dmitrijews Kindheit sich abgespielt hatte. Er blickte auf die weinende Schwester mit Verwunderung, wie auf eine Art häusliche Unordnung. Wie auf eine aus irgendeinem Grunde offenstehende Büffettür. Dmitrijew murmelte:
»Felix, laß uns eine Minute allein!«
Der Mann in der Flauschjacke verschwand. Dmitrijew ging auf Lora zu und klopfte ihr linkisch auf die Schulter:
»Schon gut, hör auf . . .«
Sie schüttelte den Kopf, unfähig ihn zu heben.
»Wie ihr wollt, wie ihr wollt . . . Wenn sie das will – soll es sein . . .«
Genau eine Minute später ertönte Felix' Stimme hinter der Tür:
»Darf ich, Freunde?«
Er kam mit einem Briefumschlag herein.
»Sieh mal, heute ist ein Schreiben von Aschirka Mamedow gekommen. Der arme Kerl fragt, ob er Schlafsäcke für uns kaufen soll. Das ist in Tschardschou in Gubers Lager. Geld hat er, aber wir müssen sofort antworten: soll er sie nehmen oder nicht. Und zwar per Telegramm.«
Er summte vor sich hin und quietschte mit den Einlagen, während er so mit dem Umschlag in der Hand neben Loras Stuhl stand. Aus Xenia Fjodorownas Zimmer hörte man ein Geräusch. Dmitrijew rannte auf Zehenspitzen zur Tür. Er sah sofort, daß das Gesicht seiner Mutter verändert war.

»Na, siehst du diesen Blödsinn?« sagte Xenia Fjodorowna mit schwacher Stimme und versuchte, sich im Bett aufzurichten. Ein Buch, das auf der Bettdecke lag, rutschte zu Boden. Dmitrijew bückte sich: es war noch immer »Doktor Faustus« mit dem Lesezeichen in den ersten hundert Seiten.
»Aber ich habe doch heute früh mit dir telefoniert!« sagte Dmitrijew mit einer Art leidenschaftlichem Vorwurf, als sei diese Tatsache für den Zustand der Mutter und den ganzen Krankheitsablauf überaus wichtig.
»Wie fühlst du dich jetzt?« fragte Lora. »Hier ist die Medizin. Und miß dich.«
Xenia Fjodorowna saß einen Augenblick im Bett da, unbeweglich, mit einem Ausdruck abgeklärter Konzentration – mit allen Sinnen drang sie in sich ein. Dann sagte sie:
»Jetzt kommt es mir vor . . .« Sie streckte vorsichtig die Hand aus und nahm von Lora die Tasse mit Wasser. Sie beugte sich ein wenig vor. »Es kommt mir vor, als ob es nichts sei. Scheint nicht da zu sein. Wirklich zu albern.« Sie lächelte und machte Dmitrijew ein Zeichen, daß er sich auf den Stuhl neben dem Bett setzen solle. »Also, diese Magengeschwüre sind doch etwas Gräßliches. Ich bin empört, ich möchte am liebsten ein Protestschreiben aufsetzen. Das Beschwerdebuch verlangen. Aber von wem? Vom Herrgott persönlich oder wie?«
»Liegst du bequem?« fragte Lora. »Rück etwas näher hierher. Halt jetzt das Fieberthermometer, und dann bringe ich dir gleich Tee. Gib mir die Wärmflasche.«
Lora ging hinaus. Dmitrijew setzte sich auf den Stuhl.
»Ja, Witja! Gut, daß du gekommen bist«, sagte Xenia Fjodorowna. »Lora und ich haben heute gewettet. Um eine Tafel Schokolade. Siehst du deine Kinderzeichnung? Da drüben auf der Fensterbank. Lorotschka hat sie im grünen Schrank gefunden. Ich würde sagen, daß du sie im Sommer neununddreißig oder vierzig gemalt hast, aber Lorotschka meint, erst nach dem Krieg. Damals, als jener, erinnerst du dich, dieser, wie hieß er nur noch . . . hier wohnte. Dieser unangenehme Mensch mit dem orientalischen Familiennamen. Ich habe es vergessen, sag du es mir.«
Dmitrijew konnte sich nicht erinnern. Auch nicht an die Zeichnung. Alles, was seine Kunst betraf, hatte er für immer gestrichen. Aber seine Mutter hing an diesen Erinnerungen, deshalb sagte er: ja, es war neununddreißig oder vierzig. Nach dem

Krieg gab es diesen Zaun nicht mehr, er war verheizt worden. Xenia Fjodorowna fragte nach Dmitrijews Dienstreise, und er sagte, gerade heute habe sich entschieden, daß er nicht führe. Xenia Fjodorowna hörte auf zu lächeln.
»Hoffentlich nicht wegen meiner Krankheit?«
»Nein, man hat sie einfach verschoben. Was soll das mit deiner Krankheit zu tun haben?«
»Ich möchte nicht, Witja, daß auch nur die kleinste eurer Angelegenheiten durcheinander kommt. Denn die Arbeit geht immer vor. So ist es doch? Alle alten Weiber spielen krank, das ist ihr Beruf. Wir liegen eine Weile, ächzen und krächzen, kommen wieder auf die Beine, und ihr verliert wertvolle Zeit, und eure Stellung ist hin. Nein, so geht das nicht. Zum Beispiel, was mich im Augenblick quält . . .« – sie senkte die Stimme – »ist Lorotschka. Sie lügt mich hemmungslos an, erzählt, in diesem Jahr müsse sie nicht unbedingt fahren, auch Felix stottert herum, gibt ausweichende Antworten. Dabei weiß ich doch, was bei ihnen los ist! Warum tun sie das? Bin ich etwa eine hilflose Greisin, die man nicht allein lassen kann? Nichts dergleichen! Natürlich kann es wieder Verschlechterungen geben, wie heute, sogar starke Schmerzen, das kann durchaus sein, denn der Heilungsprozeß braucht Zeit, aber im Prinzip bin ich doch auf dem Wege der Besserung. Und ich werde sehr gut allein zurechtkommen. Tante Pascha wird ab und zu vorbeisehen. Du bist nicht aus der Welt, es gibt Telefon – was sind da für Probleme? Schließlich gibt es auch noch Marina, es gibt Valerija Kusminitschna, der es eine Freude wäre . . .« Sie verstummte, denn ins Zimmer kam Lora mit dem Tee.
»Mama, reg dich nicht auf«, sagte Lora. »Laß Witja erzählen, und du hör zu. Warum hast du dich so aufgeregt?«
»Mich empören gewisse Personen, die die Unwahrheit sagen.«
»Ach so. Na gut. Gib mir das Fieberthermometer . . .« Lora nahm das Thermometer. »Normal. Witjka, paß ja auf, daß Mutter sich nicht aufregt, hörst du? Sonst wirst du sofort verjagt. Und komm in zehn Minuten zum Abendessen.«
Als Lora gegangen war, fing Xenia Fjodorowna wieder dasselbe Geflüster an: wie sollte man es einrichten, daß die alten Leute in Ruhe krank sein könnten und bei ihren Kindern nichts durcheinander käme? Wie immer sprach seine Mutter halb scherzhaft, halb ernst. Dmitrijew wurde allmählich etwas verärgert. Wozu so viel darüber reden? Das waren leere Worte. Man konnte

doch sowieso nichts ändern. Dann wurde Dmitrijew ans Telefon geholt. Lena fragte, ob er nach Hause käme oder in Pawlinowo übernachten werde. Es war schon nach zehn. Dmitrijew sagte, er werde dableiben. Lena wies ihn an, Xenia Fjodorowna einen schönen Gruß auszurichten, und fragte, ob er sich den Schlüssel habe geben lassen. Er antwortete: »Gute Nacht!« – und hängte ein.

Das betraf nur ihn. Er allein konnte entscheiden: sollte er um den Schlüssel bitten oder nicht. Anderthalb Stunden später, vor dem Zubettgehen, paßte er eine Minute ab, wo Xenia Fjodorowna allein war, und sagte:

»Es gäbe noch folgende Möglichkeit: wir könnten tauschen und mit dir in eine Wohnung ziehen – dann wäre Lora unabhängig . . .«

»Mit dir tauschen?«

»Nein, nicht mit mir, sondern mit jemand anderem, damit wir zusammen wohnen können.«

»Ach, so meinst du das. Natürlich, ich verstehe. Ich hatte mir so sehr gewünscht, mit dir und Nataschenka zusammenzuleben . . .« Xenia Fjodorowna schwieg einen kurzen Augenblick. »Aber jetzt – nein.«

»Warum?«

»Ich weiß nicht. Ich habe diesen Wunsch schon lange nicht mehr.«

Er schwieg, wie vor den Kopf geschlagen.

Xenia Fjodorowna schaute ihn ruhig an, schloß dann die Augen. Es sah aus, als schliefe sie ein. Dann sagte sie:

»Du hast schon getauscht, Witja. Der Tausch hat stattgefunden . . .« Wieder trat Schweigen ein. Mit geschlossenen Augen flüsterte sie etwas kaum noch Verständliches: »Das war vor sehr langer Zeit. Und es geschieht ständig, jeden Tag, wundere dich also nicht, Witja. Und sei nicht böse. Es ist eben so gekommen . . .«

Er blieb noch einen Augenblick sitzen, stand dann auf und ging auf Zehenspitzen hinaus.

Dmitrijew legte sich in dem Zimmer schlafen, in dem er einst mit Lena gewohnt hatte, im ersten Sommer. An der Wand hing immer noch der Teppich, den Lena dort angenagelt hatte. Aber die schönen grünen Tapeten mit dem Preßmuster waren merklich verblaßt und abgeschabt. Beim Einschlafen dachte Dmitrijew an seine alte Tuschzeichnung: ein Stück Garten, der Zaun,

die Vortreppe der Datscha und auf der Treppe der Hund Nelda. So ein Hundetier, das aussah wie ein Schaf. Wie hatte Lora vergessen können, daß es nach dem Krieg Nelda schon nicht mehr gab? Nach dem Krieg zeichnete er wie ein Irrer. Trennte sich nie von seinem Skizzenbuch. Besonders gut gelang es mit Feder und Tusche. Wäre er nicht durchs Examen gefallen und hätte er sich nicht aus Kummer auf das erste beste, egal was – Chemie, Erdöltechnik, Nahrungsmittelbiologie –, gestürzt ... Dann begann er an Golyschmanowo zu denken. Er sah das Zimmer in der Baracke, wo er voriges Jahr anderthalb Monate gelebt hatte. Und dachte daran, daß Tanja die beste Frau für ihn gewesen wäre. Einmal wachte er mitten in der Nacht auf und hörte, wie sich auf der anderen Seite der Wand Felix und Lora halblaut unterhielten.
Am Morgen fuhr Dmitrijew früh fort, während Xenia Fjodorowna noch schlief. Er gab Lora hundert Rubel. Lora sagte, die kämen gerade recht. Sie frühstückten schnell, und er lief zum Trolleybus. Es war dunkle Dämmerung. An der Haltestelle standen zwei Leute, ein Stückchen weiter weg saß ein Schäferhund. Es war nicht klar, wem er gehörte. Ein leerer Trolleybus fuhr vor, alle stiegen ein, nach allen sprang plötzlich der Schäferhund in den Wagen. Der Hund war dickbäuchig, sprang schwer und ließ sich neben der Kasse auf dem Fußboden nieder. Die beiden Männer gingen erschrocken nach vorn, während Dmitrijew unschlüssig stehenblieb. Der Schäferhund blickte zum Fenster hinaus. Er schien irgend etwas im Trolleybus zu brauchen. Dmitrijew dachte, daß der Fahrer ihn womöglich sehr weit mitnähme und der Hund verloren ginge. Denn niemand würde verstehen, was mit ihm los war und weshalb er im Trolleybus mitfuhr. An der nächsten Haltestelle, wo die Leute jäh von der Tür zurückwichen, stieg Dmitrijew aus und rief: »Komm her, komm her!« – und der Hund sprang folgsam hinaus und setzte sich auf die Erde. Dmitrijew schaffte es gerade noch, wieder aufzuspringen. Durch die Fensterscheibe des abfahrenden Trolleybusses sah er den Hund, der ihn anblickte.

Xenia Fjodorowna rief Dmitrijew zwei Tage später im Büro an und sagte, sie sei einverstanden, mit ihnen zusammenzuziehen, nur, daß es so schnell wie möglich sein solle. Jetzt fing die ganze Schlamperei an. Markuschewitschs sagten natürlich ab, dann sagten noch viele andere ab, dann tauchte ein Unionsmeister im

Radfahren auf, und mit ihm war Mitte April alles abgeschlossen. Xenia Fjodorowna ging es gar nicht so schlecht. Sie machten sogar ein Einweihungsfest, die Verwandten kamen, nicht dabei waren nur Lora und Felix, die noch nicht aus ihrem Kunja zurück waren, wo sie wie gewohnt bis zur großen Hitze steckten. Aber die Scherereien waren damit nicht zu Ende: es mußten noch beide Personalkonten auf Dmitrijews Namen überschrieben werden, was sich als nicht minder schwierig erwies als der Tausch. Zunächst erteilte das Vollzugskomitee eine Absage, weil der Antrag verkehrt formuliert war und irgendwelche Papiere fehlten. Der alte Spiridon Samojlowitsch, der Makler, der sich immer gebrüstet hatte, der Jurist des Bezirkswohnungsamtes sei ein guter Freund von ihm, entpuppte sich schlicht als Lügner. Der Jurist grüßte ihn nicht einmal, als sie einander unerwartet in die Arme liefen. Dabei war dieser Jurist der Haupthebel in der ganzen Angelegenheit, denn die Antragsteller werden nicht zu den Sitzungen vorgeladen, und die Beschlußfassung erfolgt ausschließlich aufgrund der Folgerungen des Juristen sowie der vorgelegten Dokumente. Ende Juli trat in Xenia Fjodorownas Gesundheitszustand eine krasse Verschlechterung ein, und man brachte sie in dasselbe Krankenhaus, wo sie vor fast einem Jahr gewesen war. Lena erreichte eine nochmalige Bearbeitung des Antrags. Diesmal hatte der Jurist die richtige Einstellung, und alle Dokumente waren in Ordnung: a) die Bescheinigung über das Vorliegen verwandtschaftlicher Beziehungen, das heißt Dmitrijews Geburtsurkunde; b) eine Kopie der seinerzeit ausgegebenen Anweisungen bezüglich des Rechts auf Belegung von Wohnfläche; c) Auszüge aus den Hausbüchern; d) Kopien der Personalfinanzkonten, die von der Buchhaltung der Bezirkshäuserverwaltung erstellt waren; e) ein Auszug aus dem Protokoll der Sozialkommission bei der Bezirkshäuserverwaltung, in welcher die Kommission das Vollzugskomitee bat, der Bitte um Verschmelzung der Personalkonten nachzukommen. Nun, und diesmal war die Entscheidung günstig. Nach dem Tod von Xenia Fjodorowna bekam Dmitrijew einen Anfall von Hypertonie und mußte drei Wochen zu Hause streng liegen.

Was konnte ich Dmitrijew sagen, als wir uns einmal bei gemeinsamen Bekannten trafen und er mir all dies erzählte? Er sah nicht besonders wohl aus. Er war irgendwie schlagartig gealtert, war grau geworden. Ein alter Mann ist er noch nicht, aber schon in Jahren, mit den schlaffen Bäckchen eines älteren Onkels. Dabei erinnere ich mich noch an ihn als kleinen Jungen auf den Datschen von Pawlinowo. Damals war er ziemlich dick. Wir nannten ihn Witjachen-Dickerchen. Er ist ungefähr drei Jahre jünger als ich, und in jener Zeit war ich mehr mit Lora als mit ihm befreundet. Die Dmitrijewsche Datscha in Pawlinowo hat man, wie alle umliegenden Datschen, kürzlich abgerissen und dort das Stadion »Sturmvogel« und ein Hotel für Sportler gebaut, und Lora ist mit ihrem Felix nach Sjusino gezogen, in ein achtstöckiges Haus.

Zwischenbilanz

Anfang Mai brach tropische Hitze herein, das Leben in der Stadt wurde unerträglich, von elf Uhr an glühte das Hotelzimmer geradezu und kühlte sich bis zum Morgengrauen nicht wieder ab, Atemnot und Schwindelanfälle stellten sich ein – eine Nacht jedoch war schrecklich; von Schlaflosigkeit, Atemnot und Todesangst gepeinigt, rief ich gegen Morgen gebrochen und kleinmütig in Moskau an. Neun Uhr war es hier, in Moskau also sieben. Ich vernahm Ritas erschrockene Stimme: »Ist was mit dir?« Doch im nächsten Augenblick – sie hatte sich wieder erinnert, *wie ich mich benommen hatte* – schlug sie einen zurückhaltenderen, sachlicheren Ton an, in dem sogar Unmut darüber mitschwang, daß ich in solcher Herrgottsfrühe anrief, obwohl mir gar nichts Schreckliches zugestoßen war. Immerhin rief ich schon um sieben an! Nach fast zweimonatigem Schweigen. Das mußte was bedeuten – vielleicht ein Unglück, den Wunsch nach Versöhnung, vielleicht Reue oder Sehnsucht – gleichviel was: vielleicht war es auch alles zusammen. Als ich jedoch sagte: »Es ist weiter nichts, nur die Hitze, 34 Grad im Schatten, ich will sehen, ob ich heute oder morgen zurückkommen kann, je nachdem, für wann ich eine Flugkarte bekomme«, beruhigte sie sich sofort. Sie sagte: »Na schön, komm. Ist dein Blutdruck wieder gestiegen?« Ich hätte ihn nicht gemessen, antwortete ich, aber er sei bestimmt gestiegen. Worauf ich den Rat erhielt, Rauwasan zu nehmen und vor der Buchung des Fluges einen Arzt aufzusuchen. Ein vernünftiger Ratschlag. Mit einem Wort: Ich hatte eine Dummheit begangen: Wenn schon zurückkehren, dann ohne alle Anrufe. Nächtliche Angstzustände. Greisenhaft. Das bedrückte mich am meisten. Allerdings war ich fest entschlossen, unverzüglich abzufliegen.
Etwas später kam Mansur, er versuchte mir mein Vorhaben auszureden. Er werde mich in Tochir unterbringen, meinte mein Wohltäter, da sei es wunderschön und kühl, man könne ungestört arbeiten und sich erholen wie in Mohammeds Paradies. Dabei zwinkerte Mansur vielsagend, sein breites, pockennarbiges Gesicht deutete etwas an, und mit dem rechten Daumen machte er geheimnisvolle Gesten, die meine Neugier wekken sollten, wo ich doch wußte, ihm ging es nur darum, daß ich nicht abreiste, ohne die Arbeit abgeschlossen zu haben. Hat sich

was mit Mohammeds Paradies! Wasser auf Stottern, Kackhaus auf dem Hof und anstelle der paradiesischen Huris ein paar Rentnerinnen aus dem Gewerkschaftssanatorium.
Zum Fliegen fehlte mir das Geld. Zum Leben überhaupt. So konnte ich nicht abreisen.
In einem vorsintflutlichen, wie ein wackliges Fahrrad klapperndes »SIM« fuhr ich nach Tochir. Seiner Vorsintflutlichkeit und Altersschwäche wegen hatte man ihn irgendwo abgeschrieben; Mansur hatte diesen Katafalk für seine Dienststelle erworben, und ich konnte mir auch denken, warum. Hier waren die zwar verstaubten, aber doch äußerst geräumigen Sitze sicherlich von nicht geringer Bedeutung gewesen; man konnte sich auf ihnen zu dritt, ja zu viert langmachen, man konnte ein Tischtuch darauf ausbreiten oder eine erlegte kleine Antilope unterbringen. Ich saß vorn auf dem herrschaftlichen Sitz – der heiße Fahrtwind schlug mir ins Gesicht, keine Zugluft hatte den Geruch nach Staub und zartem Parfüm bisher vertreiben können, der Katafalk jagte über die Landstraße nach Süden –, und ich stellte mir vor, wie Rita jetzt nicht mehr ein noch aus wußte. Mein Anruf hatte sie natürlich aus dem gewohnten Gleis geworfen. Ihrer Mutter wird sie kein Wort sagen, Kirill aber wird sie es vielleicht mit leisem Triumph stecken: Vater hat angerufen. Ich glaub, er hat den Schwanz eingezogen. Worauf das kluge Söhnchen, dem alles völlig gleichgültig ist, sagen wird: »Und was hab ich gesagt? Ich hab doch gesagt, er hält's nicht länger als zwei Monate aus.« Sie wird zu einer ihrer Freundinnen laufen, am ehesten wohl zu Larissa. Ihre Freundschaft mit Larissa war mir ein Greuel, wiederholt hatte ich versucht, Rita die Augen zu öffnen, hatte ermahnend, dann fordernd mit ihr gesprochen, war Larissa am Telefon und sogar bei uns zu Hause gewollt grob gekommen – alles ohne Erfolg. Rita versperrte sich vor der Wahrheit und handelte mir zum Trotz nach ihrem Kopf; Larissa hingegen verzieh mir selbst den beleidigendsten Ton und antwortete mit Schmeicheleien und Witzeleien. Als ihre Freundschaft eben erst aufkeimte – die Damen hatten einander vor etwa sieben Jahren in Jessentuki kennengelernt –, war Rita ganz aus dem Häuschen vor naiver Begeisterung für Larissa. »Ein erstaunliche Frau! Versteht zu leben! Ein ideales Verhältnis zu ihrem Mann, ein ideales Verhältnis zur Schwiegermutter, ideale Verhältnisse auf der Arbeitsstelle. Dabei setzt sie ihrem Mann bedenkenlos Hörner auf, verachtet die Schwie-

germutter abgrundtief und richtet es bei der Arbeit so ein, daß sie nicht die Bohne macht – mal nimmt sie sich Arbeit mit nach Hause, mal hat sie freie Tage, mal geht sie auf Dienstreise. Schon zehn Jahre arbeitet Larissa in einem Kombinat und nennt sich Absatzingenieur.« Damals begeisterte sich Rita für diese liebreizenden Eigenschaften ihrer Freundin, doch blieben sie ihr etwas sehr Fernes und Fremdes. Rita bestaunte sie, und mitunter meinte sie sogar humorvoll und nicht ohne heimlichen Stolz: »Ich könnte das nicht! Larissa«, pflegte sie damals zu sagen, »ist keine Freundin, sie ist eine Institution. Larissbüro. Sie kann alles organisieren.« In der Tat, Larissas Wirkungsbereich war gigantisch: er reichte von wollenen Strumpfhosen, Karten für Raikin, Ferienschecks, Kurschecks bis zu Begegnungen mit wichtigen Leuten, zu denen gewöhnliche Sterbliche normalerweise nicht vordringen. Allmählich aber verwandelte sich die Institution in eine Freundin. Irgend etwas mußte ich versäumt, verschlafen haben, und so sind die beiden jetzt, da mir ja im Grunde alles egal ist, richtige Busenfreundinnen. Wie füreinander geschaffen. Zur Zeit beispielsweise beraten sie: Was nun? Sie hocken in der Küche von Larissas Einzimmerwohnung im Turmhaus an der Metrostation Sokol, trinken Kaffee aus bulgarischen Tassen und sprechen über meinen Gesundheitszustand. Beide sind auf dem laufenden. Vor zwei Jahren, als mich eine Hyptertoniekrise erwischte – es war im Sommer, wir fuhren mit dem Vorortzug nach Chotkowo zur Datsche, und plötzlich verschwamm mir alles, ich rang nach Luft, wir hasteten an der nächsten Haltestelle zur Sanitätsstelle, Rita zeigte sich tapfer –, vermittelte Larissa mir einen gewissen A. J. Petschenega, eine Kapazität. In seiner Klinik muß man zwei Monate bloß nach einem Termin anstehen, sie aber hatte ihn einfach in unsere Wohnung geschleppt, mit Tee bewirtet, meine französischen Platten für ihn aufgelegt und ihren ganzen Charme aufgeboten. Ich weiß ja nicht, was für Charme sie hat. Also so was Gewisses hat sie schon. Als Frau ist sie für meine Begriffe nicht attraktiv: dick, klein, kurzbeinig. Ihr rundliches Gesicht aber ist anmutig, und ihre Augen funkeln und strahlen ohne Unterlaß. Kein Mensch würde die rotbäckige Erzbestie auf vierzig schätzen. Doch was soll Larissa hier? Was geht mich Larissa an? Mein Kopf zerspringt. Von der Hitze, vom hohen Blutdruck und – was Wunder! – davon, daß ich in allen Fugen krache und mich wie der dunkelviolette Katafalk in einzelne Schräubchen und

Eisenteile auflöse. Schließlich ist doch Larissa nicht schuld an den Ereignissen vom 19. März.
Nichtsdestoweniger aber erteilt Larissa jetzt Ratschläge, und Rita ist ganz Ohr. Alexander Jefimowitsch hat mir, entre nous, wie man so sagt, erzählt, mit einem Herzen wie dem von Gennadi könne man hundert Jahre werden. So stehen die Dinge, daß du's weißt. – Ich weiß. Hat er mir auch gesagt. Aber wenn Gennadi doch angerufen hat. Kannst du dir das vorstellen, er, bei seiner Empfindsamkeit? – Rita, was bist du doch naiv! Ich verstehe, aber trotzdem ... Bloß nicht schwach werden, ich bitte dich. Du kommst zurück? Schön. Bist krank? Wir werden dich pflegen, Medikamente besorgen. Wenn nötig, bringen wir dich in einem guten Krankenhaus unter. Aber deine Krankheit kann leider das nicht ungeschehen machen, was du angerichtet hast, den Kummer, den du uns bereitet hast. Man muß für alles zahlen, mein Lieber. Und solange du das nicht begreifst ... Hier kann's meiner Meinung nach nur eine Linie geben. – Meinst du? fragt Rita. – Was sonst! sagt Larissa, verwundert und ungehalten zugleich, daß es da noch Zweifel geben kann.
Hinter der Wand, im Wohnzimmer, summt ein elektrischer Bohnerbesen. Da es Sonntag ist, bohnert Zebrikow, Larissas Mann, das Parkett. Er ist dabei so eifrig und so in seine Arbeit vertieft, daß nicht zu befürchten ist, er könnte in der Küche auftauchen. Überhaupt ist Zebrikow ein Muster an Wirtschaftlichkeit und ein bemerkenswerter Ehemann: Kaum hat er eine freie Minute, greift er sich Kehrschaufel und Handfeger und fegt den Teppich ab, dann spült er Geschirr, bearbeitet die Couch mit dem Staubsauger oder macht, wenn es ihm in den Sinn kommt, kleine Wäsche. Larissa holt eine noch fast volle Flasche Armenischen aus dem Kühlschrank und aus dem Büfett zwei Gläser. Vitja – sie pocht an die Wand, willst du einen Kognak? Neiein! übertönt seine frische Stimme das Motorgesumm. Nehmt Zitrone dazu, ich hab heute früh welche mitgebracht! Aber erst unter heißem Wasser abspülen!
Am 19. März, als ich in Nacht und Schneetreiben aus dem Haus trat, hatte ich gedacht: Wenn ich schon zu Hause in meinem Starkasten, dort, wo niemand außer mir seine Nase reinzustekken hat, nicht unabhängig sein kann, wenn ich dort nicht das Recht habe, etwas zu vollbringen, bin ich ein Nichts, ein Wurm.

Was Tochir ist? Es liegt 60 Kilometer von der Stadt entfernt im Süden, dort, wo die Wüste endet und die Berge sich erheben. Einst hat dieser kleine Ort zu Persien gehört. Wie Atabaly zu berichten weiß, hatte einmal ein Khan eine wunderschöne Tochter namens Tochira, und ihr zu Ehren nannte er den Ort Tochir.
Dem Rundfunk nach wurden in der Stadt 32 Grad gemessen. Hier aber ist es wie in einem anderen Land: Die Luft ist kühl, der Wind weht, die Bäume rauschen. Tritt man auf die Straße – die einzige in der Siedlung, lang hingezogen und im Schatten jahrhundertealter Pappeln und Platanen leicht abfallend –, so hörte man das nie verstummende Wasser des Bewässerungsgrabens plätschern. In der ersten Zeit schaute ich mich unwillkürlich bei dem Plätschern um: Rauschte da irgendwo ein Wasserfall?
Von den Persern war in Tochir nichts zurückgeblieben als zwei armselige Lehmhütten. Die eine ist halb zerfallen, die andere dient als Schuppen. Atabaly hat darin seine Hacken und Harken untergebracht. Vom Fenster meines Zimmers aus überblicke ich das ehemalige Besitztum des Schahs aus gepreßtem Mist und denke mir: Also sprach Zarathustra. Ich habe eine Leidenschaft für Zitate, für ausgefallene Wendungen, die ich mir, wie dieses deutsche, aus Büchern herauspicke. Also, denke ich vergnügt, sprach Zarathustra. Ein herrliches passendes Zitat. Eines von denen, die mich mein Leben lang begleiten. Das zeigt philosophische Lebenshaltung, Belesenheit, Intelligenz, Sprachkenntnis, zugleich auch Blödelei und Gemogel. Schließlich sind meine Kenntnisse vage, meine Intelligenz vorgetäuscht. Niemals hab ich Nietzsche ernsthaft gelesen, und nichts weiß ich wirklich, weder über Persien noch über Zarathustra; Deutsch und Französisch kann ich nur so viel, um auf einer Touristenreise im Restaurant zum Kellner sagen zu können: Bitte noch etwas Brot!
Einst habe ich einem Mädchen den Kopf verdreht, sie war dreizehn, ich vierzehn. Im Zentrum von Moskau, in einer Straße, die es heute nicht mehr gibt. Die Häuser natürlich auch nicht mehr. Das Haus war ein stabiler fünfgeschossiger Prachtbau im Stil der billigen Moderne aus der Zeit um die Jahrhundertwende. Ich erinnere mich noch an das nach Katzen und Unrat stinkende Treppenhaus. Aber die zierlichen gußeisernen Gitter an den oben halbrunden Fenstern waren elegant wie

Beardsleysche Zeichnungen. Ich erinnere mich an die Wohnung, die verwirrend wie ein Aquarium voll Wasserpflanzen war. Es gab einige Korridore, vollgestellt mit Schränken bis zur Decke, an denen man sich nur vorbeischlängeln konnte. Das Mädchen saß auf einem Sofa, ihre Hände rochen nach Jod, und sie las selbstverfaßte Gedichte, die meiner Ansicht nach wunderschön waren. Ich frage sie: »Hast du ›Also sprach Zarathustra‹ gelesen?« Darauf folgten eine paar halbkindliche Erfolge, zurückzuführen auf diese kleine Hochstapelei.

Also, ich wohne in einem Holzhäuschen auf dem Datschengelände für Kulturschaffende. Fünf solche Häuschen gibt es hier, die jetzt alle leerstehen. Die Saison beginnt erst im Juni. Müde von der Arbeit, vom ewigen Sitzen, gehe ich in den Park und führe ein Gespräch mit dem Verwalter des Datschengeländes, Atabaly Kulmamedow, der zugleich Gärtner und Wächter ist. Ein reizender Mensch. Er ist um die Fünfundfünfzig. Hager und hochgewachsen wie alle Turkmenen vom Stamm der Tekke. Auf seinem hageren, unrasierten, sonnenverbrannten Gesicht mit den eingefallenen Wangen liegt stets ein besorgter Ausdruck, was bei einem Mann mit einer so großen Kinderschar nicht verwunderlich ist; er ist überaus fleißig und gutmütig zugleich, und als er fühlt, daß ich mit ihm plaudern möchte, läßt er seine Arbeit liegen und unterhält sich mit mir, eine Stunde lang oder auch zwei. Er bewirtet mich mit Tee und Schlehenmarmelade, besorgt mir Zigaretten, wenn ich ihn darum bitte, und leistet mir noch andere kleine Dienste. Atabalys Frau, auch eine Tekke, ist füllig und stattlich, sie bewegt sich bedächtig und trägt ein langes dunkelrotes Gewand, einen Kuynak. Sie heißt Jasgül. Ihr leicht quadratisches, an das einer Löwin erinnerndes Gesicht wirkt müde, es ist von staubbrauner Farbe und übersät von den Runzeln immerwährender Mutterschaft, ihre bis zu den Ellenbogen entblößten Arme aber sind jung und kräftig. Bestimmt ist auch Jasgüls Körper mit dem großen Bauch und der schweren, herabhängenden Brust, die sich kaum abzeichnet unter den Falten des Kuynak, noch kräftig und voller Leben. Sechsundvierzig, siebenundvierzig mag sie sein. Die älteren Kinder sind längst verheiratet und wohnen von den Eltern getrennt. Hier in Tochir leben noch fünf: drei Töchter und zwei Söhne. Der jüngste heißt Durdkuly. Ein selbstbewußter, bedächtiger fünfjähriger Mensch, aus dem kaum ein überflüssiges Wort rauszukriegen ist. Einmal hab

ich ihn gefragt: »Wie alt bist du, Durdkuly?« Er antwortete nicht, wendet sich hochmütig ab und rannte davon, doch dabei preßte er eine Hand mit gespreizten Fingern hinten an die Hose und zeigte: fünf.
Dauernd ist er verschwunden, ewig sucht ihn die Mutter, und ihr Ruf schallt durch den ganzen Park: »Durdkuly-y!«
Jasgül ist Analphabetin, sie spricht nur schlecht russisch, doch im Gegensatz zu vielen Turkmeninnen vom Lande ist sie frei von der ermüdenden orientalischen Schüchternheit. Wenn sie sich mit mir, mühsam nach Worten suchend, unterhält, sieht sie mich ruhig und ohne die Augen niederzuschlagen mit ihren unbeweglichen gelben Augen an.
»Jasgül«, frag ich sie, »haben Sie eine Schere?«
»Sofort.« Jasgül nickt majestätisch und ruft jemandem im Innern des Hauses etwas auf Turkmenisch zu.
Eine der Töchter kommt heraus, schaut seitlich an mir vorbei und hält mir die Schere hin. Ob ich um ein Stück Seife bitte, um eine Glühlampe, um Nadel und Faden, um ein Notizheft, um Klebstoff – in Jasgüls Haus findet sich alles. Selbstverständlich versuche ich, Jasgül dafür Geld zu geben, aber sie lehnt jedesmal ab.
»Ach was«, sagt sie und macht dabei eine leichte, verächtliche Handbewegung.
Eines Nachts konnte ich ewig nicht einschlafen, ich dachte an Jasgül. Das erschreckte mich ein wenig. Doch was konnte mich jetzt noch schrecken? Ein paar Sekunden war ich verbittert. Der Mensch wird sich seines Alters erst mit Verspätung bewußt. Das ist ungefähr so wie mit der Untreue der Ehefrau: Alle wissen es, nur man selbst ahnt nichts. Doch es gibt etwas, was außerhalb des Bewußtseins existiert, einen verborgenen Zeitmechanismus, der plötzlich Signale aussendet. Ich erinnere mich, daß ich als Junge einmal in der Straßenbahn gefahren bin und eine junge Frau betrachtet hab, die mir gegenübersaß. Sie war nicht weiter bemerkenswert, war braungebrannt, vollbusig, hatte einen Beutel auf dem Schoß und die nackten Beine lässig übereinandergeschlagen. Die Art, wie ich die sitzende Frau betrachtete, war für mich überraschend und neu und hat mich auch ein wenig erschreckt wie diese Sache jetzt. Gleich nachdem ich an Jasgül gedacht hatte, sprangen meine Gedanken zu meiner Person zurück. Es ist wie ein unerbittlicher Zwang: Sobald ich über die Zeit nachdenken will, springe ich auch

schon zu meiner geschätzten Person zurück. Wer ich bin, was ich bin und so weiter. Manchmal denk ich: Das ist schon ganz gut, ich bin in Ordnung. Dann wieder Wehmut. Nein, denke ich, aus mir ist nichts Gescheites geworden. Mein ganzen Leben hab ich nicht das getan, was ich wollte, sondern das, was sich anbot, wovon man leben konnte. Und dabei hätte ich bestimmt... Wenn ich damals, gleich nach der Hochschule, in den vierziger Jahren ... Na ja, und so weiter und so fort. Achtundvierzig bin ich, dem Aussehen nach sogar noch zehn Jahre älter. Die sitzende Lebensweise und das übermäßige Rauchen haben mein Gesicht gelblich gefärbt, es ist schlaff geworden, unter den Augen hängen Säcke, die dunkler werden und größer, sobald ich am Vorabend »Gefäße erweitert« habe. Früher habe ich ordentlich getrunken und das »Gefäße erweitern« genannt. Jetzt hat mir das der Arzt verboten, und ich fühl's auch selber: Nach drei, ja schon nach zwei Gläschen hämmert das Herz, und ich schnappe nach Luft. Auch das Rauchen müßte ich einstellen. Aber das ist es ja nicht. Ganz und gar nicht! Man kann krank sein, sein Leben lang eine Arbeit ohne Neigung verrichten, aber man muß sich als Mensch fühlen dürfen. Dafür ist nur eines nötig – eine Atmosphäre von Menschlichkeit, einfach wie die Arithmetik. Niemand kann dieses Gefühl aus sich selbst heraus entwickeln, es wird von den anderen, von unseren Nächsten hervorgebracht. Wir bemerken nicht, wie sich dieses Jahrhunderte währende Wahre manchmal verliert: unseren Nächsten Nächster zu sein. Was ist das für einen Unsinn: Liebe deinen Nächsten! Biblisches Gewäsch und Idealismus. Wenn der Mensch nicht die Nähe seiner Nächsten spürt, dann – so hoch er intellektuell auch immer steht, so ideologisch gefestigt er auch ist – dann kriegt er keine Luft mehr – aus Mangel an Sauerstoff, und seine Seele krümmt sich vor Schmerz.

Als er zu mir gesagt hatte: »Und worin bist du besser? Fabrizierst Blödsinn, und dein Gewissen schweigt dazu?«, stockte etwas in meiner Brust, in der Aorta. Ich bewegte die Lippen, brachte aber keinen Ton heraus, und da sah er mich nicht mehr so an wie vorher, sondern erschrocken. Schließlich sagte ich: »Du Dreckstück! Mit diesem Blödsinn hab ich dich siebzehn Jahre lang ernährt, dich bis zur zehnten Klasse gebracht! Für diesen Blödsinn kaufst du dir Jeans, Schallplatten und alles mögliche Gelumpe! Bist selber ein Lump!« Dann schlug ich ihn. Er duckte sich und rannte in sein Zimmer. Ich wußte, daß ich ihm weh tat, aber leid tat er mir nicht – wenn ich ihn auch selten geschlagen hatte, vielleicht zwei-, dreimal in seinem ganzen Leben –, ich empfand nichts als Leere und Verzweiflung. Der Satz, den er mir ins Gesicht geschleudert hatte, war lange vorbereitet, in ihm lagen in Monaten, vielleicht sogar in Jahren aufgespeicherter Haß und Verachtung. Aus dem Satz sprach nicht Kirill allein, sondern auch Rita. So reden sie miteinander über mich. Und die Hauptsache, aus diesem Satz sprach ich selbst! Ich, ich! Ich erkannte meine Redensarten wieder: Fabrizierst Blödsinn! Verachtung ist ansteckend. Niemals wäre ich so aufgebraust, hätte ich aus diesem Satz nicht mich selbst herausgehört, meine geheime, wie ein böses Leiden verborgene Verachtung jedem »Blödsinn« gegenüber, meinen eigenen nicht ausgenommen.

Aber davon hatte der Bengel schließlich keine Ahnung. Er hatte eine Ohrfeige bekommen und war zutiefst erschüttert, von Tränen gewürgt, davongerannt.

Dieser Tag hatte damit begonnen, daß ich in der Tischschublade in Kirills Zimmer – ich hatte rauchen wollen und Zigaretten gesucht – ein verschließbares Büchlein im Ledereinband fand. Ich interessierte mich dafür und öffnete es: Das Schlüsselchen lag gleich daneben. Es war ein Tagebuch, von Kirill vor einigen Monaten begonnen. Ich überflog diagonal an die zwanzig mit großer krakliger, noch unfertiger Handschrift beschriebene Seiten. Es war mir zwar peinlich, aber ich sagte mir, daß ich in meiner Position als Erzieher dazu absolut das Recht hätte. Viel dummes Zeug stand darin, über ein Fußballspiel gegen eine andere Schule, Ansichten über ein wissenschaftlich-phantastisches Buch eines modernen Autors, der augenscheinlich ziemlichen Dreck geschrieben hatte, über seine Beziehungen zu einem gewissen A. und einer gewissen O., weitschweifig und verschleiert mit vielen Auslassungspünktchen, und dann eine Beschreibung der eigenen Geburtstagsfeier. Am Vortag des Geburtstages bis ins einzelne gehende Prognosen, wer was schenken würde. Diese Leidenschaft für Geschenke, die Kirill bemerkenswert offen darlegte – angefangen hatte das schon in seiner frühen Kindheit, und es dauerte bis zum heutigen Tag –, hatte mich schon immer abgestoßen, doch ich hatte mich daran gewöhnt. Keine Neuigkeit mehr. Bei Rita war es genauso. »Mal sehen, wozu sich Papa aufschwingt. Schon im Sommer hat er mir ein TBG versprochen, na ja, wenn schon kein ›Grundig‹, dazu reicht's bei ihm nicht, dann wenigstens ein ›Kometa‹. Serois ›Kometa‹ spielt Klasse, damit wär ich vollauf satisfied.« Dieser rotzige Ton störte mich ein bißchen, aber ich schluckte das und las weiter. Ich hatte dem Bengel in der Tat ein »Kometa« geschenkt. Und ich erinnerte mich, wie ich mich schon im voraus auf den Eindruck freute, den das Geschenk machen würde. Ich war überzeugt, es würde ihn überraschen, das Versprechen vom Sommer war wie fortgeblasen, er aber hatte es eisern behalten. Damals hatte es mich verwundert: Bedankt hatte er sich zwar, aber irgendwie verhalten, ohne Begeisterung.

Zur Weißglut brachte mich eine andere Eintragung: »... kommt die Vogelscheuche und schleppt so ein lächerliches Album für Ansichtskarten und einen Satz Farben an. Das Ganze für etwa drei Rubel. Mutti hat recht, wenn sie sagt, alte Jungfern sind mißtrauisch und knauserig ...« Gemeint war meine Schwester und seine Tante Natascha. Wenn Natascha das läse – brrr! Mir schauderte, ich war versucht, die Seiten herauszureißen, damit das Schreckliche niemals geschehen könnte. Doch ich hielt inne: Die Seite konnte noch zupaß kommen. Die Vorstellung der armen Natascha war noch von unseren eigenen Geburtstagen bestimmt, damals galten ein Ansichtskartenalbum und Farben als wertvolle Dinge. Nein, was mich empörte, war nicht die krämerhafte Einschätzung – in Rubeln –, sondern seine kaltblütige Heuchelei. Schließlich hatte sich der Schurke bei seiner Tante bedankt, ihr sogar einen Kuß auf die Wange gedrückt, freundlich gelächelt und als zärtlicher Neffe gefragt: »Was macht die Arbeit? Wann gehst du in Urlaub?« Und noch am gleichen Abend: »Vogelscheuche!«

Mit stumpfem Blick betrachtete ich das Büchlein, den Ledereinband, das Schloß, den Schlüssel (war das nicht Nataschas Geschenk vom vorigen Jahr?) und überlegte: Sollte ich mit dem Schuft reden, oder sollte ich schweigen? Ich beschloß zu schweigen. Es für den äußersten Fall in petto zu halten. Aber ich ahnte, daß ich mich nicht beherrschen könnte. Und richtig, am gleichen Abend bettelte er um Eintrittskarten zu einer Jazzveranstaltung. Zuerst bestürmte er seine Mutter, dann mich. Rita sagte, sie sei grundsätzlich dagegen. Erstens sei für den nächsten Tag eine wichtige Kontrollarbeit angesetzt, zweitens seien die Karten teuer, fünf Rubel das Stück, und er wolle doch mit seinem Mädchen hingehen, und drittens gefiel Rita das

Mädchen nicht. Ritas Ansicht nach war sie schlecht erzogen und benahm sich bei uns nicht bescheiden genug. Nun, Gott mit ihr, ich hatte davon nichts bemerkt und war aus anderen Gründen dagegen. Mit der gewohnten Beharrlichkeit drängelte er und: »Pa . . .« flunschte er mit weinerlicher Stimme wie ein beleidigter Dreikäsehoch. »Es gibt keine Karten und wird keine geben. Schluß! Aus!« sagte ich. »Geh in dein Zimmer und lerne!« – »Ob ich Tante Natascha bitte?« Ich musterte ihn interessiert. Aus seinen klaren blauen Augen sprach tiefste Ergebenheit. Natascha arbeitet in einem Ministerium und kommt gelegentlich an Karten heran, die Mangelware sind. »Tante Natascha?« – »Na ja, weißt du nicht mehr, sie hat doch auch welche für Dean Reed besorgt?« – »Und dir wäre es nicht unangenehm«, sagte ich, jedes Wort scharf artikulierend, »die Karten aus den Händen einer Vogelscheuche zu nehmen?« Verwirrt starrte er mich an. »Von was für einer Vogelscheuche?« – »Du nennst doch Tante Natascha Vogelscheuche?« Da sah ich, wie sich das Gesicht meines Sohnes schlagartig und sichtbar – wie lichtempfindliches Papier –, bei den Ohren beginnend, dunkelrot färbte. »Du hast in meinem Tagebuch gelesen?« schrie er. »Wie konntest du . . .« Sein Gesicht verzerrte sich, die Augen verengten sich, ich sah rasende Verachtung, und das war sein wahres Gesicht. Selbstverständlich versuchte ich ihm klarzumachen, daß er richtiger hätte sagen müssen »Wie konnte ich« und nicht »Wie konntest du« so gemein über die Tante schreiben, über eine Verwandte, die ihn über alles liebte. Ich sprach sehr erregt. Rita war aus ihrem Zimmer gekommen und stand wortlos dabei. Obwohl die Beziehungen zwischen uns gespannt waren, versuchte sie nicht, für den Sohn Partei zu ergreifen, der mir gar nicht zuhörte und immer nur kopfschüttelnd sagte: »Ach du . . . ach du . . .« Wahrscheinlich war ihr die Geschichte unangenehm. Er aber kapierte überhaupt nichts. Er schien niedergeschmettert zu sein, weil ich den Unsinn über A. und O. hatte lesen können. Schließlich öffnete Rita den Mund und meinte vorwurfsvoll: Kirka, wirklich, wie konntest du nur so was schreiben?«

Ich sagte: »Du wundre dich nicht. Er hat nur niedergeschrieben, was du laut aussprichst.« Natürlich gab es einen Protestruf, ein beleidigtes Gesicht und die kluge pädagogische Schlußfolgerung: »Ich will Kirill nicht rechtfertigen, aber dein Ton empört mich!« Dann ging sie. Das war Wasser auf Kirills Mühle. Er sagte, ich beleidige alle, ihn, die Mutter, und ich habe kein Gewissen, wenn ich meine Nase in fremde Tagebücher stecke. Das sei doch wohl mein gutes Recht als Vater, schrie ich los. Solange er noch nicht achtzehn sei, noch nicht trocken hinter den Ohren, sei es meine Pflicht, zu wissen, was er treibe, sein Privatleben bis in alle Einzelheiten zu kennen, weil ich für ihn verantwortlich sei. Wäre er erst achtzehn, könne er sich in alle vier Himmelsrichtungen trollen, bitte sehr, ich hätte nichts dagegen. »Ich hab auch nichts dagegen«, murmelte der freche Kerl. »Aber jetzt«, donnerte ich, »denke ich nicht daran, nachsichtig zu sein bei deinen Niederträchtigkeiten.« – »Ich auch nicht bei deinen Niederträchtigkeiten.« So schrien wir uns gegenseitig an wie zwei Marktweiber, und mit jeder Minute wurde ich mir meiner Ohnmacht deutlicher bewußt. Und dann sagte er: »Fabrizierst Blödsinn«, worauf ich ihn auf den Mund schlug und er fortrannte. Erst in sein Zimmer, dann aus dem Haus.

Er kam die ganze Nacht nicht zurück. Das war die wohl bedrückendste Nacht meines Lebens, weil ich mich schuldig sprach und zermarterte. Rita blieb natürlich nicht stumm, aber ihr Wüten rührte mich nicht. Das Entsetzen hatte mich abgestumpft, die Tatsache, wie ich mich aufgeführt hatte, wofür ich in mir den Schuldigen sah, in mir allein, einem unglücklichen Idioten, einem Neurastheniker – einfach zuschlagen, weil einer seine Schwester Vogelscheuche genannt hat! Na und, was ist schon dabei? Deshalb ein Verhör anstellen, in die Fresse hauen, den Jungen so erniedrigen und kränken? Um drei Uhr morgens teilte uns der operative Dienst der städtischen Miliz mit, daß man in Koptewo die Leiche eines siebzehnjährigen Jungen aufgefunden habe, der niedergestochen worden sei. Hatte unser Sohn eine Pelzmütze und eine ärmellose pelzgefütterte Lederjacke getragen? Einze Pelzmütze hatte er! Er hatte eine! Eine ärmellose Lederjacke aber besaß er nicht. Doch er konnte die Lederjacke geborgt haben. Er konnte aus irgendeinem Grund nach Koptewo gefahren sein. Wir riefen ein Taxi und jagten nach Koptewo, ans andere Ende der Stadt. Im Wagen wurde Rita übel, wir hielten an, ich massierte ihr das Herz, der Fahrer lief zur Sanitätsstelle des Belorussischen Bahnhofs ein Medikament holen. In die Leichenkammer des Krankenhauses ging ich allein, Rita blieb im Wagen. Obwohl ich völlig sicher war, daß unser Kleiner hier nicht aufgetaucht sein konnte, hatte ich doch weiche Knie, als ich die Stufen zu dem schmalen gekachelten Korridor hinabstieg. Der Junge hatte schwarzes Haar, ein Auge stand offen, das andere war von einem schwarzen Blutgerinnsel verklebt. Gegen fünf Uhr waren wir wieder zu Hause.

Um sieben Uhr rief er an und sagte, wir sollten uns nicht beunruhigen, er sei bei einem Mädchen auf der Datsche gewesen, dort gebe es kein Telefon, weshalb er uns nicht gleich habe verständigen können. Er bekenne sich schuldig, »excuse me«. Jetzt rufe er vom Bahnhof an. »Gehst du nicht zur Kontrollarbeit?« fragte Rita mit überraschender und mich wie gewöhnlich verblüffender Nüchternheit. »Nein. Bis später!« Dieses »Bis später« kam übermütig, richtig fröhlich heraus – heißa, wir leben! –, dann knackte es, der Hörer war eingehängt. Rita weinte still vor sich hin, ich saß mit geschlossenen Augen im Sessel; vor mir sah ich den Bahnhof im Morgengrauen, die Telefonzelle, eiskalt wie eine Gruft, den tief über dem Wald stehenden Mond und roch den Rauch. Zwei liefen auf Skiern zunächst in der ausgefahrenen Spur entlang den Bahnschienen, dann bogen sie in den Wald ab. Hinter der Gartenpforte empfing sie der Hund, in der Datsche war es warm, im Ofen brannten Birkenscheite – aber das war meine Jugendzeit, in der Datsche bei dem »Mädchen« gab's bestimmt Warmwasserheizkörper, und man heizte mit Kohle oder Gas. Das alles hatte es dereinst auch bei mir gegeben. Was hatten da schon Kontrollarbeiten zu besagen! Er hatte selbst den Vater, der ihm die Lippen blutig geschlagen hatte, längst vergessen.

Ich wurde nicht mehr *gebraucht*. Das war offensichtlich. Na ja, Geld, Essen, Eintrittskarten für ein Jazzkonzert, nützliche Bekanntschaften waren Selbstverständlichkeiten. Ein wenig Besorgnis, wenn es mir nicht gut ging. »Papa, soll ich dir was bringen? Brauchst du wirklich nichts? Na, dann saus ich los! Hab 'ne geschäftliche Verabredung. Bleib liegen, steh nicht auf.« Was will ich denn mehr? Einer meiner Freunde, ebenfalls Vater und in meinem Alter, hat einmal zu mir gesagt: »Kannst dankbar dafür sein, daß er dir nicht mit einem linken Leberhaken geantwortet hat. Meiner hat mich mal k. o. geschlagen.« Anscheinend war das alles normal, doch ich kenne so was nicht: Als ich in Kirills Alter war, hatte ich weder Mutter noch Vater. Mutter war lange krank, lag monatelang in Sanatorien, Vater war neununddreißig auf der Karelischen Landenge gefallen, er war Militäringenieur gewesen. Erzogen, im wahrsten Sinne großgezogen hat mich meine ältere Schwester, Natascha. Möglich, daß sie meinetwegen eine »Vogelscheuche« ist. Woher soll ich wissen, ob so ein Bengel einen Vater braucht, wenn der Bengel 1,80 groß ist, einen Bürstenhaarschnitt hat und eine Baßstimme, wenn er drei Stunden hintereinander, ohne müde zu werden, tanzen kann, einen englischen Krimi in einem Tag durchschmökert und auf der Straße jedes x-beliebige Mädchen anspricht und sich ihre Telefonnummer geben läßt.

Im Sommer war der Vater offenbar noch gebraucht worden. »Papa, den Lehrstuhl leitet ein gewisser Metschenow, Alexander Wladimirowitsch, er nimmt die Aufnahmeprüfung ab. Wie ich rausgebracht habe, ist er ein Freund von deinem Rafik. Sei so lieb . . .« Er und seine Mutter wissen, daß ich von solchen Sachen überhaupt nichts halte. Nicht, weil ich über Gebühr prinzipienfest wäre und sich mein Moralgefühl empörte, sondern weil ich ein Neurastheniker bin und niemand verpflichtet sein möchte. Wer ist denn dieser Rafik? Die haben ja keine Ahnung, wer Rafik ist. Sie denken, wenn man sich duzt, im Café National miteinander einen Kognak trinkt und gelegentlich in Luschniki oder beim Pferderennen (Rafik ist ein leidenschaftlicher Wetter) zusammen ist, so bedeute das, daß wir dicke Freunde sind. Rafik gibt mir Arbeit, ich hänge von ihm ab. Na ja, nicht gerade hundertprozentig – ich kriege auch noch von acht anderen Stellen Arbeit –, aber doch in hohem Grade. Rafik ist für mich eine wertvolle Schachfigur, ist meine Dame. Ich bin an *ihm* interessiert und nicht *er an mir*.

Rita hatte ich das nie klarmachen können. Wie gewöhnlich, wenn häusliche Verpflichtungen drängten, geriet sie in Panik und stellte den größten Unsinn an. Ihrer Meinung nach würde Kirill niemals an der Uni ankommen, wenn ich nicht Rafik einspannte. Ich war, ehrlich gesagt, der Meinung, er komme auch mit Rafiks Hilfe nicht an. Er ist nun mal keine Leuchte, unser Sohn. Trotz seiner Größe, seiner Baßstimme und seines zur Schau getragenen Selbstbewußtseins ist er noch ein Schnösel, ein Tölpel. Seine Aufsätze waren mittelmäßig geschrieben, seine Handschrift war entsetzlich, sein Wissen in Mathematik schwach. Außer »Sowjetski Sport« und »Ekran« las er keine Zeitungen und Zeitschriften. Englisch? Das noch am ehesten. Als Junge wurde er gezwungen, Englisch zu lernen, und dann packte ihn eine Leidenschaft für detective stories. Allerdings nur die Lexik, die Grammatik war wie ein finstrer Wald.

Außerdem war unser Sprößling, zu Hause frech und schlagfertig, im Umgang mit Fremden wie verwandelt. Da brachte er kein Wort heraus, stotterte, war verlegen und machte überhaupt den Eindruck eines ungehobelten Dorftrottels. Sie konnte der in der Schlacht der Aufnahmeprüfung bestehen! Zuerst hieß es, es kämen zwölf Bewerber auf einen Studienplatz, wie sich später herausstellte, waren es neun, auch keine Kleinigkeit.
Ich mußte Rafik aufsuchen. Keiner wußte, wie mir das gegen den Strich ging. Rafik gehört zu den Menschen, die kein gutes Werk tun, ohne auf eine Gegenleistung zu rechnen, ohne »zwei geschrieben, eins gemerkt«. Nein, nicht so vulgär »Ware gegen Ware«, sondern im Sinne einer Lobpreisung seiner Hochherzigkeit, des Erpressens von Freundschaft, des Empfindens ewiger Dankbarkeit und so weiter. Alle edlen Taten Rafiks muß man sich gut merken. Das ödet einen an, läßt sich aber nicht ändern, es gehört zu den Spielregeln. Ich in meiner Zerfahrenheit und Bequemlichkeit hatte oft gegen diese Regeln verstoßen, und das war der Haken an der Sache. Keinem konnte ich das begreiflich machen, so sehr ich mich auch mühte. Man mußte Rafik kennen, diese hochnäsige Morchel, der im Grunde eine Seele von Mensch war. Kurz bevor das Problem Metschenow auftrat, hatte ich von Rafik einen umfangreichen, überaus handfesten Auftrag bekommen, der für mich ein halbes Jahr intensivster Arbeit bedeutete – Dank sei ihm bis ans Lebensende, thank you very much, würde unser Bengel sagen –, aber wie's eben so kommt, kaum hatte ich diese Arbeit bekommen, entschwand ich aus Rafiks Gesichtskreis. Verscholl spurlos. Hatte die Arbeit genommen und mich in meinem Bau verkrochen. Und wo blieb die Freundschaft? Wo die ewige Dankbarkeit? Und da sollte ich mit einer neuen Bitte aufkreuzen? Ich drückte mich, suchte nach anderen Möglichkeiten, aber es fand sich nichts. Rita und Kirill beknieten mich, und das Schlimmste dabei war, Kirill wurde in alle geheimen Unternehmungen eingeweiht! Viele Male rügte ich Rita dafür, was damit endete, daß Rita die Geduld verlor, Rafik ohne mein Wissen anrief und sich mit ihm traf. Ich erinnere mich, wie sie an einem Juniabend irgendwie wortkarg und erregt, mit fleckigem Gesicht – diese hektischen Flecken verraten immer ihre Erregung – heimkam und unvermittelt verkündete, sie habe sich mit Rafik getroffen und ihm alles gesagt, und er würde alles erledigen. Sie war beim Pferderennen gewesen, hatte anderthalb Rubel gewonnen.

Wie sich herausstellte, war gerade Rafiks Wettag, er hatte sich mit ihr an der Metrostation »Dynamo« verabredet, von wo sie plaudernd zur Rennbahn gingen und sie sich entschloß – »um ihm einen Gefallen zu tun, denn wie er sagte, hätten Anfänger immer Glück« –, mit ihm zum Rennen zu gehen. Ein kluger Schachzug! Zuerst war er recht zugeknöpft, aber sie trennten sich als Freunde. Erstens hatte er wirklich gewonnen. Zweitens hatte sie ihm gefallen, das stand außer Frage. »He, Mutter, hast du etwa einen Schwips?« Nein, sie habe nur Limonade getrunken, Eis und zwei Apfelsinen gegessen, Rafik habe sie ans Büfett eingeladen; dennoch wirkte sie wie betrunken. Weil eben alles so wunderbar geklappt hatte. Schade, daß er so furchterregend aussähe, ein mißgestalteter Gnom wie der Glöckner von Notre-Dame. Er habe sie mit ein paar alten Knackern bekannt gemacht, die ihr die Hand geküßt und »Madame« zu ihr gesagt hatten. Metschenow sei sein alter Freund, sie seien aus der gleichen Stadt, die Sache sei also abgemacht.
Kirill jubelte: »Mutti, du bist ein Genie!« Mir war nicht ganz wohl bei der Geschichte. Natürlich war es gut, daß die Sache gedeichselt war und unserem Tölpel vielleicht geholfen würde, aber ich stellte mir Rafiks Gesicht vor, als sie sich trafen, und Rita, vor Erregung mit hektischen Flecken übersät, die ersten Worte murmelte. »Er war zugeknöpft!« Schwach ausgedrückt. Man mußte Rafik kennen. Der hatte doch sofort vermutet, ich hätte sie geschickt, und sich bestimmt im stillen empört: Dieser Hornochse! Warum muß ich ihm *immer und ewig* Gefälligkeiten erweisen? Doch dann hat sie ihn eingewickelt. In mir kam nicht das geringste Mißtrauen auf, nicht die Spur von Eifersucht. Solche studentischen Gefühle suchten mich nur höchst selten heim, ebenso wie das Verlangen, Volleyball zu spielen – Rita erging es anscheinend genauso –, zudem war bekannt, daß Rafik sich nichts aus Frauen machte. Ich schrieb die Geschichte Rafiks Absonderlichkeiten zu. Dort aber waren noch ein paar alte Knacker gewesen, die ihr die Hand geküßt und sie »Madame« genannt hatten. Und warum mußte sie bis zum letzten Lauf ausharren?
Im Ergebnis blieb wie bei einer komplizierten Rechenaufgabe mit zahlreichen verschiedenartigen Rechengängen wie Division, Multiplikation und Wurzelziehen ein Rest: eine Peinlichkeit und eine daraus resultierende Gereiztheit.
Ich schaute Rita an, die lässig, die Beine übereinandergeschla-

gen, den Hals immer noch voller Flecken, eine Zigarette zwischen den Lippen, auf der Couch saß, und versuchte, sie so zu sehen, wie Rafik und die Opas sie auf der Pferderennbahn gesehen hatten. Rita gehört zu den Frauen, die deutlich jünger wirken, als sie sind. Ihre vierzig Jahre sieht man ihr an, zugleich sieht man auch, daß sie jünger ausschaut. Sie ist gut gewachsen, stattlich, langbeinig, wenn auch die Figur merklich auseinandergeht, sobald man sämtliche Häkchen öffnet. Doch das ist kein Unglück, sie ist noch ganz *ordentlich*. Vor zwanzig Jahren etwa, als ich sie einem jungen Mann, dem Sohn eines Homöopathen, ausgespannt habe, war sie eine Schönheit. Ihretwegen verließ ich meine erste Frau und den Sohn (er ist Geologe irgendwo hier in Mittelasien), ihretwegen stritt ich mich heftig mit meiner Mutter, die gegen die Scheidung war. Die Mutter in ihrer unendlichen Güte mußte einfach jemanden zum Bemitleiden haben. Es tat ihr weh, wenn jemandem Leid geschah. Später freundete sie sich mit Rita an. Und bemitleidete sie, als ihr schien, ich kränke sie. Doch das liegt weit zurück. Lange schon gibt es keine Mutter mehr und auch nicht jene Rita, die gekränkt sein konnte, gibt es weder meine Liebe noch unsere alte Wohnung in der Schitnaja, weder das kommunale Gedränge, das schmale Sofa, Kirkas Geschrei in den frühen Morgenstunden und ein Erschauern – denn alles lag noch vor uns, alles sollte noch geschehen. Rita hätte nicht aufhören dürfen zu arbeiten. Wir hätten auch nicht diesen Genossenschaftstempel mit 62 Quadratmetern Wohnfläche – ohne die Kammer – zu erschaffen brauchen.
Und nun sah ich die Frau mit den schönen langen Beinen, in dem hübschen Wollkleid, mit dem hübschen, etwas blassen Gesicht an, von dem man die Spuren des Verblühens, aber auch eine herrliche Reife, vegetative Neurose, Cholezystitis, Vorliebe für süße Speisen und alljährliche Seebäder ablesen konnte, und sagte ruhig zu ihr: »Du hast ihm gefallen? Das ist schlecht. Da mußt du auf der Hut sein.« Und sie antwortete ebenso ruhig: »Ach, wie scharfsinnig!« Wir hätten nicht zwanzig Jahre zusammen leben sollen. Also sprach Zarathustra: Das ist zu lange. Zwanzig Jahre, das ist kein Klacks! In zwanzig Jahren lichten sich Wälder, verarmt der Boden. Braucht selbst das beste Haus eine Reparatur. Turbinen fallen aus. Und welch gewaltige Erfolge die Wissenschaft innerhalb von zwanzig Jahren erringt! Wenn man sich das vorstellt! In allen Wissensbereichen vollzie-

hen sich Umwälzungen. Städte erhalten ein neues Gesicht, der Oktjabrskaja-Platz, in dessen Nähe wir einst wohnten, hat sein Äußeres völlig verändert. Ganz zu schweigen davon, daß in Afrika neue Staaten entstanden sind. Zwanzig Jahre! Eine Zeitspanne, die keine Hoffnungen mehr läßt.

Ich dichte ein gewaltiges Poem meines Freundes Mansur nach, 3000 Zeilen. Es heißt »Goldglöckchen«. Goldglöckchen ist, wie man richtig vermutet, der Kosename eines Mädchens, den ihm die Dorfbewohner seines hellklingenden melodischen Stimmchens wegen verliehen hatten. Das Poem soll hier, in Moskau und in Minsk erscheinen. Warum auch in Minsk, ist mir nicht bekannt. Aber das ist seine Angelegenheit. Ich habe es eilig, denn ich brauche Geld, spätestens am 10. Juni muß ich von hier abreisen. Die jetzige Hitze geht vorüber, sie kann nachlassen, kann von Regen abgelöst werden, ab Juni aber schlägt sie unbarmherzig und eisern zu, kennt keine Nachsicht, weder durch ein Wölkchen noch durch einen Regentropfen. An die dreißig Zeilen schaffe ich am Tag, und das ist viel. Ich warte nicht erst auf eine Inspiration. Morgens um acht trinke ich eine Tasse von dem Tee, den ich mir am Vorabend in einer Thermosflasche mitgebracht habe, setze mich bis zwei an den Schreibtisch, um zwei esse ich in der miserablen Teestube an der Post Mittag, und ab drei sitze ich wieder bis fünf oder sechs, bis sich ein Druck im Hinterkopf bemerkbar macht und mir schwarz vor den Augen wird. Was hilft's? Es ist nun mal mein Beruf, Gedichte nachzudichten. Was anderes kann ich nicht. Ich dichte nach einer Interlinearfassung. Praktisch kann ich aus allen Sprachen der Welt nachdichten, zwei ausgenommen, die ich ein wenig beherrsche – Deutsch und Englisch –, denn da verläßt mich der Mut, oder mein Gewissen rührt sich. Ruhm brauche ich nicht, das war einmal (natürlich nicht der Ruhm, sondern das Verlangen danach).
Man sagt, schon bald, um den 20. herum, beginne im Sommerrestaurant »Tschynar« die Saison, und das würde mir das Leben erleichtern. Neulich, ich hatte bis zum Umfallen gearbeitet, ging ich in die Teestube – eine gewöhnliche Kneipe, wo es außer Wodka, Fruchtwasser, Bier, kräftigem Rotwein, harten Eiern, Zwiebeln, Fladen, Fischkonserven manchmal auch Tee gibt und Plow mit undefinierbarem Fleisch, ich fürchte Kamelfleisch – und trank zur Aufmunterung vielleicht zwei Gläser von dem

miserablen Aschchabader Wodka. Ich trank ihn mit Genuß, aber auch mit etwas Angst. Er wirkte merkwürdig auf mich. Nicht daß ich betrunken wurde – aber die lange Abstinenz machte sich wohl bemerkbar –, nein, der Kopf war völlig klar, alles war normal, bis auf einen Punkt wie in der Welt Kafkas, wo alles stimmt außer einem einzigen Umstand: dem Umstand beispielsweise, daß sich Samsa in ein Insekt verwandelt. Ich sah in dem minderwertigen Aschchabader Wodka vor mir auf dem Tisch eine *Interlinearübersetzung*, die ich im vierfüßigen Amphibrachus ins Russische umsetzen müsse, damit er sich in eine Flasche »Stolitschnaja« verwandele. An dem Tag dichtete ich mehr als vierzig Zeilen. In der Nacht wurde ich von einem schweren, mir schon bekannten Traum wach – die gewohnte Treppe. Mir ist, als stiege ich endlos Stufen empor, die Schritte würden schwerer und schwerer, immer unmöglicher, ich bekäme keine Luft, und wenn das Ende nahe schien, wenn die Asphyxie beginnt, erwache ich. Ich hatte Herzschmerzen und suchte nach etwas Trinkbarem. Die Thermosflasche war leer: Nach dem Wodka hatte ich gestern noch den ganzen Tee ausgepichelt. Ich Idiot! Wo ich doch wußte, daß ich nachts wahrscheinlich was zu trinken brauchen würde.
Ich zog mich an und ging in den Park. Es war eine herrliche Nacht. Der Mond schien. Lange schon hatte ich keine solche Nacht mehr erlebt. Zwei Platanen ragten auf wie Felsen, und hinter ihnen erstreckte sich konusförmige schwarze Dunkelheit. Dafür leuchteten die Akazien, die Lebensbäume und verschiedene niedrigere Sträucher und Bäume silbern im Mondenschein und regten sich leise, rauschten, atmeten. Ihr Atem machte die Luft süß. Man konnte sie trinken. Ich ging ein paar Schritte auf schwachen Beinen, setzte mich auf eine Bank und trank die Luft. War das eine Nacht! Wie geschaffen zum Sterben. Ich dachte daran, daß ich sterben könnte. Gedanken an den Tod gibt es nicht. Gedanken an den Tod – das ist Angst. Ich saß auf der Bank, den Rücken an einen warmen Baumstamm gelehnt, und dachte zerfahren: Anrufen, Mansur, er kommt um neun, einen Wagen, EKG, etwa fünfzehn Rubel, bei einem Infarkt ist der Schmerz viel stärker, ist wie ein Schlag mit der Axt in die Brust. Was bin ich doch für ein Idiot gewesen – hab Wodka getrunken! Später, als der Schmerz abgeklungen war und der Atem wieder gleichmäßiger ging – es war mir gelungen, zweimal tief Luft zu holen –, dachte ich, so wäre es allzu

sinnlos. Es mußte doch einen Sinn haben. Ein Ergebnis. Und erst danach. Jetzt wurden meine Gedanken ruhiger.
Wenn der Schmerz schwindet, läßt es sich leichter an den Tod denken. In der Ferne, auf der Bergstraße, fuhr ein Auto – in der Stille war deutlich zu hören, wie der Fahrer in den Kurven Gas wegnahm.
Nein, der Tod schreckte mich nicht. (Der Schmerz war völlig verflogen, ich erhob mich von der Bank und ging die Allee entlang. Ich wollte zum Brunnen und für alle Fälle einen Krug Wasser schöpfen.) Zu ärgerlich: verdammt wenig hab ich geschafft. Aber ein Außenstehender merkt davon nicht die Bohne. Ich bin wer, was und noch viel mehr. Aber ich mach mir nichts vor, alles Quatsch. Geplant war es anders. Aber wie anders? Was hätte ich anderes machen können? Als Junge kam ich an die Front, wurde vor Leningrad verwundet, kränkelte, wurde behandelt, dann stürzte ich mich gierig in das Leben der fröhlichen Nachkriegshochschulen, heiratete früh – aus dem gleichen Lebenshunger heraus. Und immer war es so: Eines packte ich – das Einfachere, das andere verschob ich auf später, auf irgendwann einmal. Und das, was ich aufschob, verflüchtigte sich allmählich, strömte wie warme Luft aus einem Haus, doch keiner merkte das außer mir. Ja, und ich merkte es auch selten, irgendwann mal, in einer schlaflosen Nacht. Jetzt aber war's zu spät. Es verblieb keine Zeit mehr. Und noch etwas: keine Kraft. Und noch ein Drittes: Jeder hat das Schicksal, das er verdient.
Wieder beruhigt, dachte ich über mein Leben nach und näherte mich Atabalys Haus.
Im Dunkeln unterhielten sich Leute. Ich trat näher und sah Atabaly und eine kurzbeinige Mißgestalt mit großem Kopf – Nasar. Diesem Nasar war ich schon in der Teestube begegnet. Er hatte die Größe eines zehnjährigen Jungen, und als ich mich Atabalys Haus näherte, hatte es mir zunächst geschienen, Atabaly spreche mit einem Kind.
Nasar kreischte auf und wollte sich aus Atabalys Griff befreien. Im Mondschein rangen sie miteinander. Atabaly kicherte leise.
»Ho! He!« keuchte Atabaly lachend. »Zu den Weibern will er, dieser Filou!«
Ich trat zum Brunnen und bewegte den hölzernen Schwengel, mal drückte ich ihn hinunter, mal hob ich ihn hoch. Lange kam kein Wasser. Das sollte einst ein wunderbarer Brunnen gewesen sein, aber nach dem Erdbeben im Vorjahr hatte sich das Erd-

reich verschoben und dem Wasser den Weg versperrt. Endlich kam es in ganz dünnem Strahl. Atabaly und Nasar beschimpften einander weiter halblaut.
»Nein!« sagte Atabaly. »Geh schlafen, du Filou!«
In einem der nächsten Häuschen, wo jetzt in drei Zimmern ein paar Frauen – Angestellte des Sanatoriums und Kellnerinnen – wohnten, knarrte ein Fenster, und eine strenge Frauenstimme sagte: »Jetzt aber ab nach Hause, Nasar! Du unverschämte Visage! Huuuch!«
Das Fenster klappte wieder zu. Die Mißgestalt taumelte, sein großer Kopf schwang von einer Seite zur anderen wie eine schwere Sonnenblume, dann machte er wortlos kehrt und verschwand.
»Zu Valja wollte er. Will heiraten«, sagte Atabaly.
»Valja?«
»Ja . . .« Atabaly gähnte. »Uch, schon eins. So ein Strolch. Nachts um eins alles wachzumachen.«
Valja war hochgewachsen, kernig, etwa sechsundzwanzig Jahre. Sie arbeitete als Krankenschwester im Sanatorium, und ich hatte sie vielleicht zweimal gebeten, meinen Blutdruck zu messen. Jeden Morgen sah ich sie mit blitzenden Waden von ihrem Häuschen dem anderen Ende des Parks zustreben.
»Nimmt die denn so einen?« fragte ich. Mit der Hand deutete ich seine Größe an – einen knappen Meter über dem Erdboden.
»Was heißt klein? Kräftig ist er. Schlägt jeden weit und breit, ob Sie, ob mich. Der legt einen im Handumdrehen aufs Kreuz. Bei ihm fällt man wie vom Esel. Kopfüber. Vom Kamel fällt man seitlich. Ja, das ist ein Filou, ein Teufel. Und ein Trinker. Die Weiber haben Mitleid mit ihm.«
Ich schleppte mich zurück zu meinem Häuschen, das etwas abseits mitten im Park steht. Unklare nächtliche Freude erfüllte mich. *Nächtliche* eben, undeutliche. Am Morgen fragt man sich: Wieso? und begreift es nicht. Nachts aber überkommen einen plötzlich das Verlangen zu leben und die Freude an dieser Luft, an dem Rauschen. Wie gut, dachte ich, daß Knirpse mit großen Köpfen heiraten wollen und Wein trinken, daß sich die Weiber zum offenen Fenster heraus über sie lustig machen und daß Leute nachts aus ihrem Haus treten und miteinander reden. Mir tat nichts weh. Leicht schritt ich aus. Hörte in der Veranda eines der leerstehenden Häuser das Telefon schrillen. Für wen

wohl zu dieser Stunde? Im Sommer quartierte sich in dem Häuschen die Obrigkeit ein, und die hatte auch das Telefon legen lassen, das, seit ich hier war, noch nie geläutet hatte.
Ich sollte schlafen, nichts hören. Reiner Zufall, daß ich hier vorbeikam. Aber es wurde angerufen, und vielleicht galt der Anruf mir. Vielleicht rief Rita an. Über Mansur hatte sie rausgekriegt, daß ich in Tochir war, und seine Telefonnummer hatte sie vom Ministerium. Jetzt war es dort zehn, also noch nicht spät. Sechs Tage waren immerhin seit meinem Anruf vergangen. Ich nahm den Hörer ab. Man fragte nach einem gewissen Sadykow. Ob Sadykow schon eingetroffen sei. Eine Frau sprach, und ihre Stimme bebte. »Ich weiß es nicht«, sagte ich, »möglich, daß er schon da ist.«
»Wahrscheinlich nicht, wenn Sie es nicht wissen. Bestellen Sie ihm doch . . .«, die Frau keuchte, »er soll unbedingt sofort zu Hause anrufen! Unbedingt, unbedingt zu Hause anrufen!«

Rafik hatte was getan, ein bißchen nachgeholfen. Doch wer weiß? Er hat *gesagt*, er habe was getan und geholfen, aber kontrollieren läßt sich das nicht. Das Unternehmen endete erfolgreich, so daß er allen Grund hatte, sich den Erfolg zuzuschreiben, doch aus einem unerfindlichen Grund war mir, als habe er zu Metschenow kein Sterbenswörtchen gesagt. Kirill erzählte, Metschenow habe ihn ganz schön in die Mangel genommen, 30 Minuten habe er ihn gezwiebelt, und die »Zwei« sei ehrlich verdient. Er beschwor, in Metschenows Augen sei auch nicht ein Fünkchen Interesse aufgeblitzt, als er an den Tisch getreten sei und seinen Namen genannt habe. Rafik aber erkundigte sich später jedesmal, wenn ich ihn traf: »Was macht mein Patenkind?« Sei es, wie es sei, die Geschichte war erledigt. Dann kam Lidia Nikolajewna, eine adlige Greisin, die ihn im Englischen vorbereitete, und dann tauchte Hartwig auf, Gerassim Iwanowitsch. Bald hieß er nur noch Gera. Larissa brachte ihn angeschleppt und empfahl ihn als einen der besten Nachhilfelehrer für Geschichte in ganz Moskau. Kirill hatte bei Hartwig einige Nachhilfestunden, was mich ein ansehnliches Sümmchen kostete – ich glaube 40 oder 45 Rubel. Wäre Hartwig nicht gewesen . . . Doch was soll das jetzt!
Hartwig war ein ungewöhnlicher Mensch. Um einiges beneidete ich ihn, und für anderes verachtete ich, ja haßte ich ihn. Selbstverständlich aber ließ ich ihm Gerechtigkeit widerfahren:

Von seinem Fach versteht er viel, und vor allem weiß er, *was man wissen muß*, und er brachte Kirill ordentlich voran. Zudem war sein Freund Sekretär der Zulassungskommission. Diesen Sekretär, einen nicht sehr angenehmen Herrn mit rötlichem Rasnotschinzenbart, erlebten wir mal in Snegirija auf der Datsche von Bekannten – wo er sich total vollaufen ließ und allen auf die Nerven fiel, so daß unsere Bekannten ihn nur mit Mühe und Not ertrugen und mit dem ersten besten Wagen zurück nach Moskau schickten; später spielte das eine nicht unwichtige Rolle.

Alles war in Ordnung, viel merci und auf Wiedersehen. Hartwig aber verschwand nicht aus unserem Leben wie andere. Im Gegenteil, er wurde uns lieb und teuer wie sonst keiner.

Kirill sagte: »Gera und ich fahren an den Stausee«, »Gera hat gesagt, der Film ist *großer Mist* – ich geh nicht hin.«

Rita sagte: »Gera hat Karten für Gluck besorgt. Du paßt doch wie üblich?« Hartwig gehörte zu denen, die, wenn sie auf der Straße irgendwo Musik hören, unbedingt lauschen und gleich darauf kundtun: »Aha, Genosse Bach!« oder »Wir haben's hier allem Anschein nach mit dem Genossen Mozart zu tun!« oder etwas anderes im gleichen idiotischen Stil. Bei solchen Gelegenheiten errötete Rita und hielt mir vor: »Warum bist du nur so ein Musikbanause? Das ist dein größter Mangel.« Sie konnte auch noch aggressiver werden: »Nein, du kannst dich nicht voll zur Intelligenz zählen!« Dabei habe ich mich selber nie dazugezählt. Wenn auch keineswegs deshalb, weil ich keine Musikkoryphäe bin.

Nein, ernste Musik verstehe ich nicht, sie ermüdet mich, während mir Schlager und Jazzmotive Vergnügen bereiten. Die pfeif ich sogar. Bei einem Sinfoniekonzert jedoch schlafe ich entweder ein oder denke an Geschäftliches, an die Arbeit, an allen möglichen Unsinn. Was kann ich denn dafür? Jawohl, es ist ein Mangel, ein Fleck, eine Versündigung gegen die Geisteskultur, aber warum reibt man mir das ständig unter die Nase? Mein Gott, die Liebe zur Musik an sich sagt doch noch nichts über einen Menschen aus! Bestimmt nicht über das *Menschliche*. Schlangen mögen auch Musik. Es gibt ganze Nationen, die man als unmusikalisch bezeichnen kann, die Engländer zum Beispiel, und trotzdem . . . es ist nicht angebracht, zu übertreiben und sich allzuviel einzubilden. Man kann Musik mögen und doch ein Zyniker sein.

In diesem Sinne ließ ich Rita in Hartwigs Beisein zweimal abblitzen, wobei ich den »Zynismus« absichtlich hervorhob. Ich hatte ja sofort erkannt, was für ein Vogel dieser Gera war. Er schwieg oder schmunzelte ironisch wie eine interessierte Person; nur einmal erlaubte er sich, den Mund aufzumachen und ausgemacht höflich und scherzhaft, wenn auch ausreichend giftig zu bemerken: »Versuchen Sie doch nicht von dieser Seite auf Gennadi Sergejewitsch einzuwirken. Wegen mangelnden Interesses für die Musik sollte man ihm keine Vorwürfe machen, sondern ihn sozusagen bedauern, bemitleiden!« Und er erzählte gar nicht dazu passende Anekdoten über Sokrates und einen ungehobelten Kerl, der Sokrates auf der Straße beleidigt hatte. Ich warf ein: »Gerassim Iwanowitsch, ich glaube, das ist nicht die feine englische Art, eine Frau zu belehren, wie sie sich ihrem Mann gegenüber zu verhalten hat!« Er lachte und sagte, das sei doch scherzhaft gemeint gewesen. Ich aber wollte das ganz und gar nicht als Scherz nehmen und schlug mit der Absicht einen rauhen energischen Ton an, so daß er sich wohl oder übel entschuldigen mußte. Dabei bemerkte ich, wie er und Rita einen Blick wechselten.

Ich klage Hartwig nicht an, weil er den Müßiggang und die dumme Empfänglichkeit meiner Frau ausgenutzt hat sowie meinen Leichtsinn und meine innere Müdigkeit und unsere wochenlangen Streitereien und weil er sich Rita mühelos unterworfen hat. Ich gehöre nicht zu den eifersüchtigen Trotteln. Vielleicht hat es zwischen ihnen auch nichts gegeben. Ich weiß es nicht und will es nicht wissen. Nicht darum geht es. Larissa hat darauf angespielt, und allein das war mir widerlich, widerlicher noch als das, worauf sie anspielte. Schon lange hatten Rita und ich im stummen Einvernehmen so was wie einen Kodex gegenseitiger Unabhängigkeit eingeführt. Besser gesagt: Stillschweigend duldeten wir die völlige Unabhängigkeit des anderen. Wenn nun aber die beste Freundin dem Ehemann Andeutungen über ihre beste Freundin macht? Rita tat mir leid. Aber darum ging's ganz und gar nicht. Ich klage Hartwig an, daß er in unser Haus – allerdings auf einen ziemlich fruchtbaren Boden – seinen Zynismus eingeschleppt hat, seine Art, alles umzuwerten, um und um zu drehen, alles in den Dreck zu ziehen.

Ich selbst kann blauäugige Optimisten nicht ausstehen und hab stets die Welt, die Menschen kritisch betrachtet und tue das

heute noch, aber eine solche Einstellung zur Umwelt, wie Hartwig sie hat – hinterhältige Verspottung von allem und jedem –, versetzt mich in Rage. Ich werde zum wütenden Orthodoxen, am liebsten nähme ich einen großen Knüppel und prügelte damit auf das begabte Köpfchen ein. Jawohl, er ist ein begabter Kerl, ich weiß es. Er ist Kandidat der Wissenschaften, hat eine schöne Stellung im Institut, schreibt etwas, lehrt irgendwo – steht sich ganz ausgezeichnet. O Gott, wieso aber dann? So viele Menschen bleiben im Leben auf der Strecke. Sie wollen etwas erreichen, aber sie können es nicht, sie haben nicht die Kraft dazu. Und hierin liegt Hartwigs Geheimnis. Mühelos erreicht er, wofür andere sich ihr Leben lang abstrampeln, und hat er es erreicht, pfeift er darauf. Man sagt, man habe ihm am Institut den Posten eines stellvertretenden Direktors angeboten, doch er habe abgelehnt. Aber wieviel Kranke, Alleinstehende, aus den verschiedensten Gründen Unglückliche, früh Sterbende gibt es ringsum! Nein, er ist von einer Gesundheit wie selten einer. Er ist siebenunddreißig, braungebrannt, sehnig, läuft Ski wie ein Eskimo und sein Lieblingshobby: er jagt wie ein echter Rennfahrer auf dem Fahrrad über die Landstraße. Mit seinem kurzen Haarschnitt und dem schwarzen Kinnbart erinnert er an einen Franzosen. (Er sagt, seine Mutter war eine Griechin, sein Vater stammt von russifizierten Deutschen ab.)
Er kleidet sich, wie's gerade kommt. Meist erscheint er bei uns in irgendwelchem alten, halb touristischen, halb sportlichen Zeug – Skihosen, ausgeblichenen Anoraks, Baskettballschuhen. Wenn es um Gluck ging, machte er sich natürlich fein, zog Gott weiß was für billiges, im Warenhaus von der Stange gekauftes Zeug an. Diese Seite des Lebens interessierte ihn nicht die Spur. Mehrmals kam er unrasiert zu Kirill zum Nachhilfeunterricht. Einmal erschien er sogar barfuß. Wie Larissa erzählte, war er zweimal mit prominenten Frauen, einem Filmstar und einer Zigeunerin vom Romen-Theater, einer Tänzerin, verheiratet gewesen, hatte sich aber von beiden wieder getrennt und lebte jetzt mit einer gewissen Esfir zusammen, einer häßlichen Ärztin, die aber sehr gutmütig sei und nichts gegen seine Eskapaden einzuwenden habe. Mir erzählte er: »Aus schönen Frauen mach ich mir nichts mehr. Die Etappe liegt Gott sei Dank hinter mir.« Ich weiß nicht, was das war: Angeberei oder plumpe Beteuerung, damit ich mir keine Sorgen machte. Ich nahm selbstverständlich das letzte an, fühlte mich getroffen und

sagte grob: »Haben sich denn die schönen Frauen jemals aus Ihnen was gemacht?« – »Und wie oft!« So ein Prahlhans.
Bei aller Angeberei ist er ein hochintelligenter Herr. Er beherrscht vier Sprachen, liest lateinische Autoren im Original. Beschäftigt sich mit dem frühen Mittelalter, mit Religionsgeschichte. Thomas von Aquino, Duns Scotus und so weiter. Rita interessiert sich für all das Zeug – aus Müßiggang, ihr Kopf ist untätig –, und manchmal entspinnen sich beim Abendessen scholastische Dispute. Zum Beispiel: Was ist höher zu bewerten, der Wille oder der Intellekt? Rita vertrat den Standpunkt Thomas von Aquins und war für das Primat des Intellekts. Sie führte Beispiele aus eigener Alltagserfahrung an. Nebenbei bemerkt, hält sie sich für einen Homo sapiens auf hoher Stufe. Kirill stand auf der Seite von Duns Scotus. Er verteidigte den Voluntarismus. Er sagte: »Hätte ich nicht einen so eisernen Willen, wäre ich dann an der Uni angekommen?«
Ich frotzelte sie, doch auf Rita machte das keinen Eindruck. Wo sie nur konnte, trieb sie Bücher in schmutzigen zerfledderten Einbänden auf – mystische, religiöse. Weiß der Teufel, wo sie sie ausgrub. In Antiquariaten wird dieser Schund meiner Meinung nach nicht verkauft. Sie beschaffte sie sich auf dem schwarzen Markt. In unserer Wohnung gingen bärtige, bebrillte Jünglinge ein und aus, Büchermakler, die außer mit seltenen Büchern auch noch mit anderen Mangelwaren handelten, beispielsweise mit weißen Bikinis aus dem GUM für einen Aufpreis von fünf Rubel. Ein nettes Publikum! Vielleicht zweimal scheuchte ich sie aus der Wohnung. Rita trat für sie ein, warf mir Despotismus und Geiz vor. (Alle die Leontjews, Berdjajews oder, wie ich sagte, *Beliberdjajews** verschlangen einen Haufen Geld, das ich nicht aufbringen konnte, weil mein Einkommen in den letzten anderthalb Jahren aus verschiedenen Gründen zurückgegangen war.) Doch nichts konnte sie bremsen. Sie knapste Rubel vom Wirtschaftsgeld ab, tauschte oder verramschte ihre Fähnchen. Das hatte übrigens nichts mehr mit einem Hobby zu tun, sondern war eine Leidenschaft, ja vielleicht sogar eine Krankheit. All dem lag kein echtes Gefühl zugrunde, sondern nur ein eitles, vorgetäuschtes. Davon war ich fest überzeugt. Was ich ihr eines Tages auch sagte.

* Beliberda – deutsch: Quatsch.

Ich sorgte mich um Kirill – erstes Studienjahr! –, den all die Seichologie, die sich überall in der Wohnung breitmachte, aus der Bahn werfen konnte. Ehrlich gesagt, sorgte ich mich nicht so sehr, wie ich Sorge *äußerte*, doch Rita wandte resolut ein, die Bücher interessierten Kirill noch weniger als die Hochschullehrbücher. »Na wunderbar!« sagte ich mit erhobener Stimme. »Und du, anstatt das abzuändern, den Bengel von den Mädchen und den Tonbandgeräten abzubringen und an die Lehrbücher heranzuführen, beschäftigst dich selber weiß der Teufel womit.« – »Ich beschäftige mich mit nichts Schlechtem, meine Lektüre geht niemand was an, und überhaupt – was spielst du verrückt?« Ich sagte, mir sei das abgrundtief zuwider. Ihre Pseudoreligiosität sei Heuchelei und Betrug, das erste Gebot jeder Religion – und um so mehr der christlichen – sei Nächstenliebe. Wo aber sei die? Statt dessen Gleichgültigkeit, Flucht aus dem Haus, Angeberei mit Büchern. Um den Mann kümmere sie sich nicht, der Sohn wachse auf wie Unkraut. »Und die Wechseljahre, meine Liebe, die Wechseljahre. Du brauchst keinen Thomas von Aquin, sondern Spaziergänge und jeden Morgen Bürstenmassagen.«
Aber auch diese gezielten Schläge wirkten nicht. Unsere Entfremdung und die Kälte in unseren Beziehungen verstärkten sich. Immer öfter, wenn ich unter größten Anstrengungen eine dieser alten Schwarten gelesen oder, ehrlicher, durchgeblättert hatte – denn keines der Bücher konnte ich zu Ende lesen, sie waren bei Gott zu hoch für mich, und schon nach fünf Seiten verstand ich nicht mehr, worum es ging, und dabei bin ich gewiß nicht der größte Kretin auf Erden –, suchte ich die Auseinandersetzung, um ihr Gehirn zu lüften: denn all das ist so unendlich fern von unseren wirklichen Rätseln und Schwierigkeiten! Es ist brillant geschrieben, und irgendwann einmal hat es vielleicht erregt, gequält, hat man dort Erleuchtung gesucht, die prophetischen Worte auf Belsazars Gastmahl gelesen, aber dennoch hat man nichts gefunden, nichts erfahren, und das Lesen solcher Bücher ist heute genauso überflüssiger Luxus wie ein arabisches Rennpferd im Haus. Wohin kann ich schon mit einem arabischen Rennpferd reiten? Mit leeren Flaschen zum Milchgeschäft? Oder zur Wäscherei nach der Wäsche? Ich brauche diese Supergelehrtheit nicht, absolut nicht, und wer sagt, er hätte sie nötig, ist ein Betrüger. Einmal habe ich mit Rita folgendes Gespräch gehabt: »Was hast du denn aus

dem Buch rausgelesen, wodurch hat es dich bereichert?« An dem Tag hatte sie mich besonders gereizt, ich brannte nur so auf den Kampf. Rita saß in ihrem Lieblingssessel unter der Stehlampe, rauchte eine Zigarette und hatte eben eine geschlagene Stunde mit jemand telefoniert. Sie zog den Rauch tief ein, sah mich ungewöhnlich aufmerksam an und sagte: »Wodurch es mich bereichert hat? Und sei es nur dadurch, daß ich deinen Charakter besser kennengelernt habe. Eben heute habe ich gelesen, was der Autor über das Ewigweibliche in der russischen Seele sagt.« Ich lachte schallend: »Das ist ja bestens! Na los, ausführlicher.« Sie faselte Unsinn: Ich ordne mich unter, passe mich den Umständen an (»Das Milieu frißt dich auf«), das, was ich mache, sei eine Adaption an die Lebensbedingungen, was ich auch mit dem Verstand erfasse, aber es fehle mir die Kraft, mich gegen meine eigene Lebensweise aufzulehnen. Aufgrund weibischer Charakterschwäche. Und auch noch, weil es mir wegen des Dualismus meiner Seele an sittlicher Selbstdisziplin mangele. Zunächst hörte ich schmunzelnd zu, dann wurde ich böse.

»Und du, meine Beste, bist undankbar«, sagte ich. »Ich zermartre mir das Gehirn, mach Dreckarbeit, übersetze alle, wie sie kommen – und wofür? Dafür, daß du dich hier im Sessel räkelst, ›Kent‹ rauchst und mir Gemeinheiten an den Kopf wirfst? Wenn dich deine Moral so quält, warum gehst du dann nicht in die Wohnungsverwaltung arbeiten, die suchen dort einen Ökonomen, Gehalt achtzig Rubel . . .« – »Rechnest du mir jetzt schon jeden Bissen vor?« Ich winkte ab und ging. Es war nicht nur schwer geworden, sich auszusprechen, sondern sogar richtig miteinander zu streiten.

Dafür aber war sie in Hartwigs Gegenwart lebhaft und redselig, sie lachte, disputierte, und auch für mich fiel einiges ab: In seiner Gegenwart gab sie sich mir gegenüber freundlich und nannte mich sogar einmal Genotschka wie in alten Zeiten. Ein neues Hobby fesselte sie – Spaziergänge, Ausflüge auf dem Fahrrad und auf Skiern, mit Hartwig. Ich selbst hatte ihr das einmal empfohlen. In der ersten Zeit forderten sie mich auf mitzukommen. Etwa zweimal hängte ich mich ran, doch das war für mich bedrückend und anstrengend. Hartwig in Shorts – sogar im Oktober kokettierte der Schurke mit seinen schwarzbehaarten Beinen! – sprang von einem Erdhügel zum anderen wie ein Elch. Keuchend jagte Rita hinter ihm her, doch

mir ging die Hetzerei gegen den Strich. Gott mit ihnen, ich überließ mich und sie dem Schicksal.
Bald fuhren sie nach Sagorsk, bald nach Susdal, bald in die Swjatyje Gory, und immer möglichst in die Nähe von Mönchen, von alten Zeiten. Irgendwo bei Moskau entdeckten sie ein Kirchlein, freundeten sich mit dem Popen an, und der erlaubte Hartwig, auf den Glockenturm zu kraxeln und die Glocken zu läuten. Kirill schleppten sie auch hin, er durfte ebenfalls läuten. Das war natürlich alles Unsinn, es waren die Spleens dieses halbsüßen Lebens, doch mich bestürzte das weniger und stieß mich nicht so sehr ab, als es mich wunderte. Immerhin war Rita am Institut für Kommunalwirtschaft einmal aktive Gewerkschafterin gewesen!
Nein, mit Glauben im eigentlichen Sinne hatte das überhaupt nichts zu tun: das kam von Ermattung des Geistes und von katastrophalem Müßiggang. Vielleicht war es sogar Mode. Alle die Schwarten, die Klöster und die Fahrten zu »heiligen Stätten« im eigenen »Wolga« waren Mode und damit abgeschmackt. Früher zog man in Scharen an den Rigaer Strand, heutzutage pilgert man von einem Kloster zum anderen. Nein, welch herrlicher Altar! Was sind wir doch in einem kleinen Dorf für einem Väterchen begegnet! Und die Samoware? Und die Ikonen? Betritt man die Wohnung eines Provisors oder eines Malers, der sich sein Brot mit dem Malen von Agitplakatchen verdient, bammeln bei ihnen mit Sicherheit Ikonen, und Tee trinken sie aus einem echten, für einen Haufen Geld im Kommissionsladen erstandenen Tulaer Samowar.
Das alles, liebe Freunde, ist edel und wunderschön, ihr liebt die Schönheit, sucht die heiligen Stätten, doch wie steht's um eure Nächstenliebe? Habt ihr auch eure Großmutter nicht vergessen, die alte Frau, die auf dem Dorf noch immer den Buckel krumm macht? Laßt ihr eure Frau oder euren Mann nicht in einem schweren Augenblick im Stich? Der bärtige Alte auf der geschwärzten Tafel im Speisezimmer über der Kredenz gebietet doch: Tut Gutes! Na, wie steht's mit dem Guten?
Sie hätte ihre Arbeit nicht aufgeben dürfen. Wenn man nicht unter Menschen ist, kann man niemand Gutes tun. Böses übrigens auch nicht. Es geht einfach nicht.
Hartwig ist ein Kapitel für sich. Von was für Güte kann hier schon die Rede sein? Das Wichtigste, was in ihm steckt, tief in seinem Herzen, ist sein Blick, eiskalt, forschend. Außer für

Altertümer und Kirchenväter interessiert er sich auch für moderne Dinge: Er hat was zu Fragen der Soziologie geschrieben. Die alten Zeiten und die Gegenwart verknüpft, ich weiß nur nicht, wie. Den Glauben, das Altertum, die Schönheit, die Musik, die Menschen ringsum, alles begrapscht er mit seinem eiskalten Eifer – studiert er. Er lernt alles nicht einfach kennen, sondern er *studiert* es, bis in jede Pore, bis auf den Grund. Wohin andere nicht zu blicken wagen, er blickt hin, ihn geniert nichts. Ich habe das sofort gespürt. Ein echter Wissenschaftler, einer, der immer was erreicht und schafft. Solche muß man sich vom Leibe halten. Auch die Frau ist für sie nur ein Exponat, und gute Bekannte sind Studienobjekte wie irgendwelche Käfer oder Frösche.

Wohl zweimal habe ich das am eigenen Leibe verspürt, und ich muß sagen, schön war's nicht. Wir saßen und warteten auf Rita, unterhielten uns. Wobei er mehr fragte, respektvoll, achtungsvoll, ja ich würde sogar sagen diensteifrig, wie etwa ein Schüler seinen Professor fragt, und ich antwortete. Angetan von seiner Ehrerbietung, antwortete ich bereitwillig und bis ins einzelne. Er interessierte sich für verschiedene Nebensächlichkeiten meines Lebens und meiner Arbeit: wann ich aufstehe, welche Zeitungen ich lese, ob ich ein Synonymwörterbuch benutze, wie meine Beziehungen zu den Redakteuren seien und zu den Autoren, die ich nachdichte. Dann noch über Film, über meine Freizeit und wohin ich am liebsten reise.

Da ich ein Mensch ohne Hintergedanken bin, erzählte ich munter drauflos, erteilte kluge Ratschläge, bis mir plötzlich ein Licht aufging: Um Himmels willen, der *studiert* mich ja! Der legt doch ein Dossier über mich an! Nein, nicht im vulgären Sinne, sondern im wissenschaftlichen, für irgendwelche speziellen Arbeiten und Ziele. Für sein »Hobby«. Wenn er heimkommt, schreibt er ein ganzes Heft voll: XY, 48 Jahre. Typ: Durchschnittsintellektueller der späten sechziger Jahre. Gattung: Literaturproletarier. Art: Einer von den Erfolglosen, die sich zu etablieren verstanden haben. Steht um acht auf. Liest die Zeitungen nach dem Frühstück, das gewöhnlich aus einem weich gekochten Ei, einer Scheibe Brot mit Käse und einer großen Tasse außerordentlich starken Tees besteht. Er trinkt den Tee am liebsten immer aus derselben, der *Lieblingstasse*. Einem großen Gefäß, das anderthalb Gläser faßt, dunkelrot ist mit Goldmuster und aus der Porzellanfabrik Dulewo stammt.

In den Zeitungen beeindrucken ihn am meisten Beiträge über Arbeiten seiner Kollegen von der schreibenden Zunft, ganz gleich, ob sie loben oder verreißen. Besonders die Verrisse. Die muntern auf, heben die Arbeitslust.
Ich sagte, er habe mich ausgefragt wie ein Arzt seinen Patienten. Ob er auch noch wissen wolle, wie es um meinen Stuhlgang steht? Und wie ich meinen ehelichen Pflichten nachkomme? Er meinte allen Ernstes: »Das wäre interessant!« Dann bemerkte er, daß er sich in den Gesprächen mit den Leuten in der Tat bemühe, möglichst umfassende Informationen zu erhalten. Anders gehe es einfach nicht. Die üblichen Gespräche, sagte er, gingen doch nicht über nichtssagendes Geschwätz, die Weitergabe von Gerüchten, Anekdoten und das Durchhecheln gemeinsamer Bekannter hinaus. Natürlich versäumte er es nicht, mit seiner Gelehrtheit zu glänzen, er erwähnte Sokrates, die Peripatetiker und anderes aus dem Altertum, wo er sich offensichtlich wohl fühlte wie ein Fisch im Wasser. Und erst nach geraumer Zeit begriff ich, daß ich für dumm verkauft worden war. Aus den Gesprächen mit mir wollte er gar keine *Gedanken* schöpfen, sondern eine *Information* erhalten, wobei es überhaupt keine Rolle spielte, was für eine, und wäre es die armseligste! Selbst ein räudiges Schaf gibt noch ein Büschel Wolle. Ich erinnerte mich, wie er mich eines Tages ausgefragt hatte, wo ich meinen Anzug habe nähen lassen, was das gekostet habe und wo ich den Stoff gekauft hätte. Und ich Idiot hatte ihm alles ganz gewissenhaft erzählt! In dieser Manier lag nicht nur eine Mißachtung des Gesprächspartners, sondern sie bezeichnete auch den wesentlichsten Charakterzug Hartwigs – sein zynisches Streben, etwas herauszuholen, an sich zu raffen, ohne etwas dafür zu geben. Er wollte und konnte Leuten, die er niedriger als sich selbst und als nutzlos für sich einstufte, nicht seine Gedanken und Kenntnisse mitteilen, er wollte sich nur bereichern.
Das Schlimme war, ich stellte die Fakten erst reichlich spät einander gegenüber. Als ich begriff, daß ich überfahren worden war – und ich wurde ständig überfahren: durch Schweigen, durch ein Lächeln, durch einfühlsame Gespräche über Nichtigkeiten –, hatte ich die größte Lust, bei der ersten besten Gelegenheit mit einer donnernden Rede gegen den Frechling loszuziehen und ihm einmal die ganze Wahrheit zu sagen, damit er sich nichts auf sich einbilde. Ihm zu sagen, daß er und ich

keine gleichen Größen seien. Daß unsere Lebenserfahrungen nicht vergleichbar sind. Ich hatte nicht so viele Bücher lesen und Fremdsprachen büffeln können, weil ich in einer anderen Zeit lebte, ich mußte von Kindesbeinen an arbeiten, war im Krieg gewesen, hatte Not gelitten. Schreiben Sie sich nicht fremde Verdienste zu – sie sind zeitbedingt. Wir hatten andere Prüfungen zu bestehen. Und überhaupt, lernen Sie, zum Teufel, erst mal die Menschen achten! Aber es ergab sich keine Gelegenheit. Meine Rede kochte und kochte, am Ende war sie als Dampf verpufft.
Er schien den Mangel an Lebenserfahrung selber zu spüren. Daher rührten seine berühmten Fluchten – das, was Leute, die ihn wenig kannten, verblüffte und den Frauen gefiel. Ihrem Wesen nach waren diese Fluchten nicht romantischer, sondern rein spekulativer Natur. Reinster Rationalismus, und immer das gleiche Bestreben, zu studieren. Er konnte ganz überraschend das Institut verlassen (akademischen Urlaub nehmen), nach Odessa fahren, sich als Matrose auf einem Handelsschiff anheuern lassen und für lange Zeit aus dem Leben seiner Freunde und Angehörigen verschwinden. Das war freilich während seiner Junggesellenzeit, zwischen der Zigeunerin und Esfir. In einem anderen Sommer, schon zu Esfirs Zeiten, zog er zwei Monate lang durch die Ukraine, arbeitete als Schnitter, als Apfelpflücker und als Straßenbauer. Rita begeisterte sich an diesen Heldentaten, von denen ihr Hartwigs Freunde erzählten. »Das nenne ich einen Mann!« sagte sie. »Ich stell mir dich vor als Matrose oder Erdarbeiter. Du würdest binnen zwei Tagen alle viere von dir strecken.« Natürlich würde ich das. Ohne jeden Zweifel. Was sollte das auch: Einer, der vier Sprachen beherrscht, wühlt in der Erde und schleppt Säcke. Wenig Nutzen, scheint mir. Wieso ich das nicht begreifen wolle? Hier gehe es doch um Selbstbestätigung. Freie Wahl. Das brauche nicht die Gesellschaft, sondern das Individuum.
Selbstbestätigung gut und schön, pflichtete ich bei. Aber woher rührt sie? Aus einem Minderwertigkeitskomplex. Aus Mangel an Lebenserfahrung und Schaffenselan. Versucht so ein unschöpferischer Mensch, schöpferisch zu sein, ersetzt er den Schaffensakt durch das erste beste, meist durch armselige Hausrevolten. Er verschafft sich Selbstachtung. Na und, was weiter? Schließlich wird es der Gesellschaft, seiner nächsten Umgebung, durch diese Heldenstückchen weder kalt noch warm.

Höchstens leidet die arme Esfir darunter, und das Kind muß den Vater missen. Plattester Zynismus in wohlfeiler Verpakkung: Er spuckt auf alle, außer auf sich selbst. Er wollte eben von euch, von allem für ein halbes Jahr – als Matrose oder als sonst was – abhauen, und er ist abgehauen und auf Wiedersehen!
Rita aber sagte träumerisch, so einfach sei das alles nicht, man müsse sich entscheiden, die Schranken durchbrechen, und musterte mich dabei mit einem Blick heimlicher Überlegenheit und eines gewissen Bedauerns wie einen hoffnungslos verlorenen Menschen, der die Schranken nie durchbrechen kann. Fremde Dummheit ist mitunter blendend schön. Mir war völlig klar, wie sinnlos Hartwigs Abenteuer waren, manche Intellektuelle aber und insbesondere Damen mit leicht entflammbarer Phantasie gerieten darüber ganz aus dem Häuschen. Sie umschmeichelten ihn bei seiner Rückkehr und veranstalteten Festgelage ihm zu Ehren! Rita behauptete, es sei eine Art Protest, eine Art Herausforderung. Was für ein Protest? Eine Herausforderung an wen, um Himmels willen? An Esfir? Na, sagen wir, eine Herausforderung an die Situation im Institut. Mein lieber Schwan, seine Stellung am Institut ist doch bestens, besser geht's ja gar nicht, wenn man ihm gestattet, einfach für ein halbes Jahr zu verschwinden. Ach, er hat sich krank schreiben lassen; hat er denn was mit dem Magen, eine Gastritis, Geschwüre? Also hat er die Vergünstigungen für Kranke ausgenutzt und noch als Matrose gearbeitet? Ein begabter junger Mann. Der wird's weit bringen.
Am Ende aber war ich der schwarze Mann, war beschränkt und konnte mich nicht über meine persönlichen Aversionen erheben.
Im Winter tauchte er plötzlich in Wattejacke und Filzstiefeln bei uns auf und sagte, er gehe für einen Monat ins Gebiet Kalinin, in ein Holzfällerartel. Die Holzfäller seien ein interessantes Völkchen, hieß es. Er wolle ihre Psychologie studieren. Und da kam Rita eine Idee. Unsere Hausangestellte Njura stammte aus dem Gebiet Kalinin, und zwar aus dem Rayon Torshok, im Dorf war als einzige Verwandte Njuras Tante zurückgeblieben, eine alte Frau; Njuras Mutter war in den Hungerjahren des Krieges gestorben, Vater und Bruder waren gefallen – und da bat Rita Hartwig, Njuras Tante Glascha, die wir alle aus Briefen kannten, Geschenke aus Moskau mitzubrin-

gen: Konfekt, Apfelsinen und ein kleines Transistorradio. Rita liebte Njura sehr. Später stellte sich heraus, daß diese Liebe Grenzen hatte, doch damals ahnten wir davon noch nichts. Njura war schon zehn Jahre bei uns. Sie war gekommen, als Kirill in die erste Klasse ging. Sie hing sehr an dem Jungen. Ritas Idee nun bestand darin, bei Tante Glascha – als Gegenleistung für das Transistorradio – ein oder zwei Ikonen abzustauben. Tante Glascha war ja fromm und besaß Ikonen, eine Hinterlassenschaft ihrer Mutter und Njuras Großmutter; sie hing sehr an ihnen, doch wenn Njura schriebe, sie sei krank und die Ikonen seien ihre einzige Hoffnung, konnte Tante Glascha Erbarmen haben und sie rausrücken.
Rita wollte zu gern im Haus zwei oder drei Ikonen aufhängen. Auch einen Platz dafür hatte sie schon: an der rosa Wand neben der großen Picasso-Reproduktion. Rita fühlte sich um ihr Lebensglück gebracht. Alle ihre Freundinnen hatten Ikonen, und Larissa, die ansonsten nicht sehr intelligent war und keine gelehrten Bücher las, hatte einfach ihre Verwandten auf dem Lande ausgeplündert und eine ganze Kollektion mitgebracht – sechs Tafeln, eine davon mit Sicherheit aus der alten nordrussischen Schule, Hartwig ordnete sie dem 17. Jahrhundert zu und sagte, sie sei ein Museumstück, dafür könne man eine Menge Geld bekommen. Glück hatte diese Larissa! Immer kam es blindlings auf sie zu.
Njura schrieb ihrer Tante einen Brief, der Hartwig übergeben wurde, und der kehrte im Januar mit zwei Ikonen zurück. Die eine taugte nichts, war Massenware, die andere aber war ganz passabel, hundertfünfzig Jahre alt. Rita hängte beide an die rosa Wand neben den Picasso. Später erbat Njura die billige bunte für sich. Sie war wirklich krank geworden und glaubte, die Ikone könne ihr helfen. Die alte Tafel aber hing weiterhin im Eßzimmer, und alle unsere Besucher bestaunten ihre dunkle Tönung und sagten mit Kennermiene: »Oh, ein wunderschönes Stück!«
Indessen erkrankte Njura ernstlich. Ich hatte auch schon früher etwas von ihrer Krankheit gehört, doch nie recht gewußt, was ihr fehlte. Njura war Ritas Bereich. Ich wußte lediglich, daß Ruhe in der Wohnung herrschte, wenn Njura oder eine andere Frau den Haushalt führte und ich arbeiten konnte. Rita verabscheute die Plackerei mit dem Haushalt. Länger als eine Woche hielt sie es allein, ohne Hilfe nicht aus. Vor Njuras Zeit, als

unser Lulatsch noch ein lieber kleiner Knirps war und Spaziergänge, Wäschewaschen und sonstige Pflege erforderte, war das Problem einer Hausangestellten äußerst akut gewesen, akuter sogar als das meines Einkommens. Ich verdiente schließlich lange Zeit nicht regelmäßig, mußte tagelang dienstlich unterwegs sein, um mehr ranzuschaffen und es meiner Familie leichter zu machen. Ich allein konnte mich irgendwie durchschlagen, und auch für sie war es einfacher ohne mich. Bis zum letzten Rubel verausgabten wir uns. Manchmal hatten wir kein Geld, um Milch für Kirill zu kaufen. Trotzdem aber hatten wir immer eine Hausangestellte.

Ohne sie kam Rita einfach nicht zurecht – damals hatte sie es recht weit zu ihrer Arbeitsstelle in Ostankino, fuhr um halb acht los und kam spät zurück –, auch mit den Hilfen wollte es nicht klappen. Immer wieder zerstritt sich Rita mit ihnen. Manch eine war noch keine drei Tage bei uns, und schon stöhnte Rita: »Ich kann sie nicht mehr sehen! Gib ihr gleich morgen ihren Lohn, ich flehe dich an.« Ich verstand natürlich, daß es nicht leicht war, mit den betagten Pechvögeln, vom Schicksal geschlagenen, alleinstehenden und verkommenen alten Weibern, mit den von leeren Hoffnungen erfüllten jungen Gänschen – immerhin ist Hausangestellte ein aussterbender Beruf – auszukommen, doch es gab keinen anderen Ausweg. Ich sagte zu Rita: »Verschließ deine Gereiztheit in die hinterste Schublade! Ohne sie hättest du's noch schlechter. Du kannst's nun mal nicht allein, das ist erwiesen. Also beiß die Zähne zusammen.« Die Argumente der Logik fanden kein Gehör. Welch malerische Gestalten stellten sich bei uns ein! Welch sonderbaren Individuen wurde unser unschuldiger Kirka anvertraut! Mal war es eine aufgedunsene rotgesichtige Matrone, die aus einem unerfindlichen Grund der festen Ansicht war, ich könne Rita ihretwegen verlassen, nur sie selbst schwanke noch. Dann wieder eine Odessaerin mit schmalem, schnurrbärtigem Gesicht, die ständig so zusammenhangloses Zeug daherredete, daß keiner sie verstand. Der Mann der Rotgesichtigen saß für zehn Jahre im Kittchen, während der Odessaerin alle Verwandten gestorben waren. Dann wieder war es eine mucksmäuschenstille Alte, ein erdgraues Täubchen, die plötzlich mitten in der Nacht in das Zimmer kam, in dem Rita und ich schliefen, und uns von der Tür aus anstarrte: Nur dieses Augenblicks wegen hatte sie sich einstellen lassen. Einige konnten nichts als randalieren. Am liebsten hätte ich einen Aushang an die Tür genagelt: »Hier wird ständig eine Hausangestellte gesucht!«

Eines Tages kam eine Frau mit blassem, stearingelbem Gesicht, eingemummelt wie eine Großmutter, wortkarg, ernst, nur ihre Augen strahlten klar und blau. Sie sprach kaum hörbar und bewegte sich langsam. Njura war erst zweiundreißig, sah aber aus wie fünfundvierzig: im Haar graue Strähnen, das Gesicht eingefallen, zahnlos und fast taub. Von sich selbst sagte sie beinahe stolz: »Ich bin durch und durch verfault.« Gesundheit und Zähne hatte sie im Krieg eingebüßt, in der Hungerzeit, als sie Baumrinde aßen. Njura arbeitete nicht schlechter als die anderen, bloß langsamer, dafür aber ganz leise: Sie hörte nichts und ging niemandem auf die Nerven. Sie war Jungfer und jetzt natürlich ohne jede Hoffnung. Wer würde schon so ein armes taubes Wesen nehmen? Geld allerdings hatte sie, in acht Jahren Arbeit »in den Häusern« hatte sie einiges erspart, zudem bekam sie noch eine monatliche Invalidenrente von dreißig Rubel. Wegen dieser Rente mußte sie sich ständig irgendwelche Kniffe ausdenken, um sie nicht zu verlieren. Im Gruppenkomitee der Hausangestellten, wo Rita den Vertrag mit Njura abgeschlossen hatte, durfte man von der Rente nichts wissen, sonst hätte sie den Vertrag nicht abschließen dürfen, ohne Vertrag aber ging es für Njura nicht, weil ihr dann die zeitweilige Aufenthaltserlaubnis entzogen worden wäre. Die Aufenthaltserlaubnis jedoch brauchte Njura, da sie hoffte, eines Tages (es hieß: in zehn Jahren) ständiges Wohnrecht in Moskau zu erhalten. In der Rentenberechnungsstelle wiederum durfte man keinesfalls erfahren, daß Njura als Hausangestellte arbeitete: Sofort wär's mit der Rente aus gewesen. Also laß dir was einfallen. Njura wußte jedoch längst, daß ihr niemand diese Kniffe austüfteln würde und sie das Lebensnotwendige selber an sich reißen müßte – Leute, die das machten, gab's nicht mehr, sie waren gestorben, mit neuen brauchte man nicht zu rechnen –, und sie selbst ging mit aller List zu Werke, half sich mit ganzer Kraft.

Rita hielt sie für schlau und lebenstüchtig. Aber du lieber Himmel, was war das schon für eine Schlauheit! Der lange zurückliegende Hunger, der das junge Leben angenagt und ihr Schwester, Bruder und Mutter genommen hatte, steckte bis zum heutigen Tag als unbesiegbares Andenken und verborgene Angst in der Frau. Manchmal merkte ich das während des

Essens, wenn sie die Hand ganz langsam und wie widerstrebend nach dem Brot ausstreckte oder sie, während sie in ihrem Greisenmund Fleisch kaute, auf die anderen Fleischstücke in der Schüssel starrte. Etwas von dem Alten glomm dann in den Augen auf, und sie war dagegen machtlos. Zwanzig Jahre waren seit der Hungersnot vergangen. Die elfjährige Njura war allein geblieben, ohne zu wissen, wie man lebt, und da wurde sie von ihrer Tante Schura, der Frau von ihres Vaters Bruder, betrogen: Tante Schura siedelte aus dem Nachbardorf in Njuras Hütte über, angeblich um das Waisenkind zu versorgen, brachte so die Hütte in ihren Besitz und scheuchte Njura hinaus. Mit dieser Tante und deren Angehörigen wollte Njura nichts zu tun haben, obwohl die gewissenlose Tante sie mit Briefen quälte, sie mal um Zucker, mal um was anderes anflehte und sich in einem fort über das Leben beklagte, in dem es schwer sei, eine Kuh zu halten und Mäher zu bekommen. Die Bettelbriefe Tante Schuras brachten Aufregung ins Haus. Njura wollte wissen, was sie tun solle. Rita sagte: »Wagen Sie es nicht, ihr was zu schicken! Sind Sie denn noch bei Trost? Ich hätte keine Achtung mehr vor Ihnen. Sie ist ein Miststück, sie hat Sie beraubt.« Njura nickte: »Stimmt schon, stimmt schon, Margarita Nikolajewna, ein Miststück ist sie, och, was ist sie für ein böses Weib.« Sie beschloß, ihr nichts zu schicken und auch den Brief nicht zu beantworten. Doch zwei, drei Tage später bemerkte Rita, daß Njura etwas in ein Stück Sackleinen einnähte.

»Machen Sie etwa doch ein Paket für Tante Schura zurecht?« – »Ach, pfeif drauf!« Njura lächelte plötzlich und hielt sich dabei die Hand vor den zahnlosen Mund. »Ich leb wenigstens in Moskau, bummel durch die Straßen, und was kriegt sie schon zu sehen, dieses dumme Stück?«

Tante Glascha, Mutters Schwester, liebte Njura, und ihr schrieb sie gern. Tante Glascha war eine arme alte Frau, sie diente in der Ortschaft Kuwschinowo bei fremden Leuten. Auch sie war aus ihrem Haus vertrieben worden, ohne Gewalt; man hatte es ihr unmöglich gemacht, dort weiter zu leben – das hatte Warwara bewirkt, die Schwiegertochter, die Frau ihres Sohnes Pjotr. Und erst kurz bevor ihr Hartwig die Geschenke brachte, war Tante Glascha nach siebenjähriger Arbeit als Hausangestellte auf Warwaras Bitten hin von Kuwschinowo ins Dorf zurückgekehrt: Hier war der zweite Enkel geboren worden, und man brauchte jemand zur Betreuung. Tante Glascha, wenn auch arm und vom

Schicksal geschlagen, hatte Njura niemals um etwas angebettelt, sondern sich im Gegenteil bemüht, Njura, so gut sie konnte, aufzumuntern. Bald nachdem Hartwig in die Wälder von Kalinin gegangen war, erhielt Njura von Tante Glascha einen Brief, in dem sie Njura um die Erlaubnis bat, sie Tochter nennen zu dürfen: »Ich weis du lebst alein und kenst keine Mutterlibe teures töchterchen . . .«

Später folgten Briefe voller Dankbarkeit für die Geschenke, erfüllt von Sorge wegen Njuras Krankheit – die Einzelheiten über die Krankheit hatte Rita diktiert – und von Wehklagen wegen der Ikonen, die Tante Glascha nicht verschmerzen konnte. Zudem peinigte die Schwiegertochter Warwara sie bis aufs Blut, der Sohn schwieg dazu, nirgends ein Trost. Und wie da ohne die Ikonen? Tante Glascha bedauerte schon, von den Fremden wieder zum Sohn gezogen zu sein: »Wir streiten ser wohin ich meine sachen packe überal ist nicht recht.«

Vor Neujahr geschah dort ein Unglück: Der Sohn Pjotr starb urplötzlich. Tante Glaschas Briefe, in denen sie das mitteilte, habe ich noch gut im Gedächtnis, weil Njura viele Male bat, sie laut vorzulesen. Njura konnte zwar lesen, aber die krakelige Schrift der Tante entzifferte sie nur mit Mühe. Sie schrieb, der Sohn sei am 23. Dezember gestorben und am 26. beerdigt worden, nicht einen Tag habe er krank gelegen, und der Wodka habe natürlich sein Teil beigetragen. Tante Glaschas zweiter Sohn Viktor war gekommen, sie hatten in der Bierstube einen gehoben und »plötzlich war im schlecht ums hertz und starb auf der strase im gehn und der artzt sagt schuld ist Skolorose eine ser gefehrliche Krankheit Njura solche dinge sind ser traurig und ich hab so geweint das ich dachte ich mus sterben«.

Es folgten an die Schwiegertochter gerichtete Verwünschungen, weil die dagegen war, daß Viktor und Pjotr zu Hause Wodka tranken, sie hatte sie hinausgeworfen, immer hatte sie sie mit dem Wodka hinausgejagt, und so habe die Geschichte ein trauriges Ende genommen.

Dieser Tod entschied über das Schicksal der Ikonen. Tante Glascha wollte nicht, daß sie der Schwiegertochter in die Hände fielen. Sie glaubte, bald selbst sterben zu müssen. In einem anderen Brief schrieb sie, sie sei hinausgefahren, dorthin, wo die Holzfäller lebten, habe Gerassim Iwanowitsch ausfindig gemacht und ihm zwei Ikonen übergeben, eine kleine, Grigori den Wundertäter, habe sie behalten. Nach der Beerdigung war

Tante Glascha sofort wieder zu fremden Leuten gegangen, weil sie es nicht mit anhören konnte, wie Warwara vom ersten Tage an nur noch von Freiern schwafelte. »Njura solche dinge sind ser heslich und ich kan mich einfach nicht zusammennemen und nicht weinen jeden Sonntag geh ich zum fridhof und wein mir dort die Sele aus dem leib.« Aber die Schlampe Warwara, die doch gerade erst einen Sohn bekommen hatte, die jammerte natürlich nicht, ging auch nicht auf den Friedhof und war »frölich wie ein junges Folen«.

Warum haftet das alles in meinem Gedächtnis? Njura, die für immer verschwunden ist, ihre unbekannte Tante, irgendeine Schwiegertochter, irgendein Tod? Schließlich bildet alles zusammen und noch vieles andere genauso Fremde, von weit her Geholte – wenn es nur Fremdes wäre! – eben den riesenhaften Unsinn, den liederlich gestapelten Heuschober: mein Leben. Ein Heuhalm hängt am anderen, einer liegt über dem andern. Alles ist miteinander verbunden, verwoben, hängt, liegt aufeinander, reibt sich aneinander, raschelt. Wenn dieser Viktor nicht zum Bruder auf Besuch gekommen wäre, hätte der nicht ein Glas zuviel getrunken und wäre nicht gestorben, Tante Glascha hätte die Ikonen nicht hergegeben, Hartwig sie nicht mitgebracht, Njura hätte nicht im Krankenhaus just in dem Augenblick um die alte Ikone gebeten, als Kirill in schlechte Gesellschaft geraten war, und alles andere wäre nicht geschehen, weswegen ich nun nachts im Park sitze, weit ab von meinem nicht mehr existierenden Heim. Wahrscheinlich geht kein Schmerz auf der Welt spurlos an einem Menschen vorüber. Darum aber geht es nicht. Sie hätte damals, vor fünf Jahren, ihre Arbeit nicht aufgeben dürfen, denn Müßiggang wirft den Menschen aus dem Gleichgewicht.

Hartwig kam mit verbundener Hand zurück: Er hatte sich beim Holzeinschlag verletzt. Recht malerisch sah er aus, zumal er sich anstelle des kleinen französischen Bartes einen mächtigen Muschikbart hatte stehen lassen und so einem Rasnotschinzen der siebziger Jahre ähnelte. Ich fragte ihn, warum er solchen Unfug mitmachte. Er sagte, er habe erfahren wollen, was der Holzeinschlag eigentlich sei. Er habe so viel davon gehört.

Da bemerkte ich – wie ich gestehe, etwas spöttisch, worauf ich mich ganz gut verstehe –, auf seine verbundene Hand deutend, er vereinige zwei Gestalten in sich – Petschorin und Gruschnizki, er sei so was wie ein *Grustschorin*. Er fragte ernsthaft:

»Petschorin und Gruschnizki? Die kommen, glaube ich, bei Turgenjew vor.« Ich lachte schallend und erinnerte ihn daran, daß sie in dem unvergänglichen »Ein Held unserer Zeit« vorkommen, der bekanntlich von Lermontow sei. Das war ihm peinlich. Am gleichen Tag berichtete ich Rita nicht ohne Schadenfreude von dieser Blamage, sie wußte nichts darauf zu sagen, schaute mich nur wortlos an und nickte. »Das kommt davon, wenn man allen möglichen Unsinn durcheinanderliest!« Sie schwieg. Früher hatte sie die Beleidigte gespielt, sich wegen jeder Kleinigkeit mit mir gestritten, jetzt aber hatte sie eine neue Methode – das Schweigen. Doch darum ging's ja gar nicht.

Der Winter war hart. Ich verdiente schlecht, bekam nur spärlich Aufträge, und ich war krank. Rafik hatte das Interesse an mir verloren, warum, weiß ich nicht. Den ganzen Winter über erhielt ich von ihm nicht ein einziges Honorar. Im Klub traf ich ihn in Gesellschaft von mir kaum bekannten jungen Subjekten, Übersetzern der neuen Formation, cleveren geschäftstüchtigen Leuten, die schnell und mit viel Schwung arbeiten konnten. Einige von ihnen beherrschten drei, vier Sprachen. Junge Jobber! Ohne durch unerfüllte Hoffnungen getrübte Vergangenheit. Kaum trocken hinter den Ohren, waren sie in die Arbeit eingestiegen. Zudem waren sie sehnig wie Rennpferde, hatten einen ausgezeichneten Blutdruck und ein kräftiges Gebiß. Sie konnten bis zum Morgengrauen Wodka trinken, sich stundenlang über Fußball unterhalten (für Rafik genau das richtige!) und waren überhaupt Hans Dampf in allen Gassen. Im Verlag stieß ich einmal im Flur auf Rafik, grüßte ihn, er dankte nicht einmal, ging mit gewichtiger Miene an mir vorbei wie der König von Judäa. Wenn einer eine Pechsträhne hat und, wie man so sagt, einbricht – wen kümmert das schon? Hilf dir selber!

Übrigens war mir gar nichts Schreckliches zugestoßen. Nur was jedem mal passieren kann – Krankheiten, Mißerfolge, ich war geistig ausgelaugt. Und in solchen Momenten braucht man, wovon ich sprach – die Nähe der Nächsten. Rita war mit ihrem Leben beschäftigt, Kirill mit dem seinen. Die Prüfungen im Wintersemester hatte er mit Hängen und Würgen hinter sich gebracht, einige hatte er sogar wiederholen müssen, er spintisierte was von akademischem Urlaub, ging sogar ohne mein Wissen in die Poliklinik, wo er krank geschrieben werden wollte, wo man ihm aber den Kopf wusch. Er wollte Geld bei mir schnorren, ich rückte keins raus, er wurde böse, nahm übel

wie ein Erwachsener, lief zur Mutter, doch bei Rita war erst recht nichts zu holen, und da bettelte er heimlich Njura an, die ihm was gab. Wir wußten lange Zeit nichts davon.
Als wir zufällig dahinterkamen, packte mich die Wut. »Und du mieses Stück«, schrie ich, »bist imstande, eine arme Frau auszunehmen? Nur weil sie an dir hängt?« Gelassen erwiderte er, er nähme niemanden aus, sondern leihe sich das Geld bloß, er werde es termingerecht und sogar mit Zinsen zurückgeben: für je zehn Rubel eine Tafel Schokolade. Das warf mich völlig um. Woher wollte er das Geld nehmen, um seine Schulden zu bezahlen? Da stellte sich heraus, daß er schon über ein Jahr – seit er als Gitarrist in der Beatgruppe »Die Titanen« mitwirkte – Geld verdiente, und gar nicht mal wenig. Für das Auftreten auf Schulfesten, Tanzabenden und Hochzeiten. Ich hatte geglaubt, er täte das der Kunst und neuer Mädchenbekanntschaften wegen. Nicht die Spur! Wieviel er so verdiene, wollte ich wissen. Gewissenhaft, die reine, mädchenhafte Stirn runzelnd, rechnete er es mir vor. Zirka zweihundertzwanzig. Vom Frühjahr bis zum Wintersanfang.
»Und da besitzt du die Frechheit, mich um ein paar Rubel anzupumpen?« – »Manchmal braucht man einen Rubel und hat nicht mal den. Geld verflüchtigt sich rasch, das müßtest du ja wissen. Mokassins, Gürtelhosen – schon ist ein Hunderter weg. Und der blaue Sakko mit den Aluminiumknöpfen? Und im November die Fahrt nach Leningrad – etwa für die dreißig Rubel von Mutti?« Ich untersagte ihm aufs strengste, bei Njura etwas zu leihen. Sonst sei er ja beinahe ein »Bubi«, der Frauenliebe ausnutze. Er verlor ein wenig die Fassung, bat mich aber um fünfzig Rubel bis Februar, denn bis dahin werde ein Betriebsklub, wie versprochen, mit ihm abgerechnet haben. Ich hatte kein Geld übrig. Fünf Rubel gab ich ihm.
Du lieber Gott, man braucht nicht erst nach komplizierten Ursachen zu suchen! Alles spitzte sich zu und platzte in den Nähten, weil es vorn und hinten nicht reichte. Eine moderne Ehe ist eine überaus zerbrechliche Organisation. Der Gedanke an eine leichte Trennung – *alles neu beginnen, noch ist es nicht zu spät* – hängt ständig in der Luft wie ein lang gehegter Wunsch, beispielsweise eine Weltreise zu machen oder einmal mit dem Dampfer Pobeda von Odessa nach Batumi zu fahren. In den zwanzig Ehejahren mit Rita gab es wohl keine einzige Woche, in der ich nicht so oder so an dieses Thema gedacht

hätte. Nicht immer drang es an die Oberfläche, aber irgendwo tief drinnen, als leise Hoffnung und heimlicher Trost, war es immer da. Sitzt man in einem überfüllten Theater in stickiger Luft, ist es schön zu wissen, daß über der Tür hinter dem grünen Vorhang die Aufschrift »Notausgang« leuchtet. Man kann jeden Augenblick aufstehen und auf die Schrift zugehen. Und hinaustreten in die frische Luft und, da der Abend ja erst angebrochen ist, gehen, wohin man will – in ein Restaurant, zu einem Freund. Doch wir verlassen ein Theater nur sehr selten vorzeitig. Höchstens wenn das Stück über Gebühr erbärmlich oder die Luft zum Ersticken ist. Die Karten sind nun mal bezahlt, und außerdem hat man keine Lust, aufzustehen und sich durch die Reihe zu drängeln, über irgendwelche Füße hinwegzusteigen und die tadelnden Blicke auf sich zu ziehen. Das Wissen aber um die Möglichkeit – *In jedem Augenblick* –, es ist tröstlich, und so muß es sein, damit man leichter atmen kann. Es heißt, in jedem Menschen, selbst im gesündesten, steckt der Tuberkulosebazillus, doch bedarf es besonderer Voraussetzungen, damit der Bazillus wachsen und der Krankheitsprozeß beginnen kann. Der Gedanke an eine Trennung schlummert wie ein Bazillus in einem. Bestreiten Sie das nicht, das ist eine Tatsache. Horchen Sie in sich hinein!

Nein, die Geschichte mit Njura konnte nicht die Ursache gewesen sein, sie war lediglich der letzte Anstoß, der mich in die Krankheit, in die Feuersbrunst stürzte. Eines Tages kam eine Frau und sagte, sie müsse Anna Fedossejewna – Njura – sprechen. Sie schlossen sich in der Küche ein und unterhielten sich lange, dann kam die Frau heraus und sagte zu Rita, sie nehme Njura für einen Monat mit ins Krankenhaus, in die psychiatrische Abteilung. Nichts Schlimmes, eine besondere Erscheinungsform der Schizophrenie. Wie sich herausstellte, war Njura schon lange registriert, bloß hatten wir davon nichts gewußt.

Ohne Njura wurde es schlimm. Wir waren alle drei liederliche Leute, aßen, wie es gerade kam, die Wohnung verlotterte, Rita legte sich bald mit einem Heizkissen, bald mit einer Kompresse nieder und sagte, es sei aus und sie sei fix und fertig. Ohne Njura aber war es auch noch aus einem anderen Grund schlimm: Die wortkarge taube Frau hatte uns auf unerklärliche Weise versöhnlich gestimmt. Sie kam herein, setzte sich, sagte etwas Belangloses, jedoch nicht Sinnloses, und die Gereiztheit verflog, die Kränkung klang ab. Treue sprach aus ihr, und

wahrscheinlich wirkte dieses echte, unverwässerte Gefühl so stark. Eines Tages hatte ich heftigen Streit mit Rita, ich drohte, fortzugehen und alles hinzuschmeißen – das ist schon lange her, damals brodelten noch die Leidenschaften, und wir nahmen uns noch alles zu Herzen –, dann versöhnten wir uns, alles war vergessen und vorbei, da sah ich: Njura saß in der Küche und weinte. Was ist denn los? »Margarita Nikolajewna hat gesagt, daß Sie uns verlassen wollen. Wie soll sie dann leben?« – »Na, wie alle, liebe Njura. Sie wird arbeiten. Ist doch völlig gesund, gesünder als Sie.« Njura preßte die Lippen zusammen, schüttelte den Kopf und flüsterte, ohne meine Worte zu beachten: »Ich find für mich schon ein Plätzchen, ich komm schon nicht um, aber Margarita Nikolajewna, was wird aus ihr?«
Manchmal kam Njura abends ins Zimmer, setzte sich in eine Ecke und schaute Rita zu, die etwas nähte, las oder schrieb. Sie sah sie einfach an und lächelte stumm.
Vor drei Jahren etwa, als in unserer Kasse absolute Ebbe herrschte und Kirill schon groß genug war, beschlossen wir, uns von Njura zu trennen. Was blieb uns anderes übrig: Von Monat zu Monat blieben wir ihr den Lohn schuldig! Njura hörte uns ruhig an, und am Abend sah ich sie wieder in der Küche auf ihrem Klappbett sitzen und leise vor sich hin weinen. Tags darauf sagte sie, sei sei bereit, so lange bei uns ohne Lohn zu arbeiten, bis wieder Geld da sei. Und nun war dieses Wesen, das unser Heim auf so wundersame Weise zusammengehalten hatte, fortgegangen. Wir waren ja alle in verschiedene Richtungen auseinandergekrochen, jeder in sein Zimmer, an seine Arbeit und zu seinen Geheimnissen, seinem Schweigen; sie allein war unser wahres *Heim*, die Hüterin des Herdes gewesen.
Sie hatte ja niemanden außer uns. Und für sie war unser zersplittertes Dreigespann die einzige menschliche Wärme, der sie zustrebte und um die sie bangte.
Aus dem Krankenhaus schrieb Njura Briefe: »Teure Margarita Nikolajewna, mit allerhertzlichsten Gruß an sie . . .« Im Krankenzimmer waren vierzehn Personen untergebracht. Njura gefiel alles: die Ärzte, die Schwestern, das Essen, ihr Bett, das dritte vom Fenster, und das Fenster mit dem Blick auf die Uferstraße. Manchmal rief auf ihre Bitte hin eine Schwester aus dem Krankenhaus an – Njura konnte am Telefon nichts hören – und stellte Fragen: Was es bei uns Neues gäbe, wie es Margarita Nikolajewna gehe, ob die Wäsche aus der Wäscherei

gekommen sei. Wozu brauchte sie das? Der Wärme wegen, die sie nicht missen konnte. »Njura läßt fragen, ob Sie nicht vergessen haben, den Kühlschrank abzutauen.« Rita hatte Mitleid mit Njura. Dreimal fuhr sie ins Krankenhaus und brachte ihr Obst. Die Ärzte sagten, Njuras Leiden sei nur schwer zu heilen, aber es werde nicht progressieren und stelle für die Umgebung keine Gefahr dar. Sie sagten weiter, Njura könne durchaus leichte Heimarbeit machen, sie könne stricken, nähen und kleben, zum Beispiel Christbaumschmuck aus Papier. Njura bat Rita, ihr die alte Ikone ins Krankenhaus zu schicken, und Rita trug, wenn auch mißmutig, Kirill auf, sie hinzubringen. Das war eine Leistung. Keiner hätte das erwartet. Zuerst quälten sie ihr Geiz und Gewissen, später aber bildete sie sich etwas darauf ein und erzählte allen Bekannten, sie habe für die kranke Hausangestellte ihr bestes Stück, die Zierde ihres Heims, hergegeben: jammerschade zwar, aber was tun? Dort im Hort des Leidens, dort ist die Ikone besser am Platz als an der rosa Wand neben dem Picasso. Und – *Gutes muß man tun*, man darf nicht nur in klugen Büchern darüber lesen. Wobei überhaupt nicht berücksichtigt wurde, daß die Kostbarkeit ja Njura gehörte.
Hartwig war empört: »Wie kann man nur so ein Museumsstück hergeben? Die andere, die aus Palech, hätte es auch getan. Ist ihr doch egal.« Aber Njura hatte ausdrücklich die alte Ikone verlangt. Der Grund stellte sich später heraus, damals wunderten wir uns lediglich über die Beharrlichkeit, mit der sie bat – so schnell wie möglich! –, ihr die Ikone zu schicken, als wäre sie ein kostbares Medikament, von dem ihre Genesung abhing.
Anfang März rief eine Ärztin aus dem Krankenhaus an, eine gewisse Radda Juljewna, und sagte, sie habe eine gute Nachricht für uns: Njura gehe es besser, und zum Frauentag werde sie entlassen. Die Frage sei bloß, wohin. Ob die Stelle noch frei wäre. Ob wir schon jemanden eingestellt hätten. Nein, noch nicht. Erfreut rief Rita in die Muschel: »Natürlich, wie können Sie nur fragen! Wir warten sehnsüchtig auf sie!« Radda Juljewna versprach, etwa am Fünften den genauen Zeitpunkt der Entlassung mitzuteilen, rief aber schon am nächsten Tag an. Indessen hatte sich Rita gefaßt und sich bewußt gefragt: Wird mein Leben etwa leichter, wenn ein Kranker beziehungsweise Halbkranker ins Haus kommt? Na schön, leichte Hausarbeit, ein bißchen kochen, einkaufen, aber wie man's auch nimmt, sie ist geistig nicht vollwertig, es kann eine Verschlechterung ein-

treten, jeden Tag kann sie wieder ins Krankenhaus müssen ... Da wurden wir alle nachdenklich. Rita beriet sich mit Larissa. Die sagte: Abwarten, nichts übereilen. Sollen sie sie erst richtig auskurieren und eine Garantie geben. Die sind schnell dabei, einen zu entlassen, nur weil sie ihn loswerden wollen. Und als Radda Juljewna zum zweitenmal anrief, äußerte Rita – in ihrer Dummheit war sie so offen – einige ihrer Bedenken und sprach auch von einer Garantie, was Radda Juljewna aufs äußerste erregte. Sie sagte, so ein Herumgerede habe sie nicht erwartet, das alles wundere sie sehr, und als Rita weiterhin ihre dämlich offene Linie verfolgte – manchmal ist sie schrecklich kurzsichtig und ungeschickt! – und sagte, sie fürchte, sie habe nicht genug Mumm, eine Kranke zu pflegen und brauche selber Pflege, fiel ihr Radda Juljewna grob ins Wort und bat mich ans Telefon.
Ich vernahm eine heftige Stimme, die es gewohnt war, Untergebenen Anweisungen zu erteilen. »Sie haben doch eine geistige Arbeit, hab ich recht? Übersetzen Literatur? Wie können Sie es dulden, daß Ihre Frau, entschuldigen Sie schon, solchen Blödsinn daherredet? Wir sind keine Uhrmacherwerkstatt und geben keine Garantien. Njura steht völlig allein da. Das ist eine Frage Ihres Gewissens, Ihrer Nächstenliebe. Nach Njuras Erzählungen habe ich mir Sie ganz anders vorgestellt, nicht so, entschuldigen Sie, berechnend und hartherzig.« – »Erlauben Sie«, wandte ich ein, »Sie kennen weder mich noch meine Frau, und aufgrund eines fünfminütigen Telefonats ...« Radda Juljewna fiel mir ins Wort: »Entschuldigung, ich hab keine Zeit zu seelsorgerischen Gesprächen. Überdenken Sie alles noch einmal gut und rufen Sie mich bis spätestens morgen Abend an. Ich muß es bis Sonnabend wissen.«
Im Hörer knackte es. Wir diskutierten das entstandene Problem, stritten gereizt und beschuldigten uns wie immer gegenseitig. Ich sagte zu Rita, sie habe mit der Ärztin nicht richtig gesprochen und alles verdorben, weil sie sie gegen uns aufbrachte. Rita hingegen beschuldigte mich, ich hätte wie üblich Angst, vor anderen in ein *schlechtes Licht* zu kommen, sei feige, so daß im Endergebnis sie im schlechten Licht stehe. Kirill fragte: »Bleibt sie denn für immer bei uns?« Nicht für immer, sagte ich, aber sicher für längere Zeit. Wir würden eine Verantwortung übernehmen. »Dann nicht!« sagte Kirill nach kurzem Schweigen. »Schließlich sind wir nicht mit ihr verwandt. Oder?«
Wir alle dachten das gleiche, Kirill aber hatte es ehrlich ausge-

sprochen, während ich und Rita uns noch drehten und wendeten, uns hinter Worten versteckten, uns aller Todsünden beschuldigten, aber nicht auf den Kern der Dinge kamen. Rita sagte: »Was seid ihr bloß für Menschen? Wie kann man Njura nur als fremd bezeichnen, wo sie zehn Jahre bei uns war! Sie liebt dich doch wie einen Sohn, hat dich großgezogen, einen kräftigen Burschen aus dir gemacht, und da sagst du: ›Wir sind nicht mit ihr verwandt.‹ Mir steht sie näher als alle Verwandten, wenn ihr's genau wissen wollt!« – »Na, dann nimm sie doch ins Haus!« – »Natürlich, Mutti! Hol sie her, mach schon! Pfleg sie, koch ihr Breichen, kauf Milch.« Rita sagte, wir seien bösartige Nichtstuer, würden ihr nicht helfen, und sie strampele sich ab. Und jetzt wollten wir ihr auch noch die kranke Hausangestellte aufhalsen. Ich aber beharrte immer nur darauf: »Erlaub mal, und wo bleibt die Nächstenliebe? Wozu hast du eigentlich all die Bücher über das Göttliche gelesen? Da wird dir eine Prüfung gesandt, von dir wird ein Opfer verlangt – und was ist damit? Na? Verdrückst dich? Bist auf einen Schlag zum Atheisten geworden? Und das alles sind nur Hirngespinste der Popen?« – »Hätte ich einen anderen Mann und einen anderen Sohn, würde ich diese Frau aufnehmen, ohne lange zu überlegen.« Jaja. Natürlich. Dabei war alles schon entschieden. Sie zog einen Strich zwischen sich und Njura, in dem sie *diese Frau* sagte. »Und hätte ich eine andere Frau«, sagte ich, »gäbe es eine solche Frage gar nicht erst. Mein Gott, wie oft kommen solche Fälle in einfachen Familien vor, wenn . . .«
Weder am Donnerstag noch am Freitag riefen wir Radda Juljewna an. Ich nicht und Rita nicht. Wir hatten uns nicht abgesprochen. Jeder dachte vom anderen, er werde anrufen, hatte dazu auch allen Grund, fragte aber absichtlich nicht danach, um schlimmstenfalls die Schuld auf den anderen abwälzen zu können. Wie gewöhnlich in kritischen Situationen »muckerte« Ritas Leber, den ganzen Tag über lag sie mit dem Heizkissen da und redete übertrieben ängstlich nur von ihrer Krankheit und von den Medikamenten. Auch ich hatte Schmerzen. Offenbar war's das Herz. Und während ich im Arbeitszimmer auf der Couch lag und bald Validol, bald Valocordin schluckte, dachte ich, daß wir eine gewisse Rechtfertigung hätten. Wir waren krank. Mir gab ich weniger schuld, weil ich ernstlich krank war. Schließlich läßt sich eine Cholezystitis nicht mit einer Herzkrankheit vergleichen. Mit einer Cholezy-

stitis kann man alt werden, an Herzgeschichten aber sterben schon ganz junge Leute. An diesem ganzen Verrat also – jawohl, es war ein kleiner, aber doch ein offensichtlicher Verrat, da gibt's nichts zu bemänteln – war Rita mehr schuld als ich. Überhaupt hatte sie mehr mit Njura zu tun als ich. Und ich? Ich sah Njura nur morgens, wenn sie im Arbeitszimmer aufräumte und ich darauf wartete, daß sie möglichst rasch mit ihren Lappen und mit dem Staubsauger verschwand, und dann noch mal beim Mittagessen. Sehr selten unterhielt ich mich mit ihr. War ja auch schwierig, sich mit einer Tauben zu unterhalten. Bei Rita war das ganz was anderes.

Spät am Abend kam Rita plötzlich ins Arbeitszimmer – im Morgenrock, unfrisiert, mit zerknittertem grauem Gesicht, wie sie es immer hat, wenn die Leber sie plagt, setzte sich auf den Couchrand und schaute mich an. Es ging ihr schlecht. Vielleicht wollte sie sich versöhnen, sich vielleicht über etwas beklagen, es konnte sie aber auch das Gewissen plagen. Auch mir ging es schlecht. Ich schwieg und schaute sie an. »Weißt du, woran ich denken mußte?« sagte sie. »An unsere Zeit in Podleskowo. Kirka war damals sieben. An unser Haus habe ich mich erinnert, an die kleine ländliche Veranda, und die Hühner kamen immer draufgeflogen, weißt du noch? . . . Njura war noch jung, gerade erst zu uns gekommen. In dem Sommer fuhr ich auf Dienstreise in den Norden.« Ich nickte. Ich erinnerte mich auch an den Sommer. Damals lebten noch Ritas Vater und meine Mutter. Rita schrieb uns aus dem Norden. Wir alle warteten sehnsüchtig auf sie, auch der kleine Kirka. Der Sommer war ausgefüllt mit Warten. Da kam sie im August zurück, brachte einen jungen weißen Hund mit, Laika, der später die Hühner der Wirtin abmurkste, und ein Eisbärenfell, das ihr jemand in Murmansk geschenkt hatte. Ich zermarterte mir den Kopf: Wer mag es ihr geschenkt haben und warum? Das Fell war nicht gegerbt, es vermoderte bald, und zwei Jahre später warfen wir es weg. Einen solchen August wie diesen gab es nie mehr. Das Flüßchen Sonja, die Eichenwälder mit den Pilzen. Ich erinnere mich: Einmal machten wir eine ausgedehnte Wanderung, über zehn Kilometer, bis ins Dörfchen Gorodok, wo es einen Glokkenturm aus dem 18. Jahrhundert gab.

»Und weißt du noch«, sagte Rita, »wie ich im September krank wurde? Wir dachten, es sei der Blinddarm, und dann stellte sich raus, daß eine Abtreibung dringend nötig war. Ich wurde ins

Kreiskrankenhaus gebracht, es regnete, und die Straßen waren völlig verschlammt, der Wagen konnte nicht ranfahren, und du und ein Bauer, ihr habt mich auf den Armen geschleppt.« Ich erinnerte mich auch daran. »Njura blieb mit Kirka eine ganze Woche allein«, sagte Rita. »Und dabei war er damals auch krank.«

Dann sagte sie: »Mir scheint, mit Njura geht was für immer von uns. Was meinst du?« Ich sagte: »Ja.« Sah, daß ihr Tränen in die Augen traten, doch sie wollte es nicht zeigen und ging.

Am folgenden Tag tauchte plötzlich Njura auf. Mittags. Wir wollten gerade essen. Sie sagte, man habe ihr zwei Stunden Urlaub gegeben, damit sie ihre Sachen holen könne. Sie knöpfte ihr ewiges Kopftuch auf, zog den Mantel aus und die Filzstiefel mit den Galoschen, schob die Füße in die Pantoffeln und setzte sich zu uns an den Tisch, als sei nichts geschehen. Auf ihrem blassen Gesicht lag ein Ausdruck vollster Zufriedenheit. Und sie lächelte ständig, wobei sie Rita ansah. Wieder sah ich ihre Hand sich langsam nach dem Brotkorb ausstrecken und in den blaßblauen Augen etwas Klares, längst Vergangenes aufleuchten – Liebe, Hunger, Krieg, Hoffnungen. Sie bedauerte Rita sehr: »Oh, Margarita Nikolajewna, Sie brauchen jemand!« Rita sagte, es werde ohne Hilfe sehr schwer sein. »Natürlich«, sagte Njura, »Sie brauchen jemand.« Da sie diese Unbekannte, die ihren Platz einnehmen würde, so ruhig und gleichgültig als »jemand« bezeichnete, hatte sie sich wohl abgefunden, und man brauchte mit ihr nichts mehr zu bereden. Sie erzählte vom Krankenhaus, daß man ihr versprochen habe, sie in ein noch besseres zu schicken, außerhalb der Stadt, mitten im Wald, und zur Bahnstation könne man gehen, wo es Stände gebe und einiges verkauft würde. Nach dem Essen spülte Njura das Geschirr, und dann bat Rita sie noch, den *Mülleimer runterzubringen.* Dieser Eimer gab mir irgendwie den Rest. Unser Haus hatte keinen Müllschlucker, wir mußten die Abfälle auf dem Hof in große Kontainer schütten. Ein tägliches Problem. Manchmal wurde mir der Müll, sorgfältig in Zeitungspapier eingepackt, in die Hand gedrückt. Kurz, eine Lappalie. Ich weiß nicht, was da über mich kam. Als wir uns von Njura verabschiedet hatten – sie hatte zuerst ein Taxi geholt, war mit dem Fahrer zurückgekommen, der zwei Bündel und einen Koffer hinausschleppte (Njura war eine richtige Kramsuse) – und wir allein waren, brüllte ich plötzlich los: »Und du hast es fertiggebracht, sie

noch mal runterzuschicken! Sie auszunehmen bis zu guter Letzt! Und wenn's der Eimer ist, ja?« – »Was für ein Eimer?« fragte Rita und brach in Tränen aus.
Brennender Schmerz überkam mich. Zum erstenmal verspürte ich etwas Derartiges und wußte nicht, ob ich Herzschmerzen hatte oder ob das Schamgefühl mich so plagte, so etwas wie Verzweiflung – ich ging in mein Zimmer und schloß mich ein. Ich hörte mich brüllen und sah Ritas schreckensblasses Gesicht. Zwei oder drei Stunden vergingen. Grabesstille lag über der Wohnung. Schließlich, so gegen sechs Uhr abends, klopfte Kirill an die Tür und sagte mit der Stimme eines Gefängniswärters: »Komm Tee trinken!« Ich begriff, daß mir verziehen war, daß es nicht an dem Eimer lag, nicht an meinem Ausbruch und dem Gebrüll, sondern daran, daß einem immer, wenn Verrat geübt wird – und sei er noch so klein –, schlecht wird. Am nächsten Tag wurden auf Ritas Bitte hin in einem Kiosk des Moskauer Städtischen Auskunftsbüros zehn Inseratenvordrucke gekauft, ich setzte mich an den Tisch und schrieb mit meiner gestochenen Handschrift, so schön ich konnte: »Dringend gesucht für 3-Personen-Haushalt – Mann, Frau, Sohn (Student) – . . .«
Bald darauf war all das vergangen und vergessen. Ich erinnere mich genau: Es war der 15. März. Gegen Mittag klingelte das Telefon. Eine hohe, hastige und, wie mir schien, wenig höfliche Männerstimme wollte mich, Gennadi Sergejewitsch, sprechen und stellte sich anschließend vor: Untersuchungsführer XY. Ob ich morgen da und da hin zu einer Aussprache kommen könne? Ich konnte. Ob es mir, sagen wir, um halb elf Uhr passe? Durchaus. Also sind wir uns einig. Bis morgen. Orientierungspunkt: Neben der Verkaufsstelle »Sintetika«. Das Ganze dauerte nicht länger als zwanzig Sekunden. Etwas verstört legte ich den Hörer auf und überlegte angestrengt: Träume ich? Was sollte das bedeuten? Ich war mir keiner kriminellen Handlung bewußt. Trotzdem erfaßte mich leichte Panik. Na, vielleicht nicht gerade Panik, aber so ein unerträglich beunruhigendes Prickeln. Vor allem, weil ich keine Ahnung hatte, worum es gehen konnte. Neben der Verkaufsstelle »Sintetika«. Möglich war wirklich alles! Schließlich ist kein Mensch gegen alles gefeit.
Bislang hatte ich noch nie was mit Untersuchungsführern zu tun gehabt. Rita sagte ich nichts. Warum sollte ich mir ihre

Panik noch zusätzlich aufladen? Am schwersten aber war, daß ich fast vierundzwanzig Stunden warten mußte. Warum war ich bloß nicht darauf gekommen, die Zusammenkunft statt für morgen für heute festzulegen? Bitte sehr, ich bin bereit. Ich fahr sofort los. Nein, morgen hab ich keine Zeit, es geht nur heute, und zwar jetzt gleich. Sowieso hab ich meinen Grips nicht beisammen. Und warum hatte ich nicht gefragt: In welcher Angelegenheit? Ich hätte ganz ruhig fragen können. Er hätte geantwortet, und ich hätte mich nicht geschlagene vierundzwanzig Stunden gequält. Er hätte übrigens auch nicht zu antworten brauchen. Wenn er nicht geantwortet hätte, wäre das für mich zehnmal so schlimm gewesen. Die machen das absichtlich so, damit sich die Vorgeladenen mehr aufregen. Damit sie schon weich hinkommen, damit alles in ihrem Innern zittert und bebt und man sie nur noch anzutippen braucht, damit sie auseinanderfallen. Oder wie die sagen: *umfallen.* Aber der Schlag soll mich treffen, wenn ich wüßte, in welcher Angelegenheit ich *umfallen* soll! Der »Sintetika«-Laden – ich weiß, wo das ist. Hab dort mal was gekauft.

Am Abend waren wir zu Wolodja, meinem Vetter, eingeladen, der eine Wohnung in der Schiwopisnaja-Straße im Stadtbezirk Choroschewo-Mnewniki bekommen hatte und uns schon einen Monat lang hartnäckig zur Einzugsfeier bat, während wir immer wieder unter verschiedenen Vorwänden absagten – eine höchst langweilige Gesellschaft, zwangsweises Anschauen von Amateurfilmen, die Wolodja und seine Frau Ljalja, Touristikenthusiasten, selbst gedreht hatten –, doch der Tag war gekommen, da wir uns nicht mehr herausreden konnten, der Besuch unabwendbar war oder tödliche Beleidigung auf Jahrzehnte drohte. Im GUM kauften wir zwei Wandleuchten aus der DDR und eine Flasche Sekt, luden alles Kirill auf und fuhren los.

Die ganze Zeit über mußte ich, obwohl ich mich fortbewegte, Fragen beantwortete, selber fragte, durch Geschäfte ging, Metrofahrscheine kaufte, unablässig an den morgigen Tag denken, und je mehr sich meine Gedanken verzweigten, desto banger wurde mir: Mir wurde klar, daß ich aus einer unerschöpflichen Anzahl von Gründen vom Untersuchungsführer vorgeladen werden könnte. Man brauchte nur wollen. Großer Gott, auf meinem Konto standen, scheint's alle Arten von Verletzungen des Strafgesetzbuches!

Ich konnte vor Gericht zitiert werden wegen *Bestechung*, wenn auch nur, weil ich mehrmals mit Rafik zum Pferderennen gegangen war und ihn dort ins Restaurant eingeladen hatte. Übrigens hatte er mich auch manchmal freigehalten. Ich konnte der *Hehlerei* angeklagt werden: Manchmal erwarb ich von Arbeitern unserer Wohnungsverwaltung fast zum staatlichen Preis allen möglichen Kram wie Fensterglas, Kabel, Schalter oder Blech. *Und Spekulation mit ausländischen Waren?* Als ich Rita das letzte Mal aus Österreich Blusen mitbrachte, waren sie zu groß, Rita verkaufte sie an Larissa, und die, eine geborene Schieberin, konnte sie teurer weiterverkauft haben. Und irgendwie ist das herausgekommen. Ausgezeichnet: Gegenüberstellung mit Larissa im Arbeitszimmer des Untersuchungsführers! »Sind das Ihre Blusen?« – »Eigentlich . . .« – »Wo haben Sie sie erworben? Warum haben Sie sie nicht ins Kommissionsgeschäft gebracht?« Und *Diebstahl?* Einmal habe ich im Ausland in einem Hotel einen prächtigen Aschenbecher mit dem Abbild des städtischen Rathauses und der lateinischen Inschrift Beati possidentes mitgehen lassen. Er ziert heute noch meinen Schreibtisch. Einmal habe ich in der Bibliothek eines Erholungsheimes einen Band der Enzyklopädie entwendet. Ich brauchte ihn dringend für die Arbeit und nahm ihn mit. Ich habe diesen Band allerdings, als ich nach anderthalb Jahren wieder in das Erholungsheim fuhr, mitgenommen und unbemerkt ins Regal gestellt. Ach, hören wir lieber auf!

In solcher Stimmung ging ich zu der blödsinnigen Einzugsfeier. Rita unterteilte alle Verwandten und Freunde in »meine« und »deine«. »Ihre« liebte sie nicht nur, sie vergötterte sie geradezu; zu »meinen« hingegen war sie gleichgültig, wobei sie einen ausgeprägten Scharfblick bei ihrer Einschätzung offenbarte. Wolodja und Ljalja nannte sie »Erfolgsgentlemen«. Ausgezeichnet beobachtet: Das traf den blöden Hang zu Reisen, die mangelnde Intelligenz und die wahrlich piratenhafte Raffgier. Wolodja ist Werksingenieur, Ljalja arbeitet in einer Projektierungsorganisation, ihr Einkommen ist nicht gerade umwerfend, trotzdem schaffen sie sich ständig etwas an, sie haben immer Geld, und man kann von ihnen sogar kurzfristig etwas leihen, aber besser läßt man's. Ein Wirtschaftswunder! Was in unserer Familie (ehemaligen, ehemaligen Familie!) völlig unbekannt war. Rita hatte einmal bissig bemerkt, daß Wolodjas und Ljaljas Neigung, ihren Urlaub mit Fußwanderungen zu verbringen,

gleichfalls ihrer Knausrigkeit entspringe. Das sei billiger als mit Urlauberschecks an die See.
Wolodja und Ljalja gaben sich uns gegenüber freundschaftlich, doch waren sie irgendwie innerlich gespannt. Aus irgendeinem Grunde hielten sie uns für Jobber. Der Hauptjobber war natürlich ich. Sie hatten den Eindruck, ich scheffele das Geld nur so. Als Rita in ihrer Einfalt über unsere ewige Geldknappheit jammerte, lachten sie: »Ach du je, die Ärmsten haben kein Geld? Und wenn ihr nun mal schnell was abhebt?« Und unsere Wohnung, 62 Quadratmeter, die Kammer nicht mitgerechnet, hatte sie damals erschlagen. Wie eben Verwandte sind, da ich sie kannte, wußte ich, daß hinter der beharrlichen Einladung zur Einzugsfeier etwas Besonderes stecken mußte. Sie wollten etwas. Nach einer Stunde Herumsitzens am Tisch voller Speisen aus dem nahegelegenen Restaurant »Orjol« zeichnete sich dieses »Etwas« klar ab.
Wolodjas Töchterchen Veronika stand vor dem Schulabschluß. Man mußte sich über ihren weiteren Weg Gedanken machen. Und man stelle sich vor, sie wollte das gleiche wie Kirill. Kirill habe doch einen ausgezeichneten Nachhilfelehrer gehabt mit Beziehungen, er habe ihm sehr geholfen, hätten sie gehört. Einen deutschen Namen solle er haben . . . »Hartwig!« entfuhr es Kirill. Ob man den nicht sozusagen einspannen könne. »Natürlich«, meinte Rita. »Warum nicht? Aber soviel ich weiß, ist er gerade verreist. Er ist ständig unterwegs.« Es war nicht sehr angenehm, über Hartwig zu hören, er habe *Beziehungen* und er habe *geholfen*. Wenn's auch zutraf. Aber wir hatten es niemand erzählt. Wie sich herausstellte, hatten sie über eine Freundin von Larissa, die mit einer Kollegin Ljaljas bekannt war, von ihm gehört. Alles ging wieder mal von diesem Waschweib Larissa aus. Ich sagte, soviel ich wisse, nehme Hartwig zur Zeit keine Schüler an, er habe im Institut zu viel zu tun. Das stimmte, Hartwig hatte es selbst gesagt, doch Wolodja und Ljalja waren natürlich der Meinung, wir wollten ihnen Hartwig nicht *geben*. Was übrigens zutraf.
Ich wollte ihn nicht *hergeben*, weil in mir ein schrecklicher Verdacht aufschoß: Wenn nun Hartwig mit seinem Freund, dem Sekretär der Zulassungskommission, dem von damals in Snegirija, bei irgendwelchen Manipulationen mit den Zulassungen hochgegangen war? Den Besitzer der Datsche in Snegirija kannte ich kaum. Er war einer von Ritas Freunden. Du lieber

Himmel, welche Gefahr! Ich wußte schließlich von nichts. Alles geschah hinter meinem Rücken. Diesem Hartwig mit seinem Zynismus war alles zuzutrauen. Rita hatte, wie es schien, ihre Gründe, Hartwig nicht besonders gern an Wolodja und Ljalja *abzugeben.*

Sie vermuteten schon richtig. Und um so beharrlicher und mit echt touristischem Eifer machten sie sich gleich bei Tisch daran, uns Hartwig auszuspannen. Sie verlangten, wir sollten anrufen und feststellen, ob er da sei oder verreist. Sei er aber nicht verreist, ob man mit ihm rechnen könne. Rita sagte, sie habe seine Telefonnummer nicht im Kopf. Ich versuchte vergebens, sie mir ins Gedächtnis zu rufen, aber ich hatte sie ja noch nie im Kopf gehabt, Rita hingegen ja. »Geras Telefonnummer?« rief unser Trampel. »Ich weiß sie!« Wir mußten also anrufen. Esfir sagte, Hartwig sei im Konservatorium bei einem Konzert. Nun forderten sie von mir, ich solle am nächsten Morgen anrufen. Ich versprach es. Jaja, morgen früh. Wenn ich an den kommenden Morgen dachte – um halb zehn mußte ich aus dem Haus –, war mir, als krampfte sich mein Unterleib zusammen und als wären meine Beine aus Gummi. Mein Verdacht flößte mir panische Angst ein. Jetzt war ich so gut wie sicher, daß ein Zusammenhang zwischen Hartwig und dem Untersuchungsführer bestand. Nicht von ungefähr war Hartwig in den letzten Tagen nicht aufgetaucht und hatte nicht angerufen. Mit keinem einzigen Menschen konnte ich micht beraten! Wolodja und Ljalja waren lustig geworden – Hartwig war ja in Moskau, und sie meinten, ihre Angelegenheit sei so gut wie gelaufen –, sie holten einen weißen Lappen und das Filmvorführgerät, und die Qualen begannen. Ich verstand nicht, was da vorn ablief. Ob das die Taiga war oder die Krim, was für Leute wohin gingen, was sie mit Löffeln aus einem großen Kessel aßen. Eins war neu: Der Film wurde von einem Text begleitet, der den Autoren selbst das Nonplusultra des Geistes zu sein schien, und so konnten sie denn öfter nicht mehr an sich halten und platzten fast vor Lachen. Ljalja kokettierte mit ihrem nackten Bauch und irgendwelchen phantastischen Jeans, und Wolodjas Stimme verkündete feierlich: »Ljudmilla Alexandrowna erschütterte die Gesellschaft mit Modeschöpfungen von Dior«, und ähnliches im gleichen Geiste. Rita seufzte, doch Kirill fand Gefallen daran und kicherte. Plötzlich sagte Rita: »Nebenbei gesagt, meine Lieben, wenn Gerassim Iwanowitsch auch ein ausgezeichneter

Lehrer ist, so hat sich Kirka doch vor allem selbst geholfen. Er hat geschuftet wie ein Stier. Wie ein Stier.«
Wolodja und Ljalja meinten einmütig: »Natürlich, wie denn anders?« Ich entschloß mich, gleichfalls etwas dazu zu äußern: »Denkt also nicht, Hartwig sei die Lösung des Problems. Und irgendwelche besonderen Beziehungen hat er nicht.« – »Keine besonderen?« fragte Ljalja schelmisch. In dem Augenblick erschien Ljalja auf der Leinwand, im Badeanzug: bis an die Knie im Wasser stehend, vollführte sie Tanzbewegungen mit den Armen. Sie hatte merkwürdige Beine. Sie waren oben nicht rund, sondern irgendwie platt und breit. Im Badeanzug sah das nicht gerade überwältigend aus. Wolodjas Stimme erklang: ». . . bei der Durchquerung einer Furt – Tanz des sterbenden Schwans.« – »Er hat überhaupt keine Beziehungen!« sagte ich plötzlich verärgert. »Einen Dreck hat er, aber keine Beziehungen!«
Als wir auf die Straße traten, sagte Rita: »Prachtstücke, deine Verwandten, setzen einem die Pistole auf die Brust, und her mit dem Hartwig!« Ich hatte nicht die Kraft zu widersprechen. Das ist deine Angelegenheit, das betrifft doch Hartwig, hätte ich antworten können. Aber Kirill war dabei, und außerdem schweiften meine Gedanken in eine andere Richtung. *Schließlich wußte ich, was sie nicht wußte.* Und plötzlich empfand ich Mitleid mit ihr. Und auch mit unserem Sohn. Kirill pfiff rowdyhaft und schrie aus vollem Halse: »He, Chef, hier ran!« Wir stiegen ins Taxi, und ich dachte, daß es doch nicht schlecht sei, einen erwachsenen Sohn zu haben.
In der Nacht schlief ich kaum. Gegen fünf schlummerte ich ein, und um acht sprang ich aus dem Bett. Die ganze Nacht über hatte nur ein einziges Wort in mir gebohrt: Sintetika.
Ein junger Mann ohne Jackett, in weißem Leinenhemd und mit einer Krawatte mit den fünf olympischen Ringen fragte: »Gehört Ihnen diese Ikone?« Ich sah Tante Glaschas alte Ikone vor mir, die vor kurzem noch neben dem Picasso gehangen hatte. »Jawohl! Das heißt, eigentlich . . .« Ich erklärte. – Die Ikone sei bei einem großen Schieber beschlagnahmt worden, gegen den jetzt ein Verfahren eingeleitet werde. Der Schieber habe die Ikone für 120 Rubel von Kirill gekauft. Einstweilen sei noch nicht klar, ob Kirill vor Gericht gestellt werde, das würden erst die Untersuchungen ergeben, aber die Sache werde auf jeden

Fall bekanntgemacht, und zwar in erster Linie in der Komsomolorganisation des Instituts. Danach beantwortete ich einige Fragen über Kirill, Njura, die Herkunft der Ikone und einen mir kaum bekannten Freund Kirills aus der Gruppe »Titanen« namens Romik. Ich erklärte, daß ich vom Verkauf der Ikone nichts gewußt hatte und daß das alles für mich völlig überraschend käme. Ich hätte geglaubt, die Ikone sei im Krankenhaus bei A. F. Titowa.

Ein Vernehmungsprotokoll wurde geschrieben, ich unterzeichnete es, ging zur Tür und fragte von da aus: »Und wann werden Sie meinen Sohn vorladen?« Der Untersuchungsführer verblüffte mich: »Er hat bereits ausgesagt. Falls erforderlich, werden wir ihn nochmals vorladen.« Das heißt also, daß er gestern, als er auf der Feier so gekichert hat ... Nachdem ich begriffen hatte, warum ich vorgeladen worden war, empfand ich einen Augenblick lang große Erleichterung. Nicht um mich geht es, nicht um mich! Kirill ist natürlich auch »ich«, ein Teil meines »Ich«, aber noch ein kleiner, ein unreifer Teil, das ist nicht ganz so schrecklich, die Wunde ist nicht tödlich. Die Erleichterung aber hatte nur kurz gewährt. Als sich das Bild offenbarte – dort, am Tische des Untersuchungsführers –, erhellte sich alles innerhalb einer Sekunde, und nicht erst der Untersuchungsführer mußte mich darauf bringen, sondern ich selbst sah plötzlich, konnte das Bild zu Ende zeichnen – als ich begriff, wie Kirill alles organisiert hatte, wie er die Ärmste übertölpelt, uns hintergangen, alles geheimgehalten und geheuchelt hatte, packte und würgte mich plötzlich ein Gefühl, das noch unerträglicher ist als Angst: das Gefühl entsetzlicher Scham. Weil trotz allem ich es war! Ich, ich, und niemand anderes! Nicht Kirill, sondern ich saß am Tisch vor dem Untersuchungsführer, und der junge Mann stellte mir Fragen und musterte mich mit kühlem, heimlichem Ekel. Oh, ich spürte das sehr deutlich! Wenn nicht ich, ganz und gar ich, sondern ein Teil von mir, irgendein Kirill, am Tisch des Untersuchungsführers gesessen hätte, ich hätte niemals diesen Ekel gespürt, diese Scham und diesen Schmerz empfunden.

Auf der Straße dachte ich laut wie ein Kranker. Na, herrlich. Großartig. Dieser Abschaum, dieses Nichts, nun hat er's erreicht! Soll's doch zum Prozeß kommen, sollen sie ihn doch raushauen, den Hornochsen. Den einzigen Sohn hab ich nicht

richtig erziehen können. Ich Jammerlappen, ich alter Idiot. Ich eilte nach Hause, um etwas zu sagen, zu fragen – *wonach fragen, was sagen?*
Rita war zu Hause, Kirill noch nicht. Rita wußte alles, er hatte es ihr gesagt. »Und ich? Muß ich erst über die Staatsanwaltschaft erfahren, was in meinem Hause vor sich geht? Bin ich vielleicht kein Mitglied der Familie mehr? Dann sagt es mir. Informiert mich. Ich pack meinen Koffer und fahre weg.«
Rita sagte sehr ruhig: »Ja, wir haben beschlossen, dir nichts zu sagen. Du fängst gleich an zu toben, regst dich auf. Hier aber darf man nicht schreien, nicht schimpfen, sondern muß überlegen, was und wie weiter. Er hat abscheulich gehandelt – stimmt, aber man muß ihm raushelfen. Muß Metschenow, Rafik, Gera und sonstwen bitten, weil sie den Bengel sonst vom Institut schmeißen. Erst retten, dann verurteilen.« Nein! Nein! Zuerst verurteilen! Retten soll er sich selber! Sie reichte mir etwas. »Beruhige dich erst mal, dann reden wir weiter. Nimm dein Beruhigungsmittel.« Und ich bemerkte in ihrem Blick den gleichen kühlen, fast unpersönlichen Ekel wie beim Untersuchungsführer. Sie ging in ihr Zimmer. Ich schloß mich im Arbeitszimmer ein.
Nach einigen Stunden kam endlich Kirill. Ich rief ihn sofort zu mir. Er kam mit brennender Zigarette herein, setzte sich auf die Couch und fixierte mich frech lächelnd. Ich riß ihm zunächst einmal die Zigarette aus dem Mund und warf sie aus dem Fenster. »Was hat denn das zu bedeuten?« fragte er. »Das hat zu bedeuten, daß ich heute . . .« – »Ich weiß! Du warst bei Wassilij Wassiljewitsch.« – »Bei was für einem Wassilij Wassiljewitsch?« – »Na, beim Untersuchungsführer Katerinkin.« – »Woher weißt du das?« – »Ich bin doch bei ihm wie zu Hause. Viermal hat man mich schon vorgeladen.« – »Ja?« fragte ich drohend. »Viermal?« In Wirklichkeit verrauchte mein Zorn, und ich sagte – es ging einfach nicht anders – verächtlich und vorwurfsvoll: »Na, begreifst du wenigstens, daß du ein Lump bist? Ja?« – »Natürlich, Papi, wie sollte ich nicht? Ich begreif's.« Bedrückt und dennoch mit Leichtigkeit senkte er den Kopf. Ich merkte, daß ich weiter zum Narren gehalten wurde. Plötzlich sprang er auf und schaltete das Transistorradio auf dem Tisch ein. Der Sprecher krächzte etwas. Freude erhellte Kirills Gesicht, er klatschte in die Hände und flüsterte: »Hurra, hurra!« Ich trat zu ihm, riß ihm das Radio aus den Händen und schaltete es ab.

»Paß auf. Ich sag's dir zum letztenmal und in vollem Ernst. Hilf dir selber da raus! Verstanden?« – »Schon gut, Papi«, sagte er. »Ich hab Sie verstanden. Reg dich nur nicht auf.« Ich empörte mich, und zugleich wurde mir verdammt komisch zumute. »Ja, nicht ich sollte mich aufregen, sondern du, du! Du solltest dich aufregen, du blöder Kerl!« – »Ich versteh schon, Papi. Ich reg mich ja auch auf. Aber du darfst dich nicht aufregen. Wird schon wieder werden, mach dir keine Gedanken. Soll ich dir Wasser bringen?« – »Geh mir aus den Augen!« schrie ich. Mit ein paar Sätzen wie ein Volleyballspieler verschwand er aus dem Arbeitszimmer. Und ich blieb auf der Couch liegen. Wie eine armselige zerquetschte Schabe. Und das war der endgültige Beweis dafür, daß dort am Tisch vor dem Untersuchungsführer ich gesessen hatte, ich und nicht er.

Dann handelte ich: Es gab keinen anderen Ausweg. Die Schachspieler nennen das »Zugzwang«. Über dem Dummkopf schwebte die Exmatrikulation. Ich eilte zu Rafik und dann zu Metschenow. Hier bekam ich zu hören: »Ihr lieber Sohn hat allzuviel auf dem Kerbholz. Bis heute hat er die Zwischenprüfung in Sport nicht abgelegt. Im ersten Semester hat er zweiundzwanzig Vorlesungen ohne triftigen Grund versäumt.« Ich mußte mich an Hartwig wenden, dessen Freund, der ehemalige Sekretär der Zulassungskommission, ein hohes Tier im Rektorat geworden war. Rita wollte aus einem unerfindlichen Grund nicht bei Hartwig anrufen. Mir gegenüber aber war Hartwig überaus kühl und sagte, er wolle mit dem Freund sprechen, könne jedoch für einen Erfolg nicht garantieren, da sein Kredit in dem Haus erschüttert sei. Ich suchte nicht erst herauszufinden, woran das lag. Jemand hatte mir erzählt, Hartwig habe Unannehmlichkeiten am Institut gehabt und ihm drohe sogar Entlassung. Ich mußte also warten. Ich wunderte mich über gar nichts. Trotz allem aber hatte Hartwig anscheinend angerufen, und die Fürsprache seines Freundes hatte geholfen: Kirill konnte bleiben. Vom Komsomol erhielt er einen strengen Verweis. Ich veranlaßte ihn, Njura 120 Rubel in das Krankenhaus Muraschkowo zu bringen und von ihr eine Quittung dafür zu verlangen, während die Ikone im Schoß der Staatsorgane der Stunde harrte, da sie auf dem Tisch als Beweisstück erscheinen würde. Darum ging es aber nicht. Darum ging es ganz und gar nicht! Als alles vorbei war, kam der Überdruß. Daran lag es. Rita und ich zankten uns nicht mehr, wir tauschten einfach unsere Meinungen aus. Sie sagte: »Wenn drei Egoisten zusammenleben, kann nichts Gutes rauskommen.« – »Ja, aber für jeden Egoisten gibt es einen Ausweg«, sagte ich. »Man muß einen guten Menschen finden, der einem alles verzeiht.« – »Es ist recht langwierig, einen guten Menschen zu suchen. Ich bin müde. Bin eine alte Frau.« – »Na wennschon, ein Interessent für dich wird sich schon finden.« So unterhielten wir uns beim Frühstück. Kirill saß dabei und las Zeitung.

Am Morgen brachte mir Atabaly einen Topf Milch. Ich lag noch, ganz zerschlagen nach der schlaflosen Nacht. Allen Anzeichen nach war mein Blutdruck rapide gestiegen. Vielleicht kam das von dem bevorstehenden Witterungsumschlag – entweder würde es kalt oder noch heißer werden –, vielleicht aber war ich überarbeitet, war das Gehirn ermüdet, und ich brauchte eine Pause. Ich bat Atabaly, Valja, die Krankenschwester, zu schicken, falls sie noch nicht zur Arbeit gegangen wäre, sie sollte meinen Blutdruck messen.
Da erfuhr ich etwas Neues: Valja war Atabalys Ziehtochter. Fünfundvierzig hatten sie sie, damals dreijährig, aus einem Kinderheim zu sich genommen. Ihre Eltern waren nicht bekannt, man wußte nur, daß sie aus der Ukraine stammte. Valja kam sofort mit ihrem Gerät angelaufen. Ein gutes Mädchen! Um mich stand's nicht sonderlich schlimm: 140 zu 95. Ich wurde wieder munterer, brummte sogar ein paar abgedroschene Redensarten wie: »Valja, Ihre bloße Anwesenheit bewirkt sozusagen . . .« Ihr Kittel roch leicht nach Karbol, ihre Hände aber, die mich berührten, als sie den Hemdsärmel aufrollte und mir die Manschette umschnallte, und ihr zu mir gebeugtes Gesicht mit dem Ausdruck stärkster, kindlicher Konzentration – als wäre das Spiel und nicht Arbeit – dufteten nach frischem Körper, und ich mußte daran denken, daß ich mir noch vor drei Jahren die Gelegenheit nicht hätte entgehen lassen, mit ihr anzubändeln, daß mich allein die Nähe der jungen Frau erregt hätte, während jetzt nichts als Angst in mir steckte.
»Sie müssen liegen«, sagte Valja mit strenger Miene. »Der untere Wert, die 95, ist hoch.«
»Was Sie nicht sagen! Für mich sind das ausgezeichnete Werte. Mir geht's so gut, daß ich sogar hübschen Mädchen den Hof machen möchte.« Als sie aufstand, ergriff ich ihre Hand, und sie setzte sich wieder. Ich sah sie erröten. Mit der einen Hand hielt

ich ihr Handgelenk umfaßt, die andere legte ich wie unbeabsichtigt auf ihr Knie. Sie hätte meine Tochter sein können: etwa zwanzig Jahre trennten uns. Sie war so alt wie mein Sohn aus erster Ehe.
»Schöne Augen haben Sie«, sagte ich. »Schöne blaue.«
»Heut abend bringe ich Ihnen ein Medikament«, sagte sie sachlich. »Was soll ich bringen, Reserpin oder Raunatin?«
»Ganz egal, Hauptsache, Sie bringen was.«
Mit der gleichen sachlichen Miene stand sie auf, ging über die kleine Terrasse in den Park, und als sie unter meinem Fenster vorbeikam, schaute sie herauf zu mir, lächelte und sagte, mit dem Finger drohend: »Und ja nicht aufstehen!«
Ich blieb eine Zeitlang liegen, sah durch das offene Fenster, wo hinter dem Grün der Tag anbrach, und dachte an Valja, daran, wie geschickt und flink sie mit dem Gerät hantierte, und auch daran, was wohl wäre, wenn ich ein solches Wesen um mich hätte. Was brauchte ich dann noch? Komisch, daß in der Nacht dieser häßliche Zwerg Nasar bei ihr eindringen wollte. Plötzlich mußte ich an meine erste Frau Vera denken. Mit ihr war es zwei Monate gut gegangen, sie war auch so stämmig und blauäugig gewesen, hatte den gleichen kräftigen Körpergeruch und hatte in der Studentenmannschaft Handball gespielt. Dann aber zeigte sich, daß sie klare und simple Dinge einfach nicht verstand, es war lästig, ihr immmer wieder alles zu erklären, und besser zu schweigen, und so schwiegen wir morgens, mittags und abends, ob wir uns zu Bett legten oder in der Bahn in einem Zweipersonenabteil fuhren. Und wir trennten uns genauso ruhig, ohne ein Wort zuviel, wie in unserem zweijährigen Zusammenleben. Wir hatten kein Gesprächsthema. Rita kam mir dagegen wie Scheherezade vor. In den ersten Jahren unterhielten wir uns nächtelang: Wir sprachen über Bekannte, Verwandte, Bücher und Filme, phantasierten, diskutierten über Gott weiß was. Auf Ritas Arbeitsstelle passierte ständig irgendwas, loderten die Leidenschaften, und Rita erzählte mir das alles erregt und imitierte dabei die Personen; ich mußte ihr Ratschläge erteilen, mußte Urteile fällen und mitfühlen. Das Wichtigste an Rita bei all ihren Vorzügen und Absonderlichkeiten aber war – sie begriff, wer ich war, was in mir steckte und was ich geworden war. Sogar am letzten Tag, als es wegen des Mietschecks zum Streit gekommen war und Rita sagte, ich sei wie der Professor Serebrjakow bei Tschechow, ihr Leben lang hätte

sie *auf etwas in mir* gehofft, aber nichts sei daraus geworden, ich sei eine taube Nuß, ein Professor Serebrjakow, nahm ich das hin, ohne in die Luft zu gehen, weil in ihren Worten Schmerz lag, echter Schmerz, den ich mitfühlte. Professor Serebrjakow ist auch ein Mensch, warum ihn so verachten? Er ist kein Verbrecher, kein sexueller Psychopath, er wollte leben, liebte die Frau auf seine Weise, so gut er konnte, und tat jahrein, jahraus unermüdlich nur das eine – er schrieb, schrieb, schrieb, schrieb, schrieb. Genau wie ich. Aber man kann den Menschen doch nicht zum Vorwurf machen, daß sie keine Lew Tolstois sind, keine Spencers. Das alles sagte ich ihr nicht, als sie mir den Professor Serebrjakow an den Kopf warf, weil es keinen Sinn gehabt hätte: Die Entscheidung war herangereift. An dem Tag lag mir ein blödes Verspaar auf der Zunge, das ich selbst ausgedacht hatte. Ich mag solche blöden Verspaare wie: Der eine durch die Wälder rast, der andre macht im Walde Rast. Rita ärgerte sich stets darüber: »Vergeudest deine grauen Zellen . . .« Sie konnte nicht begreifen, daß das für einen Menschen, der sich sein Leben lang mit Wortspielen befaßt, so etwas wie Lockerungstraining ist.
Am Morgen also gab es Krach wegen der Mietüberweisung, die ich vergessen hatte; Rita war daraufhin in der Wohnungsverwaltung irgendeine Bescheinigung verwehrt worden, und sie kam empört zurück. Ich schritt auf und ab und murmelte: »Im Hause des Gehenkten spricht man nicht vom Strick, im Hause des Beschränkten spricht man nicht vom Scheck.« Mit diesem Verspaar zahlte ich ihr den Professor Serebrjakow heim. Als Kirill das im Nebenzimmer hörte, schrie er belustigt: »Wie war das? Papi, sag's doch noch mal!« Nach einiger Zeit teilte ich ihnen meinen Entschluß mit. Der Koffer war gepackt. Sie schienen meine Worte nicht ernst zu nehmen, und auch ich selbst traute meinen eigenen Worten nicht recht. Rita bemerkte giftig, aber ruhig: »Aha, jetzt wird mir klar, warum die Miete noch nicht überwiesen ist.« – »Nein«, antwortete ich, ebenfalls ruhig. »Ich habe es einfach vergessen. Die Miete wird künftig rechtzeitig eingezahlt werden.« Sie glaubten mir noch immer nicht. Ich glaubte mir auch nicht. Kirill sah mich an und lächelte irgendwie schief und herablassend. Doch ich verabschiedete mich und nahm meinen Koffer. Am Taxistand, wo, wie immer um diese Zeit, eine Schlange stand, fröstelte ich im Regenmantel. Es war kalt, als wäre nicht schon März, sondern erst

Februar. Im Taxi unterwegs zum Hotel Warszawa, wo Mansur abgestiegen war, hatte ich vor mich hin gemurmelt: »Im Hause des Gehenkten spricht man nicht vom Strick, im Hause des Beschränkten spricht man nicht vom Scheck ...«

Trotz allem boten mir die Gedanken an Valja einen gewissen Trost, mir fiel plötzlich ein, daß es bis zum Ende noch recht weit sei, und ich beschloß, an diesem Tag nicht zu arbeiten, dem Kopf eine Erholung zu gönnen. Ich ging in den Park. Der Weg war weich von Akazienblüten, die an den Schuhen kleben blieben, die Luft war schwül, und das deutete auf noch größere Hitze hin; in der Stadt mochten es jetzt 40 Grad sein.
Ich schlenderte tief in den Park hinein, wo ein Weinberg angelegt war und vom Weinberg aus ein in den Felsen gehauener Pfad bergan führte. Mir war heiß, obwohl ich im Schatten wandelte: zuerst unter dem Gewölbe alter, etwa hundertfünfzigjähriger Platanen, umschlossen von fließender Dunkelheit, umgeben von ödem Boden, alles lag da wie von einer Riesenfaust erdrückt; später unter hohen Apfel- und Birnbäumen, im Schatten von Akazien und Ahorn. Atabaly sagte, in diesem Jahr werde es wenig Obst geben, wegen einer Blattlausinvasion. Jetzt klebten winzige schwarze Fliegen an den weißgekalkten Stämmen und Häuserwänden, sie bevorzugten das Weiße. Mein weißes Hemd war übervoll von schwarzen Pünktchen, wischte man darüber, blieben Spuren zurück. Der Winter sei warm und schneelos gewesen, sagte Atabaly, und das ganze Geschmeiß nicht ausgefroren.
Wir saßen auf einer Steinbank am Fuße des Bergpfades und plauderten. Er sagte, Mansur habe angerufen, er komme heute. Er habe gebeten, die Sauna zu heizen. Und er bringe Genossen Mergenow mit.
»Atabaly, wie viele Kinder haben Sie eigentlich?« fragte ich.
»Oh, viele. Elf.«
»Und wie viele hatten Sie, als Sie Valja aus dem Kinderheim zu sich nahmen?«
»Drei. Wenig.« Er lachte. »Wären es damals schon so viele gewesen, hätten wir sie nicht genommen.«
Seiner Miene, seinem Lächeln – zwischen den trockenen bräunlichen Lippen blitzten bläulichweiße Prachtzähne – konnte ich entnehmen, daß sie Valja trotzdem genommen hätten. Er beklagte sich: »Mit den Kleinen hat man Sorgen und mit den

Großen auch. Vier der älteren Töchter sind verheiratet, leben für sich, aber jede hat so ihre Probleme, braucht Hilfe. Die eine ist krank, die andere will arbeiten, und ihr Mann läßt sie nicht, die dritte hat ein kränkliches Kind, es ist voller Schorf, und keiner weiß, wie man das heilen kann. Valja hatte einen Osseten geheiratet, der als Büfettier in Tochir arbeitete, aber sie konnten nicht miteinander auskommen, er war eifersüchtig, schlug sie viehisch, sperrte sie ein, und deshalb trennten sie sich wieder, und er fuhr nach Bacharden. Geweint hat er und gesagt: ›Ich kann mit dir nicht leben, eines Tages würde ich dir die Gurgel durchschneiden, besser, ich fahre weg.‹ Jetzt hängen sich alle möglichen Kerle an sie und sagen: ›Geh doch mit mir!‹ Aber sie kümmert sich nicht um sie. Sie ist ein gutes Mädchen, ist wie eine Turkmenin erzogen. Sie beachtet die Kerle nicht. Als Nasarka nachts klopfte und sie heiraten wollte, drei Kilo Konfekt hatte er für sie gekauft, hat sie gesagt: ›Jag ihn weg, Vater, diesen Filou, diesen Teufel, mit deinem Besen!‹ Sie liebt Mischka, den Osseten. Was tun, wenn sie nicht miteinander leben können? Auch Genosse Mansur Geldijewitsch bittet jedesmal, wenn er hierherkommt: ›Valja soll mir das Bettzeug bringen!‹ Sie bringt es, bitte sehr, aber mehr nicht. Weil es nicht geht. Genosse Mansur Geldijewitsch ist ärgerlich geworden. ›Warum‹, sagt er, ›steht auf dem Gelände der Kulturdatsche so eine elende Bauernkate, wo dauernd Kinder rumlungern und Lumpen auf der Leine hängen? Du hast‹, sagte er, ›eine zu große Familie. Kein schöner Anblick für die Gäste. Sie wollen sich erholen, und deine Kinder plärren, und die Ziegen rennen hier rum wie in einem Zeltdorf.‹«
Aber ohne Ziegen und ohne Kuh kann Atabaly nicht sein, da bekäme er die Kinder nicht satt.
Eigentlich hätte er weiterarbeiten müssen, aber er setzte sich immer, wenn er mich traf, für geraume Zeit hin und redete und redete. Gewöhnlich unterbrach ich seinen Redefluß mit einem halb fragenden »Na wie ist's, wollen wir wieder?« – »Na ja!« Er nickte bereitwillig und lächelte. »Die Arbeit liebt Esel!« Und wir trennten uns: Er ging zu seinen Häufelhacken, zu seinen Beeten und ich ins Haus an meinen Tisch. Da ich heute aber beschlossen hatte, eine Pause einzulegen, unterbrach ich ihn nicht. Ich weiß nicht, warum sich alle gern mit mir unterhalten. Sicherlich, weil ich geduldig bin. Sie reden, ich aber nicke und denke an eigenes. Wie ich ihm jetzt so zuhörte, dachte ich:

Tolstoi hat nur zur Hälfte recht, es stimmt zwar, daß alle glücklichen Familien einander gleichen, aber du lieber Gott, auch jede unglückliche Familie ist unglücklich auf ihre Art.
Auch er erzählte solch eine Standardgeschichte: Ehemann, Liebhaber, Schwiegermutter ... Egoismus? Mangel an Liebe ist das. Alles Unglück geht auf diese einförmige Ursache zurück. Kann aber ein Mensch, der elf Kinder hat, ein Egoist sein? Das ist doch undenkbar! Trotz aller möglichen angeborenen Eigenschaften wäre das unerfüllbar.
Atabaly erzählte wieder von Kühen. Zu gern erinnert er sich an die Kühe und wie schwierig es war, sie unter »Gel« – gemeint ist Mansur Geldijewitsch –, dem glatzköpfigen Chef, zu halten. Fünf Jahre lag das zurück, aber er konnte es nicht vergessen. Wir verbrachten damals unseren Urlaub in der Nähe von Odessa. Auch die Arutjunjans waren da mit ihrem Wagen.
»Gel« hatte befohlen, aber Atabaly war von den Milizionären, die ihn kannten, gewarnt worden: »Morgen kommen wir, macht mit ihr, was ihr wollt, treibt sie fort oder schlachtet sie.« Zwei Monate versteckten sie die Kuh in einer Schlucht. Das Gras für sie schleppten sie auf dem Buckel fünf Kilometer in die Berge. Eine Haltestelle mit dem Autobus, und dann bergauf. Sie brachten sie durch. Dann verschwand »Gel« wieder, Allah sei Dank. Soso, höchst interessant. Arutjunjan spazierte in wollenen Badehosen mit weißem Gürtel am Strand entlang und sagte: »Ein irreversibler Prozeß ...« Rita und Arutjunjans Frau waren nach Odessa auf den Trödelmarkt gefahren und hatten dort allen möglichen Krimskrams gekauft. Wenn ich mindestens vier Kinder hätte, wenn Rita arbeiten ginge und wir eine Kuh hielten – was wär ich doch für ein bemerkenswerter Mann! Sobald Mansur eintrifft, setz ich ihm das Messer auf die Brust: Soll er mir 300 Rubel vorschießen, das läßt sich doch später mit dem Verlag verrechnen. Er soll sich was schämen. Wo er weiß, daß ich ohne eine Kopeke dasitze und Geld nach Moskau schicken muß, tut er, als gehe ihn das nichts an.
»Mansur wollte euch also rausschmeißen?«
Es war angenehm, über Mansur etwas Nachteiliges zu hören. Er ist mein Freund, hilft mir mein Leben lang aus der Patsche, gibt mir Arbeit, aber von Zeit zu Zeit hasse ich ihn. Mansur ist kein führender Dichter, die hiesigen Schriftsteller nehmen ihn nicht für voll, aber er ist erstaunlich clever und versteht es, sein Schäfchen ins trockene zu bringen.

»Mansur Geldijewitsch kam für zwei Tage, Sonnabend, Sonntag, und wieder bat er: ›Valja soll mir das Bettzeug bringen!‹ Am nächsten Morgen lief er mit bösem Gesicht herum. Deine Küche, sagte er, verstänkert das ganze Gelände, du mußt ein für allemal von hier verschwinden. Im Kreissowjet aber hat man mir gesagt: ›Jasgül ist eine Heldenmutter, niemand wird euch rausschmeißen, mach dir keine Sorgen‹ ... Hahaha!« Er lachte, und seine Zähne blitzten. Dann schleppte er wieder Saksaulgestrüpp. Ich begriff, daß sein Leben ungewöhnlich schwer war, nahezu ideal in diesem Sinne, und daß er ein glücklicher Mensch war. Gegen fünf, als die Hitze nachgelassen hatte, ging ich in die Teestube Mittag essen. Der kleine Nasar stand am Eingang auf der Streintreppe und sprach herablassend mit einem buckligen Männchen, dessen gelangweiltes, intelligent wirkendes Gesicht ein schwarzer Spitzbart und ein Schnurrbart zierten. Das Gesicht des Buckligen erinnerte an irgendeinen spanischen König. Als ich meinen Plow aufgegessen und eine Tasse Tee getrunken hatte und nach einer Viertelstunde die Teestube wieder verließ, stritten sich Nasar und der Bucklige, und alles deutete auf eine Schlägerei hin. Schaulustige standen um sie herum. Einige hatten sich hingehockt, um in aller Bequemlichkeit zusehen zu können. Man sagte mir, der Bucklige sei ein Kurde namens Sascha, auch ein großer Raufbold. Urplötzlich versetzte Nasar Sascha einen Stoß, und der fiel zu Boden. Die Zuschauer machten »Ooohh ...«, und ich erinnerte mich, daß Atabaly gesagt hatte: »Von Nasars Schlag fällt man wie vom Esel.« Der Zwerg Nasar beschäftigte mich. Vielleicht weil er Valja heiraten wollte und deshalb drei Kilo Konfekt gekauft hatte. Ich musterte ihn: Er trug ein billiges geblümtes Baumwollhemd über der Satinhose, dunkelrote Baumwollsocken und Kunstledersandalen. Er stieg die Stufen hinauf und nahm wieder seinen Platz am Eingang zur Teestube ein. Seine Augen, die uns alle von dort oben musterten, blitzten leidenschaftlich.
»Warum prügeln die sich?« erkundigte ich mich bei einem Burschen.
»Ach, die haben nichts zu tun«, sagte der Bursche verächtlich. »Die will keinen von beiden. Und das hat er ihm gesagt. Na, und da sind sie sich in die Haare geraten.«
Niemand hatte bemerkt, wie Sascha, ein Messer in der Hand, wieder aufgetaucht war, jetzt wankte er zur Teestubentreppe, die Leute wichen jäh zurück, Nasar aber stand reglos da und

schaute den Buckligen an. Dann schlüpfte er zur Tür hinein und kehrte kurz darauf zurück, ein riesiges Küchenbeil in den Händen. Die Leute lachten. Nasar stand aufgeplustert oben auf der Treppe, hatte seine kräftigen Gnomenbeine leicht gespreizt und hielt das Küchenbeil wie eine Hellebarde. Sascha spuckte aus, winkte ab und trollte sich. Alles brach in schallendes Gelächter aus. Da fuhr vor der Teestube klappernd ein Auto vor, der Schlag öffnete sich, und ich sah meinen Freund Mansur in weißem Anzug und mit weißem Strohhut.
»Salam! Salam!« Mansur erklomm die Stufen, winkte huldvoll und nickte den lachenden Leuten zu. Nasar riß die Augen weit auf und brüllte: »Genosse Mansur Geldijewitsch – hurra!«
Mich bemerkte Mansur nicht. Ich wartete, bis er herauskam. Auf dem Rücksitz im Wagen saß noch jemand. Kurz darauf erschien Mansur wieder, drei Flaschen Kognak im Einkaufsnetz.
»Hab vergessen aufzutanken«, sagte er zu den Leuten an der Treppe. »Der Motor will nicht mehr . . . tsss!« Wie gewöhnlich lachte er nicht, sondern kicherte zischelnd. Dem Zischeln nach zu urteilen, war er bester Laune, war seine Verdauung in Ordnung, stand es gut um seine Angelegenheiten, und die Zukunftsaussichten waren noch besser.
Da erblickte er mich, ließ mich einsteigen, und wir rollten auf der schattigen Straße 500 Meter bergan. Kein Telegramm. Niemand hatte angerufen. Mit Mansur war ein Riese von Mann namens Mergenow gekommen, der Leiter der Restaurant- und Gaststättenvereinigung, ein Freund Mansurs: Am Sonntag sollte das »Tschynar« seine Pforten öffnen, und Genosse Mergenow war gekommen, um persönlich daran teilzunehmen. Als er aus dem Wagen stieg und sich aufrichtete, sah ich einen Hünen. Er war mindestens 2 Meter groß, den dicken Bauch umspannte eine Leinenhose von etwa Größe 64, er hatte riesige Pranken und dazu einen kleinen spiegelblanken Kopf, der in der Sonne wie ein bräunliches Ei schimmerte und mit seinen glatten Wangen und dem großen Mund an den Kopf eines Riesenbabys erinnerte. Genosse Mergenow hätte im Kindertheater den Ölgötzen spielen können. Wie sich bald herausstellte, war er ein überaus reizender und lieber Mensch. Gleich nach dem Essen legte er sich hin, während sich Mansur zwei Kapitel seines Poems »Goldglöckchen« anhörte – alle zwölf Kapitel anzuhören, hatte er nicht Zeit, das verschoben wir auf den Abend – und

dann ins »Raduga« lief, ins Erholungsheim des Ministeriums, wo jemand Urlaub machte, den er brauchte. Ich war nicht gekränkt, weil Mansur keine Zeit hatte, sein eigenes Poem in meiner Nachdichtung anzuhören, diesen Haufen Zeilen, die meine Anfälle von Atemnot, meine Lösungen, meine Erfindungen, mein ausgelaugtes Gehirn enthielten. Das lag in der Natur der Dinge. Das war ich gewohnt. Etwas anderes brachte mich auf. Als ich sagte: »In Ordnung, geh, aber wie steht's mit Geld?«, warf er schon im Gehen hin: »Paß auf, wenn wir fertig sind, sprechen wir darüber ...«
Da hakte es bei mir aus. Von wegen – eine Taktlosigkeit: Einen wegen Geld belästigen. Wie 'ne Ohrfeige war das. Ich schrie: »Was heißt ›sprechen wir darüber‹? Du hast für heute das Geld versprochen! Der Teufel soll euch alle holen!« brüllte ich wie von Sinnen. »Kannst du dir vorstellen, in welcher Lage ich bin? Ich muß was nach Moskau schicken! Gerade jetzt darf ich mich damit nicht verspäten! Unsere freundschaftlichen Beziehungen haben dich verwöhnt! Schließlich bin ich ein erstrangiger Nachdichter! Man reißt sich um mich, rennt mir das Haus ein! Begreifst du das?«
»Ich versteh schon, verstehe, großer Meister.« Mansur nickte, die Ruhe selbst. »Du bist ein großer Mann, ich weiß ... schimpf nicht mit uns kleinen Leuten ...«
»Laß das Getue!«
»Hör mal, schrei nicht, wir schaukeln das schon. Hier, nimm einstweilen.« Er hielt mir einen Fünfundzwanzigrubelschein hin. »Ich hab zu Hause die Handwerker, wir stehen selber ohne Geld da. Am Montag gehen wir ... machen Druck dahinter, es wird schon klappen ...«
»Nein, am Montag wirst du mir einen Flugschein kaufen! Einen Dreck bleib ich hier!«
Der Fünfundzwanzigrubelschein flatterte zu Boden. Mansur ging, gestikulierte beschwichtigend, als habe er es mit einem Kranken zu tun, nickte und zwinkerte und wußte dabei nur zu gut, daß alles gut enden würde: Ich würde nicht abreisen, bevor er mich nicht völlig ausgepreßt hatte. Schließlich saß *ich* in der Falle. Und alle Bewegungen, die ich scheinbar unbehindert vollführte, waren in Wirklichkeit die Bewegungen eines gefangenen Wesens, das sich nur im Umkreis seines eigenen Schwanzes rühren konnte. Ich hob den Fünfundzwanzigrubelschein auf und legte ihn auf den Tisch. Dann packte ich mich aufs Bett,

schob mir eine Tablette Validol unter die Zunge – das Herz schmerzte – und blieb mit geschlossenen Augen eine Stunde oder auch anderthalb liegen.
Ein Sonnenstrahl kroch ins Zimmer. Also brach der Abend an. Hinter der Zwischenwand knarrte das Bett – der Riese erwachte, seufzte wie eine Trompete, schnaufte, sagte: »Ojoijoijoi ...«, wieder knarrte das Bett, schwere Schritte stampften, die Tür schlug zu. Jetzt, in der absoluten Stille und Einsamkeit begriff ich, daß es zu der ekelhaften Brüllerei wegen des Geldes gar nicht des Geldes wegen gekommen war. Ich hatte immerhin auf eine Nachricht gehofft. Ich hatte gehofft, sie nicht. Dieses Schweigen ist unnatürlich, selbst wenn alles vorbei ist, weil, wenn einer plötzlich im Morgengrauen anruft und sagt, er sei krank, selbst wenn's ein Fremder, ein Exverwandter ist, man schon ein Vieh sein muß, um stur neun Tage lang zu schweigen. Hatte Kirka nicht mal gedroht: »Na schön, ich hau ab, aber dann kriegst du'n Infarkt. Weil ich ohne dich leben kann, du aber nicht ohne mich.« Dieser Dreckskerl hatte die Wahrheit gesagt. Dort muß was passiert sein. Hol's der Teufel, ich ruf an.
Ich lief im Zimmer auf und ab und murmelte vor mich hin: »Im Haus des Beschränkten spricht man nicht vom Scheck, im Hause des Gehenkten ...« Mir wurde leichter, weil ich einen Entschluß gefaßt hatte. Da kam Valja. Ich hatte ganz vergessen, daß sie mir ein Medikament bringen wollte. Ich setzte mich aufs Bett an den Tisch. Sie maß den Blutdruck. Er war ein wenig gestiegen: 150 zu 100. Aha, bald Feierabend. Das hat man von der Aufregung! »Haben Sie heute gearbeitet?« fragte Valja.
»Gefaulenzt habe ich.«
»Sind Sie rausgegangen? Spazieren gewesen?«
»Ein Weilchen.«
Valja runzelte die Stirn, schaute mich gespannt an, und man merkte, wie sie ihre wenigen Kenntnisse über Hypertonie und Herzkrankheiten zusammensuchte. Sie war nicht im Kittel, sondern in schmucker weißer Bluse und eng anliegender blauer Nylonhose. Mußte ganz schön heiß sein in der Hose. Dafür aber war sie elegant. Ich bemerkte, daß sie auch eine andere Frisur hatte als am Morgen.
»Haben Sie was vor?« fragte ich. »Wollen Sie ins Kino?«
»Nein, ich bleibe heute zu Hause.«
Sie saß da, ein blaues Bein übers andere geschlagen, aber ich

empfand nicht das geringste Verlangen, ihre Knie zu berühren oder ihre Hand zu nehmen wie am Morgen. Sie legte das Reserpin auf den Tisch, steckte das Gerät weg, ging aber noch nicht. Ich wußte selbst nicht, was ich wollte: Sollte sie gehen oder bleiben? Ein Gesprächsthema hatten wir nicht. Sie schwieg, ich schwieg auch. Das Schweigespiel paßte genau zu ihrem Alter. Ich dachte: Heute kann ich nicht mehr anrufen, die Post hat nur bis fünf offen. Dann morgen früh. Kein langes Gerede. Alle gesund? Ausgezeichnet. Und den Hörer auflegen. Vieles gibt's nicht mehr in meinem Leben, aber Ordnung muß sein.

»Tja ...«, unterbrach ich das Schweigen. »Übrigens, Valja, heute hab ich Ihren Kavalier gesehen.«

»Welchen Kavalier denn?«

»Na, den Kleinen. Der nachts mit Konfekt zu Ihnen wollte.«

»Ach so. Nasar.« Sie lachte, und ihr Gesicht lebte plötzlich auf und wurde lieb. »Er ist ein Säufer, alle halten ihn frei, den armen Teufel, und alle Tage torkelt er herum. Dabei dürfte er gar nicht trinken. Sein Gesundheitszustand erlaubt das nicht. Hat sich erst vor kurzem zwei Rippen gebrochen, als er durch die Fensterklappe in sein Zimmer gekrochen ist; hatte den Schlüssel verloren. Ins Krankenhaus haben wir ihn gebracht. Ist 'ne richtige Waise, haust mutterseelenallein wie ein herrenloser Hund. Mitleid hab ich mit ihm, ich dumme Gans, und der hat sich Tatsache eingebildet ...«

»Was denn?« fragte ich gähnend, die Atemnot setzte ein wie jeden Abend, wenn ich übermüdet war. Dabei hatte ich heute nicht mal gearbeitet. »Er will Sie heiraten?«

»Heiraten nicht, bloß beschützen. ›Wenn dich einer kränkt‹, meint er, ›sag's mir, ich hau ihn zusammen.‹ Zum Totlachen!«

»Ah!« Ich konnte nicht richtig durchatmen. »Na, und Sie ... wollen nicht?«

Sie schwieg und sah zu, wie meine Lippen nach Luft schnappten. Nachdem ich mich schließlich beruhigt hatte und aufatmete, sagte sie leise: »Ich mit so einem Teufel als Beschützer? Seltsam, wie Sie reden. Ich kann mich immer noch selber schützen.«

Sie saß noch ein Weilchen und ging dann.

Kurz darauf stürzte Mansur herein und schleppte mich ins Nachbarhäuschen, wo Genosse Mergenow und die Mitarbeiter des Restaurants den Vorabend des festlichen Ereignisses – Sai-

soneröffnung im »Tschynar« – feierten. Was geht's mich an? Alle wollten mich sehen. Unverzüglich. Tot oder lebendig. Befehl von Genossen Mergenow. Mansur war sichtlich betrunken, klopfte mir auf die Schulter und schrie: »Mein Gebieter! Wer sind Sie, und wer bin ich?« Er schnitt eine schreckliche Grimasse, kniff die Augen zusammen, verzog den Mund, zeigte, welch ein Nichts er sei: Zwischen zwei Fingern hielt er mir eine unsichtbare Mücke unter die Nase. Seine üblichen Blödeleien. Das war ich gewohnt. Trotzdem, wenn's drauf ankam, half er mir aus der Klemme. Das war's ja gerade: Trotz allem war er ein guter Kerl. Ich kenne ihn seit hundert Jahren, Tatsache. Bei Gott, er ist besser als viele, viel besser, was gibt's da zu reden! Alle waren dort angeheitert: Genosse Mergenow, zwei ältere glatzköpfige Männer, die einander ähnelten wie Brüder – der Restaurantdirektor und sein Stellvertreter –, und drei Kellnerinnen, die sich, als ich eintrat, gerade ausschütteten vor Lachen, und schließlich der Ehemann einer Kellnerin, ein Hauptmann mit den Schulterstücken der Nachrichtentruppen. Der Hauptmann beugte sich zu mir und krächzte mir ins Ohr: »Dreizehn Jahre bin ich schon unter diesen lieben Leuten . . .« Allem Anschein nach war das hier der Abschluß eines ausgedehnten Mahles. Da kam Nasar. Alle riefen: »Hurra, Nasar!« Der Knirps arbeitete jeden Sonntag als Portier und Rausschmeißer im »Tschynar«. Das waren die besten Monate seines Lebens.
»Nasar, sieh zu, daß du Valja findest! Sag, Mansur Geldijewitsch lasse sie bitten, es gibt Sekt und Kaninchenbraten . . .«
Nasar eilte davon, kam aber allein zurück. Warum will sie nicht kommen? Was heißt, sie will nicht? Sag, Mansur Geldijewitsch ist krank geworden, hat einen Herzanfall. Braucht Hilfe! Und dann ließ er sich aufs Bett fallen, daß alles erbebte, fächelte sich mit einem Handtuch Luft zu und schrie: »Oh, gleich sterb ich! Schnell einen Arzt! Ich will einen Arzt!«
Genosse Mergenow und die beiden Direktoren wieherten, die Kellnerinnen sangen, ich leerte ein Glas Kognak, dann noch eins, und ging. Es war ganz dunkel geworden. Ich fühlte mich ausgezeichnet, konnte leicht atmen, aber ich freute mich nicht. In der vorigen Nacht hatte ich eine unklare nächtliche Freude empfunden, heute aber nichts, völlige Leere. Am liebsten hätte ich alles hingeschmissen und wäre irgendwohin verschwunden. Über die Berge nach Norden. Dort, hinter den Bergen, gab es

Wüsten, Steppen, Wälder, Kühle. Ich bin krank. Wäre ich gesund, hätte ich Lust weiterzuleben. Ich wußte nichts mit mir anzufangen. So strich ich kreuz und quer durch den nächtlichen Park, kam bis zum Weinberg, von dort kehrte ich auf der Straße, an den persischen Häusern vorbei, zurück in mein Zimmer. Ich legte mich angekleidet aufs Bett. Etwa zwanzig Minuten hörte ich noch Gesang und Gegröle, dann wurde es still. Ich vernahm leichte Laufschritte unter meinem Fenster, die Tür öffnete sich, und geräuschlos glitt Valja ins Zimmer. Flüsternd fragte sie: »Darf ich? Ich bin's. Schlafen Sie schon?« Sie lachte leise, doch ohne jede Verlegenheit, erregt wie eine Verschwörerin. »Darf ich mich hier verstecken?«
»Klar. Wovor denn verstecken?«
»Na, vor Mansur Geldijewitsch. Er rennt hinter mir her. Morgen wird er mich um Verzeihung bitten, aber heute weiß er nicht mehr, was er tut. Und Nasar droht ihn umzubringen, der Dummkopf.«
Irgendwo draußen wurde geschrien. Hoch und durchdringend, wie bei einer Schlägerei oder einem Krawall. Wir lauschten, aber es war nichts zu verstehen.
»Als ob Vater schreit«, sagte Valja und fragte: »Darf ich das Licht ausmachen? Sonst sehen sie es und kommen angelaufen.«
»Haben Sie bloß keine Angst. Na schön, machen Sie aus.«
»Ich mach's nachher wieder an.«
Der Schalter der Tischlampe knackte. Im Fenster zeichneten sich Sterne ab. Was sollte man im Dunkeln beginnen? Wir plauderten über dies und das. Sie erzählte von ihrem Vater, von der Mutter, daß vor drei Jahren ihre richtige Mutter aufgetaucht sei, sie wohne in Grigorowka, einem Dorf im Gebiet Tschernigow, Valja sei hingefahren, die Mutter habe sie angefleht, bei ihr zu bleiben – dort sei es wunderschön, ein großer Fluß sei da, sie lebten gut, Mutters Mann, nicht Valjas Vater, sondern ihr Stiefvater, arbeite als Tierarzt, sie hätten einen eigenen »Pobeda«, die Mutter sei krank, habe geschwollene Beine, könne kaum noch den Haushalt versorgen –, und eigentlich hätte sie bleiben müssen und ihr helfen, aber sie habe es nicht fertiggebracht, ihre Angehörigen hier in Tochir im Stich zu lassen. Mutter Jasgül habe sehr geweint, als sie erfahren habe, daß sich die leibliche Mutter angefunden hatte. Die sei insgeheim hergekommen, habe Valja ausfindig gemacht und ihr dann post-

lagernd Geld geschickt, damit sie nach Grigorowka komme. Gewiß sei sie eine gute Frau. Bloß habe sie bis jetzt ohne sie gelebt. Nahe steht einem, wer einem Gutes tut. Und wieviel Gutes hatten Vater und Mutter Jasgül Valja getan! Sie habe die Schule absolviert, sei jeden Sommer im Pionierlager gewesen, dann auf dem Krankenschwesternlehrgang, dann hätten sie die Hochzeit mit Mischka im »Tschynar« für fünfundvierzig Personen ausgerichtet. Immer wieder hätten sie Mischka und sie ausgesöhnt. Was tun, wenn's so gekommen ist. Auch ich erzählte von meinem Leben. Vieles wußte sie schon vom Vater: Ich hatte schon manchen Quatsch geredet. »Sie sind doch nicht alt«, sagte Valja. »Was für ein Alter haben Sie schon?«
»Ich bin alt, doch, doch«, sagte ich. »Ich weiß es.«
»Ach, gehen Sie! In Sie werden sich noch die Mädchen verlieben.«
»Alt bin ich, weil . . . Verstehen Sie, Valja, Ihr Vater ist Gärtner, Ihr Stiefvater Tierarzt. Sie sind Krankenschwester, ich aber bin mein Leben lang wo raufgekraxelt, immerzu. Alt ist man, wenn man zu müde ist weiterzukraxeln. Alles Stuß, verstehen Sie?«
Das war nicht zu verstehen, aber sie verstand.
Ich spürte, wie ihre Finger meine Hand fanden und sie leicht drückten. Es war ein schüchterner Timurscher Händedruck: So muntern junge Pioniere einsame Greise auf, wenn sie sie nachmittags nach der Schule besuchen. »Wissen Sie was?« fragte sie. »Seien Sie nicht traurig. Alles wird wieder gut. Die Hypertonie, ach was, ist nur ein Klacks.«
»So traurig bin ich ja nun auch nicht.«
»Seien Sie überhaupt nicht traurig! Ihr Sohn liebt Sie, und Ihre Frau liebt Sie auch. Was sollen sie ohne Sie anfangen? Das Leben ist nun mal so. Mischka und ich, wir haben uns getrennt, und wissen Sie . . .« Gut, daß es dunkel war. Mir wurde ganz anders.
»Was?« frage ich.
»Wie kann ich denn von hier weggehen, wo er doch hier ist, in Bacharden. Ich renn ja sowieso wieder zu ihm, oder nicht?«
Wie gut, daß es stockfinstere Nacht war und sie nichts sehen konnte. Sie flüsterte etwas, ich streckte den Arm nach ihr aus, sie setzte sich aufs Bett, dann streifte sie die Schuhe ab, legte sich neben mich, den Kopf auf meinen Arm, und ich umarmte sie. Jemand schrie in der Ferne: »Val-ja!« Noch etwas wurde gerufen, auf Turkmenisch. Sie schluchzte kaum hörbar oder

lachte. Ich umarmte sie fester. Sie strich mir über den Kopf. So gut war das, so seidig, so lieb. Das Gute hatte Lippen, einen Hals, man konnte es umarmen. Unmerklich war das Boot mit dem Bug auf sandiges Ufer aufgelaufen, die Strömung drohte es mitzureißen, doch ich konnte noch hinausspringen, stemmte mich mit Knien und Händen gegen die grasbedeckte Böschung, spannte alle Kräfte an, richtete mich auf, stellte mich auf die Füße, die Eisenkette lag in meiner Hand, dann drehte ich mich um und zog das Boot mühelos ans Ufer. Rita stieg über die Bank, stellte sich in den Bug, ich reichte ihr die Hand, und sie sprang an Land. Über dem Wald kroch eine Regenwolke heran. Ihr Leib war dick und aschgrau. Wir stürzten uns ins Wasser, um noch vor dem Gewitter zu baden und zu schwimmen. Wir waren ein ganzes Stückchen gerudert bis hierher in die Bucht, das war unser Plätzchen, am ganzen Fluß gab es keine bessere Badestelle, aber das wußte niemand sonst, nur wir. Rita und ich hatten die Bucht entdeckt und sie als unser Geheimnis bewahrt. Das Wasser war hier klar und warm, immer 2 Grad wärmer als im Fluß. Bestimmt gab es hier irgendwo eine warme Quelle. Rita sollte schon nicht mehr so viel schwimmen, doch als sie ins Wasser ging, vorsichtig mit ihren langen Beinen auftretend, hätte ihr keiner was angemerkt. Es war windig, und leichte Wellen spielten ständig um uns, als wir am gegenüberliegenden Ufer die Wolke beobachteten, und deshalb wandten wir uns ab und verpaßten den Augenblick, in dem die Wolke plötzlich schnell heraufzog. Es wurde dunkel. Das Wasser war wunderbar warm. Als der Regen niederprasselte, kühlte sich die Luft mit einem Schlage ab, das Wasser aber blieb warm, und uns an den Händen haltend, stießen wir uns vom sandigen Grund ab, sprangen aus dem warmen Wasser, den peitschenden Strahlen entgegen, und lachten wie von Sinnen, alles um uns her war verhangen von der niederfallenden Wasserwand, die rauschte und undurchsichtig war wie weißer Nebel. Bald froren wir, sprangen nicht mehr hoch und bemühten uns, im warmen Wasser sitzen zu bleiben. Warm war es immer noch, aber die Luft war verschwunden, man konnte kaum atmen. Das Wasser würgte uns. Immer wieder die gleiche Treppe, die mir den Atem nahm, noch eine Stufe, noch eine Anstrengung, aus irgendeinem Grund mußte ich immer höher steigen, aber Luft bekam ich nicht.

In Moskau trugen die Leute noch Wintermäntel. Der Taxifahrer sagte, es sei den ganzen Monat über kalt gewesen und habe geregnet, in den Gärten sei alles erfroren, und neue Kartoffeln kosteten auf dem Markt anderthalb Rubel das Kilo. Ich kurbelte die Scheibe herunter und atmete genüßlich die feuchte Luft. Im Juli fuhr Kirill mit einer Studentengruppe nach Nowgorod, während Rita und ich für Ende Juli einen Reisescheck an den Rigaer Strand hatten, ein paar Tage früher abreisten, zuerst in einem Hotel wohnten und uns dann ab August im Erholungsheim einquartierten. Es war ein herrlicher, sonniger August, nicht sehr heiß und ohne Regen. Ich ging stundenlang spazieren. Wie immer wirkte das Ostseeklima heilsam: Ich atmete tief und gleichmäßig, der Blutdruck normalisierte sich, und gegen Ende unseres Aufenthalts besorgte ich mir sogar einen Tennisschläger und spielte ein wenig Tennis.

Langer Abschied

Damals, vor achtzehn Jahren, gab es an dieser Stelle sehr viel Flieder. Dort, wo jetzt das Fleischgeschäft ist, leuchtete gelb ein niedriger, hölzerner Datschenzaun – alles hier hatte etwas Ländliches, und für die Menschen, die hier wohnten, war dies ein Leben auf der Datsche –, und über dem Zaun türmte sich der Flieder. Seine üppigen Formen, außerstande, sich in den Grenzen des Zauns zu halten, ergossen sich auf die Straße – eine ungebärdige, tosende Fülle von Flieder. Wieviel die Vorübergehenden auch heimlich pflückten, wieviel sie auch abzupften, brachen und abrissen, er bewahrte seine sanfte runde Geschlossenheit und überwältigte jedes Frühjahr diese dürftige, staubige Straße mit seinem Blütenschaum und seinem Duft. Wenn er in voller Blüte stand, glich er einer Stadt. Einer alten Stadt am Meer, im Süden, wo die Straßen in die Felsen geschlagen sind, wo die Häuser eins über dem anderen am Hang kleben, einer Stadt mit Klöstern, mit gewundenen Steintreppen, wo alte Frauen im Schatten auf Steinblöcken sitzen und Muschelkästchen verkaufen. Er erinnerte an eine alte Stadt in der Dämmerung.

Doch das ist nun alles lange her. Wo der Flieder wuchs, steht heute ein siebenstöckiges Haus, in dessen Erdgeschoß ein Fleischgeschäft untergebracht ist. Damals, zu Zeiten des Flieders, mußten die Bewohner des kleinen Hauses hinter dem gelben Datschenzaun nach Fleisch weit fahren, mit der Straßenbahn zum Wagankowskij-Markt. Heute wäre das Fleischkaufen für sie sehr bequem. Doch heute wohnen sie dort leider nicht mehr.

Als sie nach Saratow kamen, war zunächst alles sehr unerfreulich: das Hotel war schlecht, es herrschte glühende Hitze, das Publikum blieb aus, irgendwie klappte alles nicht, die Schauspieler wurden krank, und Sergej Leonidowitsch, der Hitze und schlechte Hotels nicht vertrug, fuhr ab nach Moskau und ließ an seiner Stelle Smurnyj zurück. Dieser Smurnyj war vor zwei Jahren an das Theater gekommen und hatte sogleich, wie Lalja bemerkte, »ein Auge auf sie geworfen«. Sie jedoch hatte ihn ohne Zögern abgewiesen, denn es ging das Gerücht, er intrigiere gegen Sergej Leonidowitsch, wolle dessen Platz einnehmen, und das fand Lalja eine ungeheure Gemeinheit. Gemeine Leute konnte sie nicht ausstehen. Zwar kannte sie nicht das Ausmaß von Smurnyjs Gemeinheit und wußte auch nicht, wie er eigentlich gegen Sergej Leonidowitsch intrigierte, aber nach allgemeiner Aussage fand da eine Gemeinheit statt, und aufgrund eines besonderen Instinkts, dem Lalja gewohnt war zu vertrauen, glaubte sie diesen Gerüchten. Er war wirklich allzu galant, weißgesichtig, mit Schmachtblick, und dazu diese provinzielle Angewohnheit, mit stolzer, jäher Kopfbewegung das in die Stirn fallende Haar zurückzuwerfen. Sergej Leonidowitsch machte einmal sehr komisch nach, wie – er hatte das zufällig beobachtet – Smurnyj in seinem raschen, energischen Laufschritt durch das leere Foyer eilte, plötzlich vor einem Spiegel haltmachte, sich durchdringend anblickte und mit einer Kopfbewegung von so wonnevollem Stolz das Haar zurückschleuderte, daß Sergej Leonidowitsch nach eigenem Eingeständnis doch einigermaßen erstarrt war. Sergej Leonidowitsch konnte nämlich auf geradezu mörderische Weise nachmachen. Er brauchte gar nichts zu sagen, alles war klar, jeder Strich saß. Nun, und Smurnyj, der vergaß natürlich nicht, daß man ihn abgewiesen hatte, fing an, Lalja auf alle erdenkliche Art zu schaden, sie zu schikanieren oder, wie es am Theater heißt, ihr eins auszuwischen. Und selber unternahm er währenddessen ein paar tastende Versuche – und wie? Er machte zwei Inszenierungen – Sergej Leonidowitsch war krank –, beide fielen durch; die eine schleppte sich über die halbe Spielzeit hin, die andere entsprechend kürzer, aber darum ging es nicht: in keiner von beiden nahm er Lalja. Dabei war die eine Rolle wie für Lalja geschaffen, für das ganze Theater war das offensichtlich, und trotzdem brachte er es fertig, sie nicht zu nehmen, sondern sich eine Praktikantin von der Schauspielschule zu holen. Also, alles war sonnenklar. Ihre Freundinnen sagten: »Warum hast du dich auch gesträubt? Er ist in seiner Männlichkeit getroffen, erklär dich zum Spaß einverstanden. Überleg es dir, es kann ja nicht schaden.« Aber in Lalja war irgend etwas endgültig aus und vorbei. Nicht nur konnte sie sich nicht einverstanden zeigen – sogar einfach in der Kantine neben ihm zu sitzen war ihr nicht mehr möglich. Schon einmal war es ihr so ähnlich ergangen: Gegen Kriegsende, Lalja war achtzehn, drängte sich in der Putinkowskijgasse bei Allotschka Schleifer eine vergnügte Gesellschaft, die einen von der Front, die anderen aus dem Krankenhaus, die dritten von der Evakuierung zurück, aus irgendeinem Kamyschlow oder Namangan. Alles fing von neuem wieder an: die Hoffnungen, die Lieder, der jugendliche Drang zu leben, etwas zu werden, Liebe und Mitgefühl für jeden, der zurückgekehrt war, das Begleiten auf langen Heimwegen durch Moskau, nächtliche Treppenflure – und plötzlich erschien einer, mit grauen Haaren, ein Dreißigjähriger, die Augen hell und klar wie Kristall, er bat nicht und rief nicht, weil alle ungerufen zu ihm kamen. Er sagte, er wolle ein Studio organisieren, »Die blaue Arche«. Lalja lag sehr daran, in das Studio aufgenommen zu werden, denn das war längst entschieden: ein Leben ohne Theater hatte keinen Sinn. Die Geschichte mit dem Studio platzte natürlich, aber alle hatten lange daran geglaubt. Zu der Zeit gab es Jascha und Lasik, sie war zwischen den beiden hin- und hergerissen, bedauerte beide: Jascha war früher dagewesen, seit dem Jahr dreiundvierzig, kam aus dem Krankenhaus, seine ganze Familie war bei Minsk umgekommen, er war zwölf Jahre älter als sie, aber ungeschickt und hilflos wie ein Kind, ein hervorragender Mathematiker; und Lasik – war ein Dichter, er hinkte, das eine Bein hatte er bei Leningrad verloren, er verfaßte Lieder und sang wundervoll zur Gitarre. Aber der Mann mit dem grauen Bürstenschnitt und den durchsichtigen Augen war etwas ganz anderes: von ihm hing das Leben ab. Lalja wußte nicht, wie sie sich ihm gegenüber verhalten sollte. Und dann gab es da einen Samstag, an dem in Allotschka Schleifers riesiger leerer Wohnung (seine Eltern waren mit wichtigen Staatsangelegenheiten im besiegten Deutschland befaßt) etwa zwanzig junge Leute versammelt waren und wo er auf einmal Lalja auf die Treppe hinaus zog und ihr im Befehlston sagte, sie führen jetzt gleich zu ihm nach Hause und er werde ihr ein Buch geben, das er ihr seit langem versprochen habe. Lalja brachte kein Wort hervor und fing an zu zittern. Den ganzen Weg, während sie mit der Straßenbahn fuhren, zittierte sie vor sich hin und biß die Zähne zusammen, damit sie nicht klapperten. Nein, sie hatte keine Angst, das Zittern kam nicht aus Furcht: ihr Traum war es, der da bebte, die »Blaue Arche«! Der Mann mit dem grauen Bürstenschnitt hatte bis dahin nicht ein einziges Mal mit ihr über irgend etwas gesprochen, ja, hatte sie scheinbar nicht einmal bemerkt. Von einem Buch war nicht mehr die Rede gewesen. Kaum hatten sie das Zimmer betreten, hatten noch nicht Licht gemacht und Lalja hatte noch nicht einmal den Mantel ausgezogen, da packte er sie an den Schultern, stieß sie fast um, fuhr

grob, herrisch mit dem Mund über ihre Lippen, so daß sie, blind vor Zorn, anfing ihn wegzustoßen, er ließ nicht los, schleifte sie irgendwohin, sie kämpften im Dunkeln miteinander, sie schlug ihn mit der Faust ins Gesicht, wohl ziemlich heftig, denn er schrie auf vor Schmerz, sie rannte weg. Zwei Tage kam sie nicht aus ihrer Mansarde im ersten Stock hervor, sagte, sie sei krank, und schluchzte in Wirklichkeit bloß vor sich hin, weil das Leben zu Ende war, weil die Träume nicht wahr wurden und man den Menschen nicht glauben durfte, doch am dritten Tag ging sie aus dem Haus, ging zur Metrostation Sokol und kaufte sich ein Eis – das war etwas Neues, ein Vorkriegsvergnügen, erstmals wurde es wieder frei verkauft, wenn auch zum hohen Handelspreis, aber das hieß doch, daß die Lebensmittelkarten ganz sicher abgeschafft würden, daß das Glück von früher nah und das neue nicht mehr fern war – Beruhigung und ein innerer Friede stellten sich ein, wie immer ganz unvermittelt, aufgrund totaler Nebensächlichkeiten. Es tat ihr schon nicht mehr um die geplatzte »Blaue Arche« leid, auch nicht darum, daß sie einen älteren Mann ins Gesicht geschlagen hatte und nie wieder zu Allotschka Schleifer würde gehen können.
Doch als ihr das, was an jenem schrecklichen Abend geschehen war, wieder einfiel und sie darüber nachsann, erkannte sie an sich eine neue Seite. Das Schlimmste also, dachte sie, ist Abhängigkeit. Abhängig zu sein ist das Ende, ist eine Sackgasse, aus der man nicht heraus kann. Denn als sie in der Straßenbahn saß und mit aller Kraft ihr Zittern zu unterdrücken suchte, hatte sie doch schon gewußt, was kommen würde und weswegen sie mitfuhr. Sie hätte sich entscheiden müssen. Und eben dort, in der Straßenbahn, war ihr schon klar gewesen: nein. In ihrem kurzen Leben hatte sie schon viele Fehler gemacht, aber alle aus dem Gefühl heraus, nicht aus Berechnung. Sie begegnete diesem Mann drei Jahre später zufällig wieder bei einem Bekannten Grischas, und beide taten sie so, als kennten sie sich nicht.
Und genauso wie dieser Kristalläugige gefiel auch Smurnyj vielen, besonders den jungen Frauen, von denen es nach einem langen Krieg ja immer einen Überschuß gibt. Smurnyjs Macht am Theater wuchs mit jedem Monat, um so mehr als Sergej Leonidowitsch kränkelte und längere Zeit abwesend war. Von Smurnyj war bekannt, daß er sich von seiner Frau getrennt und ihr die große Wohnung überlassen hatte, hochanständig – für sich hatte er nur eine Garnitur Unterwäsche und die Schreibma-

schine genommen (rätselhaft: wozu brauchte er eine Schreibmaschine?) –, daß er im besten Alter war, achtunddreißig, und allein in einem bescheidenen Zimmer beim Roten Tor wohnte. Aber alle gingen natürlich davon aus, daß er dies und das erreichen würde, alle Güter des Lebens. Lalja konnte mit ihren siebten Rollen verkümmern, und trotzdem – nein, aus und vorbei. Bald hörte er auf, zu ihr hinzusehen, und in Saratow, wo er den Ersten Regisseur vertrat, steckte er sie in das mieseste Zimmer, im Erdgeschoß, zusammen mit der Maskenbildnerin.
In Saratow gaben sie ein Stück, das Sergej Leonidowitsch im Frühjahr inszeniert hatte und in dem Lalja eine winzige Rolle hatte, zwei Auftritte, fünfundzwanzig Worte. Die Aufführung war fade, aber das lag nicht an Sergej Leonidowitsch, sondern am Stück. Irgend so eine trübe Geschichte über Waldschutzstreifen. Sie hatten es des Themas wegen angesetzt. In den Zeitungen wurde es regelmäßig gelobt, aber das Publikum kam nur lustlos. Die Saratower Zeitungen schrieben besonders feurig, weil der Verfasser, der kaum jemanden bekannte Anfänger Smoljanow, Saratower war – vielmehr, nun in Moskau lebte, aber Kindheit und Jugend in Saratow verbracht hatte. Der Verfasser kam auch jetzt während ihres Gastspiels in seine Heimatstadt, wo seine alte Mutter und seine kranke kleine Tochter lebten, und an einem spielfreien Montag, einem heißen Julitag, lud er alle an der Aufführung beteiligten Schauspieler zum Abendessen zu sich nach Hause ein.
Ein Tag, der mit Unannehmlichkeiten begann. Am Morgen paßte Smurnyj Lalja im Hotelflur ab, und ohne zu grüßen – was bei ihm, einem Mann von gutem Benehmen, eigenartig war –, bat er sie zu einem Gespräch auf sein Zimmer.
»Nur fünf Minuten!« sagte er und wedelte irgendwie blöde die Hand mit den gespreizten Fingern vor Laljas Gesicht.
In Smurnyjs Zimmer, dem besten des Hotels (es nannte sich »Luxusfamilienappartement«), wo die Vorhänge aus himbeerfarbenem Plüschsamt waren – der gleiche Plüschsamt lag auf dem ovalen Tischchen mit der Karaffe –, wo es einen Alkoven gab, der ebenfalls mit himbeerfarbenem Plüschsamt drapiert war und in dessen Tiefe etwas blinkte, und wo es unangenehm nach Zigarettenresten und dem Eau de Cologne »Chypre« roch, setzte Lalja sich an das ovale Tischchen, und Smurnyj verschwand für eine Sekunde im Alkoven und erschien sofort wieder mit einem Blatt Papier in der Hand.

»Sehen Sie sich das spaßeshalber einmal an, es kam gestern mit der Moskauer Post. Weitergeleitet von der höchsten Instanz. Es war dorthin geschickt worden, aber die haben es weitergeleitet.«
Lalja erblickte einige mit Tinte vollgeschriebene Seiten und erkannte voll Entsetzen – die vertraute Schrift ihrer Mutter. Nun war es also passiert, das Allerschlimmste, vor dem Lalja sich am meisten fürchtete. Ihre Mutter mit ihrem ewigen Gerechtigkeitsfimmel. Du lieber Gott, wie oft hatte sie es schon gesagt, sie angefleht, sie bekniet, sie solle sich nicht einmischen, keine Briefe schreiben, keine Beschwerden! Denn das war ihre Lieblingsbeschäftigung: Briefe schreiben. Seinerzeit schrieb sie dem Schuldirektor und forderte, der Brief solle im Elternrat besprochen werden, sie schrieb an die Gebietsbehörde, dann, als Lalja in die Schauspielschule nicht aufgenommen wurde, schrieb sie ans Ministerium. Und auch zu Hause, wenn sie auf jemanden böse war, klärte sie die Beziehungen mit Hilfe von Briefen. Häufig fand Lalja beim Aufwachen auf ihrem Tisch zwei, drei, vier Seiten vor, auch mehr, gelegentlich ein ganzes Schulheft, vollgeschrieben mit den großen ineinander fließenden Zeilen ohne jedes Satzzeichen: »Ludmilla du solltest wissen daß du eine fremde Sache in jedem Fall zurückgeben mußt ohne daß man dich erst darum bittet das ist ungezogen du hast dir meinen schwarzen Pelzumhang genommen . . .«
Mit einem Seufzer zog Lalja die handbeschriebenen Blätter zu sich heran – sie erkannte gleich das große Abrechnungsbuch ihres Vaters, aus dem sie herausgerissen waren – und begann flüchtig zu lesen, wobei sie immer wieder ein paar Zeilen ausließ. Genau zu lesen, jedes Wort zu studieren, hatte sie nicht die Kraft. »Ich wende mich an Sie als Mutter einer junger Schauspielerin . . . schon im Theaterkreis an der Schule, den ein verdienter Künstler leitete . . . sechs Jahre nach ihrer Aufnahme in die Truppe . . . soll etwa unsere künstlerische Jugend . . . bis wohin darf die Eigenmächtigkeit der Regisseure . . .«
»Was soll ich denn dazu sagen, German Wladimirowitsch?« Lalja schob die Blätter von sich weg und blickte verzweifelt auf Smurnyj, der drohend über dem Tischchen thronte und mit starrem Lächeln auf sie niedersah. »Das stammt von meiner Mutter. Sie werden begreifen, daß ich für sie nicht verantwortlich bin. Außerdem ist sie ein kranker Mensch.«
»Ein kranker Mensch? Dem Brief merkt man das nicht an. Er ist

flüssig geschrieben, die Beschuldigungen sind schwerwiegend, wenn auch unbewiesen, also verleumderisch. Aber das Ganze ist geschickt abgefaßt und deutet etwas zwischen den Zeilen an. Kranke sind zu so etwas nicht imstande.«
»Was soll denn zwischen den Zeilen sein?«
»Das hier!« Er zeigte mit dem Finger. »Ein übelriechendes Fleckchen.«
Lalja sah einen Satz, den sie beim ersten Lesen übersprungen hatte: ». . . kam ihm nicht entgegen was die Rache des Regisseurs zur Folge hatte beide von ihm inszenierten Stücke . . .« Verflixt! Nur – warum denn? Warum, lieber Gott, warum, warum? Diesmal war Lalja nicht fähig, den Kopf zu heben und Smurnyj anzusehen, sie zog die Zeit in die Länge, bewegte die Lippen und tat, als entziffere sie die Schrift mit Mühe. Smurnyj wartete geduldig und fragte dann:
»Nun? Ich würde gern hören . . .«
»Aber was soll ich dazu sagen?«
Lalja sah kurz zu ihm hin – er lächelte nicht, die Augen waren bleiern streng, die Lippen vorgestülpt.
»Wieso was? Darf ich vielleicht erfahren, was dieser Unsinn bedeutet? Was für eine Rache? Was soll diese Spinnerei?«
»Ich weiß nicht, German Wladimirowitsch, meine Güte . . .« Und plötzlich konnte sie nicht mehr an sich halten und prustete vor Lachen. Weil das Ganze eine so armselige Blödheit war. An die man ihn besser nicht erinnerte. Und dieses purpurne zornumwölkte Gesicht. Ihre Mutter hatte zwar eine Dummheit begangen – aber sie hatte die Wahrheit geschrieben. Und er wußte, daß sie die Wahrheit geschrieben hatte, schleuderte aber dennoch bleischwere Blicke und verlangte – du lieber Gott, was verlangte er denn? –, daß sie, Lalja, sich für ihre Mutter schämen solle, vor Scham sterben und damit gewissermaßen den Ärger abgelten, den er empfunden hatte, als er diesen von höchster Instanz weitergeleiteten Brief bekam. Jetzt war schon alles gleich. Das heiß, sie brauchte sich nicht für ihre Mutter zu schämen. Wozu sich für eine unglückliche Frau schämen, die sich quälte, wegen der Scherereien ihrer Tochter nächtelang nicht schlief und sich bemühte, so gut sie es verstand . . . Denn das Wichtigste war doch: sie hatte die Wahrheit geschrieben. Alles war wahr, von der ersten bis zur letzten Zeile.
Und, wieder völlig ruhig, erklärte Lalja Smurnyj: Ihre Mutter sei nun einmal keine Diplomatin, sie habe unklug gehandelt,

dafür werde sie ihr auch gehörig den Kopf waschen, aber irgendwo habe sie recht. Wie – recht? Wovon reden Sie? Nun, eben davon, davon. Wovon Sie sehr wohl wissen. Sie sind ja gewaltig von sich überzeugt. Ich habe bloß nichts zu verlieren. Nein, meine Liebe, Sie haben durchaus etwas zu verlieren. Sie machen mir keine Angst, German Wladimirowitsch, Sprecherin bei der Mos-Estrade oder am Rundfunk ist immer noch besser, als hier unter ihren Fittichen zu sein. Denken Sie ja nicht, daß man so leicht unterkommt – Sie schon gar nicht, ohne Schauspielausbildung. Und wenn schon, meine sechshundertfünfzig bekomme ich immer, und auch mehr. Na schön, ihre persönlichen Pläne interessieren mich nur mäßig, aber dieses Bonbon schicken wir heute gleich weiter an Sergej Leonidowitsch, soll er sich doch den Magen daran verderben. Die oberen Instanzen verlangen eine Antwort. Das kann mir doch egal sein, tun Sie, was sie wollen. Das heißt also, wir sind uns einig. Auf Wiedersehen. Leben Sie wohl. Übrigens, German Wladimirowitsch, das Zimmer müßte gelüftet werden, es riecht hier irgendwie unangenehm.
Lalja lief von Smurnyj fort auf die Straße, ging in der Anlage auf und ab, stellte sich planlos in einer Schlange an, ging dann ins Hotel zurück, auf ihr Zimmer, und legte sich hin. Ihr Herz hämmerte, und alle möglichen Worte schossen ihr durch den Kopf, böse wie gerechte, die nicht gesagt worden waren. Aber warum die Miljutina, die erst seit ganz kurzer Zeit am Theater war? . . . und so weiter und so fort. Nichts gegen Schenka Miljutina, Gott mit ihr, als ledige Mutter hatte sie es sowieso nicht leicht. Aber dieser Mistkerl: ohne Schauspielausbildung. Schon das zweite Mal hielt er ihr das vor. Man konnte ein Diplom haben und ein Holzklotz sein. Es gab genug Beispiele! Zum Schauspieler ist man geboren, das läßt sich nicht lernen, Idiot. Sie ist auf persönliche Bitte Sergej Leonidowitschs zur Truppe gekommen, und der versteht wohl ein bißchen mehr als so ein Smurnyj. Aber das ist es ja gar nicht. Sondern: sie schämt sich für ihre Mutter. Nein – für sich, für sich, ganz unerträglich! Das hat er also doch erreicht: daß sie vor Scham verglüht. Und tatsächlich – am liebsten möchte sie sich jetzt einfach so ausstrecken, die Zähne zusammenbeißen, die Augen schließen, unbeweglich daliegen: und *vor Scham verglühen*, verkohlen, zu nichts werden. Kein Leben am Theater mehr. Sergej Leonidowitsch wird sie verfluchen. Die Schauspieler werden lachen und

– um mit Bob Mironowitsch zu sprechen – sich das Maul zerreißen, wenn sie es erfahren, und sie erfahren es auf jeden Fall. Smurnyj wird schon dafür sorgen. Und dann muß sie fort. Aber sie weiß weder wohin noch was tun. Wenn es wenigstens bei Grischa etwas voranginge, dann könnte man riskieren ... Aber so – was? Woher die sechshundertfünfzig nehmen? Und wie immer, wenn sie eins auf die Nase bekommen hatte – was in Laljas Leben oft genug passiert war, und mit jedem Jahr tat es weher –, wie immer nach einer Kränkung, der stillen Verzweiflung, den überstürzten und wahnsinnigen Ideen, was sie tun, wie sie protestieren könnte, setzte das Gemeinste, das Mörderischste ein: der Zweifel. Wie, wenn die anderen doch recht hatten? Wenn sich auf einmal zeigte, daß sie unbegabt war? Alle würden es sehen, erkennen, Sergej Leonidowitsch würde sie aus alter Freundschaft bedauern, Smurnyj allerdings hätte dazu keinen Anlaß.
Bedrückt von diesen schrecklichen Gedanken, lag Lalja lange regungslos in dem leeren Zimmer – die Maskenbildnerin war irgendwohin gegangen, keiner da, dem sie sich hätte mitteilen können, bis das Rufen im Flur: »Telepnjowa, zum Ausgang!« sie aus ihrer trübsinnigen Erstarrung löste. Montag! Ihre Mutter rief jeden Montag an, wenn das Theater auf Tournee war. Sie war sehr gut zu hören:
»Töchterchen! Wie geht's? Was gibt's Neues?«
Das Telefon stand im Vestibül, wo ständig Menschen hin und her liefen. Pascha Kornilowitsch und Makejew gingen mit Einkaufstaschen zur Tür, wahrscheinlich auf den Markt. Pascha gab ihr im Vorbeigehen von hinten einen Klaps, dieser Lümmel, immer tat er das, und Lalja, so durcheinander und ins Gespräch vertieft sie auch war, hielt die Muschel zu und schrie:
»Zieh Leine! Auf der Stelle!«
Pascha lief folgsam herbei und zog – am Rock; damit ihr die Verehrer nie ausgingen. Ihrer Mutter zu sagen, was ihr auf der Seele brannte, war hier natürlich ganz undenkbar. Lalja erkundigte sich, hörte, der Vater sei gesund, bemühe sich wegen des Gartens, es rühre sich bislang aber nichts. Grischa sei in der Baschilowka, habe kürzlich auf ihre Bitte Gemüse mitgebracht, ziemlich miese Kartoffeln, mickrig und zu teuer, die jungen gebe es jetzt überall für dreifünfzig, aber er habe irgendwie ungeschickt eingekauft, von früh an unterwegs und trotzdem vier Rubel losgeworden – das Gerede über die Kartoffeln regte

Lalja etwas auf, weil es die übliche Unzufriedenheit mit dem Schwiegersohn deutlich heraushören ließ, und leicht gereizt unterbrach sie ihre Mutter, sagte, die Kartoffelpreise interessierten sie nicht, aber sie wüßte gern etwas über Grischas Unternehmungen: ob das Filmstudio geantwortet habe? Darauf hatte ihre Mutter nur gewartet, um in aggressivem Klageton zu antworten:
»Du weißt doch, daß dein Grischa uns nie etwas über seine Angelegenheiten erzählt!«
Ein andermal hätte Lalja den Satz an sich vorbeirauschen lassen, ihn als normal angesehen, aber jetzt, wo es sie Mühe kostete, ihre Mutter nicht anzuschreien, konnte sie nicht still bleiben und gab ebenso heftig zurück:
»Aber man könnte ja auch von sich aus Interesse zeigen, oder? Du weißt, wie wichtig das für uns ist.«
»Ich mische mich nicht gern in fremde Angelegenheiten.«
»Das ist nicht wahr!« brach es aus Lalja hervor. »Im Gegenteil, du tust es viel zu gern!«
Und nun war es auch mit ihrer Beherrschung vorbei, es sprudelte alles hervor: hundertmal habe man sie gebeten, *das nicht zu tun,* habe man sie angefleht, ihr erklärt, und nun *das* hier, da müsse jemand wirklich ein böswilliger Dickschädel sein, jetzt habe sie den größten Ärger, na schön, wozu darüber reden, passiert sei passiert, aber es sehe ziemlich böse aus.
Ihre Mutter begriff nichts, flatterte am anderen Ende der Leitung:
»Was? Wie? Drück dich doch deutlicher aus!«
»Deine *Gedichte!*«
»Welche Gedichte?«
»Die du dir so gern *ausdenkst* und an die verschiedenen Redaktionen schickst.«
»Herrgott, aber . . . wann war denn das? Vor vier Monaten?«
Das Gespräch war sinnlos, Lalja sagte mit schwacher Stimme: »Gut, gut, Mama, bis bald«, und knallte den Hörer auf.
Die Almasowa, eine ältere Schauspielerin, holte sich gerade heißes Wasser aus dem Boiler, trödelte im Vestibül herum, die Ohren gespitzt, und als Lalja den Hörer hinwarf, blitzte für eine Sekunde der gierige Blick der Alten auf. Ob nun die Almasowa etwas gehört und sich zusammengereimt oder ob Smurnyj etwas verraten hatte – jedenfalls flüsterte eine der Schauspielerinnen Lalja abends im Haus des Autors aufgeregt zu:

»Stimmt es, daß du die Unsrigen angezeigt hat?«
Lalja war in einer Stimmung, daß sie am liebsten überhaupt nicht zu diesem Abend gegangen wäre. Sie schwankte, aber dann – allein auf dem Zimmer, wäre das etwa besser? Zum Sterben elend. Und dort gab es wenigstens etwas zu essen. Ein, zwei Gläser würden vielleicht ihre Stimmung heben. Aber in dem großen Raum, wo alle dicht an dicht um den großen Tisch klebten wie die Heringe, mit Smurnyj am Kopfende, fiel ihr das Sitzenbleiben schwer – das selbstzufriedene Gesicht vor sich zu haben, das Zurückwerfen der Mähne, das Hervorquellen der Augen mitanzusehen, den dummen Trinksprüchen und Witzeleien zuzuhören. Es empörte Lalja auch, daß die Schauspieler – vor allem Pascha Kornilowitsch und Makejew, beide ziemlich plump, und auch Smurnyj, der jedoch dezenter – sich über den armen Autor lustig machten, ihn heimlich auslachten; der aber begriff nicht, und wenn, dann nicht alles, reagierte mit kläglichen Scherzen, sein altes Mütterchen erschrak jedesmal, ächzte oder dankte von Herzen, die Gäste brüllten vor Lachen. Die Witze drehten sich alle ums Essen.
»Pascha, der Kohl in den Piroggen hat einen komischen Geschmack, oder? Findest du nicht?«
»Nicht doch, Euer Erlaucht. Aber mit den Pilzchen, wenn ich mir die Bemerkung erlauben darf, ist vielleicht etwas nicht ganz . . .«
»Wie – nicht ganz . . .? Warum hast du nichts gesagt? Und ich habe gerade zwei Teller intus.«
»Mit Pilzen im Magen ist kein langes Leben, Euer Erlaucht . . . Die Obduktion wird es an den Tag bringen.
In diesem Stil ging das Geplänkel, die Schauspieler blödelten, ihre Augen tränten vor Lachen, man becherte, kaute, rülpste, jemand sprang plötzlich auf und verkündete voll Inbrunst:
»Teurer Nikolai Demjanowitsch! Dank! Dank für jede ihrer Zeilen! Dank, Dank dafür, daß es Sie gibt!«
Applaus und Hurrarufe. Der unglückselige Smoljanow, erdgrau vor Verlegenheit – im Frühjahr bei der Premiere hatte er genauso ausgesehen –, wußte nicht, sollte er danken oder mit einem Scherz antworten, lächelte nur und nickte mit dem Kopf wie ein Stummer.
»Nikolai Demjanowitsch!« schrie Makejew. »Sie haben uns alle in Grund und Boden geredet! Sie lassen ja niemanden zu Worte kommen!«

Wieder brüllendes Gelächter, und Smoljanow nickte, lächelte. Lalja aber gefiel das nicht. Sie lehnte solche üblen Späße ab. Ein schwaches Stück, nicht gerade ein Shakespeare – na und? Dafür war der Mann vielleicht nett. Hatte offenen Herzens eingeladen, hatte sich das bestimmt dreitausend kosten lassen. Und schließlich waren sie ja alle gekommen, obwohl Lalja selbst gehört hatte, wie er einmal im Büro des Direktors über Smoljanow gelästert und sein Stück ein »Kriechdrama« genannt hatte – ein Wort, das Lalja nicht kannte und daraufhin sogar zu klären unternahm. Auch Bob Mironowitsch war hier bei Fleischpiroggen und Wodka, und dabei war er doch im Künstlerrat offen gegen Smoljanows Stück aufgetreten, hatte sich mit dem Direktor gestritten, Sergej Leonidowitsch zur Ablehnung zu überreden versucht. Alle waren sie hier, die heimlichen Kritiker, die Spötter, die Verächter, sie alle waren beim Schmarotzen mit von der Partie, diese ach so unglücklichen Schauspieler. Scharf aufs Fressen und Saufen. Du lieber Gott, und wenn man näher hinschaute, konnten sie einem leid tun, die Armen, und man mußte doch lachen: wie die Kinder! Spielen, lärmen, kugeln sich wegen nichts und tun weh, sind grausam wie richtige Gören. Und als dann plötzlich dieser erbärmliche Schauspielerling Iwan Wasiljewitsch Jeroschkin aufstand und, um nicht zurückzustehn, rief: »Teurer Autor, gestatten Sie, daß ich dieses Glas darauf erhebe, daß wir uns noch viele, viele Male erfreuen mögen an Ihren herrlichen . . . (Pause) Kohlpiroggen!« und »Hurra!« und »Bravo!« geschrien wurde, konnte Lalja das gehetzte Gesicht des Autors nicht mehr ertragen und ging in das andere Zimmer. Dort fing sie an, der Alten, Smoljanows Mutter Jewdokia Nilowna, dabei zu helfen, den Tisch für den Tee zu decken.

Die Alte hielt sich kaum noch auf den Füßen. Lalja hatte sie gleich beim ersten Anblick ins Herz geschlossen – sie war wie ihre Großmutter, dieselbe Geschäftigkeit, dieselbe Art, sich ständig um nichts und wieder nichts zu schaffen zu machen. Ihre Großmutter war vor zwei Jahren gestorben, sie hatte in Ismailow gelebt, im alten großväterlichen Haus. »Stellen Sie doch den Kuchen nicht hin«, flüsterte Lalja der Alten zu. »Das Gebäck genügt.«

»Nicht hinstellen?« erschrak die Alte.

»Na für die! Die kommen auch so aus.«

Es tat ihr um die Mühe Jewdokia Nilownas leid: zwei Platten

mit Fleischpilaw und eine riesige Schüssel Piroggen waren binnen einer halben Stunde leer gefegt gewesen. Dann stieg Lalja die quietschende Treppe hinauf in das Dachzimmer – die Alte hatte sie mit sich gebeten, sie sollte das kranke Mädchen kennenlernen. Und wiederum war Lalja verwundert: zu Hause, in Moskau, hatte sie genau so ein Zimmerchen oben, eine Mansarde, wo sie ihre ganze Kindheit verbracht hatte, ihre Jugend und die sie nun mit Grischa bewohnte. Die Kleine war dreizehn, dick, ziemlich entwickelt, mit voller Brust wie ein wesentlich älteres Mädchen, aber das Gesicht war ein ausdrucksloses Schafsgesicht, mit leerem Blick. Man merkte gleich, daß die Großmutter ihre Galotschka sehr lieb hatte: sie sprach auf einmal ganz sanft, leise, zog die Strümpfe zurecht, machte die Schuhschnalle zu, und als sie sie in Ordnung gebracht hatte – Galotschka saß im Schaukelstuhl, schaukelte hin und her und spielte dabei mit einem Kinderbällchen am Gummifaden, das sie regelmäßig auf den Boden prallen ließ –, gab sie ihr ein Stück Kuchen auf einem Teller und eine Tasse Tee. Galotschka wollte den Tee nicht, sie schob ihn mit dem Arm weg, aß den Kuchen, aber ihr Bällchen ließ sie nicht los und ließ es immer weiter auf den Boden prallen.
»Und ich denke die ganze Zeit: wer hämmert da oben?« sagte Lalja.
»Klopf-klopf«, sagte die Alte zärtlich. »Das ist unsere Galotschka, klopf-klopf, poch-poch . . .« Und zu Laljas Ohr gebeugt flüsterte sie: »Den ganzen Tag geht dies Gepoche so. Ein Kummer ist das für uns, ein großer Kummer . . .«
Unten, in dem großen Raum, hatten sie angefangen zu singen. Irgendwer stand auf und tanzte, man hörte Füßestampfen und lautes Möbelrücken. Lalja durchfuhr auf einmal das brennende Gefühl: nach Hause, den Vater sehen, Grischa! In den Garten gehen. Sie erinnerte sich: zu Hause hatten sie manchmal genauso gesungen und getanzt. Die Verwandten alle beisammen, Onkel Kolja, Tante Schenja mit den Kindern, Onkel Mischa, und sobald die väterliche Verwandtschaft vom Ural anrollte, wurde gesungen. Und wenn es Lalja langweilig wurde, lief sie zu sich nach oben in die Mansarde und las, und unten war Lärm und Tanz. Das Mädchen warf den Ball weg, sie sah Lalja nicht an und schien ihre Anwesenheit auch gar nicht zu bemerken. Die Alte vertraute ihr flüsternd an: Galotschka stamme von der ersten Frau Nikolai Demjanowitschs – die sei gestorben, sie

hatte sich der Tochter wegen sehr gegrämt, und seine zweite Frau, Martha, eine ehrgeizige Person, wolle von Galotschka nichts wissen und auch sie, Jewdokia Nilowna, nicht sehen, komme niemals, schreibe keine Briefe und verbiete Nikolai Demjanowitsch, hierher zu kommen. Schick meinetwegen das Geld, aber damit auch Schluß. Was für Geld? Zugegeben, eine recht karge Rente: vierhundert Rubel schickt er. Aber wenn sie sich gestritten haben, dann kommt er an, nicht nur einmal im Jahr. Mama, sagt er, sie ist wirklich eine sehr schlechte Frau, ein dummes Weibstück, aber, sagt er, ich liebe sie, und sie hilft mir bei der Arbeit.

Lalja hörte der Alten zu, litt mit ihr, sah auf das stumpfe Schafsgesicht des Mädchens und dachte: »Alle haben irgendwelchen Kummer. Und er hier schreibt doch Stücke, hat Erfolg ...« Bei diesem Gedanken *alle*, und daß es auch noch größeren Kummer gab, wurden die eigenen Unannehmlichkeiten leichter, schmolzen dahin.

Nach einer Stunde wollten die Gäste aufbrechen, der Direktor forderte den Bus an, den armen Iwan Wasiljewitsch Jeroschkin mußten sie über den Boden schleifen, trotzdem schaffte er es, sich unanständig aufzuführen, um Mitternacht fuhren sie ab, aber Lalja hatte die Alte leid getan, und sie war zum Abwaschen dageblieben. Der Busfahrer hatte versprochen, in dreißig Minuten zurück zu sein. Doch aus irgendeinem Grund kam er nicht. Smoljanow lief in Pyjamahosen und Unterhemd durchs Haus, summte vor sich hin und schob dabei die Möbel wieder an ihren Platz, schleppte das dreckige Geschirr in die Küche und klammerte sich zwischendurch immer wieder ans Büfett. Lalja dachte, er würde gleich umfallen. Aber der Autor hielt sich, sah aus seinen guten blauen Augen hinter den runden Brillengläsern Lalja an und lächelte wie ein Kellner. Man merkte, wie froh er war, daß die Gäste gegangen waren und das Ganze ein Ende hatte.

Lalja hoffte noch immer, er werde umfallen und losschnarchen, wie es sich für einen Betrunkenen gehörte und wie es bei ihrem Vater, bei Onkel Mischa, Onkel Kolja und auch bei Grischa immer zu sein pflegte – Grischa konnte völlig unvermutet bei Tisch, vor den Gästen, zu schnarchen anfangen –, aber der Autor war offensichtlich kräftiger. Sein Rücken war breit wie der eines Turners, und auf seinen linken Oberarm war eine Nixe mit Fischschwanz tätowiert und um die Nixe herum irgendwelche zwei Namen. Als Lalja die Nixe genauer ansah, wurde ihr etwas beklommen zumute – sie meinte auf einmal, daß jetzt, mitten in der Nacht, in diesem Haus, wo niemand war außer der Alten und dem kranken Mädchen, der Autor gar nicht mehr der Autor war, sondern ein derber Bauer, der sich vielleicht im Rausch austoben würde. Aber Smoljanow schien sich nicht austoben zu wollen, ja, er begriff wohl nicht einmal, daß eine junge Frau bei ihm übernachten würde – denn wohin sollte sie um zwei Uhr nachts? Plötzlich ergriff er ihre Hand, schmatzte mit feuchten Lippen darauf – genauso wie damals bei der Premiere auf der Bühne –, murmelte mit kaum vernehmlicher, weinerlicher Stimme:

»Verzeihen Sie, meine Gute . . . Sie sind mir nicht böse, nein?«

»Ich bin überhaupt nicht böse, Nikolai Demjanowitsch«, sagte Lalja. Für alle Fälle zog sie vorsichtig die Hand zurück.

»Ich bin ein kleiner, unbedeutender Mensch, mein Wert ist bescheiden«, brummelte Smoljanow. »Ich bin überhaupt nicht so ein . . . was für einer bin ich denn, zum Teufel? . . . Aber das ist auch ein dummes Pack . . . Nur seien Sie nicht böse, ja? Meine Liebe, meine Schöne . . .«

Wieder zielte er nach ihrer Hand.

Lalja war beunruhigt und rief lauf:

»Jewdokia Nilowna!«

Er stützte die Ellenbogen auf den Tisch, weinte auf einmal, nahm die Brille ab und begann, sich mit der Hand die Augen zu wischen.

Da sie nicht wußte wohin, legte sie sich auf das Sofa und deckte sich mit dem Mantel zu. Doch sie konnte nicht einschlafen, fand keine Ruhe, ihr war entsetzlich unbehaglich. Sie fühlte sich schuldig: für Pascha, für die blöden Tölpel, für alle. Warum hatten sie den Mann gekränkt? So ein kräftiger, gesunder Mensch mit breiten Schultern, starker Brust, noch nicht alt, wenn auch schon glatzköpfig – und weinte wegen irgendwas, war unglücklich! Dabei war er doch sicher reich. Nein, Reichtum machte nicht glücklich. Dazu gehörte noch etwas anderes, das Wichtigste. Bei diesem Gedanken überkam sie eine unklare Freude und ein Gefühl der Überlegenheit: dies geheimnisvolle andere, dessen es für das Glück bedurfte, war ihr, so schien es Lalja, gegeben. Sie hätte nicht klar sagen können, was das war, aber sie wußte mit Gewißheit: ihr war es gegeben. Weil sie immer, wenn andere unglücklich waren, mitfühlen und lindern wollte, etwas mitteilen, und das hieß doch, daß sie etwas mitzuteilen hatte, sonst käme ihr dieser Wunsch doch gar nicht. Manchmal dachte sie, das sei so, weil sie keine Kinder hatte. Aber bei genauerem Nachdenken begriff sie: nein, Kinder würden diesen Wunsch, etwas mitzuteilen, dessen es für das Glück bedurfte, nicht verringern, denn eigene Kinder wären doch sowieso das gleiche wie sie selber.

Und immer mehr beunruhigt, fragte Lalja, ob sie nicht einen starken Kaffee machen solle. Er stimmte zu, Lalja ging in die Küche, brühte auf, brachte zwei Tassen. Nach dem Kaffee – es war schon halb drei – hatten sie erst recht keine Lust mehr zu schlafen. Smoljanow wurde nüchtern, kam ins Erzählen, von seinen Schwierigkeiten im Leben, bei der Arbeit: keine Freunde, das Mißtrauen der Leute, das gescheiterte Familienleben. Nach Moskau war er vor vier Jahren gekommen, bis dahin hatte er in der Provinz gearbeitet, im Krieg bei einer Frontzeitung und vorher, in den dreißiger Jahren, als Polarforscher, hatte auf der Dicksoninsel überwintert, beim Grenzschutz gedient, war bei der Kriminalbehörde angestellt, bei Sportorganisationen, war selber Boxer gewesen. Einmal hatte er auf der Station Kalatsch einen Banditen mit der bloßen Hand erledigt. Dies jetzt war schon das dritte Stück, die beiden anderen waren in der Provinz gelaufen, er hatte keine richtige Ausbildung, mußte sich alles selbst erarbeiten, aus eigener Kraft, und letzten Winter, als er »Waldesweite« durchkämpfte, fiel ihm alles so schwer – er war ohne jede Energie. Sie hatten ihn abwürgen wollen, hatten die Schlinge schon parat, aber es war nicht so weit gekommen. Er wußte jetzt, wie widerwärtig die Menschen sein konnten. Auch an ihrem heißgeliebten Theater, jawohl. Er lachte: ihr haßt Kohlpiroggen? Macht nichts, meine Lieben, betteln werdet ihr, auf den Knien rutschen: Onkel, gib uns Kohlpiroggen! Lalja hörte mit gebanntem Interesse zu, stellte verwundert fest: genauso, ganz genauso. Auch ihm hielt man die mangelnde Ausbildung vor, nutzte das aus. Sie stellte sich vor, wie sie sich zu siebt mit der Schlinge auf diesen kerngesunden, sehnigen Kerl stürzten und er sie niederboxte.

Es fing an hell zu werden, die Hähne krähten. Smoljanow und Lalja gingen in den Garten, nahmen einen schmalen Pfad durch das Gestrüpp – es roch betäubend nach Brennesseln – an einem alten Friedhof mit schiefen Kreuzen vorbei zum Steilufer der Wolga hinunter und setzten sich dort auf einen Baumstamm.

»Diesen Baumstamm hier kenne ich seit meiner Kindheit«, sagte Smoljanow. »Wie kommt es nur, daß sie ihn im Krieg nicht verbrannt haben? Die Männer waren nicht da ...«
Lalja krümmte sich vor Kälte, sie fror, er legte den Arm um sie. Über dem Fluß lagen weiße Schwaden, nur am Rand sah man dunkel das Wasser, den schwarzen Block eines Lastkahns und noch etwas anderes Schwarzes, Boote vielleicht. Und dort, inmittel dieser Schwärze, brannte auf dem Sand ein Feuer. Smoljanow sagte, da unten hause Gesindel, es sei dort gefährlich. Wenn sie jetzt etwa dahinunter gingen, würden die ihnen glatt die Kehle durchschneiden, für nichts und wieder nichts. Er erzählte noch etwas über das Gesindel, über Banditen, erinnerte sich. Zuzuhören war interessant, ihr war überhaupt nicht bange, nur kalt. Auf dem Rückweg hielt er noch immer den Arm um sie, blieb plötzlich stehen und preßte sie ungeschickt an sich – wollte sie besser wärmen –, und so standen sie eine Weile. Es war auch wirklich eine unwahrscheinliche Kälte – nie hätte man geglaubt, daß es tagsüber heiß war –, er fuhr mit den Händen über ihren Körper, um sie überall zu wärmen, und redete dabei die ganze Zeit, murmelte, summte, rieb bedächtig und fest, immer kräftiger, und je länger sich das hinzog und je mehr sie seine Kraft spürte, desto stärker bemitleidete sie ihn irgendwie.
Sie gingen zurück ins Haus, tranken etwas Wodka, um warm zu werden, stiegen in den ersten Stock hinauf, schlichen in ein Zimmer, in dem es dunkel war, die Vorhänge heruntergelassen, und wo es nach kümmerlicher Junggesellenbude roch. Sie unterhielten sich flüsternd, um das Mädchen nicht zu wecken, das hinter der Wand schlief.
Er brummelte beleidigt, undeutlich, drohte irgendwem, und Lalja, noch immer voll Scham für die Schauspieler, schien, sie müsse sich unbedingt rechtfertigen, müsse trösten – denn sie hatten ihn um nichts gekränkt, um dessentwillen, was gut und echt an ihm war. Und sie tröstete ihn inbrünstig, wie es ihre Art war. Man durfte sich nicht über sie ärgern, sie waren naiv, sehr lieb und so fabelhafte Kollegen, teilten das Letzte mit einem, nur ab und zu redeten sie eben Blödsinn, dummes Zeug, bloß um einen Witz zu machen, sei's drum, Lalja verzieh ihnen immer – denn was hatten sie für ein Leben? Versuchen Sie es mal mit siebenhundert Rubel. Und der Jeroschkin hatte eine fünfköpfige Familie. Da mußte die Liebe schon unermeßlich

und völlig selbstlos sein. Und auch sie selber, Lalja, hatte Feinde, die ihr schadeten, ihr *eins auswischten*, aber ihr doch die Freude nicht vergällen konnten – und für diese Freude, die vielleicht sogar Glück war, war sie bereit – auch wenn es nur eine Minute währte –, alles zu ertragen, zu verzeihen, denn ... wofür denn sonst? ... Er war getröstet, nickte: »Ja, ja, ich verstehe Sie ... .«
Nun, und Lalja übte ihre äußerste Güte und ihr äußerstes Mitgefühl. Am späten Vormittag öffnete sie mühsam die Augen, und sie war noch nicht ganz bei sich, als sie hörte: es klopfte. Doch dann fiel ihr ein, daß auf der anderen Seite der Wand die Kranke mit ihrem Bällchen spielte.

Anderthalb Monate später, als Lalja nach Gastspielreisen und nach ihrem Krimurlaub nach Moskau kam, traf sie fast gleich am ersten Tag Smoljanow. Er sagte, er schreibe an einem neuen Stück. Er habe Sergej Leonidowitsch den ersten Akt gebracht, und dieser habe ihn sozusagen gebilligt. Lalja wußte, daß sie nach der Krim immer sehr schön war. Alle Leute sahen dann schöner aus, aber sie ganz besonders. Wie Mascha, die treue Freundin, bestätigte: *schmerzlich* schön – weil sie furchtlos in der Sonne lag, sich fast schwarz brennen ließ, weil das helle Haar zur Strohfarbe ausblich, so daß die dunkelblauen Augen nur noch strahlender in dem gebräunten Gesicht leuchteten, und weil sie unermüdlich badete, weit hinausschwamm, wobei sie auch hinter dem stärksten Schwimmer nicht zurückblieb, und abends vielleicht noch Volleyball oder Tennis spielte, nicht erstklassig, aber mit vollem Einsatz, nur um sich zu bewegen, zu springen, zu lachen, müde zu werden, sich bis zur Erschöpfung zu treiben. Und keine Ferienflirts, sie war doch nicht blöde, damit fiel man nur herein. Wenn sie dann jedoch zurückkam, stark, voll Sehnsucht nach ihrem Mann, den Freundinnen, dem Theater, auch nur nach dem heimatlichen Sträßchen entlang er Kirche und dem Gemüseladen ... Smoljanow musterte Lalja von Kopf bis Fuß und lächelte – sein Blick hatte jenes Männliche, Fröhliche und Offene, das Lalja zu spüren liebte, weil es bedeutete, daß sie *in Ordnung* war und alles bei ihr, *wie es sein mußte*. In solchen Minuten heimlichen Jubels über sich selber änderte sich sogar Laljas Stimme. Und mit veränderter Stimme begrüßte sie Smoljanow, reichte ihm die Hand und hörte sich in singendem Nasalton sagen:

»Nikolai Demjanowitsch, Sie werden uns also mit etwas Neuem beglücken? Tüchtig, tüchtig!«
Dabei erstaunte sie der Gedanke, daß es eine Nacht gegeben hatte, wo sie diesen Menschen mit dem faden Gesicht inbrünstig bemitleidet hatte – Himmel, weswegen nur? In Smoljanows Gesicht war irgend etwas Unfertiges, Unausgegorenes. Er brummelte auf seine Art – nicht zu verstehen –, knetete Laljas Hand. Lalja sagte leichthin: »Nikolai Demjanowitsch, wir sehen uns noch! Bis dann!« und lief weiter. Für eine Sekunde hielt sie noch inne, sah zurück:
»Es freut mich, daß Sie wieder bei uns am Theater sind!«
Doch einige Tage vergingen, und die ganze Krimschönheit war verflogen, vielleicht lag es auch nur an Moskau, das mit seiner Kälte, dem Regen, der Hast, der Krankheit des Vaters, dem verärgerten Sergej Leonidowitsch, den Aufregungen um die neue Inszenierung auf sie eingestürzt war und wo sie schon ungezählte Läden nach Kreppschuhen gegen die Nässe abgeklappert hatte.
In der neuen Inszenierung bekam Lalja natürlich die letzte Wurzen. Aber im Dezember brachte Smoljanow sein Stück »Ignat Timofejewitsch« und tauchte nun immer häufiger im Theater auf: zu Lesung, Kritik, letztem Feilen, Vergabe der Rollen. Zunächst wurde ihr nichts zugesagt, dann gaben sie ihr eine miese Charge, dann eine gute Rolle, eine der Hauptpersonen. Lalja hatte nicht um das Geringste gebeten. Smoljanow war von selber darauf gekommen, hatte mit Sergej Leonidowitsch darüber gesprochen. Smurnyj erhob im Künstlerrat Einwände, aber Nikolai Demjanowitsch sagte bestimmt: »Es bleibt dabei«, und Smurnyj mußte den Mund halten.
Die Jewdokia, die Frau Ignat Timofejewitschs, Direktorin einer Siebenjahrsschule auf dem Land, war zwar keine besonders beneidenswerte Rolle – allzu vordergründig in ihrer Eifersucht, ihrem Leiden, dem erbaulichen Gerede –, doch Lalja war darauf aus, alle zu beeindrucken, Klasse zu zeigen, »aus einem Spatz ein Spanferkel zu machen«, wie Sergej Leonidowitsch zu sagen pflegte. Voll Enthusiasmus ging sie an die Arbeit. Es gelang ihr, in der Rolle solche Feinheiten aufzufinden, ihr so viel Tiefe zu geben, daß der Autor schlichten Herzens staunte:
»Nein, so etwas! Nie hätte ich gedacht . . .«
Nichtsdestoweniger, was auch immer einige Oberschlaue wie Bob Mironowitsch, Nika Gerasimowitsch oder ihr Grischa

sagten, die einen aus Snobismus, die anderen, wozu es verhehlen, aus Neid auf die Erfolge – Smoljanow wurde in den Zeitungen immer öfter erwähnt, immer lobender, seine »Waldesweite« war bereits an vierzig Bühnen gelaufen –, nichtsdestoweniger hatte dieser Provinzler etwas Liebenswertes, Solides, die Fähigkeit, sich andere schwerfällig, aber gebieterisch unterzuordnen, mit flinkem Bärenschritt zum Eigentlichen zu gelangen, zum Ziel. Smoljanow kam täglich ins Theater, saß auf den Proben dabei. Bisweilen stahlen Lalja und er sich unbemerkt nach einer Probe davon, gingen in ein Restaurant – gewöhnlich in das »Moskau« im neunten Stock, wo ein Bekannter Maître d'hôtel war –, und fuhren von dort in die leere Wohnung eines Freundes von Smoljanow, der sich in China aufhielt und Smoljanow den Schlüssel dagelassen hatte. Einmal kauften sie in einem Schuhgeschäft am Stadtrand, wo der Direktor ein Bekannter Smoljanows war, Schuhe mit Kreppsohlen (seit dem Herbst hatte sie danach gesucht, und hier, nach einer einzigen leisen Andeutung – bitte sehr!). Sie staunte immer wieder: er wohnte erst so kurz in Moskau und kannte schon alle Ein- und Ausgänge und hatte jede Menge Bekannte. Und war dabei doch kein sehr geselliger Mensch, eher finster, kein Hansdampf. Also hatte er wohl ein besonderes Talent. Solche Menschen gibt es: alles gelingt ihnen auf eine stille Art, ihre Angelegenheiten laufen, das Geld fließt, die Frauen werden sich ihnen an den Hals, die dummen Gänse. Ein Talent! Das allerwertvollste: sein Leben einzurichten, zu gestalten, wie ein Zimmer mit Möbeln. Wenn Grischa doch nur ein bißchen davon hätte. Und das, was in Saratow Zufall gewesen war, eine Mitleidslaune, ein Hirngespinst des frühen Morgens – war es wirklich, war es nicht wirklich –, wurde nun bei Wintersende zum Gewohnten und schlicht Selbstverständlichen, als könne es gar nicht mehr anders sein. Im März, als die Premiere kurz bevorstand, bemerkte Lalja, daß Smurnyj anfing ihr zuzulächeln und sie von weitem als erster höflich zu grüßen.

... Und man vergißt, wie abscheulich das trübe Wetter gewesen ist, die Kälte, der schlammige Boden, und meint, es sei immer sonnig und warm gewesen und, vor allem, *es werde immer so bleiben*. Und als daher in Laljas Leben das eintrat, wovon sie seit Jahren geträumt hatte, fast schon ohne Hoffnung, weil sie sich in der Tiefe ihres Herzens mit einiger Angst

und Ergebenheit längst als die ewig Erfolglose gesehen hatte: Sergej Leonidowitsch arbeitete längere Zeit mit ihr allein, die Maskenbildnerin, eine unaufrichtige Person, nannte sie plötzlich Ludmila Petrowna, und einmal wurde Lalja sogar mit dem Auto des Direktors abgeholt, um zusammen mit dem Direktor und Sergej Leonidowitsch im Rundfunk von der Arbeit an dem neuen Stück zu erzählen – als dies alles und anderes der Art sich in Laljas Leben am Ende des Winters neunzehnhundertzweiundfünfzig ereignete, als Lalja siebendundzwanzig wurde, gewöhnte sie sich sehr schnell, ja augenblicklich, an die vorgefallene Veränderung und meinte, so wie jetzt *werde es immer sein* und es könne künftig nur noch besser werden.
Was diesen Wandel bewirkt hatte, blieb für Lalja ein Rätsel, aber sie dachte auch nicht weiter darüber nach. Wechselten nicht auch die Winde in der Höhe ihre Richtung? Irgendwo nach Tausenden von Meilen verflogen doch auch die Orkane? Ihre verstorbene Großmutter liebte das Sprichwort: »Kommt Zeit, kommt Rat.« Und nun war Laljas Zeit gekommen – warum auch nicht? Sie hatte so geduldig gewartet, ausgeharrt. Ihre Mutter war natürlich der Ansicht, die Wendung zum Besseren sei durch sie erfolgt: aufgrund jener kürzlichen Beschwerde. Denkbar. Aber auch denkbar, daß Nikolai Demjanowitsch Einfluß genommen hatte. Und noch denkbarer, daß Sergej Leonidowitsch, der eigentlich immer, schon seit den Aufnahmeprüfungen für die Schauspielschule, wo sie Lalja hatten durchfallen lassen, Sympathie für sie gehabt hatte, sogar allzu viel, sich an sie gewöhnt, sie gar nicht mehr wahrgenommen hatte und sie plötzlich mit neuen Augen gesehen und sich erstaunt gefragt hatte: »Ja, Kollegen, was machen wir denn mit Ludmila Telepnjowa?« Einmal hatte er, wie ihr berichtet wurde, über sie gesagt: »Die Anmut in Person – aber sonst?« Doch Anmut zu haben, hieß ja schon ungeheuer viel. Die Anmut lief nicht gerade auf der Straße herum. »Anmut ist eine Gottesgabe«, sagte der Maler Xenofont Fjodorowitsch, der ihr das Gehörte berichtet hatte. »Man muß sie hegen, hätscheln, und nicht die Nase rümpfen.« Xenofont Fjodorowitsch war ein großartiger Mensch. Lalja liebte er wie eine Tochter. Er starb an einem Herzanfall, der Arme: er trank zuviel. Und trotzdem war ihre Großmutter klüger als alle: Kam Zeit, kam Rat.
Der Vorhang schloß sich, die Schauspieler hasteten in die Kulissen, doch Lalja kam nicht mit, und als die Stoffbahnen

wieder auseinandergingen und die lärmende Woge aus dem Saal sie erfaßte, stand sie allein auf der Bühne, unfähig, sich darüber klar zu werden, ob sie sich allein verbeugen oder auf die anderen warten sollte. Jemand packte sie bei der Hand, so fest, daß die Finger schmerzten, und zog sie zur Rampe. Sie verbeugte sich, sah aus dem Augenwinkel, wer sie zog: Makejew. Der lächelte und flüsterte wütend:

»Verbeug dich endlich! Sie wollen doch dich!«

Und wieder das Gleiche: alle stürzten sich, einander stoßend und schiebend, in die Kulissen, Lalja trödelte irgendwie herum, und die Woge schlug über ihr allein zusammen. Jemand warf einen Blumenstrauß. Die Schauspieler hörten auf, sich zu verbeugen, stellten sich in einer lockeren Reihe auf, begannen ebenfalls zu klatschen, und alle drehten sich zur rechten Kulisse hin, aus der Sergej Leonidowitsch kam, etwas blaß und angewidert, wie er immer gegen Ende der Proben vor Müdigkeit aussah. Lalja schaute fast unter Tränen zu Sergej Leonidowitsch hin, am liebsten hätte sie ihn umarmt und ihm gesagt, wie hinreißend und großartig er sei. Unerwartet nahm er sie bei der Hand und führte sie nach vorn. Sie standen allein dem Saal gegenüber, der schon halbleer war, aber noch stärker als zuvor auf die Bühne donnerte, toste, drängte.

»Danke, Sergej Leonidowitsch«, sagte Lalja, »ich danke Ihnen.«

»Zum Publikum, zum Publikum«, knurrte er, ohne sie anzusehen.

Dann kam Nikolai Demjanowitsch heraus, in einem fabelhaften hellen Anzug mit weißem Einstecktuch, mit neuer Brille – einem schweren schwarzen amerikanischen Gestell, das ihn vollkommen veränderte, überhaupt sah er sehr ungewohnt aus. Bei den Verbeugungen dienerte er schon nicht mehr wie ein Kellner, das Gesicht war nicht mehr von Totenblässe überzogen, glänzte nicht schweißnaß, er hielt sich gerade, verbeugte sich sachlich, indem er den Kopf senkte – es dah aus, als stimme er jemandem zu: »Ja, ja, ja!« Dann trat er auf Sergej Leonidowitsch zu, umarmte und küßte ihn. Sergej Leonidowitsch drückte Nikolai Demjanowitsch heftig an sich, sagte ihm etwas ins Ohr, und Lalja bemerkte, daß er dabei errötete. Darauf kam Nikolai Demjanowitsch zu Lalja, küßte ihr die Hand und flüsterte:

»Diesen Tag sollten wir feiern . . .«

Lalja hatte noch nichts darauf sagen können, da war er schon weiter gegangen, drückte den Schauspielern die Hand, küßte sie den Damen. Schließlich ebbte das Dröhnen ab, versickerte, sie stiegen die enge Treppe hinunter, redeten alle zur gleichen Zeit, lachten, gratulierten einander. Sergej Leonidowitsch hatte Lalja am Ellbogen untergefaßt. »Sieben Vorhänge! Sieben, sieben!« schrie die Regieassistentin Lemberg, die mit erhobenen Armen am Fuß der Treppe stand und die Finger zu einer Sieben gespreizt hielt. »Ein großer Erfolg, Sergej Leonidowitsch!«
»Na, ja, abwarten . . .«, nickte dieser. »Aber Sie haben es immer zu eilig mit den Vorhängen, Ada Maximowna. Das wirkt zu aufdringlich, etwa provinziell.«
»Sie hatten doch selbst darum gebeten, Sergej Leonidowitsch!«
»Sie haben doch Augen im Kopf! Der Erfolg war abzusehen, die Vorhänge brauchten sich also nicht zu jagen, die Leute klatschten auch so. Soweit hätten Sie doch denken können. Na, macht nichts, ist nicht wichtig. Ich gratuliere Ihnen.« Er lächelte müde und drückte der Lemberg die Hand. »Die Wolken im dritten Akt müssen weg, notieren Sie das. Sehen aus wie Brei und geben überhaupt nichts her.«
Sergej Leonidowitsch ging weiter, die Lemberg faßte Lalja von hinten um die Schultern und drückte ihr einen Kuß auf die Wange.
»Laletschka, herzlichen Glückwunsch! Ach, entschuldige, ich hab dich verschmiert! Na, macht nichts, du schminkst dich ja gleich ab. Alles war ganz herrlich, großartig, nur eine winzige Stelle im letzten Akt, wo Makejew auf die Vortreppe zugeht und du dich umdrehst . . .«
Die Lemberg plapperte aufgeregt, ihr großer geschminkter Mund war ununterbrochen in Bewegung, Lalja begriff nur mit Mühe.
»Danke, Adotschka, tausend Dank.«
Sie nickte und lächelte, fast unbewußt, dann gab sie der Lemberg einen Kuß zurück. Und dabei schoß ihr durch den Kopf, daß sie noch vor einem Monat (was hieß Monat – gestern noch!) nicht gewagt hätte, Ada Maximowna zu küssen, geschweige denn, sie Adotschka zu nennen, und jetzt ging das so einfach, ganz von selbst, und der Lemberg schien die Abküsserei sogar sehr recht zu sein. Alles ringsum fuhr fort, sich zu verändern, und sie selbst veränderte sich auch, das fühlte sie. So mußte es auch sein, daran war nichts Außergewöhnliches. Kein Grund,

sich zu wundern. Alles, was sie umgab und mit ihr zusammenhing, war im Begriff, sich zu wandeln, zu wandeln, zu wandeln ... unerbittlich und sekündlich, und die anderen schienen das zu spüren wie die Vögel den Wetterwechsel.

Als Lalja nach dem Abschminken und Umkleiden in den Kulissensaal kam, stand dort schon, von den Schauspielern umringt, Sergej Leonidowitsch und machte Bemerkungen zu irgendeiner Szene. Er spielte selbst vor, wie die Stelle hätte gebracht werden müssen und was verkehrt gewesen war, und an der Art, wie er vorspielte, komisch und mit Hingabe, war deutlich zu sehen, daß er glänzender Stimmung war, den Erfolg spürte und schon günstige Prognosen erhalten hatte. Und das sahen auch alle anderen und lachten begeistert zu Sergej Leonidowitschs Darbietung. Auch Smurnyj war da, auch er lächelte, während er Sergej Leonidowitsch zusah, sein verkrampftes Gesicht zeigte honigsüße Freude. Er sagte zu Lalja:

»Sehr, sehr tüchtig, Ludmila Petrowna! Ich gratuliere von Herzen.«

In seinen Augen stand, daß das nicht ehrlich war. Übrigens heuchelte Schenka Miljutina genauso, sie küßte Lalja, sagte, sie sei schrecklich froh für sie, und nun müßten endlich dem Terror der alten Weiber Grenzen gesetzt werden und alle jungen sich zusammentun. Vorher, als Schenka gut angeschrieben und Lalja in Ungnade war, hatte sie etwas derartiges nicht vorgeschlagen. Aber all dies berührte Lalja jetzt nicht, sie trug nichts nach, wollte gut und großherzig sein, und als sie in Smurnyjs sanften Augen eine tief verborgene jämmerliche Hundeangst las, fühlte sie sogar so etwas wie Mitleid mit ihrem früheren Feind und antwortete heiter:

»Danke, German Wladimirowitsch, vielen Dank.«

Nun tauchte Nikolai Demjanowitsch in dem Saal auf, sagte irgend etwas von einem Festessen im »Grand Hôtel«, anscheinend am Montag – Lalja hörte kaum zu, überlegte, wie sie sich verhalten sollte: Grischa wartete unten, man müßte sie miteinander bekannt machen. Nikolai Demjanowitsch trat auf Lalja zu und verkündete ihr nicht sehr laut, aber so völlig seelenruhig, als stünden ringsum keine Leute:

»Ich warte unten beim Büro des Direktors. Es sind noch zwei Freunde von mir dabei.«

Wonach er entschwand.

Lalja ging in ihre Garderobe zurück, packte ihre Sachen in ihr

Köfferchen, nahm die Blumen; doch bevor sie den Raum verließ, setzte sie sich für eine Minute vor den Spiegel. Ihr war bang ums Herz. In ihre Freude mengte sich eine beunruhigende Vorahnung, etwas erdrückend Peinliches stand ihr bevor. Grischa war nicht wild auf die Premiere gewesen, er kam nicht gern hierher, er war krankhaft empfindlich, man hatte ihn hier beleidigt. Aber sie hatte versucht, ihn umzustimmen. Ihre Mutter, die den Vater nicht allein lassen konnte, hatte auch auf ihn eingeredet, jedoch in ihrem Stil: »Gehen Sie doch hin, tun Sie das! Jemand muß doch Lalja abholen und nach Hause bringen.« Die Verwandten würden in Scharen kommen – Onkel Kolja mit komplettem Gefolge, Mutters jüngste Schwester Veronika, Tante Schenja und Onkel Mischa, deren Kinder Maika und Borka, Maika ganz bestimmt, sie war eine regelrechte Theaternärrin; Valentina Abramowa, Onkel Mischas Schwester, wollte kommen, und Tante Toma hatte vor, extra aus Alexandrow anzureisen – alle angestachelt von ihrer Mutter. Lalja hatte sich deswegen sogar mit ihr gezankt. Mußte das sein, daß man im Theater ein Familientreffen der Telepnjows veranstaltete? Vielmehr: ein Familientreffen der Fomitschows? Denn es waren ja alles Verwandte mütterlicherseits, und wenn von Vaters Seite überhaupt jemand käme, dann allenfalls Slawik, Onkel Fedjas Sohn. Aber allen war strengstens gesagt worden: keine Warterei im Foyer, keine Familienkundgebungen, Zurufe, Blumen usw. Nach dem dritten Akt – Mantel, Überschuhe und auf Wiedersehen. Wir treffen uns zu Hause, Potschtowaja vier, Wohnung zweiunddreißig. Einzig Borka, dem leidenschaftlichen Fotografen, wurde gestattet, zwei, drei Aufnahmen irgendwo im Foyer zu machen, wenn das Ganze zu Ende war. Aber auf sie warten durfte nur Grischa. Und mit ihm würde Lalja nach Hause fahren. Aber ausgerechnet Grischa war der einzige – das wußte Lalja –, der ohne große Lust dorthin kommen würde und wahrscheinlich sogar ohne Blumen. In Gottes Namen, darauf kam es nicht an. Er war in finsterer Gemütsverfassung, es war entschuldbar. Zeitweise tat er ihr wahnsinnig leid, nächtelang zerbrach sie sich den Kopf: was konnte man für ihn tun, wie ihm helfen? Wenn sie ihn nicht ins Theater schleppen könnte, meinte sie, müßte es doch für ihn zu Hause oder in seiner geliebten Bibliothek nur noch bedrückender sein. Alles wäre ganz normal gewesen, wenn Nikolai Demjanowitsch nicht vorgeschlagen hätte auszugehen. Allein, ohne seine Frau. Sie hatten

sich also wieder gestritten. Eine schreckliche Frau: an einem solchen Tag Streit anzufangen. Ach ja, es wäre nicht schlecht, irgendwohin zu gehen, gut zu essen, einen trockenen Rotwein zu trinken, im »Aragwi« zum Beispiel – es lockte sie sehr, sie hatte schon den Geschmack des Saziwa auf der Zunge. Doch Grischa ... Und wenn sie – vor allen? Wirklich, was wäre das denn Besonderes?
Lalja sah sich im Spiegel an – ihr Gesicht war blaß, nur eben rosig an den Backenknochen, die farblose deutsche Pomade verlieh den Lippen einen feuchten, irgendwie sehr mädchenhaften Glanz. Alle sagten, Lalja habe einen hübschen Mund, und sie wußte das. Sie betrachtete ihren Mund mit Wohlgefallen. Sie trödelte: sollten doch die Schauspieler fort sein, wozu sich beeilen, es war einfacher, Nikolai Demjanowitsch im weitgehend leeren Foyer zu treffen und ihn irgendwo bei den Garderoben oder im Vestibül mit Grischa bekanntzumachen. Und daß die Verwandten nur ja verschwänden! Besonders gefährlich waren Maika mit ihrer Aufdringlichkeit und Onkel Koljas Frau Lipa, Olimpiada Afanasjewna, das patentierte Familiendummchen. Aber die Peinlichkeit mit Grischa und Nikolai Demjanowitsch ließ sich in keinem Fall vermeiden. Grischa mochte etwas ahnen, obwohl das eher unwahrscheinlich war. Er war viel zu deprimiert durch sein ständiges Mißgeschick. Allerdings – der blöde Zwischenfall mit dem Hemd, das Lalja als Geburtstagsgeschenk für Nikolai Demjanowitsch gekauft und in der Kommode verwahrt hatte. Grischa hatte es zufällig gefunden und gefragt, von wem das sei. Die Kragenweite war riesig, fünfundvierzig. Grischa trug einundvierzig. Sie hatte schwindeln müssen, daß sie jemand besonders Nettem ein Kollektivgeschenk machen wollten, dem Cellisten Tamarkin vom Theaterorchester. Beschämend, aber was sollte sie tun? Denn ehrlich zu sein, hätte erstens bedeutet, Grischa einen ungeheuerlichen Schlag zu versetzen, was unmenschlich gewesen wäre, vor allem jetzt, wo er in einem solchen Zustand war, und zweitens – wäre die Wahrheit höchstens eine Teilwahrheit, nicht die ganze, wirkliche Wahrheit gewesen. Denn das, was sich zwischen Lalja und Smoljanow abspielte, konnte man nicht als Verliebtheit bezeichnen, noch als irgend etwas anderes Bestimmtes. Lalja wußte nicht, was es war. Sie forderte nichts von ihm, erwartete nichts. Jegliche Entflammtheit oder brennende Notwendigkeit, sich täglich und stündlich zu sehen, zu sprechen – was Lalja

früher mit anderen erlebt hatte –, fehlte hier. Sie konnte Smoljanow wochenlang nicht sehen und litt nicht darunter, daß er sie im Theater nicht anrief, nicht zu sehen suchte. Aber wenn sie sich trafen, war es immer angenehm. Und immer bemitleidete sie ihn wegen irgend etwas. Sie wußte, daß er dies Mitleid brauchte: weder seine Frau, diese Egoistin, noch die kranke Tochter oder die alte Mutter, beide in weiter Ferne, und noch weniger das Publikum oder die Freunde am Theater vermochten ihm das zu geben. Und er sagte das auch: »Du bist die einzige, die mich wenigstens ein bißchen versteht«. Seinetwegen Grischa verlassen? Vielleicht würde er das sogar wollen. Aber es war nicht die Rede davon gewesen, und für Lalja wäre das nie in Frage gekommen – sie hätte sich Grischas wegen nur noch mehr gequält. Ihr Leben lang hatten Grischa und sie alles miteinander geteilt. Auch wenn sie nicht offiziell verheiratet waren. Aber darum ging es ja nicht! Schule, Jugendzeit, Krieg, Hunger, Hoffnungen, die nicht geborenen Kinder. Und jetzt, wo es ein bißchen besser aussah ...

Lalja hatte richtig einen Kloß im Hals, als sie sich plötzlich Grischa vorstellte, von ihr verlassen. Nein, niemals! Draußen regnete es inzwischen, es trommelte auf die blecherne Regenrinne, und Grischa wartete wahrscheinlich nicht im Theater auf sie, nicht einmal unter dem Torbogen der Auffahrt sondern irgendwo weiter weg an eine Mauer gedrückt. So war er eben. Irgendwie ganz krank und verdreht. Lalja fing an sich zu beeilen, ergriff das Köfferchen, die Blumen, löschte das Licht aus und ging rasch hinaus.

Als sie schnell, fast im Laufschritt, durch den Korridor hastete, schnappte sie den Fetzen eines Gesprächs auf:

»Hast du gemerkt, wie sie sich aufgespielt hat? Ist ein paarmal allein auf der Bühne geblieben, wie die hinterletzte Provinzdiva.«

»Himmel, was willst du denn? An unserem Theater kommt man nur so nach oben.«

Für eine Sekunde war sie versucht zurückzulaufen, nachzusehen, wer das war. Unwichtig. Das würde nun auf sie zukommen, finge an – und war auch ganz in der Ordnung, mußte so sein. Das Foyer war halbdunkel, das Publikum hatte sich schon fast zerstreut, und, Gott sei Dank, kein bekanntes Gesicht. Plötzlich flammte links vor ihr etwas gleißend hell auf – Borka sprang auf sie zu und wäre beinahe mit ihr zusammengeprallt.

Lalja sah nicht einmal zu ihm hin. Nikolai Demjanowitsch unterhielt sich mit zwei unbekannten Herren, dort standen auch Roman Wasiljewitsch, der Direktor, und Verwaltungsdirektor Brawin. Lalja ging vorbei, nickte zurückhaltend:
»Alles Gute!«
Die Herren reagierten mit fröhlichem Grunzen, sie hatten wohl schon einen leichten Kognakschwips, der Direktor ließ lächelnd seine Goldzähne blitzen, Verwaltungsdirektor Brawin schrie: »Ludotschka, ein Teechen mit Euer Gnaden! Zur Feier des Tages!«, und Nikolai Demjanowitsch sagte:
»Ludmila Petrowna, kann ich Sie nicht nach Hause bringen? Ich bin mit dem Wagen da.«

Rebrow war natürlich nicht in die Vorstellung gegangen. Das wäre ja noch schöner: in einen Smoljanow gehen! Seit elf Uhr hatte er in der Leninbibliothek gesessen, im dritten Saal, dem für Wissenschaftlicher, und über Iwan Gawrilowitsch Pryschow gelesen. Am Tag zuvor hatte er alles bestellt, was er im Katalog fand: das »Russische Archiv« für 1866, »Die Geschichte der Kneipen«, »Die Bettler im Heiligen Rußland«, Artikel in der »Stimme«, in den »Moskauer Nachrichten«, den »St. Petersburger Nachrichten«, das Buch von Altman, den Band mit Aufsätzen und Briefen aus dem Jahr vierunddreißig, »Vergangene Jahre« und vieles andere. Eine prachtvolle Lektüre für ein paar Tage. Wozu er Pryschow brauchte, wußte Rebrow selber nicht. Eben dazu! Das Sitzen in der Bibliothek, das Verschlingen alter Bücher, Zeitungen und Journale war zu einer unüberwindlichen, mächtigen Gewohnheit geworden, vergleichbar der Kartenleidenschaft oder dem Gebrauch von Drogen. Auf Pryschow war Rebrow gestoßen, als er sich für Netschajew interessiert hatte. Genau genommen, war ihm dieser Name zum erstenmal vor einem Jahr begegnet, als er eben hier, im dritten Saal, Stöße von Zeitschriften las. Alles zu nichts nütze. Irgendein schweres Rauschmittel. Es gab Tage, an denen er nicht einmal zu Mittag aß, nur ins Rauchzimmer ging. Dabei hätte er einen Artikel schreiben, sich irgendwelche Szenenfolgen ausdenken müssen! Aber nein, Iwan Gawrilowitsch Pryschow, ein völlig nutzloser und längst von allen vergessener Opa, ein erfolgloser Aufrührer, Historiker, Trunkenbold und Almosenbettler, ein grundanständiger Mensch und Historiograph des Volkslebens, der vor hundert Jahren gelebt hatte, ließ Rebrow nicht los. Aber vielleicht war es auch nur eine törichte bodenlose Wißbegierde oder eine noch törichtere Trägheit. Bis sechs Uhr, als es ihm schon vor den Augen flimmerte, saß Rebrow in der Bibliothek und hatte bis dahin zwanzig Seiten Exzerpte mit diversen Fakten und Überlegungen – lieber Gott, wofür nur? –, die er dem Leben Iwan Gawrilowitschs und seinen Werken entnommen hatte. Dann ging er ins Café »National« abendessen. Er ließ sich an seinem Lieblingstisch beim Fenster nieder, trank Kaffee, kaute den ganzen Abend an einem kalt gewordenen Schnitzel mit festem Kartoffelbrei, wie sie ihn nur hier im »National« richtig zubereiten, und nahm zweimal ein Gläschen Kognak: als Bekannte sich zu ihm setzten und ihn einluden. Rebrow war blank. Am Morgen hatte er sich von Lalja zehn Rubel geliehen. Im »National« ging alles seinen gewohnten Gang: man setzte sich dazu, machte bekannt, ging weg, richtete aus, teilte mit, witzelte, schockte, entrüstete sich, borgte, half aus, trank sich einen an, trieb Unfug. Um sieben Uhr kamen die Leute von den Pferderennen, erzählten, welche Gewinne und neuen Gaunerstückchen es gegeben hatte, um neun erschien wie immer der Maler Rysew, von dem es hieß, man müsse sich bei ihm vorsehen, um zehn begannen die Schauspieler aufzutauchen, die in den letzten Akten nichts zu tun hatten. »Im Malyj-Theater soll es einen totalen Durchfall gegeben haben . . .«, »Ist der Myschtschikow tatsächlich abgesetzt?«, »Hört mal, kennt ihr den: Kommt der Rabbi zu einer Nutte . . .«, »Das bekommt man nur in Riga!«, »Seht mal, was der Kerl für eine tolle Puppe hat!«, »Was soll das heißen: Lalja hat Premiere, und er hockt hier herum. Wieso sitzt du nicht in der Direktorsloge, du Unglücksmensch?« Rebrow machte eine träge verächtliche Handbewegung, er hatte keine Lust, sich auf Erklärungen einzulassen: die Verachtung galt dem Gegenstand der Frage wie dem Frager. War man jedem Saufkumpan Rechenschaft schuldig. Außerdem war ihm das unangenehm, dieses »Unglücksmensch«, »Lalja«. Diese ewige Schauspielervertraulichkeit. Er war noch im Bann Iwan Gawrilowitschs, und während er sich mit den Bummlern unterhielt, dachte er weiter an ihn. Die Kneipen funktionierten offensichtlich noch immer auf die gleiche Art: derselbe Hang zum Miteinander, derselbe Hang zur Unachtsamkeit. Nicht umsonst hatte Pryschow die letzten beiden Bände seiner »Geschichte der Kneipen« verbrannt, weil er fürchtete, die Regierung könne die Aufsicht verschärfen und diese Saufklubs unterdrücken. Um zehn, als Rebrow schon gehen wollte – zum Theater war es mit dem Trolleybus nur eine Viertelstunde –, tauchte Schachow auf, wie üblich in Eile, fragte Rebrow hastig, wie es ihm gehe. Er wirkte inspektorhaft, geschäftsmäßig, und musterte während des Fragens mit Adlerblick die Nachbartische: Jede Minute war kostbar. Rebrow antwortete, es gäbe nichts Neues. Und setzte à la Pryschow hinzu:

»Es geht zu Ende, aber der Fuß zuckt noch.«

»Hör zu, mein Lieber«, sagte Schachow, der jemanden in einer entfernten Ecke des Raums beäugte, »ruf mich in etwa fünf Tagen an, oder ich ruf dich an. Vielleicht fällt uns etwas ein, und wir zucken gemeinsam . . .«

Es war kalt und goß in Strömen. Es kamen schon Zuschauer aus dem Theater, aber nicht scharenweise, sondern in einem dünnen Rinnsal – diejenigen, die sich vor Schluß davongestohlen hatten. Rebrow vermied es, unter dem Torbogen der Auffahrt auf und ab zu gehen, um nicht den Schauspielern und sonstigen Theaterleuten, die er kannte, oder den üblichen Premierenbesuchern zu begegnen, und vor allem, um nicht Laljas Verwandten über den Weg zu laufen. Nicht, daß er diese Leute nicht leiden konnte, die in ihrer Mehrzahl zu Irina Ignatjewnas Clan gehörten, aber er bemühte sich, sich von ihnen möglichst fern zu halten; sie mochten großenteils sehr nette, durchaus ordentliche Leute sein, aber in jedem von ihnen steckte ein kleines Stück von seiner Schwiegermutter. Er stellt sich an die Mauer, um vor dem Regen geschützt zu sein und gleichzeitig die Herauskommenden im Auge zu behalten. Doch warum eigentlich – wieso warum, wer fragte danach? – wäre es ihm unmöglich gewesen, an der Auffahrt zu stehen, lächelnd die Bekannten zu begrüßen, den Verwandten die Hand zu drücken, ihnen witzig zu antworten? »Der Gatte hat Lampenfieber?« »Was soll man machen? C'est la vie.« Oder noch besser – mit Blumen unten im Foyer zu warten und vor aller Augen auf sie zuzustürzen, sie zu umarmen, unter dem beifälligen Gemurmel der Menge abzuküssen? Doch all das war *vollkommen* unmöglich. Mehr als alles sonst auf der Welt fürchtete Rebrow, sich lächerlich zu machen.

Diese Eigenheit empfindlicher und verschlossener Naturen hatte Rebrow in seinem Leben schon gehörige Schwierigkeiten bereitet. Die Schwierigkeiten hatten vor langem begonnen,

schon in der Schulzeit. Er ging mit Lalja in eine Klasse, sie gefiel ihm sehr, auf eine qualvoll-sprachlose Art, unbegreiflich wodurch – durch ihre Zöpfe vielleicht, ihre Stimme, ihre früh weibliche Figur oder durch ihre Kühnheit auf der Schulbühne als Nele im Ulenspiegel. Es ihr zu sagen war undenkbar, schon zu ihr hinzusehen war unerträglich, und dann auch noch – diese Folter: einmal kam er mit den Kameraden aus der Schule gerannt, Lalja stand schon draußen und fragte ihn: »Gehst du nach Hause?«, und anstatt aufzujuchzen: »Na klar! Los!«, erstickte er schier und murmelte: »Eigentlich nicht, ich geh dort lang . . .« Wenn die Kameraden nicht gewesen wären! Aber die paßten scharf auf – und sie ging weg, fragte nie wieder, und so gingen sie ein ganzes Jahr lang immer denselben Weg, aber nie zusammen.
Dann, schon in der neunten Klasse, war da ein dunkler Vorführraum in irgendeinem Klub in der Twerskaja-Jamskaja, Abendvorstellung, auf der Leinwand wurden die Schurken gehetzt, es wurde geschossen, Pferde jagten dahin. Rebrow und Lalja saßen in der letzten Reihe und begriffen nichts. Seine linke Hand und Laljas rechte hatten sich in der Dunkelheit ineinander verflochten und streichelten, umfingen und drückten einander, bis es wehtat. Das ging so anderthalb Stunden. Rebrow und Lalja sagten kein Wort, und ihre Gesichter waren der Leinwand zugewandt. Als das Licht wieder anging, standen sie auf, und mit niedergeschlagenen Augen und noch immer stumm gingen sie zum Ausgang. Auf der Straße fing Lalja plötzlich laut zu lachen an und sagte, er sei sehr komisch. Ins Herz getroffen, stammelte er: »Du bist auch sehr komisch.«
Ja, seine alte Angst: sich lächerlich zu machen. Aber es kam noch schlimmer. Einfach zu sagen: »Ich liebe dich«, stellte sich ihm dar als die lächerlichste Peinlichkeit, als Verletzung aller Regeln des guten Tons – also schwieg er stumpfsinnig, was nur noch peinlicher war. Dabei hatte doch zuerst sie vorgeschlagen, seine Frau zu werden – im Winter siebenundvierzig. Und zwischen ihnen beiden war damals schon alles gewesen. Aber er konnte sich nicht entschließen. Weil – wenn man es ihm plötzlich abschlug? Was dann: unter die Elektrische? Und um sie herum waren lauter Männer, jener Hinkende, dann der, der sie zum Theater brachte, dann war da noch ein Jascha, irgendein Walerij, ein Kindheitsfreund, der Sohn einer Freundin ihrer Mutter. Die Schwiegermutter träumte schon lange davon, Lalja

mit diesem Walerij zu verheiraten, und hatte anscheinend bis heute diese wilde Hoffnung nicht aufgegeben.
Aber Grischa hatte sie immer geliebt, die ganzen dreizehn Jahre. Kein Tag, an dem er nicht an sie dachte. Wenn sie auf Tournee war oder in den Süden fuhr – sie machte am liebsten allein Urlaub, und also hatten sie es so eingeführt –, wußte er nicht wohin, irrte elend umher, starb vor Sehnsucht, konnte weder arbeiten noch spazierengehen. Die Freunde brachten Mädchen an, versuchten ihn abzulenken; doch wenn Lalja unterwegs war und also die Gelegenheit günstig, hatte er nie das geringste Interesse. War sie aber in Moskau und alles in Ordnung – dann war er nicht abgeneigt. Aber auch das eher in Worten als in Taten. »Etwas Abwechslung könnte nicht schaden«, sagte er dann beim Kaffee zu einem Freund und betrachtete dabei irgendwelche blassen Studentinnen im Eßsaal der Bibliothek. Ach Gott, in all den Jahren war es vielleicht zwei- oder dreimal vorgekommen, daß er Abwechslung gesucht hatte. Wirklich kein Rekord für einen jungen Mann. So gut wie keinmal. Es spielte auch ein gewisser Aberglaube dabei mit, eine Art heimlicher Furcht, die er sich nicht einmal selber eingestand: nähme er sich die Freiheit, würde man sie sich auch dort nehmen. Wahrscheinlich hatte man sie sich dort längst genommen. Das war es, was ihn seit Jahren am meisten quälte. Diese erstaunliche Naivität – sich bei einem Kuß nichts zu denken, sich leicht auf einen Flirt einzulassen. Das hieß zwar nicht, daß sie bis zum Äußersten ginge, aber einige Schritte *zum Äußersten hin* würde sie ohne Bedenken zurücklegen. Das hatte nichts mit der Schauspielerei zu tun, nichts mit dem Milieu, das war ihr Charakter. Gutmütigkeit, auch wo sie unangebracht war. Es gab da einen Vorfall, er lag weit zurück, vor dem Krieg. Ja, natürlich, unmittelbar vor dem Krieg war es gewesen, im Juni: sie waren nach der Prüfung zu zweit zum Baden an den Schtschukinskij-Strand gefahren. Einen richtigen Badestrand gab es dort vorm Krieg noch nicht, nur eine relativ hohe steile Sandböschung. Sommeranfang, das Wasser war natürlich kalt, sie tauchten zweimal kurz unter und legten sich dann in den Sand. Auf einmal waren von irgendwoher drei Kerle erschienen, hatten angefangen, mit Lalja anzubändeln und sich mit Rebrow anzulegen: sie wollten eine Schlägerei. Wie immer bei solchen Geschichten bewahrte Rebrow lange die Geduld, kam langsam in Rage, explodierte dann gewissermaßen, schlug in blinder

Erregung mit den Fäusten um sich, nun, und auch die fingen an auf ihn einzuhämmern. Sie hätten ihn sicher zu Tode geschlagen, aber Lalja hatte sich schützend dazwischengestürzt und geschrien: »Hört auf! Was soll das? Was wollt ihr von uns?« Und mit einemmal: »Was ist, soll ich euch alle küssen?« Und tatsächlich hatte sie alle drei geküßt, einen nach dem anderen. Die wurden verlegen, und sie hatte Rebrow bei der Hand genommen und weggeführt. Sie hatte ihn mit der Straßenbahn mit zu sich nach Hause genommen. Ihre Eltern erschraken, machten ihm nasse Wickel, flößten ihm Tee ein und ließen ihn in der Veranda der kleinen Datsche übernachten. In der Nacht kam Lalja, nichts war außer Zärtlichkeiten und Laljas stürmischem Mitleid, und Rebrow fühlte nicht das Bedürfnis, zu beweisen, daß er ein richtiger Mann war – er spürte das auch so mit seinem ganzen stolzen, zerschlagenen Körper. Nur ein Gedanke marterte ihn, ließ ihn nicht schlafen und weckte ihn am Morgen – durch Vogelgesang und laubflimmerndes Sonnenlicht hindurch – mit wütendem Schmerz: wie hatte sie die drei nur küssen können? So einfach? Ja, Himmel, das sei doch nur gewesen, um ihn zu retten, und sie habe ihn doch gerettet! Gerettet? Und wenn nun, um ihn zu retten, noch Schlimmeres . . . Mit allen dreien? Ihre Antwort kam zögernd, aber fest: um ihn zu retten, ja. Ja, sie hätte das tun können. Ganz sicher sogar, wenn es darum ginge, ihn zu retten.
Er hatte aufgestöhnt, sich auf der Liege hin und her gewälzt, sich die Lippen blutig gebissen. Nicht aus Verzweiflung, daß sie es hätte tun können, sondern daß sie sich so einfach, fest, ohne zu schwanken, dazu bekannte. Und als er dann nach dem Wirbel dreier Kriegsjahre – nach Front, Verwundung, sibirischem Lazarett – Lalja in einem Haus beim Sretenskij-Tor zufällig wiedertraf und an ihrer Seite den hinkenden Dichter sah, der dafür bekannt war, daß er irgendwelche Liedchen für Invalide und Blinde verfaßte, ein armseliges Geschöpf, ein Schwächling und Alkoholiker, und man Rebrow sagte, daß Lalja sich um Lasik – so hieß der Lahmfuß – kümmere wie eine Kinderfrau, ganz ungewöhnlich an ihm hänge, und als der Dichter dann, wenn auch nicht ohne Mühe, verstoßen war, alles ein Ende hatte, das Alte durchgestrichen und pechschwarz übermalt war, schauten trotzdem noch immer hinter diesem Schwarz Lasik und die drei am Ufer hervor und irgendein Schuft, der versucht hatte, Lalja zu vergewaltigen, und noch

viele Unbekannte, deren Existenz er mehr erriet, als daß er zuverlässig von ihr gewußt hätte. Keiner von ihnen ließ sich für immer beseitigen.
Zu verschiedenen Zeiten hatte es verschiedene Anlässe zur Besorgnis gegeben: Makejew, dann Sergej Leonidowitsch selber, von dem sie andachtsvoll sprach wie von einem göttlichen Wesen, dann beunruhigte ihn der Regisseur Smurnyj, obwohl Lalja ihn haßte und man darin eine gewisse Garantie hätte sehen können, doch Rebrow wußte, daß bei Laljas Weichherzigkeit der leidenschaftlichste Haß leicht in leidenschaftliches Mitleid, ja, Mitgefühl umschlagen konnte, da hieß es auf der Hut sein. Unangenehm war Walerij mit seiner Mutter, die die Schwiegermutter mit Vorliebe beide einlud. Bisweilen waren auch die Dramatiker verdächtig, besonders so erfolgreiche wie Fedka Arnoldow, dunkelhaarig und glutäugig, ganz nach Laljas Geschmack. Auch Smoljanow stellte eine Gefahr da, und die äußerste Gereiztheit rief ein Schauspieler namens Kornilowitsch hervor, ein gewisser Paschka: unter dem Vorwand der Kollegialität benahm er sich gegen Lalja unglaublich familiär, erlaubte sich irgendwelche obszönen Witzeleien mit ihr in Anwesenheit Rebrows, duzte sie, umarmte sie, faßte sie an den Händen. Daher hielt Rebrow sich nicht gern in den Schauspielerkreisen auf. Worüber sollte er auch mit ihnen sprechen? Es war langweilig, und zudem verkrampfte er sich, unterdrückte seine Eifersucht, und das führte zu Widerwärtigkeiten und Erniedrigung. Denn er quälte sich zwar, wollte sich das aber nicht anmerken lassen. Er war bereit, an nächtlicher Atemnot zu sterben, in einem Anfall von Schwermut, aber um keinen Preis wäre er Lalja in die Stadt nachgereist, wo sie gerade gastierte, oder in den Kurort, wohin sie mit einer Freundin geflogen war, und nie rief er Lalja an, wenn sie verreist war. Das erledigte Irina Ignatjewna. Sie übermittelte sämtliche Nachrichten. Und er, der begierig jedes Wort einsog, setzte eine trübsinnig-gelassene und sogar zerstreute Miene auf, worüber die Schwiegermutter insgeheim erbost war – meinte sie doch, er rege sich zu wenig auf und also liebe er nicht genug: und das bestätigte ihre Vermutungen.
Doch wenn Lalja dann zurückkam – Tage des Glücks! –, setzte er von den ersten Minuten an, schon am Bahnhof oder Flughafen, seinen ganzen Scharfsinn ein, um etwas herauszubekommen oder ihr anzumerken. Es erfolgte eine Untersuchung selbst

der kleinsten Veränderungen, die in den Tagen des Getrenntseins in ihren Gewohnheiten, ihrer Stimme, ihrem Befinden, ihrer Beziehung zu ihm vorgegangen waren, und in der ersten Nacht wurde auch ihre Liebe einer strengen geheimen Prüfung unterzogen. Von alledem ahnte sie natürlich nichts. Und sicher war es aus all diesen Gründen, daß er nicht frei und offen hierher kommen, lächeln und mit all diesen Leuten reden konnte. Als sie im Sommer aus Saratow kamen und Rebrow sie vom Bahnhof abholte, hatte Kornilowitsch mit absichtlich lauter Stimme im Spaß zu Lalja gesagt: »Na, was ist, Laletschka? Wollen wir Grischa alles gestehen? Ja? Komm, geben wir's zu!« Die Schauspieler hatten gegrölt vor Lachen, Grischa hatte sich ein Lächeln abgerungen, aber in seinem Herzen nagten Angst und Zweifel: wie sollte man sich da auskennen, plötzlich war doch etwas daran?

Aus noch einem Grund ging er nicht gern ins Theater: sie hatten Lalja dort gedemütigt. Und er konnte sie nicht beschützen. Ihn hatten sie auch gedemütigt. Zwei Stücke hatte er eingereicht, eins für die Jugend, über die Errichtung einer Universität, das andere eine Art Kindermärchen über den Koreakrieg – beide waren nicht angenommen worden. Seinen Stücken gegenüber war Rebrow gespalten – einerseits, als sei es ihm damit nicht ernst, sah er ihre Schwächen, ihre durchsichtige Berechnung, doch bekümmerte ihn das nicht sehr, weil er davon ausging, daß *diese* Stücke für ihn nicht die Hauptsache, sondern etwas Zweitrangiges waren. Andererseits aber waren sie durchaus die Hauptsache und aus dem Blickwinkel des Alltags sogar das Allerwichtigste, auf sie gründete sich die Zukunft. Und daher empfand er es als Kränkung, daß sie nicht angenommen wurden. Waren sie wirklich so schlecht, schlechter als alle anderen, schlechter sogar als irgendso ein Smoljanowscher Schwachsinn?

Das Publikum strömte inzwischen in dichten Scharen heraus, der Regen war stärker geworden, die Vorübergehenden redeten von Taxi, Metro, davon, daß sie noch in eine Bäckerei mußten, niemand sprach von der Aufführung. »Natürlich, völlig richtig!« dachte Rebrow ohne Verwunderung. Er kannte Smoljanow persönlich nicht, hatte seine Stücke weder gesehen noch gelesen, war aber irgendwie davon überzeugt, daß Smoljanow zwar geschickt, aber talentlos sei und seine Stücke der reine Schwachsinn.

Jetzt erschien der Dramaturg Boris Mironowitsch Marewin oder, wie sie ihn am Theater nannten, Bob; er hatte Rebrows Stücke vier Monate bei sich liegen gehabt, dieses Schwein, und hatte erst unlängst durch Lalja ausrichten lassen, sie paßten leider nicht ins Programm. Er hatte sich nicht einmal die Zeit genommen, ihn herzubitten und mit ihm darüber zu sprechen. Er hatte keinerlei offiziellen Brief geschrieben. Wozu auch solche Umstände? Als Laljas Mann gehört er mit zum Inventar, war er *kein richtiger* Autor. Wenn Berg oder Fedka Arnoldow etwas einreichten, verschlang er das in einer Nacht und rief in aller Frühe an: »Hören Sie, so eine Unverschämtheit, Sie haben mir etwas Schreckliches angetan, ich bin überhaupt nicht davon losgekommen . . .« Auf der Straße sah der gestrenge Marewin, vor dem die Autoren zitterten, völlig anders aus als in seinem Büro mit der bronzegefaßten Schreibtischgarnitur aus grünem Marmor – ziemlich kläglich. Erst recht im Regen. Ein unansehnlicher, unscheinbarer kleiner Herr mit Baskenmütze und Aktenmappe, in einem Mantel, der um nichts besser war als der Rebrows, so kam er in den Regen hinausgelaufen, krümmte sich, zuckte mit den dünnen Beinchen wie eine Mücke, schaute nach beiden Seiten, erblickte Rebrow und grüßte kurz. Rebrow antwortete mit einem hochmütigen Nicken. Plötzlich packte Marewin eine heftige Regenbö, ließ ihn gegen die Hauswand taumeln, so daß er unfreiwillig in Rebrows Nähe geriet und sie nicht mehr umgehen konnten, einander zu begrüßen und ein paar Worte zu wechseln.

»Warten Sie auf Lalja? Das war heute ein großer Tag für sie. Auch Ihnen herzliche Glückwünsche . . .«

Rebrow hatte keine Lust, mit ihm über Lalja zu reden. Er fragte:

»Wie war das Stück – ein Bombenerfolg? Das Publikum rast?«

»Sind Sie verrückt?« flüsterte Marewin. »Absolut mittelmäßige Scheiße. Wünsche Wohlergehen . . .

Und lief hüpfend weiter. Plötzlich kam es ihm: man könnte ein großartiges Stück über Iwan Gawrilowitsch schreiben. Alles wäre da – dramatische Handlung, Tod, malerische Kostüme, weibliche Hingabe und das Märtyrerdasein eines bettelarmen Literaten, der sein Manuskript für ein Glas Schnaps hergibt. Aber wie war das mit dem Mord? Denn er hatte Iwanow doch gar nicht töten wollen, hatte es abgelehnt, gefleht, gesagt, er sei alt und blind, aber sie hatten erklärt: »Wir tragen Sie hin.« Und

hatten ihn anscheinend mit Wodka betrunken gemacht. Das war ja das Schreckliche. Dostojewskij hatte eine geniale Karikatur verfaßt, die »Dämonen«, doch wenn man schlicht und einfach zeigte, wie es gewesen war ... Nur – wozu? für wen?
In der Tür erschien Makejew in einem üppigen Mantel mit Schalkragen, die Hände in den Taschen, bis zur Nase in einen weißen Schal gehüllt; jemand trug ihm einen kleinen Koffer nach. Makejews Anbeterinnen, lauter Backfische, die unter dem Torbogen Wache standen, piepsten im Chor: »Makejew unser Schatz – hoch hoch, hoch!« Dann tauchte eine größere Gesellschaft auf, inmitten davon Lalja. Im abgewinkelten linken Arm trug sie, als wäre es ein Kind, einen riesigen Blumenstrauß. Man nahm lärmend voneinander Abschied, schrie sich etwas zu, schwenkte die Hüte, irgendeine Frau küßte Lalja, die Gesellschaft zerstreute sich rasch. Rebrow nahm die Schultern etwas zurück, richtete sich leicht auf und ging in den Regen hinaus. Lalja redete noch immer mit jemandem. Rebrow erkannte Smoljanow. Er verkrampfte sich, blieb wie angewurzelt stehen. Keinen Schritt würde er zu Lalja hin tun, sollte sie doch zu ihm kommen. Während sie sich unterhielten, kamen Lalja und Smoljanow allmählich in Rebrows Nähe. Lalja sah ihn, war aber so vertieft, daß sie ihm weder zunickte noch zulächelte noch irgendeine Bewegung machte, die gezeigt hätte, daß sie ihn überhaupt bemerkt hatte. Anscheinend merkten die beiden auch den Regen nicht. »Verdammt, warum muß sie ihn mitschleppen?« fragte Rebrow sich unglücklich. Lalja und Smoljanow waren bei ihm angelangt, blieben in zwei Schritt Entfernung stehen, und Lalja reichte Rebrow, ohne ihn anzusehen, den Strauß hin.
»Was soll das?« fragte er und nahm den Strauß. »Ist das ein Geschenk für mich oder was?«
»Grischa, bitte halt mal.« Lalja sah ihn zum ersten Mal an. Ihr Blick war leicht benommen, ihre Augen glänzten. »Ach, entschuldige, Grischenka. Ihr kennt euch nicht? Nikolai Demjanowitsch Smoljanow – Grigorij Fjodorowitsch Rebrow. Grischa, Nikolai Demjanowitsch hatte gerade vorgeschlagen, daß wir noch irgendwo ein bißchen feiern ...«
Smoljanow lüftete den Hut, seine Hand war unerwartet kräftig.
»Ich gratuliere Ihnen zu diesem, wie soll man sagen, Festtag ...«, murmelte Rebrow; er spürte in seiner Stimme eine

gewisse Niedertracht. In der nächsten Sekunde rechtfertigte er sich: Ja, kann denn der arme Kerl etwas dafür, daß er unbegabt ist? Und heute war schließlich seine Premiere.
Smoljanow hatte wohl nicht genau zugehört, jedenfalls dankte er nicht, reagierte nicht einmal mit leichtem Nicken und brabbelte statt dessen irgendwelchen Unsinn:
»Ist das nicht merkwürdig, Grigorij Fjodorowitsch: ich habe nicht gespielt, mich nicht gehetzt, ich habe in der Loge gesessen und zugesehen – und habe dabei Rückenschmerzen, als hätte ich Kartoffelsäcke geschleppt. Na ja – die Arbeit. Ich würde an die Stückeschreiber kostenlos Milch austeilen lassen, wie in der gesundheitsschädlichen Produktion . . .«
Zwei Männer kamen hinzu, Smoljanow stellte sie vor: der eine war von der Theaterbehörde, der andere irgendein Landsmann Smoljanows, ein Saratower, der jetzt in Moskau arbeitete. Der Landsmann verabschiedete sich, und der andere bat sie, in seinem »Pobeda« Platz zu nehmen. Als sie eben in den Wagen einsteigen wollten, erschienen plötzlich von Gott weiß woher Laljas Verwandte auf der Bildfläche, fünf oder sechs Leute, angeführt von Tante Lipa, dieser lauten Dummtrine; all das überfiel Lalja mit Küssen, Blumen, Kreischen, ein Blitz flammte auf, irgendwer knipste dieses Tohuwabohu; schließlich konnte Lalja sich freikämpfen und verkroch sich ins Wageninnere, nach ihr stieg Rebrow ein, den Gott sei Dank niemand bemerkt hatte, als letzter zwängte sich Smoljanow hinein und schlug die Tür zu. Aus irgendeinem Grund mußte Lalja die ganze Zeit irrsinnig lachen. Wohin? Sie entschieden sich für das neue Hotel »Sowjetskaja« auf der Leningrader Chaussee. Dort, so hieß es, gebe es ein Restaurant mit Zigeunermusik.

Vor der Revolution war das kleine Haus, in dem die Telepnjows lebten, die Datsche irgendeines Fabrikangestellten oder eines niederen Beamten gewesen, bei dem es nicht zu einem Haus im eigentlichen Moskauer Umland gelangt hatte – mit Flüßchen und Nadelwald, auf der Losiny-Insel oder in Kuskow – und der von Dienst her dazu verpflichtet war, täglich nach Moskau hineinzufahren, weshalb die Nähe zur Stadt das Allerwichtigste war; die Revolution hatte alle Datschenbesitzer, die Reichen und die weniger Wohlhabenden, aus ihren Häuschen vertrieben, hatte die Dachkammern, Vorräume und Veranden mit Arbeitervolk, frisch entlassenen Soldaten, Bauern und Bauersfrauen bevölkert, die aus den Hungergegenden in die Hauptstadt gebrandet waren. So hatte sich 1922 an dieser Stelle, damals noch außerhalb der Stadtgrenze, der demobilisierte Soldat der Roten Armee Pjotr Telepnjow niedergelassen, ein Jekaterinburger Kleinbürger, von Beruf Kesselschmiedemeister, von Berufung Gärtner. Er hatte an der Arbeiter- und Bauernfakultät studiert, war zuerst als Meister beschäftigt und arbeitete sich dann zum Schichtingenieur in dem großen neuen Werk hoch, das unweit vom Haus entstanden war, auf dem alten Chodynsker Feld.

Doch mehr als das Werk, als die dem Herzen teuren Kessel und vielleicht sogar mehr als Frau und Tochter liebte Pjotr Telepnjow seinen Garten, den er drei Jahrzehnte lang gehegt und gepflegt hatte. Besonders prächtig waren die Georginen. Ihretwegen war Telepnjow in ganz Moskau berühmt. Unter Blumenzüchtern hießen sie auch so: »Telepnjowsche Georginen«, manchmal sogar einfach »Telepnjowsche«, weil jeder wußte, von welchen Blumen die Rede war. Im Garten wuchsen auch andere Blumen – Tulpen, Astern, Chrysanthemen, Levkojen, herrliche und gleichfalls berühmte Iris und der üppigste Flieder, achtzehn Büsche, den ganzen Zaun entlang. Aber den Flieder hütete Pjotr Alexandrowitsch irgendwie weniger sorgsam und eifersüchtig als viele andere Blumen, erlaubte, daß man etwas abriß, verpflanzte ihn buschweise, verschenkte ihn nach rechts und nach links, der halben Moskauer Verwandtschaft zu Nutz und Freude.

Im Krieg wäre der Garten fast zugrunde gegangen. Wie konnte man an Blumen denken, wenn man nur so eben-eben lebte und nicht genug zu essen da war; die Kleine hatte weder Kleidchen noch Schuhe, im Mai, wenn der Boden trocken war, lief sie in Filzstiefeln herum, und Irina Ignatjewna litt an einem Geschwür, lag wochenlang im Krankenhaus. Aber nichtsdestoweniger überlebten sie und retteten den Garten: es rettete ihn Pjotr Alexandrowitsch – in Stunden, Nächten, die er seinem Leben stahl, mit seinem Glauben daran, daß die Menschen eines Tages zu sich kommen und sich fragen würden: »Aber irgend etwas fehlt uns doch? Hat da nicht etwas in der Tischmitte gestanden?« Und wirklich, die Leute besannen sich wieder auf die Blumen, Lorchkartoffel und Frühradieschen kamen nach und nach aus der Mode, wenn sie auch den Platz auf den Beeten noch nicht räumten, aber sie waren schon nicht mehr die

mächtigen Herren, eher Mieter auf Zeit, die man aus Not gegen gutes Geld duldete und möglichst bald loszuwerden hoffte, doch da tauchte unerwartet eine neue Gafahr auf. Zwei Jahre nach dem Krieg fingen sie an, entlang der alten Poststraße Steinhäuser zu bauen. Dem Fliedergarten, den achtundvierzig Sorten Dahlia variabilis drohte Unglück – der Abriß. Das Häuschen – zum Teufel mit ihm, nicht schade drum, ein Haufen Holz, sie bekämen eine andere Wohnung, eine noch bessere, aber der Garten – dem drohte der Tod.
Pjotr Alexandrowitsch stellte Papiere zusammen, sammelte Unterschriften bei namhaften Kunden, denen er seinerzeit Flieder geschenkt hatte, schrieb Eingaben an den Gebietssowjet, die Gebietswohnungsbehörde, den Moskauer Sowjet, die Moskauer Wohnungsbehörde, den obersten Stadtarchitekten mit der einzigen Bitte: den Garten, der nach seinem Tod in das Eigentum des Staats übergehen solle, wegen seiner Einmaligkeit als Ganzes zu erhalten und ihm selber eine Wohnung in einem nahegelegenen Haus zu geben, damit er sich weiter um den Garten kümmern und Beobachtungen durchführen könne, die von allgemein anerkannter wissenschaftlicher Relevanz seien.
Das dritte Jahr zog sich das hin. Pjotr Alexandrowitsch schrieb, telefonierte, schlug sich in Vorzimmern herum, klopfte an alle Türen – die steinernen Häuser rückten näher und näher. Schon war die ganze Straße von der Kirche bis zur Tarakanowka bebaut, schon hatten sie das faulige Flüßchen mit Müll aufgefüllt, hatten Erde angefahren, einen kleinen Park angelegt, schon hatten sie eine Trolleybuslinie eingerichtet, schon hatte Lalja drei Rollen gespielt, war dennoch unzufrieden und wollte vom Theater weg, vertrug und verzankte sich abwechselnd mit ihrem Unglücksraben Grigorij, schon hatten sie ihr einziges Töchterchen Warenka bekommen und durch Meningitis gleich wieder verloren, doch was mit dem Garten würde, war noch immer nicht entschieden.
Der Gebietsingenieur sagte: »Ihr Haus befindet sich im Bezirk Nummer acht. Zur Zeit reißen wir zwei Bezirke hinter der Tarakanowka ab, Sie sind als Dritte an der Reihe. Wenn der Moskauer Sowjet bis dahin keinen Beschluß faßt, stehen Ihnen die Traktoren ins Haus.«
Hinzu kam, daß zwei Nachbarn aus ebensolchen Holzhäusern ihm alle Chancen verdorben hatten: auch sie hatten Eingaben verfaßt, Unterschriften gesammelt. Aber sie wollten gerade das

Gegenteil – sie hatten es eilig mit dem Abreißen, beschimpften Pjotr Alexandrowitsch auf widerlichste Weise. Besonders setzte ihm Kurtow zu, der Milizionär. Einst hatten sie im Guten gelebt, hatten hier und da ein Gläschen zusammen getrunken, waren gemeinsam zum Angeln gefahren, die Töchter waren befreundet, Lalka und Margaritka, gingen in eine Klasse, aber jetzt hatten sie sich wegen dieses ganzen Hickhacks restlos zerstritten.

Pjotr Alexandrowitschs Gesicht wurde grau, sein Rücken krümmte sich von der Hast und Aufregung. Im September ging er in den Garten hinaus, um weiß-gelbe Imperialis als Geschenk für den pensionierten Obersten Dudarjew zu dessen fünfundsechzigsten Geburtstag zu schneiden – die Georginen waren in diesem Herbst unglaublich schön gekommen, könnten sie doch nur auf die Genfer Ausstellung! –, und da dachte er plötzlich, daß es in einem Jahr an dieser Stelle weder ihn noch die Georginen geben werde, sondern eine Baugrube, wo mit Kalk herumgepfuscht würde und Frauen auf Tragen Ziegel schleppten. Und im selben Augenblick bohrte sich etwas wie eine feine Nadel in sein Herz und warf ihn um. Er lag im Irisbeet, bei vollem Bewußtsein, nur der Schmerz bohrte, und er hatte schreckliche Angst, sich zu bewegen. Er rief mit schwacher Stimme: »Irina! Irina!« Irina Ignatjewna hatte ihn natürlich nicht gehört, aber Kandidka, das kluge Tier, hatte vom Zaun her zu bellen angefangen, und kurz darauf war seine Frau herausgekommen und hatte ihn gesehen. Zwei Monate blieb Pjotr Alexandrowitsch zu Hause, die ersten zwanzig Tage mußte er flach liegen und sich ruhig halten, durfte den Kopf nicht wenden, nach und nach erholte er sich und fing an aufzustehen. Im Januar wurde er für anderthalb Monate in ein Sanatorium verschickt. Als er zurückkam, schien es ihm einigermaßen gut zu gehen, vielleicht war er noch etwas schwach. Wieder der Alte, oder nein, doch nicht.

Die freudige Nachricht von Laletschkas Premiere und ihrem großen Erfolg erreichte Pjotr Alexandrowitsch bei schlechter Verfassung. Natürlich freute er sich für seine Tochter und vor allem für seine Frau, die dank Ludmilas Erfolgen aufblühte, stolzgeschwellt herumlief, ihr Geschwür vergaß, doch der Gedanke an den Garten quälte ihn unaufhörlich.

Er kam auf Ideen. Wie, wenn ein Brief vom Theater käme? Vom ganzen Kollektiv? Der und der Volkskünstler, die und die verdiente Künstlerin. Den Ersten Regisseur müßte man gewinnen ... »Soeben erfahren wir von der bevorstehenden barbarischen Vernichtung der Heimstatt blumenzüchterischer Kultur im Leningrader Bezirk ...« Lalja versprach, mit dem Verwaltungschef Brawin zu sprechen. Dieser Brawin war nach ihren Worten ein sehr nützlicher und vernünftiger Kollege, an den sie sich mit allen Fragen wendeten, er schrieb auch Eingaben und erledigte Gerichtsgänge, kümmerte sich um Scheidungen wie um Wohnraum. Lalja fand keine Gelegenheit mit ihm zu reden, es mußte ja unter vier Augen sein und ausführlich, und im Theater war immer ein Gehetze, Gedrängel, eine ruhige Minute gab es nie. Doch sie hatte es versprochen. »Vielleicht kann ich ihn auf einen Wodka nach Hause einladen«, sagte sie, »er wird sicher nicht nein sagen.« Eine andere Idee: das Feuilleton. Dafür mußte man Grigorij zusetzen: er hatte doch Bekannte in der Zeitungswelt und hatte selber eine leichte Hand. Er hatte mit ihm geredet, dieser hatte zugesagt, aber – das Übliche – man mußte ihn zehnmal daran erinnern, bevor er sich vom Fleck rührte. Und ihn daran zu erinnern, war auch nicht einfach, man mußte einen günstigen Zeitpunkt finden: oft war er nicht bei Laune, hatte einen heimlichen Zorn auf Irina Ignatjewna, war mit Lalja zerstritten, aus unerfindlichen Gründen grollte er manchmal auch Pjotr Alexandrowitsch. Ein andermal sagte Lalja selbst warnend: »Seid heute vorsichtig mit Grischa, er hat Ärger mit seiner Arbeit. Er ist sehr mißgestimmt.« Doch wann gab es denn jemals bei ihm etwas Positives? Die ganzen lieben langen Jahre hindurch nichts als Ärger und Mißstimmungen.

Ein erfolgversprechender Zeitpunkt, um ihn zu erinnern und auf den Fuß zu treten, war nach Meinung Pjotr Alexandrowitschs für den Montagabend zu erwarten, wenn die jungen Leute vom Festessen zurückkämen, natürlich nur, falls es nicht schon nach Mitternacht war. Pjotr Alexandrowitsch war aufgefallen, daß Grigorij, wenn er etwas getrunken hatte – was nicht oft vorkam, alle Jubeljahre ein halbes Mal, und mit der Gastfreundschaft war es heutzutage ja nicht weit her –, gesprächig und umgänglich wurde und sogar weniger geizig war. Überhaupt fand Pjotr Alexandrowitsch, daß sein Schwiegersohn knauserte. Nicht so sehr mit Geld, sondern mit seinen Sachen: da bat man ihn um irgendwelche albernen Kleinigkeiten, eine Rasierklinge oder um seinen Schal, weil man einen kurzen Gang machen mußte, und er gab es immer irgendwie ungern, nicht sofort. Wollte man ein Buch von ihm geliehen haben – um Schukowskij hatte er ihn gebeten, um Anatole France: seine Bibliothek in der Baschilowka war umfangreich und vorzüglich assortiert –, versprach er: »Gut, Pjotr Alexandrowitsch, morgen bringe ich es mit.« Und am nächsten Tag: »Oh, ich hab es vergessen! Wenn ich das nächste Mal da bin, bringe ich es ganz bestimmt mit.« Mit Schukowskij ließ er sich zwei Monate lang Zeit, und dann hieß es: am Vortag habe er ihn extra gesucht und nicht gefunden, er müsse irgendwo hingeraten sein. Ein Knauserer, was sonst. Er hatte auch kein leichtes Leben: so viele Jahre quälte er sich schon herum, und es kam nichts Vernünftiges dabei heraus. Niemand nahm seine Stücke oder seine Drehbücher an. Und dabei schrieb er gar nicht so übel, ganz ausgezeichnet, er hatte wirklich Talent. Nicht schlechter als andere. Über den Aufstand in Sibirien hatte er ihm zu lesen gegeben: prima! Sehr gut und kräftig in der Sprache, unglaublich viele Fakten. Sichtlich fehlte es ihm an Beziehungen. Ohne die kam man dort eben nicht an. Hundert Jahre konnte man sich abmühen – alles umsonst, man durfte nicht einmal daran denken . . .

Grigorij und Lalja ließen auf sich warten, und Pjotr Alexandrowitsch schlief ein. Er hatte einen schweren Traum: Ein Traktor kracht durch den Staketenzaun, zerbricht die Stangen, kriecht in den Garten, auf die Beete zu, zuerst über die Georginen, dann über den zartrosa Phlox in seiner schönsten Spätsommerpracht, über die Iris, die Levkojen – alles zu Brei. Am Steuer des Traktors sitzt Mitka Kurtow und brüllt wütend: »Schluß jetzt! Genug gespielt!« Er wachte mit Herzstechen auf, rief vergeblich nach Irina Ignatjewna, durch die Wand hörte er Geräusche, Gerede, Laljas fröhliches Lachen. Die Uhr zeigte halb zwei.

Plötzlich kam Irina Ignatjewna erschrocken hereingelaufen: »Vater! Schläfst du nicht?«

»Und wo steckst denn du? Ein Uhr ist längst vorbei, liebe Leute . . .«, knurrte er gereizt, noch ganz in den Klauen seines Alptraums, seine Stimme klang matt. »Übernehmt euch nur nicht mit der Feierei . . . Gib mir das Herzmittel. Und etwas zum Nachspülen.« Wenn der Druck auf der Brust lastete und ihn die Angst überfiel – als sei der Tod ganz nah –, schien ihm alles unwesentlich: die Freude seiner Frau, Laljas Erfolge, Mißerfolge – alles, alles. Und nur eins galt: der Garten. »Bitte Grigorij, daß er zu mir kommt.«

»Petrascha, es ist Besuch da, wir trinken Tee« flüsterte Irina Ignatjewna, sie beugte sich tief zu Pjotr Alexandrowitschs Gesicht hinunter. Aus irgendeinem Grund lächelte sie dümmlich in die Dunkelheit. »Der Schriftsteller, dessen Stück sie gespielt haben ...«

»Na und? Ist doch ganz unwichtig. Ruf Grischa sofort, sag ihm, ich möchte ihn dringend sehen.«

Nach kurzer Zeit wurde die Tür sperrangelweit aufgerissen, Grigorij kam herein und setzte sich vorsichtig auf den Stuhl neben dem Sofa. Er schwankte etwas. Ein starker Geruch nach Wein breitete sich im Zimmer aus.

»Grischa, es geht um folgendes ...«, setzte Pjotr Alexandrowitsch an und versuchte seiner Stimme einen strengen, geschäftsmäßigen Ton zu geben. Keinen Tag, keine Stunde dürfe man mehr verlieren, erklärte er. Bezüglich der Zeitungen. Gleich morgen früh seien die nötigen Anrufe zu tätigen, Artikel zu schreiben, zu expedieren: diese himmelschreiende Gemeinheit, Schädlingstätigkeit erster Güte – wem man auch davon erzählte, niemand glaubte, daß im fünfunddreißigsten Jahr der Sowjetmacht so etwas möglich sei. Grigorij saß da, den Kopf gesenkt, die Ellbogen auf die Knie gestützt, und nickte trübsinnig:

»Ja, ja, ja ...« Plötzlich hob er den Kopf und fragte: »Pjotr Alexandrowitsch, warum gratulieren Sie mir nicht?«

»Wozu?«

»Zur Premiere meiner ungesetzlichen Ehefrau Ludmila Petrowna Telepnjowa.«

»Aber selbstverständlich, bitte sehr! Ich gratuliere.«

»Sie müssen mir gratulieren«, Grischa drohte mit dem Finger. »Alle gratulieren mir. Eben gerade im ›Sowjetskaja‹ haben alle mir die Hand geschüttelt und gesagt: Herzlichen Glückwunsch, mein Lieber.‹ Oder auch: ›Wir gratulieren von Herzen, Teuerster.‹ Und ich habe mich bedankt. Danke, ich danke ihnen. Denn sich zu bedanken ist unbedingt notwendig. Die Menschheit geht an mangelnder Dankbarkeit zugrunde – Dankbarkeit im höheren Sinne ...«

Irina Ignatjewna, die hinter dem Schwiegersohn in der Tür stand, machte Zeichen: Schick ihn weg, er ist betrunken, siehst du das nicht? An den abrupten Bewegungen und dem törichten Lächeln – das Dummerchen, mitten in der Nacht läßt sie sich

einfallen, den Leuten Tee vorzusetzen – erkannte Pjotr Alexandrowitsch, daß auch sie schon ziemlich angeheitert war.
»Schon gut, geh nur ...«, sagte er mit schwacher Stimme. »Morgen. Ich gratuliere.«
»Danke, danke. Bin aufrichtig gerührt ...«, flüsterte Grigorij, schlug die Hacken zusammen und machte eine tiefe Verbeugung wie ein Clown. Wenn er betrunken war, flüsterte er immer so und kasperte herum.
Irina Ignatjewna löschte das Licht im Korridor. Eine halbe Minute später machte Grigorij es wieder an, schob sich ins Zimmer und flüsterte wieder:
»Übrigens, der Schriftsteller wird hier übernachten. Weil es schon zu spät ist. Mit meiner Frau, sagt er, streite ich mich nur, ich mag jetzt nicht nach Hause.«
»Laß ihn doch«, sagte Pjotr Alexandrowitsch. »Platz ist ja da. Genosse Smoljanow?«
»Ja, der. Ich muß gestehen, ein höchst rätselhafter Mensch. Ich habe einen Verdacht aufgrund einiger Angaben, kleinster Beobachtungen ...« Er beugte sich vor und flüsterte: »Er hat Dostojewski nicht gelesen!«
»Wie?« fragte Pjotr Alexandrowitsch, als sei er erschrocken. »Hat ihn nicht gelesen. Allen Ernstes. Tsss ...«, Grischa lachte lautlos und fuchtelte mit den Händen über dem daliegenden Pjotr Alexandrowitsch herum. »Und mit Tolstoi ist, glaube ich, auch nicht alles so, wie es sein sollte ... A propos, in Dostojewskijs ›Dämonen‹ kommt ein Gedanke vor: Um unglücklich zu sein, braucht der Mensch ebensoviel Glück wie Unglück. Das ist sehr tiefsinnig, Pjotr Sanytsch! Begreifen Sie, Iwan Gawrilowitsch Pryschow ... Habe ich Ihnen nicht davon erzählt? Nun, nicht wichtig. Ein pensionierter Kollegienregistrator. Eine lange Geschichte. Nicht wichtig, nicht wichtig. Also das Leben dieses Pryschow war ganz unwahrscheinlich qualvoll, eine Kette von Unglücken, und trotzdem, begreifen Sie, Pjotr Sanytsch, hatte er auch Glück. Was für welches, fragen Sie. Nämlich, seine Frau, Olga Grigorjewna Marto ... Ein selbstloser Mensch ... Sie hat sich mit ihm in Moskau abgeplagt, immer ohne einen Groschen, ewig nur Mißerfolge, er war ein schrecklicher, unheilbarer Trinker, und dann ist sie ihm auch nach Sibirien gefolgt ... Da sehen Sie's ...« Grigorij stand schwankend auf, fuhr sich mit der Hand über die Wangen,

stand eine ganze Minute lang schweigend so da, ging dann auf Zehenspitzen hinaus.
Am anderen Morgen führte Lalja den Schriftsteller Genosse Smoljanow zum Vater herein und machte sie bekannt. Während Lalja, ihre Mutter und Tante Toma, die extra zu Laljas Premiere am Samstag aus Alexandrow gekommen war, Frühstück machten und Grigorij in den »Kirchenladen« – so nannten sie das Geschäft neben der Kirche, das nächste, man mußte nur durch den Park laufen – gerannt war, um eine Flasche für den Nachdurst zu holen, kamen Pjotr Alexandrowitsch und Nikolai Demjanowitsch ins Gespräch. Der Schriftsteller erwies sich als ein netter, gutmütiger Kerl. Er litt ziemlich, wartete dringend auf sein Katergetränk. Sie unterhielten sich über das Netzfischen. Smoljanow war ein leidenschaftlicher Fischer. Er besaß zu Hause in der Nähe von Saratow ein Motorboot mit Fischerausrüstung, jeden Sommer floh er aus dem gräßlich überfüllten Moskau für ein, anderthalb Monate dorthin. Ein Pud schwere Störe waren nach seinen Worten keine Seltenheit. Und sein Vater, ein Fischfabrikbesitzer, der früher, vor Ewigkeiten, über zwei Astrachanbarkassen verfügt hatte, pflegte zu erzählen, daß man zu seiner Zeit bis zu fünf Pud schwere fangen konnte. Unmerklich war das Gespräch auf den Garten gekommen. Pjotr Alexandrowitsch schüttete dem Schriftsteller sein ganzes Leid aus. Nikolai Demjanowitsch versprach zu helfen, etwas mit jemandem zu besprechen, und wenn hier Telefon wäre, sagte er, würde er noch in dieser Minute jemanden anrufen und etwas klarstellen.
Pjotr Alexandrowitsch wurde ganz beschwingt, rief seine Frau, verlangte, daß man den Gast in den Garten führte und ihm alles zeigte. Es hämmerte in seiner Brust: vielleicht würde der wirklich helfen? Er war ja ein großer Mann. Wenn er etwas wollte, tat er es auch. Er befahl, ihm die Aktendeckel mit den Papieren zu bringen, legte auf der Bettdecke all seine Aufzeichnungen aus, all seine Eingaben, Telegramme, Bittschriften.
»Dies hier vom Doktor der Wissenschaften Struschaninow . . . Dies von einem anderen bedeutenden Genossen: ›Mit Bestürzung erfahre ich . . .‹«
In diesem Moment brachte Grigorij die Flasche an, sie setzten sich zum Frühstück, Lalja hängte sich die Gitarre um. Da klopfte es plötzlich ans Fenster. Herein kamen: Nachbar Kurtow in der Uniform eines Oberleutnants der Miliz, der Rentner

Bespalow – ein anderer Nachbar – und die Chalidowa, Tante Rosa, die Schulputzfrau. Mit dieser Rosa hatte Irina Ignatjewna sich früher ausgezeichnet verstanden: Rosa war zum Wäschewaschen gekommen, war auf den Markt gegangen, ein andermal hatte sie Blumen verkauft, und Irina Ignatjewna hatte sie bedauert, ihren Kindern gelegentlich etwas zugesteckt, es waren vier, ihr Mann war umgekommen. Doch im letzten Jahr waren sie natürlich Feinde geworden.

Wieder ging das Gezeter los – die Chalidowa kreischte mit hoher, dünner Stimme, man verstand kein Wort, der Rentner brummte vor sich hin und schwang die Fäuste. Lalja versuchte, sie zur Vernunft zu bringen und den Krawall zu beenden –, in Gegenwart des Besuchs, so eine Schande! –, aber die anderen wurden nur um so hartnäckiger, wedelten mit irgendeinem Papier vom Bezirksarchitekten herum. Pjotr Alexandrowitsch kannte ihn – ein nichtsnutziger Mensch, der alles unterschrieb, was man wollte.

Er legte sich aufs Sofa, sagte kein Wort – er hörte zu, wie sein Herz hämmerte. Die Arme wurden schlaff, und eine vage, beklemmende Mattigkeit überzog den ganzen Körper. Plötzlich fing Irina Ignatjewna an zu schreien:

»Ihr Schufte! Was tut ihr da? Seht ihr nicht, daß da ein Kranker liegt? Gemeines Pack!«

Wozu sich streiten, dachte Pjotr Alexandrowitsch beinahe gleichgültig. Das ist doch nicht nötig. Es nützt ja nichts ... Mitka Kurtow dröhnte etwas vom Bezirkssozialamt: »Die Rente wegnehmen ... Blumenspekulant ...«

»Ein Idiot bist du, Mitka«, sagte er so leise, daß es vermutlich niemand hörte.

Nikolai Demjanowitsch lief auf einmal purpurrot an, seine Wangen fingen an zu beben, und über den Tisch hinweg polterte er los:

»Sofort macht ihr, daß ihr aus dem Zimmer kommt! Hinaus! Aber ganz schnell, auf der Stelle! Und über Ihr Benehmen, Genosse Oberleutnant«, er stach mit dem Finger nach dem erstarrten Kurtow, »werde ich mit Iwan Grigorjewitsch reden. Welche Abteilung? Leningrader Bezirk?«

Sie schoben sich aus dem Zimmer hinaus, der Lärm ging draußen weiter. Irina Ignatjewna setzte sich aufs Sofa, die Hände vors Gesicht geschlagen, und schluchzte:

»Ausgerechnet an Laljas großem Tag, diese Schufte ... Petra-

scha, und wenn – ach, zum Teufel mit denen, oder nicht? Das Leben ist doch viel zu kostbar . . .«
Pjotr Alexandrowitsch schwieg, er horchte in sich hinein. Ihm war gar nicht gut. Alles in ihm fing an zu verschwimmen, seine Konsistenz zu verlieren, er mochte weder sprechen noch sich bewegen, weil das, was ihn niederpreßte, das nicht mehr Konsistente zerreißen konnte und auch schon zerriß: der Schmerz setzte ein. Nicht irgendwo an einer Stelle, im Herzen oder in der Brustmitte, sondern überall, im ganzen Körper – ein einziger ungeheurer Schmerz. Der Schriftsteller kam wieder herein und sagte: »Wir werden sie noch zur Vernunft bringen! So ein Blödsinn, regen Sie sich nicht auf!« Grischa schrie mit hoher Stimme vor dem Haus. Und ohnehin brannte der rasende Schmerz mit jeder Sekunde mehr. Mit Anstrengung brachte er hervor:
»Ruft doch einen Arzt . . .«

Im Sommer bot sich ihr das erstemal in ihrem Leben Leningrad: Spaziergänge, das »Astoria«, Jazz, der echte, irgendwoher aus China, sie tanzte mit wem auch immer, bis das Lokal schloß. Nikolai Demjanowitsch war schwerfällig, betrank sich schwer, in der Nacht mußten sie den Arzt holen, das Herz zerbarst ihr vor Mitleid mit dem einen wie mit dem anderen, der in Moskau geblieben war – für den hatte sie einen Ledermantel aus einem Kommissionsgeschäft am Newskij Prospekt, es gab nächtliches Weinen, Weglaufen in die Baschilowka. Im Theater war alles verändert: die neue Spielzeit begann mit höchstem Einsatz, »Ignat Timofejewitsch« bekam einen Preis, Nikolai Demjanowitsch kaufte sich ein Auto, zog in eine neue Wohnung, der Leinenbeutel auf der Truhe im Flur schwoll von Briefen an, besonders viele kamen von Soldaten, nachdem Laljas Porträt Titelbild einer Zeitschrift gewesen war, Smurnyj wurde zum Schmeichler, bei ihren Freundinnen kam das Verborgenste, Schlimmste zum Vorschein, manche verschwanden ganz, konnten es nicht ertragen, und ihr armer Vater quälte sich im Botkin-Krankenhaus, Ende Herbst hatte es ihn wieder dorthin verschlagen, der dritte Infarkt.
Wieder war es Dezember, lag Schnee. Aber ein völlig anderer Dezember, ein anderer Schnee. Lalja trat aus dem Innenhof des Krankenhauses auf die Straße hinaus – sie hatte lange bei ihrem Vater gesessen, hatte ihm Mandarinen mitgebracht und das eben

erschienene Buch »Mondstein«, hinter dem alle her waren, hatte der Alten fünfzig Rubel zugesteckt, damit sie sich mehr um ihn kümmerte – und ging langsam die dunkelnde, von Frostschwaden verhängte schmale Straße entlang. Leute mit Einkaufsnetzen und Bündeln hasteten an ihr vorbei, liefen zu den Straßenbahnen, und sie ging ohne jede Eile, der Wagen wartete auf sie, und aus irgendeinem Grund hatte sie plötzlich hier, nach dem Krankenhaus, in einem Moment der Müdigkeit und der Traurigkeit des Vaters wegen, zum erstenmal das Gefühl – ungewohnt, aber zweifelsfrei und vollkommen ruhig –, eine *reiche Frau* zu sein.

Alle diese Leute, die da vor ihr herliefen, die um des Unglücks ihrer Lieben willen bekümmert waren, mußten ihren eigenen Angelegenheiten hinterherrennen, die sich so trostlos und ohne Ende hinzogen wie der Krankenhauszaun, sie aber ging still vor sich hin, atmete tief, war traurig und ruhig, wie es einer *reichen Frau* angemessen war. Es war dies ein komplexes Gefühl, es bedeutete keineswegs, daß Lalja viel Geld in der Tasche hatte – sie hatte sogar gerade gar keins, sie gab es immer schnell aus –, es bedeutete verschiedenes, zum Beispiel, daß es Lalja im Frost warm war: vielleicht zum erstenmal in ihrem Leben verspürte sie in der wärmenden Üppigkeit des Ziegenpelzes, der so frisch und wundervoll roch, keine Angst vor dem Frost. Es bedeutete auch eine Gelassenheit im eigentlich Wesentlichen, ohne das das Leben nichts gilt, denn jetzt würde schon niemand mehr wagen, etwas Schlechtes zu sagen oder auch nur zu denken, sie hatte es ihnen bewiesen, das stand fest, man brauchte nur hinzusehen, wie lang die Gesichter der Schauspielerinnen wurden, wenn sie in den Probenraum kam oder wenn, wenn, wenn; zu diesem Gefühl gehörte auch, daß sie gefiel, geliebt wurde, daß man sich ihretwegen quälte, und auch, daß sie sich kaufen konnte, was ihr früher unerreichbar erschienen war, etwa ein chinesisches Teeservice, und daß sie abendelang das essen konnte, was sie mochte – Hühnchen Marke »Tabak«, Käse Marke »Suluguni« –, Rotwein trank, und vor allem gehörte dazu, daß sie aufregende neue Bekanntschaften machte.

Auf die erste Premiere war die zweite gefolgt, dann Rundfunk, dann ein Auftritt bei »Mosfilm«, Rezensionen, Artikel, eine Gehaltserhöhung, die Zusage einer neuen Wohnung, das Herausstellen auf einer Konferenz, einem Empfang, der Vorschlag für einen Preis, und im Pelzgeschäft auf der Sretenka, wo sie eine Mütze für Grischa suchte, fragte die Geschäftsführerin, eine bebrillte ältere Dame mit einem Ekzem auf dem Kinn, plötzlich errötend:

»Verzeihung, sind Sie nicht vom Dramatischen Theater? Ist Ihr Name Telepnjowa?«

Die Mütze wurde aus den Kulissen des Geschäfts angebracht, in Zeitung gewickelt, um die Schlange der Wartenden nicht zu verärgern. Als sie mit dem Päckchen aus dem Laden traten, knurrte Grischa unter Lachen:

»Teufel noch eins, was für eine tolle Berühmtheit! Es ist einem ja fast schon unangenehm, sich mit Ihnen zu zeigen, Madame . . .«

Ja, unangenehm. Lalja fühlte, wie er zusammenzuckte, wenn er an allen Ecken und Enden auf ihre Berühmtheit stieß. Natürlich freute er sich auch, jubelte insgeheim, weinte einmal sogar – jemand sah ihn, wie er sich in einem Konzert die Augen wischte, wo sie die Lieder der Jewdokia aus »Ignat Timofejewitsch« sang; diese Lieder waren populär geworden, sie trat inzwischen häufig bei Konzerten auf, gastierte sogar in anderen Städten –, doch es nagte an ihm, und er kam nicht dagegen an. Denn seine eigenen Angelegenheiten waren nicht um einen Schritt, nicht um einen Zentimeter vorangekommen! Ein neues Leid, das das Gefühl, eine *reiche Frau* zu sein, nicht zum vollkommenen Glück oder gar zur Seligkeit werden ließ. Zur Seligkeit fehlte zwar nur noch ein kleines Stück. Jedoch – das fremde, anverwandte Leid stand im Weg. Hinderlich war außerdem die Mutter mit ihren Nerven, ihrem Abmagern, dem täglichen Gezitter um den Vater, und störend war auch der Vater, dessen Schicksal unvorhersehbar blieb: mal schien es, als komme er wieder hoch, dann sah es wieder ganz böse aus.

Nikolai Demjanowitsch machte von innen den Schlag auf, Lalja raffte ihren langen Ziegenpelz – früher hatte sie auf der Straße nur immer zugesehen, wie die Damen mit achtlos-lässiger Bewegung die Schöße ihrer kostbaren Pelze aufnahmen, bevor sie in den Tiefen des Automobils verschwanden, und jetzt tat sie das selber, den vorbeikommenden Frauen zum Neid – und kuschelte sich flink auf den Hintersitz. Smoljanow erkundigte sich nach ihrem Vater. Der Chauffeur fuhr am Weißrussischen Bahnhof vorbei, über den Majakowskij-Platz und bog nach links in die Sadowaja ein.

»Wohin fahren wir?« fragte Lalja.

»Zum Abendessen bei Alexander Wasiljewitsch. Er hat uns eingeladen.«
Alexander Wasiljewitsch Agabekow wohnte beim Kursker Bahnhof. Womit er sich befaßte, wußte Lalja im einzelnen nicht, irgendeine solide Tätigkeit. Zu Besuch bei ihm war Lalja bisher noch nicht gewesen, und sie wollte auch nicht dorthin. Überhaupt wollte sie nirgendwohin. Der Gedanke quälte sie, daß Grischa sich irgendwo herumtrieb, hilflos und erbittert, in der Bibliothek, bei einem Freund oder zu Hause auf und ab tigerte, wartete. Was sollte sie denn tun? Wie konnte man ihm helfen? Er war doch ein so guter, ein so begabter Mensch. Ein großartiger Mensch! Von seltenen Qualitäten, ein echter Intellektueller – kannte sich glänzend aus in Geschichte, Literatur, hatte sich selbst Polnisch beigebracht, um die Zeitungen lesen zu können. Überhaupt hatte er für alles ein Talent, zeichnete sehr gut, liebte Musik. Aber irgendwie hatte er immer Pech. Und so – verging fruchtlos sein Leben.
Nikolai Demjanowitsch hörte sich das kühl an.
»Ihm fehlt die solide Basis, das ist das Elend«, sagte er unvermittelt, und Lalja erinnerte sich, daß er das schon einmal gesagt hatte. Mit genau denselben Worten: Basis, Elend.
Im Sommer hatte man einen Abend im Gorkipark eine Begegnung mit Zuschauern auf offener Bühne veranstaltet, mit Szenen aus dem Stück und einer Rede Smoljanows, irgendwie war Grischa dort aufgetaucht, und sie hatten hinterher im »Poplawka« gegessen. Sergej Leonidowitsch und jemand von den Schauspielern waren noch mit dabei gewesen. Es hatte ein Geplänkel gegeben, um irgend etwas Hochgeistiges, Grischka war gereizt, hatte sich mit den anderen angelegt, und Smoljanow hatte gesagt: »Das Elend mit Ihnen ist, daß Sie . . .« Natürlich, so etwas gehörte sich nicht, und es war unvorsichtig. Grischa hatte sich ereifert und zu schreien angefangen: »Was für eine Basis? Wovon reden Sie? Schwarzerde? Bleicherde? Fäkalien? Meine Basis – das ist die historische Erfahrung, all das, was Rußland durchgemacht hat!« Und aus unerfindlichen Gründen redete er auf einmal davon, daß seine Großmutter von verbannten Polen abstammte, daß sein Urgroßvater Leibeigener und sein Großvater in die Studentenunruhen verwickelt gewesen und nach Sibirien geschickt worden war, daß seine andere Großmutter in Petersburg Musikunterricht gegeben hatte; der Vater dieser Großmutter hatte zu den Wehrpflichtigen gehört,

und sein eigener Vater hatte den Ersten Weltkrieg und den Bürgerkrieg mitgemacht, obwohl er ein friedlicher Mensch war: vor der Revolution Statistiker, danach Ökonomiefachmann, und all das zusammen, hatte Grischa erregt geschrien, sei seine Basis, sei die historische Erfahrung, sei Rußland – und zum Teufel mit euch und euren verdrehten Gehirnen! Es war unangenehm gewesen, hatte nach einer ernsthaften Verstimmung ausgesehen, Sergej Leonidowitsch hatte sich besänftigend eingeschaltet und gesagt, Nikolai Demjanowitsch habe offensichtlich die Lebenserfahrung gemeint und Grischa sei noch jung und unerfahren, doch Smoljanow hatte mit der Sturheit des Besoffenen sein »Eine Basis muß sein, unbedingt ...« vor sich hin gemurmelt. Grischa hatte daraufhin irgend etwas Böses zu ihm gesagt. Da hatte ein unvorhergesehener Umstand die Situation gerettet: am Nachbartisch war plötzlich eine wilde Schlägerei entbrannt, die Miliz raste herbei. Als sie auf die Straße traten, wurde schon nicht mehr von der »Basis« gesprochen.

»Was heißt hier Basis!« sagte Lalja. »Helfen muß man ihm.«

Nikolai Demjanowitsch schwieg eine Weile.

»Und wenn er irgendwo in den Staatsdienst ginge? Das ist zwar nicht einfach, aber man könnte es probieren ...«

»Nein. Du weißt doch, wie stolz und verletzlich er ist ...«

»Es ließe sich eine akzeptable Stelle finden.«

»Nein, Kolja, man muß ihm bei seiner Arbeit helfen, ihm einen Anstoß geben, die Hand bieten. Weiter schafft er es dann allein. Eine gutes Wort wenigstens ...«

Laljas Stimme zitterte ein wenig. Nie hatte sie Nikolai Demjanowitsch so direkt um etwas gebeten, und wenn er etwas getan hatte, dann war er bisher von selbst darauf gekommen. Doch jetzt, zum erstenmal, bat sie ihn um etwas. Aber es war ihr gleich nicht mehr wohl dabei, weil er sich irgendwie versteifte. Und dabei war er doch gutmütig. Lalja wußte, daß er vielen half, besonders seinen Landsleuten, jungen Menschen, Armen und vom Pech Verfolgten, sie wußte, daß er seine Frau nicht verlassen konnte, obwohl er sie nicht liebte und ihr zänkisches Wesen nur mühsam ertrug, doch – er konnte es nicht, aus Mitleid, sie war seelisch unausgeglichen.

Aber dies hier mit Grischa war etwas anderes. Lalja ahnte, daß es eine harte Anstrengung sein würde, und nahm diese Unannehmlichkeit auf sich. Den Ausbruch im »Poplawka« hatte er vermutlich nicht vergessen, doch hatte er zu Lalja nie, nicht ein einziges Mal etwas gesagt. Er hatte nur irgendwann ziemlich schüchtern bemerkt: »Ich verstehe nicht, wie du mit so einem Menschen leben kannst.« Lalja war beleidigt gewesen. Nein, das ließ sie sich nicht gefallen! Grischa war doch nicht »so ein Mensch«, sondern ein Mensch im echten und umfassenden Sinn. »Und wie hältst du es mit deiner Hysterikerin aus?« Er hatte sich gerechtfertigt: »Martha ist keine Hysterikerin, sie ist krank. Ich empfinde ihr gegenüber nichts mehr außer, vielleicht einem gewissen Pflichtgefühl und der Angst, sie tödlich zu verletzen. Aber du kannst dich von deinem Grischa überhaupt nicht lösen.« Und das war die Wahrheit. Wozu es leugnen? Grischa – war eben Grischa. Wie irgendwo bei Tschechow: »Die Frau ist eben die Frau.« Das Seltsamste war, daß Grischa nicht einmal »die Frau« war, das heißt, nicht ihr Mann, sie waren nicht getraut, Grischa hatte sein Zimmer in der Baschilowka, wohin er regelmäßig floh, wenn er sich mit Lalja überworfen hatte oder besonders depremiert war; er ernährte sie nicht, wie es sich für den Ehemann gehörte, er kleidete sie nicht und trotzdem – es war wirklich unbegreiflich, unmöglich zu erklären – trotzdem hatte sie nicht die Kraft, ihn sich aus dem Herzen zu reißen. Er hatte sich hineingebrannt, hineingeschmolzen mit allen seinen kindlichen Leiden – Masern, Scharlach, Aussprachefehlern, Ausschlag, Schweißausbrüchen . . .

Nikolai Demjanowitsch legte seine Hand auf die Laljas.

»Schon gut. Wir überlegen uns etwas.«

Agabekow hatte Gäste. In dem riesigen Eßzimmer – Lalja hatte noch nie so große Zimmer gesehen, vierzig Quadratmeter – saßen unter einem Lüster, wie im Theater, einige Leute bei Tisch, das Diner war in vollem Gange, das Essen war reichlich, von ausgesuchter Qualität und, wie man auf den ersten Blick sah, nicht hausgemacht, sondern aus einem Restaurant. Nikolai Demjanowitsch paßte diesen Moment ab, um Lalja zuzuflüstern:

»Ich habe vergessen, es dir zu sagen. Sein Vater hat heute Geburtstag . . .«

Am Kopfende des Tisches saß ein kleiner alter Mann mit einem ungewöhnlich rosigen, glänzenden, wie modellierten Gesicht, er trug einen schwarzen Tscherkessenrock. Es wurden Toasts ausgebracht und Reden gehalten.

Eine Dame brachte mit jähen Enthusiasmus einen Toast aus

»auf die hier unter uns weilende großartige Darstellerin . . .«
Die Männner blickten begeistert:
»Ludmila Petrowna, auf Ihr Wohl! Ex! Alles trinkt auf Ludmila Petrowna!«
Irgendwer schrie:
»Wer auf Ludmila Petrowna nicht ex trinkt, der . . .«
Sie gerieten in Erregung, beeilten sich anzustoßen, strahlten fröhliche Zuneigung und sogar Verehrung aus, und obwohl Lalja erriet, daß das Ganze beschwipster Unsinn war, die meisten hatten sie nie auf der Bühne gesehen, hatten wahrscheinlich nie ihren Namen gehört, war es ihr dennoch angenehm, sogar sehr. Eine Gitarre wurde gebracht. Lalja fing an zu singen, zuerst ohne große Lust – man hatte sie sehr bitten müssen, und Nikolai Demjanowitsch hatte ihr unterm Tisch das Knie gedrückt und leise gesagt: »Lehn es bitte nicht ab« –, doch dann, nachdem sie das eine oder andere Glas Wein getrunken hatte, machte es ihr Spaß, und sie sang mit Vergnügen »Zwischen den Welten im Schimmer leuchtend«, Zigeunerlieder und ihr Lieblingslied seit Kindertagen, das ihre Mutter ihr beigebracht hatte: »Auf den Straßen wirbelt Staub«. Alexander Wasiljewitsch starrte Lalja unverwandt an. Sein Blick war eigenartig, war auf Laljas Mund gerichtet, und das – daß er nicht in ihre Augen sah, sondern auf ihren singenden Mund – war ihr unangenehm. Etwas Unlebendiges lag in dem Blick dieses Schnurrbärtigen mit der hohen Stirn, wurde immer gläserner, gläserner und verwandelte sich in das reinste klare Glas, einen Augenblick lang hatte sie sogar Angst, aber dann waren Jahrhunderte vorbeigeflimmert, das Gläserne verschwunden. Die Georgier sangen in ihrer wehmütigen Art, sehr schön. Lalja versuchte sie zu begleiten. Einer der Gäste sprang plötzlich auf und fing an, den Takt zu klatschen.

Laßt uns singen,
fröhlich springen . . .

Alle stimmten ein, klatschten mit, zogen in ein anderes Zimmer, schleppten Lalja mit – der Kopf drehte sich ihr schon etwas, sie hatte Lust, etwas anzustellen und, wenn es schon einmal so weit gekommen war, eine echte Ballkönigin zu sein –, sie ließ sich zu Boden fallen, auf ein Bärenfell, und sang aus voller Kehle, lauter als die Musik aus dem Radio:

Chas-Bulat, stolz und kühn!
Arm ist deine Hütte!

Woher kam auf einmal diese Ausgelassenheit? »Chas-Bulat« hatten sie zu Hause gesungen. Der Vater im Baß, und Onkel Mischa, Tante Schenjas Mann, hatte sich mit aller Kraft in den höchsten Falsett-Tönen versucht. Als sie nach einer halben Stunde in das große Zimmer mit dem Lüster zurückkam – irgend etwas hatte sie plötzlich schmerzhaft gestochen, gerade so als hätte sich eine kranke Rippe falsch gedreht, doch es war nur der Gedanke an Grischa –, saßen um den Tisch nur noch Männer und diskutierten. Nikolai Demjanowitsch war nicht da. Es hieß, er sei jemanden holen gefahren und komme bald wieder. Lalja hörte zu – es ging um Politik, um den amerikanischen Präsidenten, Deutschland, Jugoslawien. All das interessierte sie überhaupt nicht, sie langweilte sich. Zwei Stunden vergingen.
Alexander Wasiljewitsch und Lalja saßen an einem Tischchen im Arbeitszimmer, über ihren Köpfen brannten in einem vergoldeten Wandarm drei Kerzenbirnen. Ihnen war heiß von der erhitzten Lampe, vom Wein; Alexander Wasiljewitsch lockerte seine Krawatte und macht den obersten Knopf seines weißen Hemds auf. Sie unterhielten sich über Musik. Als Kind hatte Lalja drei Jahre lang die Musikschule besucht, sie hatte das absolute Gehör und eine schöne Stimme, aber sie hätten ein Klavier kaufen müssen, und der Vater bekam das Geld nie zusammen, alles gab er für den Garten aus, erst unmittelbar vor dem Krieg konnten sie sich eins anschaffen, aber im Jahre dreiundvierzig, als sie hungern mußten, verkauften sie es wieder. Damals kaufte ihre Mutter dann die Gitarre. Alexander Wasiljewitsch sagte, er sei ein großer Belcantoliebhaber und habe viele deutsche Schallplatten mit Aufnahmen von Caruso, Gigli, Toti del Monte. Lalja war Feuer und Flamme: sie mußte sie hören! Sie gingen in ein anderes Zimmer und setzten sich auf ein Sofa. Von den Gästen war niemand mehr da, sie waren allein. Die Platten waren so herrlich, daß Lalja alles vergaß: daß man sie zu Hause erwartete, daß Nikolai Demjanowitsch spurlos irgendwohin entschwunden war und daß Alexander Wasiljewitsch ihr vorher gar nicht gefallen hatte, sie hatte in ihm einen Schürzenjäger vermutet. Ohne jeden konkreten Beweis, nur so – instinktiv. Wie dumm: er hatte einen sympathischen Schnurrbart und ein geradezu überhöfliches Benehmen, als hüte er sich, Lalja auch nur mit dem Finger anzurühren. Schürzenjäger konnte Lalja nicht ausstehen.

Als es auf ein Uhr nachts zuging, geriet Lalja in schreckliche Aufregung:
»Wo bleibt denn Nikolai Demjanowitsch? Und wenn ihm etwas zugestoßen ist?«
»Kolja kommt noch«, versprach Alexander Wasiljewitsch fest. »Er kommt auf jeden Fall.«
»Aber ich habe Sie entsetzlich aufgehalten!«
»Machen Sie sich meinetwegen keine Sorge, ich schlafe zur Zeit nachts sowieso nicht, sondern arbeite. Und daß ich gähne – das ist das Herz, der Motor klopft. Das heißt, ich muß etwas nehmen.« Er zog ein Glasröhrchen aus der Jackentasche und schüttelte sich einige winzige rote Kügelchen in die Hand.
»Soll ich Wasser holen?«
»Bitte. Wenn das keine Mühe bedeutet . . .«
Sie lief in die Küche, machte Licht – die Küche erwies sich als riesiger Raum, ähnlich dem Eßzimmer, hinter einem Vorhang schnarchte jemand –, füllte abgestandenes Wasser aus dem Teekessel in eine Tasse. Alexander Wasiljewitsch lag auf dem Sofa, die Augen halb geschlossen. Sein Gesicht, eben noch vom Wein gerötet, war blaß geworden und eingefallen. All das war irgendwie ungut. Während er die Medizin nahm, ergriff er Laljas Hand:
»Gehen Sie nicht, Ludmila Petrowna.«
»Ich gehe ja nicht«, sagte Lalja. Bei sich dachte sie: wohin auch? Es ist nach eins. Die Metro habe ich verpaßt. Und er hier ist jemand Schlechtes, und dort – wartet Grischa . . .
»Setzen Sie sich näher, neben mich. So. Hierher bitte . . .« Er ließ ihre Hand nicht los, hielt sie fest gepackt, als fürchte er sich, sie loszulassen – wie ein Kranker die Krankenwärterin –, aber irgendwie empfand sie kein Mitleid mit ihm. Da läutete plötzlich das Telefon im großen Zimmer. Nikolai Demjanowitsch – kaum hörbar durch das Rauschen, er rief aus einer Zelle an –, ließ mit schwacher Stimme wissen, daß sie irgendwo südlich der Moskwa steckengeblieben waren, sie saßen im Graben, kein Wagen weit und breit, vor dem Morgen würde sie niemand herausziehen.
»Sei mir bitte nicht böse, übernachte da bei Alexander Wasiljewitsch, morgen früh hole ich dich dort ab. Bloß benimm dich anständig. Hörst du? Benimm dich anständig.« »Und dir ist nichts passiert?« rief sie verängstigt.
»Gar nichts. Alles in Ordnung. Entschuldige bitte!«

Wieso er sich entschuldigte, war unklar.
»Nikolai Demjanowitsch kommt nicht«, sagte Lalja, als sie wieder in dem Zimmer war, wo jener auf dem Sofa lag. »Ich gehe jetzt. Alexander Wasiljewitsch? Vielleicht bekomme ich noch einen Trolleybus. Auf Wiedersehen! Wo ist meine Handtasche?«
Ganz plötzlich hatte es sie überkommen – weg von hier, auf der Stelle, keine Sekunde mehr dableiben. So war es oft – unerfindlich, warum –, und dann konnte keine Macht sie zurückhalten. Der Hausherr versuchte sie umzustimmen, sprang sogar mit unerwarteter Lebhaftigkeit vom Sofa auf. Wohin? Was war denn geschehen? Er gab ihr die Handtasche nicht heraus. Nein, nein, sie müsse unbedingt gehen! Aber es sei doch fast zwei Uhr! Egal, es gebe ja Taxis. Und wenn man eins herbestelle? Nein, nein. Nein, nein, nein! Nein, ausgeschlossen, vollkommen unmöglich. Die Handtasche können Sie als Andenken behalten. Ich gehe, entschuldigen Sie, vielen Dank. Warum denn auf einmal so brandeilig? Was hier eigentlich los sei?
Er sah sie mit irgendwie eigenartiger, übertriebener Verblüffung an, fast hochmütig:
»Was hat Smoljanow zu Ihnen gesagt?«
»Ich soll mich anständig benehmen. Was meinen Sie, was das heißt?«
»Das heißt ... ich meine ...« Er faßte sie an den Armen, zog sie zu sich heran. »Er ist ein ungehobelter Klotz. Wozu brauchen Sie ihn?«
In diesem Augenblick befiel sie eine Vermutung, ließ sie zu Eis erstarren. Das war immer so bei ihr: zuerst ein Gefühl, ein Instinkt, und dann eine Vermutung. In der ersten Sekunde glaubte sie sich selber nicht, aber dann – ja, möglicherweise war der Anruf kein Zufall. Denn warum hätte er sich sonst entschuldigt? Wenn einer getrunken hat, kann er sich nicht verstellen. Er hatte sich unwillkürlich verraten: sie um Verzeihung gebeten.
»Wir müssen uns über vieles unterhalten. Wir haben noch nicht ...« Der Mann mit der hohen Stirn sprach jetzt sehr streng und hatte Laljas Arme hart im Griff, sie versuchte sich loszureißen, wenn auch nicht gleich mit voller Kraft, weil er doch irgendwie krank war und weil sie Angst hatte. Er redete vom Akademie-Theater, davon, daß er sie aufbauen werde: sie engagieren,

fördern, ihr Rollen geben und alle möglichen Vortragsabende und Gastspiele verschaffen, und daß andernfalls – sie müsse verstehen, eine Frau mit so schönen Lippen ... So nun nicht! Auf diese Weise hatte noch nie jemand etwas bei ihr erreicht. Sanft fragte sie:

»Sagen Sie, hat Nikolai Demjanowitsch sehr große Angst vor Ihnen?«

»Was? Wieso das denn?«

Lalja mußte lachen. Ruhig, ruhig, regen Sie sich nicht auf, das tut Ihnen nicht gut. Überdruß und Verachtung für diesen Schwätzer, der sich so jäh in einen armseligen Wechselbalg verwandelt hatte. In Gedanken schwor sie sich: nicht ein Wort, nicht ein Blick zu ihm hin. Sie flog durch das Schneetreiben über die riesige leere Sadowaja. Wohin? Als sie schon lange gelaufen war, ging ihr plötzlich auf, daß sie ohne Sinne und Verstand lief, sie mußte in Richtung Zentrum, die Metro war geschlossen.

Sie bog zur Pokrowka ab, um auf den Boulevardring zu kommen und – hin zu Mascha, zu Tschistoprudnyj-Boulevard. Eine halbe Stunde später schleppte sie sich mühsam den kahlen Boulevard entlang, in dem es still war wie im Wald: keine Herumtreiber, kein Milizionär, nur die Bänke in ihrem dicken Schneepanzer, und dachte unter Tränen: Ach Gott, was bin ich für eine blöde Kuh! Worauf verschwende ich mein Leben ... Und Grischa, mein Liebster ...

Rebrow verdiente etwas mit der Beantwortung von Leserbriefen für zwei Redaktionen und mit Artikeln für den Funk. Außerdem wurden bisweilen kleinere historische Notizen in schmalen Zeitschriften gedruckt. Alles sehr dürftig, aber notwendig, um sich irgendwie über Wasser zu halten. In den besten Zeiten brachte er es auf etwa tausend im Monat. Manchmal kamen siebenhundert zusammen, mal dreihundert, aber manchmal auch nur leere Luft. Nun, wo Lalja eine höhere Gage nach Hause brachte und sich zusätzliche Honorare ergaben, hatte sich ihr Leben in gewisser Weise stabilisiert, aber zugleich wurde es noch unruhiger und mühseliger. War früher einmal kein Geld da – nun, dann eben nicht. Eine Tasse Kaffee reichte auch, man hatte ja keine hohen Ansprüche. Aber nun hatte Lalja die Dreißiger und Hunderter in der Tasche, jedoch man mußte sie bitten. Außerdem hatte Irina Ignatjewna böses Blut

gemacht. Sie meinte, er hetze Lalja der paar Rubel wegen von einem Auftritt zum nächsten, d. h. *er beute sie aus*.
Und Rebrow, der diese Gedanken seiner Schwiegermutter spürte – direkt sprach sie sie nicht aus, ließ sie sich aber anmerken, und ab und zu fielen ihm auch ihre Briefchen an die Tochter in die Hände, Lalja ließ sie fallen, wo sie ging und stand –, hatte bisweilen das Gefühl, daß er Irina Ignatjewna zu hassen begann. Abendelang tönten ihre Beschwerden gegenüber Lalja durchs Haus: »Ist in die Küche gekommen und hat nicht guten Morgen gesagt . . . Schon dreimal hab ich ihn gebeten, Holz zu hacken . . .« All das war in höchstem Maße lästig, einfach unerträglich. Er war drauf und dran, in die Baschilowka zu fliehen, Lalja flehte ihn an zu bleiben, weil sonst auch sie dorthin hätte fahren müssen – was früher auch vorgekommen war –, doch die Mutter allein zu lassen war unmöglich. Sie beschwor ihn, flehte ihn an, aber der Mutter einmal ernsthaft ins Gewissen zu reden, fehlte ihr der Mut.
Er schwieg, duldete, versuchte sich möglichst früh in die Bibliothek zu verdrücken, möglichst spät wiederzukehren.
An jenem Tag war er, wie zum Trotz, früh nach Hause gekommen. Er war schlechter Stimmung: In einer der Redaktionen, wo sie ihm seit über zwei Jahre regelmäßig Leserbriefe zu beantworten gegeben hatten, hieß es auf einmal, der neue Chef sehe die Listen der freien Mitarbeiter durch und sein Fall sei fraglich. Wieso? Aus welchem Grund? Sein Bekannter zuckte verlegen die Schultern:
»Ich kapiere nichts. Ich denke, die Situation wird sich in einiger Zeit klären . . .«
Und die Dame, die er dort kannte, bemerkte ironisch:
»Sie haben es doch zur Zeit nicht so nötig, oder? Ihre Frau ist doch sehr erfolgreich? Aber für andere Leute sind diese Briefe die einzige Möglichkeit, sich ein Stück Brot zu verdienen.«
Er hätte sich hartnäckig zeigen müssen, sich beklagen, winseln, man war sich dort ja gar nicht so sicher, aber da war seine alte Angst, sich lächerlich zu machen, den armen Bittsteller abzugeben, und – er steckte zurück. Natürlich, es gab Leute, denen das eher zustand, wozu lange darüber reden. Vollkommen richtig. Die Neuigkeit war im höchsten Maße unangenehm. Aber er zeigte es nicht, witzelte sogar, erzählte eine lustige Geschichte und ging dann in stolzer Gelassenheit. Seine Einkünfte hatten sich um ein Drittel verringert. Er wollte niemanden sehen,

wollte nichts als nach Hause zu Lalja. Nur sie konnte ihn beruhigen, irgendeinen tröstenden Unsinn sagen.
Lalja hatte um sechs Uhr ihren Vater im Krankenhaus besuchen und gegen sieben nach Hause kommen wollen, es war ein vorstellungsfreier Tag. Sie kam weder um sieben noch um acht noch um zehn. Die Schwiegermutter fing an zu spinnen, was sich wie immer in den wildesten Ideen äußerte: mal beschloß sie, zur Metro zu laufen, dann, von der Telefonzelle aus im Botkin-Krankenhaus anzurufen, dann, geradewegs dorthin zu fahren. Rebrow stimmte sie mit Mühe und Not um: den Vater aufzuregen wäre doch Wahnsinn! Seit einigen Tagen schon wohnte Tamara Ignatjewna bei ihnen, die Tante Toma aus Alexandrow; sie war gekommen, um der Schwiegermutter im Haushalt zu helfen. Diese stille hochgewachsene unschöne Alte hatte ein unglückliches Schicksal gehabt – alle ihre Nächsten, Mann und Kinder, waren irgendwie, irgendwo umgekommen – und lebte jetzt, obwohl sie in dem hundert Kilometer entfernten Alexandrow ständig gemeldet war, immer wieder längere Zeit in Moskau bei ihren Schwestern Schenja und Veronika, bei ihrem Bruder Kolja in Ismailow oder, relativ am seltensten, hier, bei Irina Ignatjewna. Sie war Hausschneiderin, keine besonders gute, sie hatte das gelernt, um wenigstens von irgend etwas leben zu können, und hielt sich oft wochenlang bei völlig fremden Leuten auf. Die Schwiegermutter schätzte ihre Tamara nicht sonderlich, Lalja und Pjotr Alexandrowitsch waren freundlicher zu ihr als die leibliche Schwester, und diese suchte sich unter verschiedenen Vorwänden Anwesenheit und Dienste ihrer Schwester vom Leibe zu halten. Als Vorwand diente meist die Angst vor einer Geldstrafe. Wegen unangemeldeten Übernachtens. Und da ja der Nachbar Milizionär voll Wut auf Pjotr Alexandrowitsch war, konnte einem eine solche Strafe ohne weiteres blühen.
Aber in Wahrheit war es etwas anderes – eine dumme Altweibereifersucht, deren Anlaß schier ein Vierteljahrhundert zurücklag. Als Pjotr Alexandrowitsch das zweitemal im Krankenhaus lag, hatte die Schwiegermutter selber Tante Toma geschrieben und sie gebeten zu kommen. Alles, was sich in Irina Ignatjewna angestaut hatte – die Angst um den Mann, die Verärgerung über den Schwiegersohn, die Aufregungen um die Tochter, die Magenschmerzen –, brach mit Getöse über die stille hagere Tante Toma herein. Und diese hielt aus, duldete,

verzieh, linderte. Auch jetzt versuchte sie, Irina Ignatjewna zu besänftigen, ihr zumindest die Fahrt zum Krankenhaus auszureden, und erntete einen heftigen Tritt:
»Du lebst schon viel zu lange, ohne Mann und Kinder, als daß du mich begreifen könntest!«
Gegen elf wurde allerdings Rebrow selber nervös, lief zur Telefonzelle und rief Laljas Freundin Mascha an, bei der Lalja manchmal Nachrichten für ihn hinterließ – eine Art Kontaktstelle. Mascha war zu Hause. Nein, niemand hatte angerufen. Vielleicht hatte sie unerwartet eine Vorstellung geben müssen? Da war doch irgendein bunter Abend in Krasnogorsk vorgesehen.
»Und warum bist du nicht mitgefahren?« fragte Rebrow mißtrauisch, obwohl ihm plötzlich leichter ums Herz war.
»Wir haben nichts damit zu tun, es ist eine Vorstellung der Mos-Estrade«, erläuterte Mascha. »Aber genau weiß ich es nicht. Es ist nur eine Vermutung.«
Rebrow berichtete der Schwiegermutter von dem bunten Abend, und sie schien sich zu beruhigen. Sie setzten sich hin und tranken Tee. Weder um zwölf noch um ein Uhr tauchte Lalja auf. Die Gastspielfahrten der Mos-Estrade gingen gewöhnlich per Bus vor sich, und Lalja wurde dann auch immer mit dem Bus nach Hause gebracht. Desungeachtet griff sich die Schwiegermutter um halb ein Uhr nachts ihren Pelz, wickelte sich in ein Tuch und lief zur Metrostation Sokol: um dort zu warten. Auf wen konnte sie dort wohl warten? Grischa bemühte sich, ihr zu beweisen, daß das Blödsinn war, die reine Kräfteverschwendung. Doch Irina Ignatjewna war schon in jenem halb wahnsinnigen Zustand, in dem logische Argumente machtlos sind.
»Natürlich, nachts auf die Straße zu gehen, ist nicht sehr angenehm . . . Zu Hause im Warmen ist es besser . . .«, murmelte sie.
»Aber ich kann doch an Ihrer Stelle gehen, ich bitte Sie. Nur, wozu?«
»Wozu, wozu! Immer muß für euch alles einen Sinn haben. Und ihr könnt einfach nicht begreifen, daß einem das Herz brennt, daß ich nicht weiß, wohin mit mir . . .«
Draußen ertönte leises Gejaul und fröhliches Gekläff: das hieß, sie band Kandidka los und nahm sie mit. Man brauchte also nicht besorgt zu sein, Kandidka würde jeglichen Unhold zerrei-

ßen, aber die ganze Szene – das demonstrative, sinnlose Weglaufen – hatte etwas Kränkendes an sich. Nicht um Lalja abzupassen, lief sie zur Station, das konnte sie wohl nicht einmal selber hoffen, sondern nur, um ihn zu kränken und zu beschuldigen. Ihre Schwester sollte sehen, wie gräßlich und gefühllos dieser Rebrow war: bleibt zu Hause und läßt die alte Frau allein, in tiefer Nacht ... Aber er konnte doch nicht, bloß um etwas zu beweisen, irgendwelche sinnlosen Dinge tun!

Aus Pjotr Alexandrowitschs Zimmer kam leise Tamara Ignatjewna heraus. Ihr Gesicht war schuldbewußt. In ihren Filzstiefeln schlurfte sie einige Zeit im Zimmer auf und ab und sagte dann:

»Ich wollte mit ihr gehen, aber sie hat mich weggeschickt ... Sie ist böse, daß ich Sie in Schutz genommen habe ... Aber habe ich etwa kein Recht, meine Meinung zu sagen? Ich sag, was ich seh ...«

Rebrow saß am Tisch und rauchte.

Die hagere Alte schlurfte unter eintönigem Geklage weiter herum:

»Ich bin doch nicht wer, der vom Gnadenbrot lebt und sich durchbetteln muß. Ich habe selber ein Haus. Bin mit halb Moskau befreundet. Zum Beispiel Natalja Alexejewna Michnatschewa, die Frau des Generals, sie bittet mich immer, daß ich eine Zeitlang bei ihr wohne, zwei Telegramme hat sie mir geschickt. Und warum bin ich hierhergekommen? Irina tat mir leid, sie macht sich ohne Pjotr ganz krank, verliert den Kopf, spielt vollkommen verrückt, ich weiß das doch – sie hat nicht das durchgemacht, was wir durchmachen mußten ... Und um Lalja war's mir leid. Ich wollte gern helfen ... Aber warum muß ich mir das alles anhören? Ich kann das nicht, und dies hier begreife ich auch nicht. ›Warum machst du dich Liebkind bei ihm?‹ Also, ich mach mich Liebkind bei Ihnen! Nun sagen Sie bitte – ist das nicht idiotisch? Warum sollte ich mich anscharwenzeln? Was tun Sie denn für mich – geben mir eine Rente, füttern mich mit Schokolade?«

»Ihre Schwester hat eine Vorliebe dafür, die anderen zu demütigen«, sagte Rebrow.

»Das stimmt, Grischa, das stimmt, und wie gern sie das tut! Sie haben wirklich recht. Wir gingen noch zur Schule, da war das schon genauso. Einmal hat sie Veronika, unsere Jüngste, gezwungen Kreide zu essen – die Kleine hatte sie flehentlich um eine Sache gebeten, ihr einen Brief zu zeigen ... Irina war in unserer Familie nicht sehr ... Aber Sie sehen ja: sie ist die Glücklichste! Bei allen sind die Familien kaputtgegangen, irgend etwas ist nicht, wie es sein sollte. Schenkas Michail Abramowitsch ist ihr zweiter Mann, der erste ist vor dem Krieg gestorben. Veronika hat gar keinen Mann, es gab da einmal einen Säufer, den sie davongejagt hat, und von mir lohnt sich schon gar nicht zu reden. Ja und Kolja, gibt es da etwas Erfreuliches zu sagen? Olimpiada ist jemand so Habgieriges, Selbstsüchtiges. Ohne sie hätte unsere Mama länger gelebt. Nein, glücklich ist von uns keiner, einzig Irina, aber auch die, sehen Sie, hat jetzt das Schicksal getroffen ... Was ich über Sie gesagt habe? Nichts Besonderes. Ich, sag ich, hab immer Mitgefühl mit eurem Grischa, weil er mutterseelenallein auf der Welt ist. Er hat niemanden, weder Vater noch Mutter, noch Schwestern, noch Brüder. Hab ich recht?«

»Ja«, sagte Rebrow. »Aber zu bedauern braucht man mich nicht.«

»Grischa, ich bedauere Sie nicht, ich sag ja nur: es ist doch zu begreifen, oder? Du hast Lalja, sag ich, Petja, uns, die lieben Verwandten, ein ganzes Dorf voll, und er – wen hat er?«

»Nein, nein, bitte, ich brauche kein Mitgefühl. Mir liegt nichts daran.«

»Da sagt sie: ›Du machst dich Liebkind bei ihm.‹ Daß er allein auf der Welt ist, ist noch kein Verdienst. Du bist, sagt sie, schließlich auch allein. Nun, da hab ich natürlich nicht weitergeredet – Gott mit dir, denk ich, das Leben hat dich noch nicht belehrt, aber das kommt noch. Ja, ja ...«

Sie setzte sich an den Tisch unter die Lampe, die nun ihr ganzes großnasiges, von den vielen Jahren, Orten, Unglücken zerfurchtes Gesicht beleuchtete, das auf seltsame Art zugleich das Gesicht einer unnützen Alten und das eines von den Meeresstürmen gepeitschten Seemanns war, und sagte auf einmal weich und fast bittend: »Aber seien Sie ihr nicht böse, ja? Sie wissen nicht, wie schön Irina gewesen ist. Wieviel Anträge sie im Jahre dreiundzwanzig hatte. Sie war einfach hinreißend. Sie war ja beim Ballett. Sie lernte bei Poljakow, in dessen Schule in der Bronnaja. Wir kamen immer in wilden Haufen dorthin, um zuzusehen. Poljakow schlug ihr mehr als einmal vor auszureisen, nach Riga. Aber sie fuhr nicht, der Mama zuliebe – unser Vater war gerade gestorben, Kolja hatte Unannehmlichkeiten

... Damals gab es auch Petja schon, aber niemand wußte ... Nein, der Mama zuliebe, nur ihr zuliebe ... Ich sag, sie ist glücklich. Aber was ist das schon für ein Glück? Im Boden und im Dünger zu wühlen, Kartoffeln zu setzen, Brennholz zu sägen, zu hacken, wie der schlechteste Bauer. Die ganze Verwandtschaft hat gesagt: Verkauft doch dieses Haus, den Garten, wozu braucht man so etwas in Moskau, kauft euch eine hübsche kleine Wohnung, bequem gelegen, im Zentrum, und lebt endlich wie Menschen. Nein, Petja schafft das nicht. Ohne Garten kann er nicht leben. Das muß man ihr zugute halten: für die Familie tut sie alles. Ja, Irinas ganze Jugend, alle ihre Hoffnungen, ihre Begabung, die es doch gegeben hat – alles ist im Erdboden verschwunden. So sieht das Glück aus, Grischa, und jetzt geht das Leben dem Ende zu. Geb Gott, daß Pjotr Alexandrowitsch nichts passiert. Sie würde es nicht überleben ... Ach, so dumm ist sie, so naiv, man könnte da Dinge erzählen ...«
Tamara Ignatjewna murmelte, Rebrow lauschte – weder der Hund noch Stimmen waren zu hören. Er dachte: wie abstoßend mußte doch das menschliche Gesicht sein, wenn man es unter der Lupe betrachtete, alle Poren, Härchen, Unebenheiten der Haut ... und wir tun ja nichts, als ständig durch die Lupe zu sehen. Jede Minute, jede Sekunde – tausendfache Vergrößerung. Während man doch immer alle Jahre sehen müßte, das Ganze ... dann gäbe es keinen Haß. Es geht nicht an, die Frau zu hassen, die eine andere Frau geboren hat – nämlich diejenige, ohne die man nicht leben kann. Es ist unmöglich, weil wir ein geschlossenes Ganzes sind. Wie ein Baum mit seinen Ästen. Den Schmerz kann man nicht teilen. Sie wollte Ballerina werden und hat ein armseliges Blumen- und Gemüsegartenleben geführt – also? Es geht nicht an, sie zu hassen. Der Mensch merkt ja nicht, wenn er sich in etwas anderes verwandelt ...
Irina Ignatjewna kam nach einer Stunde zurück. Als sie hörte, daß Lalja noch nicht zu Hause war, brach sie in Schluchzen aus. Durch Rebrows Hirn geisterten ebenfalls die verschiedensten Schrecknisse, Katastrophen, Überfälle. Von Schlaf konnte keine Rede sein, aber mit der schluchzenden Schwiegermutter in einem Zimmer hielt er es auch nicht aus, also ging er nach oben in die Mansarde, versuchte zu lesen, was ihm nicht gelang, legte sich aufs Bett, rauchte, litt, ab und zu überwältigte ihn der Schlummer, und ein paar Minuten vergingen mit wüsten

Traumbildern, dann fuhr er plötzlich auf und griff nach den Zigaretten. Zu unerklärlicher Zeit tauchte Irina Ignatjewna auf – mit geschwollenem Gesicht, das Haar hing in Strähnen unter dem Kopftuch hervor – und sagte in der Tür:

»Das verfluchte Geld! Man kann doch nicht alles Geld der Welt verdienen wollen! Warum zwingen Sie sie zu Extraarbeit? Schämen Sie sich nicht?«

Rebrow fühlte ein Würgen.

»Wer zwingt sie?«

»Sie! Haben Sie kein Gewissen?« Und in den tränengefüllten Augen stand nicht Zorn, sondern der ehrliche Glaube an die eigenen Worte und Verzweiflung über ihn, den Missetäter.

»Niemand zwingt sie! Nur Sie . . . ich!« brüllte er keuchend. »Sie zerstören unser Leben! Sie, nicht ich! Sie! Sie!«

»Unerhört! Sie zwingen sie zur Arbeit . . .«

»Lügen Sie doch nicht! Sie haben schon unsere Familie zerstört – ja, ja! Sie verbieten Lalja, sich mit mir trauen zu lassen? Sie verlangen von ihr, daß sie abtreibt!«

»Sie sind nicht ihr Mann. Warum sollte sie Kinder von Ihnen bekommen?«

»Und ob ich ihr Mann bin, aber Sie sind keine Mutter, weil Sie ihr Böses antun, nur Böses!«

Darauf folgte ein neuer Weinkrampf, ein Schrei durch Tränen hindurch:

»Wie können Sie wagen, so zu reden! Ich liebe meine Tochter mehr als mein Leben!« Und nachdem sie sich sorgfältig geschneuzt und die Lippen abgewischt hatte: »Sie sind nicht ihr Mann, sie sind ein ganz jämmerlicher Mensch, und meine Tochter ist mit Ihnen unglücklich.«

Er raste nach unten, griff sich Mantel und Mütze, zwängte seine Füße in Filzstiefel und stürzte in den Garten hinaus. Wanderte im Schnee ruhelos auf und ab. Ein ekelhaftes Gefühl, Entsetzen über sich selber, über den Augenblick des Hasses, des Beinahe-Wahnsinns. Was war passiert? Er hatte doch gerade noch ganz friedlich über die alte Frau nachgedacht. War er im Begriff, den Verstand zu verlieren, sich in eine wütende Bestie zu verwandeln? Es mußte etwas geschehen. Etwa um Entschuldigung bitten? Wohl eher: es mußte etwas mit ihm selber geschehen. Irgendwann nach zwei ging er, steif vor Kälte, ins Haus zurück, fiel aufs Bett. Am Morgen kam Lalja, frostgerötet, küßte Re-

brow leidenschaftlich und mit einer gierigen Ungeduld und bedauerte ihre Mutter:
»Ach Gott, ihr habt nicht geschlafen! Ihr Armen! Tante Tomotschka, hast du auch nicht geschlafen? Was bin ich für eine nichtsnutzige Person, wie hab ich euch gequält . . .«
Die Tante sagte weinerlich:
»Lalja, warum mutest du dir all diese Extravorstellungen zu?«
»Ich hatte überhaupt keine Vorstellung, ich bin auf die allerdümmste Weise in ein Haus geraten, Smoljanow hatte versprochen, mich abzuholen, aber sein Wagen ging kaputt, um zwei Uhr nachts bin ich schließlich zu Fuß zu Mascha gelaufen, mit einem Wort – ein Alptraum . . .«
»Ach, Laletschka!«
Die Schwiegermutter seufzte, aber es war doch deutlich, daß sie sich sofort beruhigt hatte, als sie »Smoljanow« hörte und »ein Haus«. Rebrow spürte, wovon sie träumte.
Ihn peinigten neue Zweifel – wo war sie nun wirklich gewesen? Gab es da jemanden? Wieder dieser Smoljanow. Aber trotz seiner Zweifel war er glücklich darüber, daß sie so heiß und aufrichtig seines Leidens wegen litt, ihn leidenschaftlich küßte, ohne sich vor Mutter und Tante zu genieren. Und Lalja, die die Spannung zwischen ihrer Mutter und ihm bemerkt hatte – sie merkte es immer sofort –, fragte Rebrow, ob es irgendwelche Schwierigkeiten gebe. Sie gingen zu sich nach oben in die Mansarde. Rebrow sagte, es gebe keine Schwierigkeiten.
»Grischa, ich bitte dich *inständig*!« flüsterte Lalja eindringlich. »Sei sanfter mit Mama. Sie wird noch völlig verrückt wegen Papa . . .«
»Schon gut«, sagte Rebrow.
Lalja warf Kleid und Schuhe irgendwohin, zog ihren Morgenrock an und legte sich aufs Bett. Die Froströte war fort, sie lag mit geschlossenen Augen da, blaß, mit Müdigkeitsflecken auf den Wangen.
»Aber wo bist du nun wirklich gewesen? Vor Mascha.«
»Ach, Grischa, das ist vollkommen uninteressant. In einem Haus, wo irgendein alter Mann seinen Geburtstag feierte . . . Ich erzähl dir's nachher. Jetzt möchte ich etwas schlafen.«
»Hat man dir irgendwelche unsittlichen Anträge gemacht?«
»Natürlich . . . Von allen Seiten . . .« Sie drehte sich auf die Seite, das Gesicht zur Wand. »Weck mich in einer Stunde, um

halb zwölf kommt das Auto. Und deck mich zu. Danke, Grischenka.«
Rebrow ging hinaus. Im Korridor stieß er mit seiner Schwiegermutter zusammen und sagte, für sich selber völlig unerwartet:
»Ich habe gestern abend dummes Zeug geschrien, Irina Ignatjewna, denken Sie nicht mehr daran . . .«
»Ach ja, das ist doch klar, wir waren beide nervös. Schuld ist dieses unvernünftige Kind. Grischa, holen Sie doch Milch, bitte!« Ein schmeichelndes, bittendes Lächeln, als ob nichts gewesen wäre. »Sie hustet, ich möchte ihr etwas Heißes geben . . .«
Rebrow lief beschwingt zum Laden, kam mit zwei Flaschen zurück und ging nach oben in sein »Kabinett«.
Neben der Mansarde war ein ganz winziges Zimmerchen, ein Spalt mit schräger Decke, auf einer Seite die Zimmerwand, auf der anderen die Dachschräge. Hier im »Kabinett« fanden ein Schreibtisch und ein Stuhl gerade Platz, mehr nicht, aber es gab ein kleines Fenster, und man konnte arbeiten. Rebrow fing an, seine Aktendeckel und seine dicken Hefte vor sich auszubreiten. Er zog ein Heft näher heran, auf dessen Umschlag »Entwürfe für S.u.d.N.« stand, was bedeutet: »Entwürfe für Stück über die Narodowolzen«. Damit hatte er sich in den letzten Wochen befaßt, schon fast einen Monat lang, seit er sich für Nikolai Wasiljewitsch Kletotschnikow, den Agenten der Narodowolzen in der Dritten Abteilung begeisterte. Von Kletotschnikow hatte er zuerst vor vier Jahren erfahren, als im Akademieverlag eine Neuausgabe der Erinnerungen des Schlüsselburghäftlings Morosow herauskam, dann hatte er noch in anderen Büchern über ihn gelesen, in »Byloje«, bei Vera Figner. Aber die Idee zu dem Stück war ihm erst kürzlich und – wie immer – ganz plötzlich gekommen. Er hatte sich mit Feuereifer in die Arbeit gestürzt. Ebenso heftig wie er seinerzeit die Erzählung über die Dekabristen angefangen hatte, dann die über den Aufstand der Polen in der sibirischen Verbannung, dann über Iwan Pryschow, über den Dichter Michailow. All dies unvollendete, verworrene Zeug lag in Kladdeform haufenweise in zahllosen Aktendeckeln und wartete auf seine Stunde. Unverhofft kam dann jedesmal ein Tag, an dem, noch scheu, die kühle Frage sich Bahn brach, die die große Erstarrung nach sich ziehen würde, die Frage: warum? Alles weitere ging immer sehr

schnell. Der Motor hörte auf zu pulsieren, Langeweile drohte, und außerdem mußte er dringend Geld zum Leben verdienen.
Er zog einen schmalen Stoß Papier hervor, auf dem obersten Blatt waren neben einigen tintegeschriebenen Absätzen Gesichter mit Backenbärten gezeichnet, Degen und Pferde. Rebrow liebte es, Pferde zu zeichnen. Genaugenommen war das keineswegs Liebe zu Pferden und schon gar kein Zeichnen, sondern eine Zeichenneurasthenie – die zottigen Scheusäler entstanden von selbst, mechanisch, kaum daß er über etwas nachdachte.
Die große Zahl häßlicher Pferde auf dem vollgekritzelten Blatt war ein schlechtes Zeichen – die Erstarrung rückte näher. Ach ja, er wußte, was los war. Er war selber schuld. Vorgestern hatte er mit einem Bekannten, Mitarbeiter einer Zeitschrift, geredet, der hatte sich alles über Kletotschnikow angehört und gesagt: Nein, das würde wohl kaum jemanden interessieren. Rebrow selber hatte das auch schon geahnt. Aber warum hatte er das fragen müssen. Armer Nikolai Wasiljewitsch Kletotschnikow, Tischvorsteher einer Polizeiabteilung, der infolge einer Hungersnot eines stillen Todes starb nach einem stillen heldenhaften und kurzen Leben – worauf konnte er nach siebzig Jahren rechnen? Er war unheilbar krank, war verdammt. Dem Vergessen preisgegeben. All das hatte absolut keine Perspektive, das sah auch ein Blöder. Er mußte sich zu irgend etwas entschließen. Vielleicht woanders hingehen. In eine andere Stadt, der Teufel wußte wohin. Aber Lalja würde jetzt nirgendwohin mehr gehen, bei ihr lief ja alles ausgezeichnet.
Mit gewohnter kunstfertiger Hoffnungslosigkeit – und mit einer irgendwie unheimlichen Geschwindigkeit zugleich – entwarf Rebrows Hand Pferde, eins nach dem anderen, eins nach dem anderen . . .
Vor zwei Jahren hatte man Rebrow Barnaul vorgeschlagen, eine Stellung bei der Zeitung, und Lalja hatte schon im Briefwechsel mit dem Barnauler Theater gestanden, alles war so gut wie abgemacht gewesen, aber im letzten Moment hatte die Schwiegermutter mit unmenschlicher Anstrengung – Tränen, Demagogie – die Sache doch noch zu Fall gebracht. Aber es lag nicht an der Schwiegermutter. Diese fürchtete eines: Rebrow und Lalja könnten dauernd, für immer zusammenbleiben. Und Barnaul hieß: für immer. Für Rebrow bedeutete es ein ungeheures Opfer, den Verlust vieler Dinge – des dritten, wissenschaftlichen Saals, der alten Bücher, der Antiquariate, der Freunde, der

dünnen Zeitschriften, wo seine historischen Schnörkel gedruckt wurden (sie per Post schicken? Unsicher! Und woher auch nehmen?), und dennoch war er zu allem bereit. *Auf Zeit*, selbstverständlich. Er brannte sogar auf diese Verluste, darauf, daß es eine Wende gäbe, einen Neuanfang. Das Leben war doch groß und weit! Ja, die Schwiegermutter hatte zwar aus Leibeskräften protestiert, aber Lalja hatte sonst oft gegen den Willen ihrer Mutter gehandelt, sie war gar nicht so eine musterhafte Tochter – gegen den Willen der Mutter hatte sie die Musikschule hingeworfen, war sie mit dem Dichter herumgezogen, war zu ihm geflohen, hatte mit ihm gelebt und war nun schon, gegen den Willen der Mutter, fünf Jahre mit ihm, Rebrow, zusammen. Das hieß, sie konnte sich selber nicht zu Barnaul entschließen, dazu, daß es für immer sein sollte. Er mußte irgendeine Zeit der Prüfung durchmachen, etwas beweisen, Garantien geben. Die Schwiegermutter sprach ganz direkt darüber, und Lalja – davon war er überzeugt – dachte insgeheim dasselbe, ohne sich darüber im klaren zu sein. Doch wenn man noch tiefer darüber nachdachte, bis zum Ende ... dann lag es wohl nicht an Lalja, sondern an ihm. Er selbst konnte weder zu sich selber noch zu ihr sagen: für immer. Wenn man es bis zum Ende bedachte. Nicht, weil nicht genug Liebe da war, sondern zuviel, es war zu eng, man mußte Angst haben, das Boot könne umschlagen und dann – ins offene Meer hinaustreiben. Zunächst mußte er sich selbst etwas beweisen. Sich selber Garantien geben. Und auch sie spürte das: »Grischa, jetzt, wo wir uns nicht mehr ums tägliche Brot zu sorgen brauchen, kannst du doch in aller Ruhe dasitzen und arbeiten ...«

Während des Frühstücks erzählte Lalja hastig vom Besuch beim Vater – zum Februar werde er vielleicht entlassen. Dann redete sie vom Theater, von den Intrigen Smurnyjs, davon, daß Sergej Leonidowitsch mit Smoljanow Streit habe, sein neues Stück nicht aufführen wolle, Bob mit ihm einer Meinung sei, der Direktor aber darauf bestehe, Bob die Entlassung drohe und Smurnyj Smoljanow die Schuhe lecke. Irina Ignatjewna stellte gierig Fragen, Rebrow schwieg. In Gegenwart der Schwiegermutter unterhielt er sich ungern mit Lalja über das Theater. Auf einmal platzte er heraus:

»Völlig richtig, daß er es nicht aufführen will! Endlich ist er wieder zur Besinnung gekommen!«

»Wieso richtig?«

»Weil es Schwachsinn ist. Niemand braucht so etwas . . .«
»Grischa, du hast nicht recht, und verzeih mir, du bist auch etwas neidisch. Bei Smoljanow gibt es einiges, was gar nicht so schlecht ist, er kommt beim Publikum gut an.«
»Er kommt gut an! Was für ein Kriterium! Stell zwei Blödmänner auf die Bühne, laß sie sich gegenseitig die Fressen einschlagen . . . Aber natürlich, ich bin neidisch! Worauf denn neidisch? Auf sein Geld, oder was? Genausogut könnte ich auf unseren lieben Nachbarn und Modellschuster Arkaschka neidisch sein.«
»Wissen Sie, Grischa«, fiel Tante Toma ins Gespräch ein, »ich bin da nicht Ihrer Meinung. Mir hat das Stück, in dem Laletschka gespielt hat, gut gefallen. Ich habe sehr viel gelacht.«
»Lenkt sie nicht mit leerem Geschwätz ab. Sie kommt sonst gar nicht zum Essen«, sagte die Schwiegermutter streng.
Rebrow lachte.
»Also nein, ich muß mich schon wundern. Nehmen Sie etwa diesen ganzen Affentanz ernst? Diesen sogenannten Erfolg, dieses Tamtam?«
Aus irgendeinem Grund war er in Rage geraten und redete überflüssiges Zeug. Die Schwiegermutter fragte gleich zurück:
»Sie meinen also, er habe keinen Erfolg?«
»Grischa, Smoljanow ist netter als du. Du hast solche Wut auf ihn, und er möchte helfen.«
»Erstens, ich habe keine Wut. Zweitens, wem helfen?«
»Ich habe gestern mit ihm gesprochen. Über dich.«
»Wieso über mich?« Er sah sie entgeistert an. Ihr Gesicht rötete sich. Lalja wurde selten rot, und wenn es einmal geschah, mußte das einen Grund haben. »Worüber hast du nur mit ihm reden können?«
»Wahrscheinlich war das dumm von mir. Er ist jemand Unzuverlässiges, ich hätte nicht . . .«
»Worüber, worüber?«
»Eben darüber, wie man dir helfen könnte, beim Schreiben . . .«
Er murmelte: »Was für ein Schwachsinn . . . Wie sollte er mir helfen können . . .«, winkte ab und ging hinaus. Die Taktlosigkeit empörte ihn – gerade das vor der Schwiegermutter zu erwähnen! Außerdem wollte er sie auf der Stelle, in dieser Minute noch über Smoljanow ausfragen – den Verdacht zerstreuen oder erhärten, der wie ein Stachel in ihm saß, aber in

Anwesenheit der beiden Alten ging das nicht. Daher stieg er in die Mansarde hoch und wartete ungeduldig. Endlich lief Lalja die Treppe hinauf – der »Pobeda« vom Theater stand unten vor der Gartentür – und fing an, sich in aller Eile fertig zu machen und Sachen in ihr Köfferchen zu werfen. Er fragte, wie es zu jenem Gespräch gekommen sei. Lalja antwortete irgend etwas. Da packte er sie hart an den Schultern, umklammerte sie verzweifelt, sah sie fest an.
»Du hast ein Verhältnis mit ihm!«
Sie blickte einen Moment lang verwundert, ihr Gesicht fing wieder an zu röten.
»Natürlich, wie könnte es anders sein! Er schreibt ja Stücke für uns, wir sind von ihm abhängig. Nein, Grischenka, er ist dumm, das hat sich herausgestellt. Und dumme Leute, wie du weißt, existieren für mich nicht. Ich eile! Bis bald!«
Rebrow sah von oben, wie der Ziegenpelz im Weiß des Gartens zwischen den kahlen Bäumen aufschimmerte. Nichts war geklärt. Natürlich waren ihre Worte nicht ernst gemeint. Das wäre unwahrscheinlich. Sie wußte, daß er dann nicht mehr würde leben können.

Nach einer Stunde kam er mit der Straßenbahn in der Baschilowka an. Er mußte ein paar Bücher holen, die er sich schon lange vom Herzen gerissen hatte; in Gedanken hatte er sich damit abgefunden: er würde sie verkaufen. Sein Nachbar Kanunow sagte, daß jemand von der Hausverwaltung gekommen sei und streng eine Bescheinigung vom Arbeitsplatz verlangt habe. Unter Androhung von Entzug der Wohnung und Ausweisung aus Moskau. Dieser Nachbar war ein mieser Kerl. Nach dem Krieg hatte er frech das Zimmer besetzt unter Berufung darauf, Invalide zu sein. Das Zimmer hatte früher netten Leuten gehört, seit alters Nachbarn der Rebrows, die zu lange evakuiert geblieben waren, so daß dieser Kerl sich in einem ihrer Zimmer einnisten konnte – sie hatten zwei gehabt – und weder mit Feuer noch mit Wasser daraus zu vertreiben gewesen war.
Das mit der Bescheinigung wiederholte er dreimal, steckte sogar unverschämt seinen Kopf ins Zimmer.
»Er hat gesagt, wenn Sie sie bis zum Ersten nicht beibringen, Grigorij Fjodorowitsch, melden sie es der Miliz.«
»Gut, gut. Ich bringe sie schon bei.«
»Dann brauchen Sie ja nicht nervös zu werden. Ich meine, weil

man doch mich zum Bevollmächtigten für diesen Aufgang ernannt hat.«
»Sehr angenehm . . .« Mit einiger Anstrengung – der Nachbar gab nicht nach – schob Rebrow die Tür zu und schloß sie. Eine Minute später klopfte es, die Stimme des Nachbarn ertönte, sehr viel fordernder, schärfer:
»Und verkleben Sie Ihr Fenster! Sie wohnen irgendwo anders, kein Mensch weiß wo, und lassen die Wohnung eiskalt werden. Dichten Sie gefälligst sofort alles ab!«
Geh doch zum Teufel und seiner Großmutter, kochte es in Rebrow, aber laut sagte er nichts. Was er fühlte, waren Verärgerung und Ermattung. Mit solchen wie Kanunow zu streiten war überflüssig. Die Bescheinigung? Wird beschafft. Das Fenster verkleben? Bitteschön. Ohne Zeit zu verlieren, begann er im Schrank und in den Regalen zu wühlen, die Bücher zum Verkauf herauszusuchen. Alte Hefte fielen ihm in die Hand, Alben mit unbegabten Schülerzeichnungen, und da war auch das Polnisch-Lehrbuch, das Italienisch-Lehrbuch zum Selbstunterricht – Himmel, wie viele edle Unterfangen! Die Bücher waren in einem Chaos, er brauchte anderthalb Stunden, ließ sich auch ablenken, steckte seine Nase in den alten Plunder, in verstaubte Hefte und ergötzte sich, alles vergessend, an der sinnlosen Lektüre, bis er schließlich die nötige Anzahl Bücher beisammen hatte, für hundertzwanzig Rubel. Schließlich, nachdem er die Aktentasche bis zum Rand vollgestopft hatte, verließ er das Haus, das einmal das einzig vorstellbare für ihn gewesen war, sein Vaterhaus, und das nach dem Tode seiner Eltern und seines Bruders, und nachdem sein Leben durch Lalja entzweigebrochen war, zu einem unbewohnbaren Ort geworden war, gleich einem Schuppen.
Die Bescheinigung für die Hausverwaltung hatte ihm zwei Jahre lang gerade die Redaktion gegeben, die ihn am Vortag aus der Liste der freien Mitarbeiter gestrichen hatte. Er mußte einen Ausweg finden. Und das dringend! Dieser Kerl würde nicht lockerlassen. Hatte es anscheinend auf sein Zimmer abgesehen. Nun ja, er hatte Familie, sie lebten beengt, und hier – das konnte er sehen – wohnte monatelang niemand, das war doch ungerecht. In der Hausverwaltung würden sie vielleicht die Bescheinigung vergessen, im letzten Jahr hatte er sie gebracht, aber Kanunow würde sie daran erinnern. Was machte er da in seinem Fleischkombinat? Als Meister, Ingenieur, Normierer,

weiß der Geier. Er machte Wurst. Man brauchte nur einen Augenblick nicht aufzupassen und schon beförderte er einen, hopp, in die Maschine, und man käme am anderen Ende als zellophanverpackte »Extrafeine« heraus, mit akkuraten Zipfelchen. Wenn das Filmstudio die Drehbücher annähme und irgendein Theater das Stück – und sei es für später mit der Bedingung, es umzuarbeiten, aber mit Vertrag –, wäre alles in Butter, er bekäme die Bescheinigung. Aber momentan war er eine Null, ein Luftverkäufer. Im Silikatziegelwerk brauchten sie immer Hilfsarbeiter, und sie gaben einem die Bescheinigung. Er war ja nicht einmal der Mann der bekannten Schauspielerin. Kanunow schien so etwas zu ahnen, nicht umsonst hatte er gefragt: »Und warum lassen sie sich nicht am Wohnsitz Ihrer Frau registrieren? Sind Sie Mitglied eines Künstlerverbands?«
Es war ganz klar: Kanunow war zur Tat geschritten! Letztesmal hatte er sehr schmeichlerisch versucht, Laljas Adresse herauszufinden, angeblich, damit die Briefe nicht liegenblieben und er sie nachschicken konnte. Aber Rebrow hatte die Gefahr erraten und die Adresse nicht herausgegeben. Sollten die Briefe doch liegenbleiben. Denn sonst käme er eines schönen Tages an: »Da wäre ich, Grigorij Fjodorowitsch, wegen der Bescheinigung!«
Rebrow sah sich unwillkürlich um. Die Straße war verödet, der Wind fegte den dünnen Schnee über das leere Trottoir.
Für die Bücher schlug er im Laden Nummer vierzehn, beim Künstlertheater, wo er den Händler kannte, neunzig Rubel heraus, und fuhr sogleich in die Redaktion auf den Gogol-Boulevard, wo sie bisweilen seine »Historischen Kuriosa« und »Vergessenen Fakten« genommen hatten. Dort sagte man ihm, man könne ihm keine Bescheinigung geben, weil er nicht auf der offiziellen Liste stehe. In die andere Redaktion zu gehen, wo er nur höchst selten einen Auftrag bekommen hatte – Antworten auf Briefe –, war vollkommen sinnlos.
Er trödelte zum »National«. Und der erste, auf den er im Saal stieß, war Schachow.
»Hallo«, sagte Schachow scheinbar freundschaftlich. »Wie geht's, wie steht's, junger Mann? Setzen Sie sich, nehmen Sie einen guten Schluck. Sie haben ein Gesicht wie ein erfrorener Zander.«
»Mir geht's glänzend«, sagte Rebrow, setzte sich und schenkte sich in den Römer Kognak aus Schachows Karaffe ein. Er benahm sich unverschämt, weil er beschlossen hatte, sich gleich

einen Doppelten zu bestellen. »Hör mal, du hattest mir etwas vorgeschlagen, erinnerst du dich?«

»Wie? Ja, ich erinnere mich. Aber was? Vergessen ...« Schachow brach in lautes Lachen aus und blinzelte bedeutungsvoll. Die bläulichroten, vom Kognak gedunsenen Bäckchen bebten, die Augen blickten wie betrunken, aber gleichzeitig irgendwie eindringlich und aufmerksam. »Das werden wir gleich bereden. Iß erst einmal etwas Ordentliches. Bestell dir Karpfen. Der Karpfen ist heute kolossal ...«

Der Vorschlag war folgender: es gab da einen Mann, der helfen konnte. Man mußte ihm die Sachen hinbringen, alles zeigen, was man hatte, die Drehbücher, das Stück, und er würde sagen, was, wo, wohin, warum. Ein äußerst solider Mann, mit großer Erfahrung. Worauf sollte das hinauslaufen – eine Ko-Autorschaft? Warum denn unbedingt so schnell? Wie man so schön sagt: man würde sehen. Allerdings: Änderung nicht ausgeschlossen. Nein, ausgeschlossen! Teufel noch eins! Wer war denn dieser äußerst solide Mann? Ruhig, ruhig, nur nicht nervös werden, besonders nicht bei Karpfen. Zu viele Gräten.

»Wie man so schön sagt: unsere Sache ist es vorzuschlagen, die Ihre – anzunehmen ...«

Mit seinen roten, immer feuchten Augen glich er einem alten Setter, der an Bindehautentzündung litt. Er mußte um die siebzig sein, aber alle nannten ihn Kostja. Angeblich hatte er schon bei den alten »Börsennachrichten« geschrieben. Er hätte auch vor siebzig Jahren schreiben können oder vor hundert oder noch früher. Bei Krajewskijs »Stimme«, bei Katkows »Moskauer Nachrichten« – wo auch immer. Teurer Kostja, das ist eine zu ungelegener Zeit geäußerte Impertinenz, unter gar keinen Umständen! Und warum nicht, wenn ich fragen darf? Was bilden Sie sich denn ein, junger Mann? Nun gut, bestell dir noch einen Doppelten – und das Gespräch ist nicht gewesen. Im Falle eines Falles bin ich Dienstag nach sechs Uhr hier. Was erzählt die Gattin? Wie geht es Sergej Leonidowitsch? Ich hörte, er hat Unannehmlichkeiten? Einen Streit mit dem Direktor?

Es war gegen drei. Rebrow fuhr ins Theater. Er war sehr lange nicht dort gewesen, hatte nicht gemocht, nicht gekonnt. Doch jetzt trieb es ihn, ein letztesmal anzuklopfen, *weil er am Rande war*. Denn eine wirkliche Antwort hatte er ja nicht erhalten.

Eine Diskussion hatte nicht stattgefunden. Und die Manuskripte lagen noch immer dort. Und außerdem wollte er Lalja sehen, sie unverzüglich sprechen. Wie sie bestimmen würde, so sollte es sein.
Er glitt rasch durch das leere Vestibül, hängte seinen Mantel an einen Haken in der Garderobe und – hinein in das von Tabaksqualm erfüllte Büro des Dramaturgen.
Marewin saß auf dem Sofa, nachlässig, das eine kurze Bein untergeschlagen, mit dem anderen schaukelnd. Neben ihm auf dem Sofarand richtete sich eine kegelförmige Dame wohlgesittet auf. Sie unterhielten sich halblaut, Marewin hatte eine Gebetsschnur in den Händen. Immer zog er damit herum, wie ein rechtgläubiger Muselman. Er warf Rebrow einen müden und überraschten Blick zu.
»Erlauben Sie, Grischa, mir scheint, wir hatten schon ein Gespräch. Etwa nicht? Ich glaube, Sie irren sich ...«
»Nichts dergleichen! Über Lalja ...«
»Doch, doch! Sie haben es nur vergessen. Wegen des ›Hohen Hauses‹ – oder wie hieß das noch? – haben Sie telefonisch nachgefragt ... Ich habe Ihnen Sergej Leonidowitschs Meinung übermittelt ...«
»Und wo ist die offizielle schriftliche Antwort?«
»Ich begreife nicht, Grigorij Fjodorowitsch ...« In Marewins schwarzen Augen glimmte Unzufriedenheit. Unter seinen Augen beutelten sich bläulichdunkel die Tränensäckchen, wie von zu vielem Trinken. Und dieser Pygmäe, dieser Aussätzige war hier Gott und Herrscher! »Worauf wollen Sie bestehen? Auf einer Diskussion? Wir wollten Ihnen das ersparen ... Wozu brauchen Sie das? Die Schauspieler, Mitglieder des Künstlerrats, taktlose grobe Leute, geben irgend etwas Unangenehmes von sich – Sie können ein halbes Jahr nicht arbeiten, sind völlig entmutigt. Nur in Ihrem Interesse ... Ein offizieller Brief – bitte, sofort, wenn es sein muß ...« Also nichts als Spott und Hohn. Wenn auch konkret zur Sache. Spott und Hohn – zur Sache. *Er hielt ihn also für einen Nichtskönner und Schnorrer.* Er spürte einen ziehenden Kopfschmerz, als ob ihm jemand ein Handtuch immer enger um den Schädel schnürte. Ach, zum Kotzen! Und plötzlich sagte er mit jener nicht wiederzuerkennenden widerlich hartnäckigen Stimme, mit der Schnorrer zu sprechen pflegen:

»Boris Mironowitsch, ich bräuchte eine Bescheinigung, daß ich Ihr Autor bin und für das Theater an einem Stück arbeite. Ich muß das unbedingt . . .«
Das Telefon läutete. Der Pygmäe ließ seine Füße vom Sofa hinunter.
». . . für die Hausverwaltung haben.«
Während Marewin ins Telefon brummte, neigte die Dame ihren kegelförmigen Rumpf zu Rebrow und flüsterte:
»Wissen Sie, daß Boris Mironowitsch großen Kummer hat? Er hat seine Frau zu Grabe getragen. Er steht allein, hat weder Kinder noch Verwandte . . .«
Marewin knurrte weiter ins Telefon:
»Den Auszug, ja doch, bis zum Montag, und die gesamte Dokumentation vorbereiten, ich bitte darum, ja, ja, ja, ja, ja, ja, es ist lebenswichtig . . .«
»Woran ist sie gestorben?« interessierte sich Rebrow.
»Sie war sehr lange krank«, sagte die Dame und blickte bekümmert und ehrerbietig, zugleich aber mit dem Ausdruck unerklärlicher Verehrung.
Marewin versuchte zu begreifen, von was für einer Bescheinigung die Rede war. Dann, als er kapiert hatte, riet er: Ludmila Petrowna solle mit dem Direktor darüber sprechen, ihr würde man es nicht abschlagen. Er selber könne auch darüber sprechen, aber jetzt habe das keinen Sinn mehr, er gehe vom Theater weg. Für ihn würde der Direktor nichts tun, eher im Gegenteil, doch wenn Ludmila bäte, täte er es vielleicht. Sie genieße gerade jetzt Kredit. Rebrow erzitterte bei dem Gedanken: den Menschen zu verlieren, der für ihn der einzige auf der Welt war. *Ganz allein* zu bleiben. Er blickte bohrend in das kleine erloschene – jetzt sah er, daß es erloschen war – Gesicht Marewins, der sich wieder auf das Sofa setzte und an der Gebetsschnur zerrte, und begriff, daß es diesem Menschen schlecht ging. Er war keiner von denen, die ganz allein leben konnten. Und die hageren Damen wie die hier auf dem Sofa würden ihn nicht retten.
Bob wird bald sterben! dachte Rebrow auf einmal erschrocken. Ohne das Theater . . .
»Gehen Sie doch zu Sergej Leonidowitsch hinein«, sagte Marewin. »Reden Sie mit ihm. Gehen Sie. Gehen Sie gleich! Ich weiß, er ist in seinem Zimmer.«
Rebrow hätte am liebsten gesagt: ja, zum Teufel damit, mit den

Stücken, den Bescheinigungen. All das ist doch Dreck, lohnt das Reden nicht. Wirklich Dreck. Man kann sich irgendwie umstellen und weiterleben. Das Leben ist doch groß und weit. Aber etwas anderes lohnt das Reden: der Tod, das Alleinsein. Doch das ist genau das, wovon zu reden unmöglich ist. Und er schüttelte Marewin die Hand und sah ihm dabei in die Augen – in ihnen lag Schutzlosigkeit und gleichzeitig eine gewisse Überheblichkeit –, und nachdem er so von einem Fuß auf den anderen getreten war und die schlaffen Finger geknetet hatte, sagte er nichts weiter und ging hinaus.

Wozu sollte er zum Ersten gehen? Es war doch alles klar, es würde keinen Nutzen bringen. Aber er handelte jetzt – wie es bei ihm häufig vorkam – unter dem Zwang einer mechanischen Trägheit, die er nicht bremsen konnte. Der Erste Regisseur kannte Rebrow ziemlich gut als Laljas Mann, doch ernsthafte Gespräche hatten sie nie miteinander geführt. Alles hatte sich nur so im Vorübergehen abgespielt, bei Tisch, zwei Worte auf dem Bahnhof, in der Kantine, am Garderobenhaken ... Und dieser füllige grauhaarige Mann fing auf einmal an – aus heiterem Himmel! –, vor Rebrow sein Innerstes, seine geheimsten Qualen auszubreiten. Rebrow sprach ihn auf die Bescheinigung an, und er – redete davon, daß er einen Zorn auf die ganze Welt habe, in der gefährlichsten, menschenfeindlichsten Stimmung sei, es gebe keine Rechtfertigung für die Menschheit, sie werde an Heuchelei zugrunde gehen, und Ähnliches dieser Art. Er rannte im Zimmer auf und ab, während Rebrow am Fenster stand, den Rücken gegen die hohe Fensterbank gepreßt.

Wie sich herausstellte, war die Sitzung des Künstlerrats vor einer halben Stunde zu Ende gegangen, und der Alte hatte ihnen allen eins über den Schädel gegeben – dem Direktor, dem Stellvertretenden Direktor, dem Zweiten Regisseur! Letzte Nacht, als er nicht schlafen konnte, hatte er plötzlich klar begriffen, daß nur eines die Rettung bringen würde: den Leuten die Wahrheit ins Gesicht zu sagen. Dem Autor würde man es sicher schon heute hinterbringen, weil der ganze Krach ja seinetwegen entstanden war. Boris Mironowitsch hatte sich gegen das dritte Stück gestellt ... Und dieses dritte Smoljanow-Opus ist eine Sache, wissen Sie, das muß man schon für sich erzählen – die Handlung spielt in Chicago, Belgrad und im Wolga-Don-Gebiet ...

»Warum ich Ihnen dies alles erzähle? Wahrscheinlich deshalb, weil Ihre Ludmila der einzige Mensch im Künstlerrat war, der – wenn auch schüchtern – mir zu helfen versuchte, Bob zu retten.«

Er blickte Rebrow aufmerksam an und fuhr plötzlich mit veränderter Stimme trocken und feindselig fort:

»Also, sprechen wir jetzt von Ihnen. Ich habe Sie gewarnt, ich bin heute unerbittlich. Sie stimmen mit mir überein? Es geht? Nun also, da lese ich Ihre Werke, lese diejenigen anderer junger Autoren – eben dieses Smoljanow – und wundere mich: warum quälen diese Leute sich so? Warum schreiben sie über das, von dem sie nur eine schwache Vorstellung haben? Denn jeder von ihnen hat etwas eigenes, das ihm nahegeht, ihm über alles teuer ist, wie für Tschechow sein Onkel Wanja, sein Doktor Astrow, oder für Gorki, sagen wir, seine Kleinbürger, die Bulytschows und Dostigajews. Aber für Sie – wer? Da schreiben Sie über den Koreakrieg. Korea kennen Sie nicht, in den dortigen Krieg haben Sie nie Ihre Nase gesteckt, und überhaupt sind Sie noch nie weiter östlich als bis zum Kasaner Bahnhof gekommen, oder? Stimmt's?«

»Das Stück ist ja nicht völlig realistisch . . . Mehr ein Märchen«, murmelte Rebrow, außerstande, ein Lächeln zu unterdrücken, das von der Seite her sicher dümmlich aussah. »Oder sogar, bitteschön, eine Parabel . . .«

»Eine Parabel! Hören Sie, das ist die anmaßendste Behauptung überhaupt: ich habe eine Parabel geschrieben! Parabeln schreiben die Völker, nicht die Autoren. Und zu Ihrem anderen Stück, über den Bau der Universität. Geduld, Geduld, ich bin heute so. Aber Gott im Himmel, geliebte Herzensfreunde, lernt doch erst einmal, über einstöckige Häuschen zu schreiben, über Baracken, über Zimmerchen mit geblümten Tapeten, in denen die Pjotr Iwanowitschs mit ihren Maria Iwanownas wohnen, und stürzt euch erst dann auf die vierundvierzig Stockwerke! Dieser Smoljanow, ein Mensch mit gewissen Fähigkeiten, hat einmal sein schlichtes erstes Stück über die Waldschutzstreifen gebracht, das hatte etwas Frisches, Echtes. Noch wenig Erfahrung, traut sich aber trotzdem schon . . . Ich war mir nicht sicher, ließ mich aber überzeugen, erweichen, das Thema sei notwendig, führte es auf . . . Hier setzt die Mythenbildung ein, entsteht das Mythologem . . .«

Rebrow war unfähig, sich zu konzentrieren und richtig auf das Thema einzugehen. Irgend etwas über Smoljanow, unendlich zäh, verwickelt, lange aufgestaut. Aber das war doch eine alberne Bagatelle. Wozu so lange? Und mit solcher Heftigkeit? Eins war klar: er war einsam, verletzt, zu etwas entschlossen, aber schon voll Angst vor der eigenen Courage, hatte niemanden, bei dem er seine Klagen loswerden, niemanden, dem er sein Herz ausschütten konnte. Smoljanow hatte es ihm schon gehörig versalzen. Irgendwelche Satzfetzen drangen in sein Bewußtsein: »German Wladimirowitsch, dieser Meister der Heuchelei, will unbedingt unter die Regisseure ... Und früher, erinnern Sie sich? Beides meine Inszenierungen – alles meine Schuld, ich habe diesen Golem hervorgebracht ...«

»Sergej Leonidowitsch«, sagte Rebrow, »und wie stehen Sie zu meiner Frage? Wie soll ich vorgehen?« Erneut stieg in ihm, wie in Marewins Büro, die rohe Lust des Schnorrers hoch: hartnäkkig immer wieder auf ein und dasselbe zurückzukommen. Aber was sollte er tun? Er war in dieser Eigenschaft angetreten – und mußte sich also entsprechend benehmen. »Ich bräuchte eine Bescheinigung.«

»Bescheinigung? Was für eine Bescheinigung?« wunderte sich der Erste Regisseur. »Ach, diese Bescheinigung da, von der Sie geredet haben. Wenden Sie sich an die Verwaltung.« Er knipste die Leselampe an, begann die Papiere auf dem Tisch durchzublättern, sein Gesicht sah von einem Augenblick zum anderen ganz greisenhaft und angewidert aus. Rebrow setzte sich abrupt in den Sessel unter der Lampe und sagte:

»Was ich noch sagen wollte: haben Sie zehn Minuten Zeit? Ich möchte etwas erzählen. Nein, nicht zu dem, was Sie gelesen haben, das ist Mist. Wirklich, ich bin Ihretwegen überhaupt nicht beleidigt ...«

»Verschwenden Sie keine unnötige Zeit. Ich habe Ihnen schon sieben Minuten zugestanden.«

Sie blieben zweieinhalb Stunden in dem Büro sitzen. Rebrow erzählte von Nikolai Wasiljewitsch Kletotschnikow. Alles, was die letzten Monate in ihm gebrannt und in den letzten Tagen zu erkalten und sich in Eis zu verwandeln gedroht hatte. Doch als er jetzt davon erzählte, begeisterte er sich von neuem: denn Nikolai Wasiljewitschs Geschichte war ja ein Beispiel dafür, wie man leben sollte, nämlich ohne sich um die großen Lappalien des Lebens Sorgen zu machen, weder um den Tod noch um die Unsterblichkeit ... Es war nicht einmal klar, ob er ein echter Revolutionär, d. h. ob er sich seiner Aufgaben und Ziele in vollem Ausmaß bewußt gewesen war. Er war unvermutet aufgetaucht, eine kümmerliche, kränkliche, niemandem bekannte provinzielle Beamtenratte mit runder Brille, und hatte der Revolution seine Hilfe angetragen. Es gab bei ihm Zweifel, Unklarheiten – nichts Heldenhaftes! Weder die stählernen Muskeln Alexanders noch die Dolche und Pistolen Sergejs, noch die Belesenheit Lews, noch die Carbonaro-Romantik Nikolais. Nichts, aber auch gar nichts. Er war ein Vollstrecker, er vollzog einen fremden Willen, den einige Leute den »Volkswillen« nannten. Er hatte sich im Leib der Polizei festgesetzt, war unter den Panzer gedrungen, in die allertiefste Tiefe, den Darm, ins Mark der Dritten Abteilung und von dort aus – rettete er, half er, vernichtete er. Er vollstreckte den Willen seines eigenen Gewissens. Das war alles. Es zu erklären, war schier unmöglich, denn das Gewissen ist doch ein sehr nebulöser Begriff. Und dennoch wirkte da eine gigantische Kraft. Eine Kraft, die zu verschiedenen Zeiten mal zunimmt, mal schwindet. Möglicherweise in Abhängigkeit von irgendwelchen Sonnenflecken. Bei der gerichtlichen Untersuchung sagte er ungereimtes Zeug, verleumdete sich selbst, er habe von den Revolutionären Geld für seine Informationen erhalten, er mußte es ja irgendwie erklären. Welche Erklärung also? Nun gut, er war krank, schwindsüchtig, länger als zwei, drei Jahre hätte er es nicht mehr gemacht, aber die Krankheit läßt nur das geschärft zutage treten, was im Menschen angelegt ist – und hier schärfte sie das Gewissen.

Wenn er mit der fetten Hausbesitzerin, die für die Polizei arbeitete, Karten spielte, wollte er ihr gefallen und durch sie einen Platz in jenem verheißungsvollen Etablissement erhalten.

Sergej Leonidowitsch lauschte mit gierigem Eifer, wie Kinder lauschen. Dieser dicke alte Mann hatte unzweifelhaft etwas Kindliches. Immer wieder warf er plötzlich in den Lauf der Erzählung einige Worte über die »Heuchelei der Welt« ein. Schließlich sagte er:

»Erstaunlich, wie viele herrliche vergessene Menschen gelebt haben. Und vor gar nicht langer Zeit! Mein Vater war ein Zeitgenosse Ihres Nikolai Wasiljewitsch, ebenfalls Petersburger ...« Und beeindruckt dachte er weiter darüber nach. Rebrow war fast gerührt. Anscheinend hatte der Erste Regisseur heute zum erstenmal den Namen Nikolai Morosows gehört, von Lew Tichomirow gar nicht erst zu reden. »Verstehen Sie, wie das ist: für Sie bedeutet das Jahr achtzig Kletotschnikow, Dritte Abteilung, Bomben, Jagd auf den Zaren, für mich aber: Ostrowskij, die ›Sklavinnen‹ im Malyj-Theater, die Jermolowa in der Rolle der Eulalia, Sadowskij, Musil . . . ja, ja, ja! Himmel, wie grausam war das alles miteinander verflochten! Begreifen Sie, die Geschichte eines Landes ist ein vielädriges Kabel, und wenn wir eine Ader herausreißen . . . Nein, so geht es nicht, die Wahrheit über die Zeit ist: sie ist ein Fluß, in dem alles zusammenkommt – Kletotschnikow, Musil . . . Ach, könnte man doch diesen Strom der Zeit, der alle und alles trägt, auf die Bühne bringen! Aber heute habe ich erklärt: wenn Bob Mironowitsch geht, gehe ich auch. So daß sich die Herren also entscheiden müssen. Normalerweise geht es nach dem Künstlerrat hier bei mir laut zu, alles drängt sich, macht Witze, und heute, sehen Sie, sind alle auseinandergelaufen, ich habe sie in Verlegenheit gebracht . . .«

Als Rebrow hinauskam, dämmerte es schon, die Laternen brannten. Von dem langen Gespräch fühlte er sich ganz ausgepumpt und irgendwie sinnlos vergnügt – aber wirklich sinnlos! Denn er hatte ja nichts erreicht, nicht das allerkleinste Bißchen, das er im Schnabel hätte nach Hause tragen können. Er streifte durch die Straßen: vom Puschkinplatz zum Trubnaja-Platz, von da die Neglinnaja hinunter wieder zum Puschkinplatz. Doch die Freude erlosch allmählich, Mutlosigkeit setzte ein. Nein, nicht deswegen, weil wieder ein Tag fruchtlos vergangen war, sogar mit der Bibliothek war es nichts geworden. Plötzlich fiel ihm ein: der Alte mochte ebensowenig nach Hause gehen wie er selber. Ein trauriger Gedanke. Und als Rebrow am Eingang der Diätwirtschaft einen alten Bekannten traf, einen gewissen Tolja Schtschokin, hatte ihn die Mutlosigkeit schon ganz in ihren Klauen. Diesen Burschen, mit dem er einmal zusammen studiert hatte, traf Rebrow immer irgendwann auf der Straße. Schtschokin bekam eine Kriegsbeschädigtenrente. Er war alleinstehend, lebte ärmlich, fast rätselhaft, trank nicht, rauchte nicht, ernährte sich in Speisewirtschaften, trug immer ein und denselben dünnen Mantel mit ein und demselben karierten Tuch. Wenn er Rebrow begegnete, redete Schtschokin mit ihm immer irgendwie von oben herab, mit starrem Gönnerlächeln. Aber Rebrow freute sich immer, ihn zu treffen. Der bloße Anblick dieses Menschen, der alle Versuche aufgegeben hatte, etwas Besseres zu werden, hob seine Stimmung. Gewöhnlich redeten sie von Frauen. Rebrow pflegte zu fragen, ob Schtschokin nicht geheiratet habe. Worauf dieser laut lachte: »Wie kommst du darauf! Niemals!« Schtschokins Gesicht war unvermeidlich gerötet, seine akkurat instand gesetzten Zähne blinkten. Schtschokins Freundinnen waren Verkäuferinnen, Kellnerinnen, Tellerwäscherinnen, Mädchen aus den Annahmestellen der Schneidereien und chemischen Reinigungen: mit ihnen verbrachte er einige Planstunden pro Woche, lud sie in sein bescheidenes Zimmer ein, bewirtete sie mit einem bescheidenen Abendbrot, einer Flasche Wein, manchmal auch einfach mit Tee und Wurst, und freute sich über seine bescheidene Eroberung. Über die wurde dann auch gelegentlich, in Eile, geredet. Doch diesmal ließen Ermüdung und Mutlosigkeit Rebrow nicht zu Späßen aufgelegt sein. Mit mürrischen Blick auf Schtschokin fragte er automatisch: »Wie steht's, hast du noch immer nicht geheiratet?«

»Niemals!« lachte Schtschokin und klopfte Rebrow freundschaftlich, wenn auch etwas gönnerhaft, auf die Schulter. Er stand fast direkt an der Tür der Diätwirtschaft, vor ihm nur ein paar alte Frauen, hinter ihm etwa zwanzig Leute. Sie standen offensichtlich schon lange an, waren vor Kälte erstarrt und paßten erbittert auf, als Rebrow sich danebenstellte. Rebrow verspürte Hunger. Er hatte um zwölf Uhr gegessen, und jetzt war es schon sieben! Schtschokin fragte: »Deine Frau macht Karriere? Du kaufst dir ein Auto?«

»Wer hat dir das gesagt?«

»Ganz Moskau redet davon, haha . . .«

»Bürger, stellen Sie sich richtig in der Reihe an!« kreischte es von hinten.

Schtschokin verkündete mit Donnerstimmer, Rebrow habe vor ihm gestanden. Die Reihe geriet in Bewegung, jemand schrie: »Haben wir nicht gesehen!«, elektrische Entladungen schnalzten durch die Luft. Rebrow drehte sich nicht um, die Tür ging auf, die drei alten Frauen und hinter ihnen Rebrow im Schutz der Schtschokinschen Prothese schoben sich ins Innere. Bei Suppe und Auflauf erzählte Rebrow von seinem Mißgeschick. Ihm war klar, irgendwer mußte ihm zuhören. Schtschokin hörte gut zu. Er nickte, ließ mitfühlende törichte Worte einfließen und sah Rebrow lächelnd von oben herab an.

Plötzlich sagte er:
»Du bist von Hochmut gepeitscht, mein Lieber. Verfaßt da irgendwelche Stücke mit Geschichten über die Narodowolzen.«
»Wie das?« fragte Rebrow verblüfft.
»Du läßt dich vom Ehrgeiz auffressen, strampelst dich umsonst ab. Sieh mich an: ich gebe Literaturunterricht in der Abendschule, sechs Stunden in der Woche. Und wie gemütlich das ist! Fonwisin, Puschkin, Derschawin . . . Soll ich dich nicht auch da unterbringen? Du könntest Geschichte geben. Und die Bescheinigung würdest du kriegen.«
Rebrow schüttelte den Kopf:
»Bislang will ich noch nicht.«
»Na gut. Strampel dich noch ein bißchen ab. Und umsonst sowieso. Sollten wir nicht noch jeder eine Portion Kompott nehmen?«
Rebrow schwieg bedrückt.
In dem, was der ehrliche, beschränkte Schtschokin – aus irgendeinem Grund war Rebrow überzeugt, daß Schtschokin beschränkt war – so gutmütig und offen ausgesprochen hatte, lag eine naive, tödliche Grausamkeit. Da bekam er sie verpaßt – die *Wahrheit ins Gesicht.* Und nicht diese spitzigen Bemerkungen, die Sergej Leonidowitsch von sich gab. Und wäre das nicht tatsächlich besser – Pfoten hoch? Geschichte in der Abendschule. Sechs Stunden in der Woche. Die Bescheinigung, eine Situation, eine Existenz. Schtschokin hinkte mit zwei Gläsern Kompott herbei und sagte etwas von einer schwarzhaarigen Verkäuferin, sie heiße Rita, sei aus guter Familie. »Ich kann dir ihre Telefonnummer geben. Soll ich?« Rebrow war so weit weg, daß er, obwohl er die Frage hörte, nicht antwortete. Als sie auf die Straße kamen, sagte Schtschokin:
»Laß dich nicht ärgern. In zwanzig Jahren ist alles umgekehrt. Du wirst mit diesem Regisseur, Sergej Leonidowitsch, den Platz getauscht haben, das versprech ich dir.« Er lachte. »Nur ich bleibe an der alten Stelle.«
»In zwanzig Jahren? Wozu? Ich werde ein alter Mann sein, fast so einer wie er . . .«
»Was ich dir sage: ihr werdet Plätze tauschen. Und er wird aufhören zu existieren. Fast so wie du jetzt, haha!«
»Danke für die Blumen.«

»Reg dich ab, mein Lieber. Ruf an. Denk an die Abendschule. Es gäbe auch noch einen Klubleiterposten im Perwomaiskij-Bezirk, ich könnte dich da unterbringen. Ohren steif!«
Und der Bruder Leichtfuß, Dauergast der Diätwirtschaften, bewegte sich die Puschkinstraße hinunter, zur Metro. Rebrow ging dieselbe Straße hinauf. Schtschokins dem Anschein nach wohlwollend gemeinte letzte Worte hatten ihn endgültig deprimiert. Gab es da wirklich keine bösen Hintergedanken? Aber er hat ja recht, der Schuft – ich existiere nicht . . .
Er ging lange durch die Straßen und dachte darüber nach. Wenn er plötzlich verendete, wer würde weinen? Ja, ganz schlicht – wer würde sich an ihn erinnern? Lalja würde weinen. Es würde ihr um jemanden leid tun. Aber nach drei Monaten würde sie einen Lungenkranken kennenlernen, einen Physiker und Liebhaber symphonischer Musik, oder einen wunderbaren Menschen, Feldmesser und Quartalssäufer, Irina Ignatjewna würde auf alle Fälle froh sein und Vorzüge entdecken. Hauptvorzug: der Lungenkranke und der Quartalssäufer *existierten.*
Schneefall setzte ein. Nach Hause zu fahren, war es sowieso noch zu früh. Es zog ihn, die Boulevards entlangzugehen, zuerst hinunter, bis zum Trubnaja-Platz, dann bergauf zum Sretenskij-Tor. Er wußte, wohin es ihn zog. Zu einem Haus am Sretenskij-Boulevard. Die Straßenbahn bewältigte die Steigung nur sehr langsam. In der gemütlichen elektrischen Wärme schaukelten blutleere Gesichter. Rebrow holte die Straßenbahn fast im Gehschritt ein und sprang aufs Trittbrett. Eine Geschichte von früher: Winter, Schneefall, der Boulevard mit seinen öde dastehenden Bäumen machte eine Krümmung, und hier an dieser Stelle – rechts schimmerten die dunklen Ziegel der alten Festungsmauer – war er immer aufs Trittbrett aufgesprungen. Die Aktentasche trug er unterm linken Arm, er machte kurze rasche Schritte, versuchte, in den Rhythmus der Räder hineinzukommen, ein jugendlicher Sprung und – geschafft! Mit der Rechten hielt er den Griff gepackt. So war es Tag für Tag, bis zu jenem März, wo Glatteis und die Füße ins Leere traten, die Aktentasche hinunterfiel und jemand Kräftiges ihn durch die Tür hineinzog und bis zur Plattform schleifte. Am Sretenskij-Tor, dem Endziel der kurzen, angenehmen Reise – insgesamt nur eine Station! –, hörte er ein Rufen und sah eine von unten, von der Trubnaja her, hochlaufende, armefuchtelnde menschliche Gestalt. Es war sein Vater. Er trug die Aktenta-

sche, deretwegen Rebrow gerade hatte hinunterlaufen wollen. Schwer atmend und weißgesichtig kam er an, und ohne ein Wort zu sagen, versetzte er ihm einen solchen Hieb, daß Rebrow auf den Bürgersteig hinschlug, und kaum hatte er sich wieder hochgerappelt, schlug der Vater erneut zu, und sagte mit erschreckendem Haß: »Du Lump! Ich habe alles gesehen!« Nach jenem Tag hatte der Vater lange heimlich beobachtet – sich dabei wie ein echter Spion hinter dem Haus an der Roschdestwenka versteckt –, ob Rebrow nicht auf dem Heimweg von der Schule wieder auf die Straßenbahn aufsprang. Der Vater hatte nichts zu tun. Er arbeitete damals schon nicht mehr, war reizbar, fing leicht an zu schreien, stritt sich mit der Mutter, der Mutter tat er leid. Als Rebrow sich bei ihr darüber beklagte, der Vater spioniere ihm nach und die Kameraden hätten das schon bemerkt und neckten ihn, sagte sie, er brauche sich nicht darum zu kümmern. »Er soll tun, was er will!« sagte sie. »Er leidet ja, und wir können ihm nicht helfen.« Rebrow begriff nicht, warum man nicht eine andere Arbeit finden und nicht mehr leiden konnte. Der Vater war Ökonom. Aber er war zu der Zeit schon krank, was Rebrow nicht wußte. Am Ende des Sommers kam der Vater ins Krankenhaus, aus dem er nicht mehr zurückkehrte. Die Mutter besuchte ihn, nahm aber Rebrow und seinen Bruder Wolodka nie mit. Einmal kam sie froh zurück und sagte, der Vater habe sie erkannt. Er habe auf dem Bett gesessen, aus Stoffflicken eine Decke genäht und, als die Mutter ins Krankenzimmer kam, sie plötzlich angesehen und in seinem gewohnten griesgrämigen Ton gesagt: »Vera, wir haben zu Hause so viele verschiedene Flicken. Warum hast du mir keine gebracht?« Die Mutter verwirrte und freute das so, daß sie keine Antwort fand und in Tränen ausbrach. Bei Kriegsbeginn wurde das Krankenhaus in das nördliche Uralgebiet evakuiert, der Vater starb Anfang zweiundvierzig an Lungenentzündung, doch Rebrow erfuhr davon erst zwei Jahre später. Die Mutter hatte es wahrscheinlich gleich erfahren, sie stand ja in Briefwechsel mit dem Krankenhaus. Sie war in Kusnezk, wohin das Werk evakuiert worden war. Die Mutter war im Jahre dreiundvierzig an einer Herzattacke gestorben, und Wolodka hatte im Sommer zweiundvierzig aufgehört zu schreiben – Rebrow hatte das einem Brief seiner Mutter entnommen –, und als Rebrow aus dem Lazarett nach Moskau zurückkam, fing er an, Auskünfte einzuziehen, überallhin zu schreiben, doch die Antwort

war immer gleich: Wir haben keine Angaben, erst später, als er bekannte Tatsachen und einige Mitteilungen aus Wolodkas letzten Briefen einander gegenüberstellte, begriff Rebrow, daß Wolodkas Einheit in dem Kessel bei Charkow gefallen war.
Hier war es, das einstöckige Haus mit den Halbsäulen, den abgebröckelten Löwenfratzen. Im ersten Stock das dritte und vierte Fenster rechts. Dort hatte er den besten Teil seines Lebens verbracht: bis zur sechsten Klasse. Als der Vater von der Arbeit freigestellt wurde, hatte er es aus irgendeinem Grund hier nicht mehr ausgehalten – er sagte, der Straßenlärm störe ihn, er leide unter Schlaflosigkeit –, und sie waren in die stille Baschilowka fast außerhalb der Stadt gezogen. Wie Rebrow sich damals dagegen gewehrt hatte! Wie er sich gesträubt hatte, die Schule zu verlassen, die Kameraden, den Boulevard, das Schlittschuhlaufen auf den Teichen, das Briefmarkengeschäft auf dem Kusnezkij Most, zu dem sie nach der Schule liefen und in dessen Toreingang sich schreckliche Prügeleien abspielten! Einmal hatte er von der Mutter sechs Rubel für eine Serie französische Kolonien bekommen, kam glücklich aus dem Laden heraus, plötzlich versetzte jemand dem Torflügel einen Stoß – drei Burschen machten sich schweigend daran, ihm die Hände zu fesseln, nahmen ihm das Päckchen ab, er kämpfte verzweifelt, trieb sie auseinander, riß sich los, rannte die Straße hinunter und bemerkte erst an der Metro, daß die ganze Vorderseite seines neuen Frühjahrsmantels in Fetzen hing: mit einem Rasiermesser aufgeschlitzt. Aber der Stolz darauf, daß er sie auseinandergetrieben, sich losgerissen und das kostbare Päckchen gerettet hatte, wog mehr als dies geringe Ärgernis: was machte das schon, der Mantel . . .
Der Schnee fiel dichter. Er deckte alles zu. Die Imbißstube, aus deren auf- und zuschlagenden Türen warme Luft hinausströmte, das Trottoir, die sich langsam bewegenden Leute, die Mützen, Gesichter, Erinnerungen, den Jungen im langen schwarzen Bauernpelz, der erst lang war und später abgeschnitten wurde. Vier Menschen hatten hinter diesen Fenstern im ersten Stock gelebt. Allein Rebrow war von diesen vier übriggeblieben – stand da und schaute in die Zeit vor dem Kriege . . . Wohin waren sie alle geraten? Sie waren weder hier noch dort – nirgends. Es hatte sich so ergeben. Er war ihr Vertreter auf Erden, wo gerade Schnee fiel, wo die Trolleybusse mit eingeschaltetem Licht langsam fuhren . . .

Lalja fragte: »Warum bist du heute betrunken hingegangen?«
»Wohin gegangen?«
»Bob hat es mir erzählt. Heute, hat er gesagt, ist der Deine ziemlich besäuselt hier aufgetaucht, hat eine Diskussion seiner Stücke verlangt. Wegen irgendeiner Bescheinigung. Und dabei hat Bob – das weißt du doch? – schreckliche Unannehmlichkeiten . . .«
Rebrow winkte ab. Er wußte es! Über all das zu reden, hatte er nicht die Kraft. Er sagte nur eines:
»Richte Smoljanow meinen Dank aus.«
Sie gingen schlafen, und Rebrow erzählte, daß er heute zu dem alten Haus am Boulevard gegangen sei. Das Leben Rebrows vor der Zeit in der Baschilowka hatte für Lalja etwas Aufregendes, sie liebte es, ihn über seinen Vater auszufragen, über die Zeiten, als Rebrow ganz klein war – sie hatten sich ja erst in der siebten Klasse kennengelernt. Und auch jetzt wieder lag sie still da und hörte zu. Rebrow erzählte, wie vor langer Zeit einmal, im Jahre dreiunddreißig, sein Vater zwei Kinderstrohsesselchen kaufte und sie auf den Gepäcksitz der Fahrräder befestigte, an seinem Rad und dem der Mutter, und wie sie sonntags zu viert auf Spazierfahrten gingen: Rebrow und Wolodka saßen in ihren Sesselchen auf dem Gepäckträger. Irgendwo existierte eine Fotografie davon, man müßte sie suchen. Laljas Hand berührte im Dunkeln seine Stirn, sein Haar, fing an ihn zu streicheln. Er nahm die Hand und drückte sie an seine Lippen. Er sagte, heute habe ihm jemand eine Arbeit vorgeschlagen: in der Erwachsenenschule Geschichte zu unterrichten. Oder als Klubleiter in den Perwomaiskij-Bezirk zu gehen. Lalja streichelte schweigend sein Gesicht. Er sagte, es gebe noch einen anderen Vorschlag: die beiden Stücke jemandem hinzutragen, der Verbindungen habe und helfen könne. Man müsse sich dort wahrscheinlich auf eine Ko-Autorschaft einlassen. Aber das sei doch immer noch besser als so, wo sich nichts vom Fleck rühre. Wenn es ihm auch gegen den Strich gehe. Lalja flüsterte:
»Aber das muß doch nicht sein.« Sie begann ihn zu küssen. »Muß nicht sein, mein Liebster. Muß nicht sein, mein Engel. Denk nicht darüber nach. Für uns wird alles gut werden. Die Bescheinigung werden wir bekommen, du wirst ruhig arbeiten, alles erreichen, schließlich bist du begabt, laß also diese Sachen, die nicht sein müssen, gib nicht auf. Welcher Idiot hat dich als Klubleiter vorgeschlagen?«

Er lag reglos da, lauschte, sog ihr Gemurmel tief ins Herz ein, ließ sich von dem süßen Geflüster äthergleich einhüllen: »Weißt du, was ich glaube? Daß ich . . . Weißt du, was ich meine?«
»Ja?«
»Ich glaube, ja. Und ich möchte es behalten.«
Die Brust pochte heftig, die Kräfte kehrten zurück. Freude, Schrecken – alles zusammen, in eins verschmolzen. Soviel Glück wie Unglück: mehr war nicht erforderlich. Und diese vertraute Wärme neben ihm war sein einziger Beweis: *ich existiere.*
Hier zeigte sich, wie sonst nur im Traum, die Wahrheit, und sie erwies sich als alt und klar: nicht cogito ergo sum, sondern: ich liebe ergo sum, das war alles. Wie kamen die Leute nur nicht darauf? Warum begriffen sie es nicht? Etwas so verblüffend Augenfälliges! Auch ich existiere! Existiere euch allen zum Trotz! dachte er voll stürmischer und wütender Zärtlichkeit. Er fühlte nichts außer dem Geschmack der Liebe auf den Lippen und einem großen Anwachsen seiner Kräfte.

Tags darauf gegen elf kamen zwei Männer vom Fernmeldeamt und begannen sich anzusehen, woher und wie sie eine »Luftleitung« ins Haus legen konnten. Niemand hatte sie bestellt. Alle meinten, es sei ein Versehen, doch die Arbeiter wiesen einen Antrag vor, der den Namen L. P. Telepnjowa enthielt und eine Unterschrift der für diesen Knotenbereich zuständigen Stelle. Da erinnerte Lalja sich und sagte: »Ach, ich weiß, was das ist«, aber sie war sichtlich verwirrt und nicht besonders froh. Rebrow verlangte Rechenschaft. Lalja sagte, daß sich die Theaterdirektion seit langem um einen Anschluß für sie bemühe – denen war es selber unbequem, oft den Wagen vorbeischicken zu müssen, nur um irgend etwas mitzuteilen –, aber es war nichts in Gang gekommen, es gab keine Kabel in der Nähe, und eine »Luftleitung« war sehr teuer; also mußte hier Smoljanow eingegriffen haben. Smoljanow habe auch in diesem Bereich Beziehungen. Irina Ignatjewna rief erfreut aus:
»Wie reizend von ihm, Laletschka! Sag ihm vielen, vielen Dank. Nikolai Demjanowitsch ist ein Schatz, ein Teufelskerl . . .«
»Mama, ich fühle mich nicht gern verpflichtet.«
»Lalja, was für ein Unsinn. Wieso solltest du dich verpflichtet fühlen? Alle unsere Verwandten und Bekannten haben seit

hundert Jahren Telefon, nur wir waren bisher wie im hintersten Krähwinkel . . .«
An dieser Geschäftigkeit, dieser Plötzlichkeit, Laljas *Unfrohheit* und dem allzu heißen Jubel der Schwiegermutter war etwas, was Rebrow äußerst aufmerksam werden ließ. Denn immerhin, ein Telefon! Das war doch etwas! Er hatte nie im Leben eins gehabt, weder am Sretenskij-Boulevard noch in der Baschilowka. Aber Laljas Verwirrung war irgendwie merkwürdig: als sei sie auf glattem Boden gestolpert. Kurz darauf kam der Wagen, Lalja fuhr weg, und binnen einer Stunde hatte die Schwiegermutter bereits Onkel Kolja angerufen, Tante Schenja, Onkel Mischa, die ganze Verwandtenschar, hatte ihnen die Telefonnummer mitgeteilt und die letzten Neuigkeiten über Pjotr Alexandrowitsch. In einer Woche sollte er entlassen werden.
Rebrow ging von der Metro heimwärts – es war zwei Tage her, daß das Telefon seinen Einzug gehalten hatte –, und als er sich dem gelben Datschenzaun näherte, erblickte er etwas, was ihn in der ersten Sekunde bestürzte. An der Gartentür des Nachbargrundstücks standen der Milizionär Kurtow und Kanunow in einem langen schwarzen Mantel und unterhielten sich. Kanunow stand halb abgewandt und tat so, als habe er Rebrow nicht bemerkt. Und Rebrow gab sich den Anschein, als habe er ihn nicht erkannt, obwohl er direkt an ihm vorbeiging, ihn fast mit der Schulter berührte. Ein unerträglich ekelhaftes Gefühl, und er spürte auf einmal, weil er auf so etwas nicht gefaßt gewesen war, eine Schwäche in den Beinen.
Es hatte auch kaum etwas Angenehmes, zu erfahren, daß unter einem jemand hartnäckig wühlte. Man lebte friedlich vor sich hin, und irgendein Rüssel war in Tätigkeit. Was soll's, dachte Rebrow, bei seiner Pforte angelangt, und lachte. Als er sich umschaute, sah er, daß der Milizionär und Kanunow zu ihm herblickten.
Das Gestirn Smoljanows, das vier Jahre lang steil nach oben gestiegen war, verlangsamte seinen Flug. Eigentlich passierte nichts Schlimmes, keinerlei Katastrophen, doch das Tempo verringerte sich – und das konnte ein schlechtes Omen sein. Wie sehr auch Nikolai Demjanowitsch sich selber gut zuzureden versuchte, daß auch die beste Fußballmannschaft bisweilen Punkte verlieren könnte, daß es unmöglich sei, sich nie zu irren und nirgends Abschläge hinzunehmen, war er doch nicht gedul-

dig und abgeklärt genug. Anstatt kaltblütig weiterzumachen, auf Lärm und Beleidigungen nicht zu reagieren, verstrickte er sich aus einer gewissen Charakterschwäche heraus in einen offenen Skandal: irgendwo auf dem Gang, auf der Treppe fing er an, auf das Geschrei und die Grobheiten des Alten zu antworten, drohte ihm, zeigte ihm die Faust, warf dem ehemaligen Dramaturgen Marewin Doppelzüngigkeit vor und stellte sich vollständig bloß, wie ein Einfaltspinsel. Die Nerven gingen mit ihm durch! Das war verständlich, denn gerade im Januar hatte es schwere Unannehmlichkeiten gegeben: in Saratow war seine Mutter nach einem Schlaganfall gelähmt, Beine und Sprache waren betroffen, und er wußte nicht, was er mit der Tochter tun sollte, wo sie unterbringen, fürs erste wurde sie von einer alten Nachbarin versorgt; und vor zehn Tagen hatte Martha eine Nummer abgezogen. Sie hatte in der neuen Wohnung im fünften Stock aus dem Fenster springen wollen. Frosja, seine Schwägerin, hatte das gesehen und sie auf dem Fensterbrett festhalten können. Das war schon das zweitemal, das erstemal war im Oktober gewesen, noch in der alten Wohnung. Er mußte das natürlich melden, man brachte sie nach Kaschtschenko. Nikolai Demjanowitsch hatte niemandem davon erzählt, schon gar nicht am Theater. Wozu auch? Auf Mitleid konnte man nicht rechnen, aber jemand könnte ihm schaden. Aus all diesen Gründen war seine Stimmung ganz und gar auf dem Nullpunkt.

Ludmila ging Nikolai Demjanowitsch schon die zweite Woche aus dem Weg. Wenn sie sich im Theater trafen, nickte sie kurz als Antwort auf sein »Grüß dich« und – weg war sie. Nikolai Demjanowitsch hatte selber schon in manchen Minuten daran gedacht, »Schluß zu machen«. Sollte sie ihm doch den Buckel runterrutschen mit ihrem beleidigten Getue. Genau wußte er es nicht, aber er erriet, daß sie der festen Meinung war, er habe sie mit Alexander Wasiljewitsch verkuppelt. Zwar hatte Alexander Wasiljewitsch ihn tatsächlich gebeten, es von ihm verlangt, und er hatte es unmöglich abschlagen können, doch wenn sie wüßte, die Gans, wie er ihretwegen gelitten hatte, welche Alpträume er sich in seiner Phantasie ausgemalt und wie sehr er auf ihren Charakterstolz gebaut hatte, der ihn selber so oft erbost hatte. Schließlich hatte er *in jener Nacht* doch kein Auge zugetan. Keine Minute Schlaf, nur quälende Fieberträume, Halluzinationen: mal erschien ihm Alexander Wasiljewitsch, als schlüge er ihn mit der Faust und sendete ihm seine durchbohrenden Blicke, dann stellte er sich Ludmila auf unerträglichste Weise vor, mit jenem zusammen, und ihm streckte sie die Zunge heraus. Und trotzdem glaubte er mit aller Inbrunst, mit jeder Faser seines Leibes: Nein, nein, um keinen Preis! Er war beinahe ehern überzeugt gewesen, daß Alexander Wasiljewitsch *nichts bekommen* würde. Niemals! Nicht unter diesen Umständen. Als Alexander Wasiljewitsch am nächsten Morgen anrief, in ärgerlichem Baß irgend etwas knurrte – man konnte nichts verstehen, es war nur klar, daß er stinkwütend war –, hatte Nikolai Demjanowitsch am Telefon einen Luftsprung vor Freude gemacht. »Ach, mein Ärmster! Sodbrennen hast du, Atemnot, wie leid mir das tut . . .«, hatte er mitfühlend gemurmelt, während er sich im Spiegel ansah und vergnügte Fratzen schnitt.

Er hatte sich an Ludmila gewöhnt, verspürte eine Anhänglichkeit, was wahr war, mußte wahr bleiben. Und wie schnell das gegangen war! Obwohl sie ihn quälte, durch Kränkungen reizte, ihn ein andermal mit ihrem Dummkopf Grischa, ihren Launen, ihrem Starrsinn abstieß (was hatte sie Marewins wegen für einen Krach geschlagen! Wozu den Alten dümmlich verteidigen?), ihn zu dem Wunsch trieb, für immer zu brechen, es gab viele Frauen um ihn her, sie war ja nicht besonders lieb und sanft, das brauchte sie sich nicht einzubilden, es gab viel Sanftere, und er hatte, wenn er nur wollte, unbegrenzte Möglichkeiten, mußte nur mit dem kleinen Finger winken, und obwohl er viele näher kennenlernte, mit ihnen auf die Datsche fuhr, nach Chimki, zu Bekannten, hierhin und dorthin – nach einer Stunde hing ihm alles zum Halse heraus und wurde langweilig. Weil sie hohlköpfig waren, ohne Begriffsvermögen. Sie konnten nichts als sich ausziehen, und er hatte sie sich übergesehen, diese Ausziehpuppen. Er war ein Mensch mit einem komplizierten Schicksal, einem schwierigen Charakter, nicht jede konnte ihn begreifen.

Ludmila aber begriff ihn. Sie war erstaunlich. Bat um nichts, tadelte ihn nie, nahm nie Geld. Zweimal hatte er es angeboten, sie hatte kategorisch abgelehnt: »Ja, schämst du dich denn nicht?« Er freute sich darüber, es war angenehm – nicht deswegen, weil es ihm ums Geld leidgetan hätte, sondern weil sie eine so erstaunliche Frau war und – ihn liebte. An Ausgaben – bloß achtzig Rubel für Schuhe mit Kreppsohlen irgendwann vor längerer Zeit. Nun, und die Restaurants, aber die rechnete er selbstverständlich nicht. Nikolai Demjanowitsch duldete, quälte sich und – er konnte es nicht mehr aushalten – hielt sie im Flur am Arm fest und sagte:

»Ludmila, bei mir steht es schlecht.«

Sie blickte kurz zu ihm auf:

»Was ist?«

»Meine Mutter liegt mit einem Schlaganfall im Krankenhaus. Ich weiß nicht, was mit Galja werden soll . . .«

In Ludmilas Augen schimmerte etwas Elementares, Gutes auf: war es Erschrecken, war es Mitleid.

»Nimm Galja nach Moskau. Deine Mutter richtet sich nur zugrunde, wenn sie sich aufregt . . .«

»Auch in Moskau steht es schlecht. Mit Martha . . .«

Er erzählte in knappen Worten. Von allen Seiten war er eingekesselt – im Theater herrschte Krieg, Marewin, dieser gemeine Hund, hatte die Schauspieler aufgehetzt, die Kritiker gegen ihn geimpft, zum Glück hatte man sich von ihm gelöst, und zu Hause lieferte das Schicksal eine tödliche Schlacht. Und nahestehende Menschen wandten sich ab, spendeten weder Hilfe noch Wärme.

»Martha tut mir leid, sogar sehr, sehr leid. Sie ist doch noch nicht alt, achtunddreißig. Aber das zentrale Nervensystem ist aufs äußerste zerrüttet, die Behandlung dauert mindestens ein Jahr, und man weiß nicht, wie und was, kennt die Resultate nicht. Sie tut mir sehr leid. Sie ist doch eine hervorragende Pädagogin, an der Kinderschule hat sie Gymnastik unterrichtet. Bei ihr handelt es sich anscheinend um manische Phantasien und Zwangsvorstellungen. Immerzu Streit mit Frosja, Geschrei, mit Fäusten ist sie auf sie losgegangen, du kennst das ja. Und nun hat sich herausgestellt, es ist krankhaft, nichts zu machen. Das tut mir so leid . . .«

So erzählte Nikolai Demjanowitsch, hervorsprudelnd, mit halblauter Stimme. Und schaute hin: das hübsche Gesicht wurde blaß, in den Augen schienen Tränen zu stehen. Plötzlich gab sie sich einen Ruck:

»Kann man dir helfen?«

Er nickte.

»Laß uns zu mir gehen, jetzt gleich.«

Er dachte sich: Frosja könnte beleidigt sein, sie würde mit Tellern schmeißen, na, sie konnte ihn gernhaben. Man müßte sie irgendwohin schicken. Nach Tarasowka, auf die Datsche. Ja – gute Idee! –, um die Datsche zu heizen, sie war lange nicht mehr geheizt worden.

»Wo ist hier ein Telefon. Ich rufe gleich an, und wir fahren los.«

»Nein ... wir fahren nicht.« Sie kamen aus dem Korridor und blieben auf dem breiten Treppenabsatz vor dem Fenster stehen. Man sah auf den Hof, auf die schmutzige Erde mit dem festgetretenen schwarzen Schnee. Der Wagen des Direktors stand vor dem Garagentor, die Motorhaube war geöffnet. Entlang der Ziegelmauer, die das Gelände des Theaters vom Nachbarhaus abgrenzte, standen irgendwelche vom Schnee endgültig verdorbene Dekorationen. Ich darf nicht vergessen, in die Garage zu gehen, wegen des Akkumulators, dachte Nikolai Demjanowitsch.

»Mit uns, Nikolai Demjanowitsch, ist alles zu Ende«, hörte er ihre Stimme. »Ich habe so entschieden.«

»Warum?«

»Darum ...«

Unten schlug eine Tür zu, jemand kam mit schweren Schritten ächzend hoch. Ludmila verstummte. Es war ein alter Mann, einer von den pensionierten Mitarbeitern des Theaters. Er grüßte. Lalja grüßte zurück, und als der alte Mann durch die Tür hindurch war, die zum Korridor führte, wiederholte sie härter:

»Darum!«

»Und du konntest keinen anderen Zeitpunkt finden?«

»Ich habe doch von deinem Elend nichts gewußt.«

»Aber jetzt weißt du es?«

»Ja. Ich fühle mit dir ...« Sie schwieg einen Augenblick. »Aber trotzdem.«

Ihre Augen waren fremd und kalt.

»Du schienst mir ... Aber du siehst doch, was für ein Mensch du bist! Ich bin schwache Männer gewöhnt ... Ich bin ihnen Schutz und Schild, Mutter und Frau ... Ich dachte zuerst, auch du bräuchtest mich ...«

»Und was ist an den schwachen Männern Gutes?«

»Sie begehen keine Gemeinheiten.«

»Was? Und wie sie das tun!«

»Nein, dazu langt es nicht bei ihnen.«

»Du sagst nicht die Wahrheit! Du redest da Dummheiten,

irgendeinen Unsinn«, murmelte er; er fühlte in sich eine ungute Wallung aufsteigen, wie Schüttelfrost oder Fieber. »Was habe ich denn zum Beispiel Gemeines getan? Habe ich jemanden erschlagen, erdrosselt?«
»Jeden, wenn es gerade erforderlich war. Bob hast du schon erdrosselt, jetzt ist Sergej Leonidowitsch an der Reihe – ich sehe doch ...«
»Na und? Du siehst richtig. Nur bin ich da ganz unbeteiligt. Seine Zeit ist vorbei, kapiert? Er hat sich verrannt, taugt nichts mehr, ist hoffnungslos zurückgeblieben.«
Lalja lachte auf.
»Hinter wem zurückgeblieben? Hinter dir, oder?«
»Hinter der *Zeit*, meine Liebe.«
»Ach, lieber Gott ...« Sie lachte noch immer.
Plötzlich begriff er: die Hitze, die ihn befallen hatte, war Angst, weil dies das Ende war, er sah es.
»Wozu dann erst diese ganze Komödie?«
»Ich bin nicht eher darauf gekommen, Nikolai Demjanowitsch. Ein dummes Frauenzimmer, was soll man da tun? Ich bin schuld, ich bitte um Strafe. Aber, sieh mal, Grischa ist ein kraftloser Mensch, wirklich, er ist sehr schwach, ohne mich ginge er zugrunde, aber nie würde er etwas Gemeines ...«
»Was du sagst, ist nicht wahr, ist überhaupt nicht wahr, ist albernes Zeug«, hämmerte er mit fast unhörbarer, überschnappender Stimme auf sie ein, er hatte nicht die Kraft, lauter zu reden. »Er ist ein ganz gewöhnlicher Mensch, genau so einer wie ich, dein Grischa. Was ist, weiß er etwa nicht, was zwischen uns beiden ist? Er weiß es wohl und nimmt es hin.«
»Er weiß es nicht.«
»Er weiß es, sogar ganz genau. Nur daß er mehr Verstand als edles Blut hat.«
»Er weiß es nicht!« schrie Lalja auf einmal, und ihre Augen funkelten so, daß Nikolai Demjanowitsch zurückwich.
»Was du sagst, ist nicht wahr ...«, flüsterte er verzweifelt und sah zu, wie sie im zunickte, mit der Hand eine Abschiedsgeste machte, sich umwandte und ging.
Und als zwei Tage später Kostja Schachow ihm eben diesen Grischa ins Haus brachte und dieser, steinern und angespannt, seinen Krimskrams in den zerfledderten geschnürten Aktendeckeln vorzeigte, fortwährend zusammenhanglos wiederholte: »Die Sache ist doch die ...«, während Kostja Unfug trieb und

am Zeitungstischchen a conto der Vermittlungsprovision frech Kognak in sich hineinschüttete, schaute Nikolai Demjanowitsch Grischa mit geradezu trauriger Verwunderung an und dachte: »Was findet sie nur an ihm? Woran liegt es?« Grischa sah mitgenommen aus, verlegen, er redete wirres Zeug: etwas von irgendeiner Bescheinigung für die Hausverwaltung. Nikolai Demjanowitsch hatte Kostja gebeten, Grischa so lange wie möglich im dunkeln darüber zu lassen, zu wem man ihn brachte, und ihm erst heute an der Metrostation zu eröffnen, welches der ausgemachte Treffpunkt war – und Grischa hatte schließlich nicht ausgespuckt, nicht entrüstet aufgeschrien: »So ist das also?«, war nicht zur Metro zurückgelaufen. Ist lieb und brav mitgekommen. Hat sich auf dem Sofa breitgemacht, ein Bein über das andere geschlagen, die Zigarette zwischen den Zähnen und blickt so würdevoll, ganz wie ein Edelmensch. Und der soll nichts davon wissen? Ach du himmlischer Vater! Und wie er es weiß, der Hund. Hundertprozentig weiß er es. Ludmila hatte erzählt, wie er zu Hause das Hemd gefunden hatte, das sie für ihn, Nikolai Demjanowitsch, zum Geburtstag ausgesucht und in der Kommode aufbewahrt hatte. Er hatte damals gefragt, sie hatte sich damit herausgeredet, es sei ein Kollektivgeschenk für ein Orchestermitglied. Nikolai Demjanowitsch hatte absichtlich dieses Hemd angezogen und ließ seinen Hausmantel weit offen stehen. Und Grischa hatte das Hemd sicher gleich bemerkt, schwieg aber, fragte nichts, starrte es nur an. Sie redeten über alles mögliche – über die Kritiker, über den Ersten Regisseur, der schon längst in den Ruhestand gehörte, seinen Platz freimachen müßte, aber nicht wollte, sich wehrte, darüber, daß man Maßnahmen ergreifen, bei Versammlungen auftreten, öffentlich sagen müsse, welcher Mist gemacht wurde, wie sehr die jungen Autoren geknebelt wurden (»Sollten Sie nicht diese Frage aufwerfen, Grigorij Fjodorowitsch?«), und die ganze Zeit tastete Grischa das Hemd mit Blicken ab und marterte sich sichtlich. Schließlich hielt er es nicht mehr aus: »Sagen Sie, Nikolai Demjanowitsch, wo haben Sie dieses Hemd gekauft?«
»Dies hier? Das hat mir Ludmila Petrowna geschenkt.«
»Ah!« sagte Grischa.
Und weiter nichts. Tatsächlich, die schwachen Männer schlugen keinen Krach. Wurden nicht tätlich und schrien nicht einmal auf: »Wie! Wieso das? Mit welcher Begründung?« Sie verab-

schiedeten sich friedlich, machten aus, Nikolai Demjanowitsch werde hineinsehen, sich etwas überlegen und binnen drei, vier Tagen von sich hören lassen.
»Sie haben ja jetzt Telefon, soviel ich weiß . . .«, lächelte er gutmütig, befehlshaberisch und begleitete sie winkend bis zur Tür.
Die Werke in den abgegriffenen Pappdeckeln sah er sich noch am selben Tag an, beratschlagte etwas mit jemandem. Kostja gab die Sachen Lewka und Alinka zu lesen. Auf Alinka, Lewkas Frau, hörte er stets: eine gescheite Frau, Kandidatin der Wissenschaften. Das Ganze, sagte Alinka, sei nicht schlecht geschrieben, aber ohne sonderlichen Pfiff. Man müsse es nur ordentlich beackern, von Grund auf umgraben, dann könne schon etwas daraus werden. Aber zu zweit umzuschreiben sei unsinnig. Mit Smoljanow würde natürlich jeder eine Ko-Autorschaft eingehen, aber Rebrow – wer war das? Wie könnte man den den Leuten schmackhaft machen? Den, dachte Nikolai Demjanowitsch und lachte sogar auf, macht man den Leuten schmackhaft durch seine Frau. Zusammen mit ihr fressen sie ihn schon. Nun ja, ein Witz, nichts Schlimmes, keine Sorge, wir werden schon helfen, werden schon fressen, aber nicht um der schönen Augen willen und nicht um dessenwillen, *was war*, sondern um dessentwillen, was *zu sein hatte*. Und hier überfiel Nikolai Demjanowitsch blitzartig ein Gedanke: als wäre da ein Vogel, der an einem Sommerabend in die Veranda hineinfliegt. Schließt alle Fenster, schließt alle Türen, und der Vogel schlägt wieder und wieder gegen das Glas – tok, tok! Tok, tok! –, bis er endlich ganz entkräftet ist, zu Boden fällt, und dann nimm ihn mit der bloßen Hand.
Nikolai Demjanowitsch sah das ganze Bild vor sich, er bekam sogar ein trockenes Gefühl im Mund, wie sonst nur, wenn er an eine Frau dachte, und fünf Tage später, nachdem er andere Dinge erledigt hatte, wählte er Ludmilas Nummer und verlangte Grigorij Fjodorowitsch. Eine weibliche Stimme antwortete ihm, Grigorij Fjodorowitsch wohne dort nicht mehr.
. . . Den dritten Tag quälte Rebrow sich auf seiner oberen Liege damit, daß er aus einer Mücke einen Elefanten gemacht hatte. Auf ein Blatt Papier hatte er geschrieben: Mücke – Mucke – Macke – Backe – Kacke . . . Das rettende Gegengift hatte ihm der Mensch von der Liege gegenüber eingeflößt, ein gewisser

Modest Petrowitsch, kaum daß sie Moskaus Umgebung verließen, in die Schneeweiten eindrangen, in die schwarzen Datschenzäune. Wenn Rebrow das Blatt beiseitelegte, aufhörte, »Macke – Backe – Kacke« vor sich hin zu murmeln, und sein Blick an der Decke hängenblieb oder über die öde Weiße hinter dem Fenster glitt – der März fing gerade an, der Winter war noch kernfest, mit großen Schneewehen –, hörte er die Worte, sah er die Gesichter, von denen er sich für immer losgerissen hatte, er flog ins Ungewisse. Pjotr Alexandrowitsch lächelte mit vertrockneten gelben Wangen. »Sie sehen das besser, Grischa, tun Sie, was sie für richtig halten ...«
Dem alten Mann war alles einerlei. Sogar der Garten – einst sein ganzes Leben – ließ ihn ungerührt. Ganze Tage lang saß er im Sessel am Fenster, hörte Radio, döste oder las im »Ogonjok«; das Lächeln fror auf seinen Wangen ein. Ein Lächeln der Gleichgültigkeit gegenüber allem, was nicht die Krankheit, nicht der Tod war. Er redete nur von seinem Befinden, seinen Medizinen, Ärzten, Krankenschwestern; die eine machte die Spritzen besser und plauderte angenehm, er liebte sie, eine andere war finster, hackte auf den Kranken herum, fand die Vene nie auf Anhieb, und er haßte sie, nannte sie die »Bohrmaschine«. Rebrow staunte über die Verengung des Bewußtseins: wie ein Mensch sich in seinem ganzen Wesen verändern konnte! Da wußte er noch nicht, daß auch *sein Garten* – einst sein ganzes Leben – für immer abgeschrieben, für immer verlassen werden konnte. Und diese Zeit war schon nicht mehr fern.
»Ich rate Ihnen, Grischa, nehmen Sie es nicht tragisch. Pfeifen Sie drauf! Ach Gott ...« Der alte Mann atmete mit leichten hastigen Atemzügen, aber keineswegs aus einem Anfall von Mitleid für Grischa, sondern weil ihm plötzlich seine Krankheit wieder eingefallen war. »Sie kennen die Frauen nicht ... Sie sind anders beschaffen als wir. Irina zum Beispiel kann überhaupt nicht begreifen, daß sie, wenn sie die Küchentür aufmacht ...« Mit einemmal fragte er flüsternd: »Und warum sind Sie zu Smoljanow gegangen?«
»Als ob es darauf ankäme!« sagte Grischa gereizt. »Es war notwendig, also bin ich gegangen.«
Nach jenem absolut ekelerregenden Besuch (wirklich die Tat eines Verrückten! Nein, eines Feiglings. Diese plötzliche Angst – unverzüglich etwas tun zu müssen, irgendwo das dicke Geld zu verdienen, die Vergrößerung der Familie, die eigene Woh-

nung. Nein, nicht das, das Entscheidende war wohl der niederträchtige, selbstquälerische Drang, sich aus Neugierde dieser Folter auszusetzen, denn er hatte ja längst erraten, daß der bewußte *eine Mann* Smoljanow war) wollte Rebrow zwei Tage lang keinerlei Erklärungen. Er wollte an nichts glauben, nichts wissen. Denn was für einen Sinn sollte das haben? Er konnte nichts beweisen. Daß sie ihm das Hemd geschenkt und daß er frech gegrinst hatte, hatte noch nichts zu besagen. Er war überhaupt ein Frechling, ein widerliches Stück Vieh. Doch am Morgen des dritten Tages änderte sich alles. Zufällig – auf dem Mansardenfußboden – stieß Rebrow auf ein Schreiben Irina Ignatjewnas an Lalja. An diese Ergüsse auf Schulheftseiten, bisweilen im Briefumschlag, bisweilen ohne, hatte Rebrow sich gewöhnt; die Schwiegermutter wurde jedesmal zur Graphomanin, wenn sie mit der Tochter im Streit lag. Und diese, die Schlampe, verstreute die Blätter um sich – man bekam sie zu lesen, obwohl man gar nicht wollte. Zwischen den beiden hatte es etwas gegeben, sie sprachen kaum miteinander, das fiel auf, aber Rebrow fragte nicht, worum es ging. Er wußte eines: was immer zwischen den beiden anfing – das dicke Ende traf ihn. Lalja hielt es nicht aus, lange mit der Mutter zerstritten zu sein. Er hätte diesen Brief nicht aufzuheben brauchen, der Teufel mußte ihn gebissen haben. Wie immer schrieb die Schwiegermutter zeitgenössische Prosa à la Dos Passos, ohne Punkt und Komma:

»Du dummes Stück du wirst nie etwas begreifen du hinterletzte Idiotin wozu brauchst du das? Bedenke daß ich mich nicht mit ihm abgeben werde rechne nicht auf mich ich habe nicht die Kraft mir reicht es den Vater irgendwie wieder hoch zu bringen du läßt dich von ihm für dumm verkaufen hetzt dich ab und nun auch noch das Kind du wirst total unterjocht ganz schnell wirst du alt und wirst eine Schindmähre wie Tante Schenjas Maika die Häßlichkeit in Person die lieben Kinder haben sie zermürbt und du bist doch begabt aber du Idiotin verschwendest dich für ihn von Kindern hat man keine Freude nur Kummer du verstehst vieles nicht du hast ein kindliches Gemüt er beutet dich aus nach Strich und Faden und sitzt selber im Restaurant National trinkt und frißt auf deine Kosten und du kannst arbeiten wie ein Pferd wenn er der richtige Mann für dich wäre würde ich es nicht so schwer nehmen Nikolai Demjanowitsch hat sich um dich bemüht aber du hast ihn abgewiesen weswegen? Wenn du nicht Alexej Iwanowitsch kommen läßt will ich nichts mehr von dir wissen lebt wie ihr wollt auf den Vater und mich könnt ihr nicht rechnen von der Bodenrente der Bausteuer allen Gemeindeabgaben zahlt ihr die Hälfte das Telefon geht auf eure Rechnung wir brauchen es nicht ernährt euch in Wirtschaften ich weigere mich zu kochen gib mir die zweihundertvierzig Rubel zurück die ich dir für den Pelz geliehen habe . . .«

In diesem ganzen halb wahnsinnigen Zeug bestürzte Rebrow der eine Satz: »Nikolai Demjanowitsch hat sich um dich bemüht aber du hast ihn abgewiesen.« Abends ertrug Rebrow es nicht länger, er fragte:

»Na wie ist es, läßt du Alexej Iwanowitsch kommen oder nicht?«

Alexej Iwanowitsch war ein alter Gynäkologe, der schon Irina Ignatjewna behandelt und zweimal bei Lalja Abtreibungen vorgenommen hatte. Rebrow sah, daß Lalja unter Druck stand, völlig erschöpft war durch die Feindseligkeit ihrer Mutter – die Schwiegermutter, quälte sie mit ihrem Schweigen bereits den vierten Tag, irgendwie mußte es zu einer Entscheidung kommen –, er hätte die Zunge besser im Zaum halten sollen, doch er war aus dem Gleichgewicht geraten. Ein Wort gab das andere – Lalja schluchzte, ihr wurde schlecht, sie gaben ihr ein Mittel, die Schwiegermutter stammelte erschrocken: »Töchterchen, ich verlaß dich nicht« und besprühte Lalja mit kaltem Wasser. Ihn befiel eine stumpfsinnige Unlust zu sprechen. Pjotr Alexandrowitsch stand, auf seinen Stock gestützt, gleichfalls schweigend da und hörte dem Geschrei der Frauen zu. Dann gingen die Frauen in ihre jeweiligen Zimmer, und Rebrow blieb mit Pjotr Alexandrowitsch allein.

»Grischa, ich möchte Ihnen sagen . . .«, begann der alte Mann auf einmal und näherte sich ihm leise. »Mir ist alles eins . . . Sie gehen morgen fort, ich sterbe übermorgen. Wozu sollte ich also? Nun ja, vor fünfzehn Jahren, wenn nicht vor sechzehn Jahren gab es da einen Valentin . . .«, er sah sich um und fuhr flüsternd fort, »Iwanowitsch Skobow. Erster Meister in unserem Werk. Ein solider Mensch. Sehr solide, stattlich. In der Schmiedeabteilung. Wir sind gemeinsam zum Fischen gefahren, waren beieinander zu Besuch, dies und das. Und plötzlich merke ich: zwischen Irina und ihm hat es ein Techtelmechtel gegeben, die Frau welkt dahin, die Liebe, verstehen Sie . . .«

Rebrow lachte:
»Wohl kaum ...«
»Nun, nicht Liebe, ich weiß nicht, wer kennt sie denn, nennen Sie es, wie Sie wollen. Aber was ist da schon typisch! Es gab einen Augenblick, da dachte ich: weg von hier, nichts wie weg! Unter allen Umständen. Mir ein Mädchen nehmen und – fort, immer der Nase nach ...«
»Ja. Und weiter ...«
»Nichts weiter. Eine Dummheit, begreifen Sie? Eine Dummheit geht vorbei, und das Leben ist lang.«
»Nein«, sagte Rebrow. »Dies hier ist etwas anderes. Ich hätte vielleicht – bitte sehr. Aber ich kann nicht. Ich kann nicht, weil ...« Er beendete den Satz nicht, winkte ab und lief die Treppe hinauf.
Am anderen Tag fuhr er fort. Und im Fortfahren wurde ihm klar, daß es diesmal etwas ganz anderes war als sonst, wenn er sich gekränkt in die Baschilowka geflüchtet hatte. Es war ein strahlender Wintertag, die Sonne stand in einem dunkelblauen Himmel. Der alte Mann schaute lächelnd durchs Fenster auf den Schnee hinaus, der die Augen blendete, und kaute auf den Lippen.
»Tun Sie, was Sie für richtig halten, Grischa ...«
In der dritten Nacht kam Lalja angelaufen, mit Koffern: um mit ihm zu leben. Mit der Mutter hatte sie sich auf immer zerstritten. Er sollte verzeihen, vertrauen, so konnte man doch nicht mit einem Menschen umgehen, ohne Mitleid, ohne Gnade. Er versuchte verzweifelt zu verstehen und zu verzeihen. Aber trotzdem: weswegen nur? Und unter Tränen, reuevoll, sagte Lalja etwas so Peinliches, etwas, das so wenig Format zeigte, daß man nicht ertragen konnte, es mit anzuhören. Ja, ja, sagte sie, irgendwo tief im Innern, im Unterbewußtsein – und das war das Allerschrecklichste – war es wohl so: daß sie sich irgendwie eine Position verschaffen wollte. Er hätte am liebsten aufgeschrien: »Mein Gott, mußt du dich denn schlecht machen? So etwas kann doch gar nicht sein!« Doch, doch. Geradeso war es gewesen. Sie wollte nichts davon zurücknehmen. Er hoffte darauf, aber – nein. Und diese Wahrheit, die ganze Wahrheit, die *nackte Wahrheit* war rasender und nackter als die nackteste Leidenschaft. Er zerquälte Lalja, preßte alles aus ihr heraus: über jenen, einen anderen, alles längst Vergangene, und sie erzählte, erzählte, bis zu Ende, gab diese armselige Wahrheit

von sich, sie wurden beide schier wahnsinnig. Inzwischen war klar, was diese Nacht gewesen war: das Ende. Aber zu der Zeit begriffen sie das nicht, meinten, etwas Neues, Außerordentliches nehme seinen Anfang.

Und anderntags, als Rebrow allein war, Lalja war ins Theater gefahren, fühlte er eine solche Leere und Öde, daß er dachte: und wenn er einen Zettel in den Briefkasten steckte und irgendwohin weit wegführe? Schachow kam und sagte, Smoljanow warte schon lange auf ihn, aber Rebrow sagte, er werde nirgendwohin gehen. Dann kam eines Abends Smoljanow selbst mit den Rebrowschen Aktendeckeln, mit Kognak und einer Torte für Lalja: »Wenn der Berg nicht zum Propheten kommt . . .«

Er teilte mit, daß er eine Stelle für Rebrow gefunden habe: Dramaturg im Theater anstelle Marewins. Mit dem Direktor war alles besprochen, mit der Verwaltung ebenfalls. Lalja hatte Vorstellung. Rebrow empfand Scham über die wackligen Möbel, die Unwohnlichkeit des Zimmers, das Weinen der Kanunowschen Kinder hinter der Wand, sein ungepflegtes Äußeres – in einem alten Schlafanzug und Pantoffeln. Er stellte sich vage vor, was er jetzt tun müßte: Smoljanow schlagen oder zum Direktor fahren und sich über die Stelle verständigen? Vom Schlagen hielt ihn der Gedanke ab, daß jener doch im guten gekommen war, daß er helfen wollte. Wozu also gleich schlagen? Den Kognak wies er zurück. Es bestand noch das Problem der Bescheinigung, weil Kanunow ihn weiter damit belästigte. All das hatte eine seltsame Unverbindlichkeit, als ginge es im Traum vor sich. Auch die Scham war im Traum vorhanden, und die Verwunderung drang durch den Traum hindurch.

»Warum hat Lalja nichts davon gesagt?«

»Sie weiß es nicht. Übereinkunft besteht bisher nur mit dem Direktor und German Wladimirowitsch . . . German Wladimirowitsch – wußten Sie das? – wird wahrscheinlich Erster . . . Sergej Leonidowitsch ist gestern ins Krankenhaus gekommen, es heißt, ein sehr schwerer Infarkt. Was wollen Sie? Es geht nicht, daß man sich so wenig schont . . . Anderthalbtausend Gehalt, freie Tage, gegen ein Uhr kommen . . .«

Rebrow hatte in den letzten Tagen deutlich gespürt: in ihm hatte sich etwas vollkommen verändert. Das war geschehen, noch bevor er von dort weggefahren war. Die Veränderung war so, daß es Rebrow schien, er sei jetzt ein anderer Mensch, mit

anderem Blut, einer anderen chemischen Zusammensetzung der Moleküle. Und dieser andere Mensch konnte sich auch anders verhalten als jener alte, und jener alte konnte das Recht beanspruchen, nicht für Handlungen des anderen verantwortlich zu sein. Er sagte, er müsse das noch mit Lalja bereden.
»Was gibts denn da zu bereden?« lachte Smoljanow.
Aber das Gespräch kam nicht zustande. Lalja erkrankte, lag bei ihrer Mutter, er fuhr nicht dorthin, doch nach zwei Tagen baten sie ihn telegrafisch zu kommen, und er erfuhr, daß Alexej Iwanowitsch dagewesen war und daß nun alles wieder in Ordnung sei. Lalja war noch schwach, stand nicht auf, ihre Augen leuchteten hell, glücklich und, wie es Rebrow schien, schuldbewußt. Jener alte Rebrow wäre am liebsten zu Lalja hingestürzt, hätte seine Stirn gegen ihre weiße Hand gedrückt, weil das Glück in den feuchtschimmernden Augen ein überwundenes Leid war, aber der andere Rebrow fragte mit ruhiger Stimme:
»Wie fühlst du dich? Ich bin froh, daß alles vorbei ist.«
Die Schwiegermutter lächelte versöhnt, flüsterte:
»Regen Sie sie jetzt nur nicht auf, ja? Grischenka, ich bitte Sie, laufen Sie doch auf den Markt, besorgen Sie Obst . . .«
Rebrow dachte: sie wird immer in ihrer Macht bleiben – bis einer stirbt. Als er eine Stunde später vom Invalidenmarkt zurückkam, schlief Lalja. Rebrow fuhr in die Baschilowka. Am nächsten Tag, einem Freitag, kam Schachow, sie zogen los, um im Restaurant zu Mittag zu essen und von dort ins Theater zu gehen. Sie tranken so viel, daß Rebrow sich kaum auf den Beinen halten konnte. Sie nahmen ein Taxi. Doch das Bewußtsein arbeitete ganz klar. Das Allerschlimmste, dachte Rebrow, ist ein langer Abschied. Am Majakowski-Platz ließ er den Fahrer anhalten, öffnete die Wagentür und setzte Schachow an die Luft. Er empfand eine nie gekannte Leichtigkeit, etwas Betörendes und Absurdes. Wenn er nicht gefürchtet hätte, sich lächerlich zu machen, hätte er sich vom Boden lösen und über die Häuser hinwegfliegen mögen. Der Zug ging um einundzwanzig Uhr. Lalja ging sicher im Morgenrock im Zimmer auf und ab, trank Tee, und er flog ohne Abschied fort, schwebte im Winterhimmel über den Dächern, entschwand, verlor sich.

Modest Petrowitsch ließ seine Füße in den grauen Stricksocken von der Liege herunter, und während sie so über einem Schlafenden baumelten, fragte er:

»Und was machen Sie, Grigorij Soundso: nach Abschluß des Studiums?«
»Nein, mein Lieber, ich bin, Gott sei Dank, um die Dreißig«, sagte Rebrow. »Nach Abschluß des Lebens . . .«
»Ach so . . .«
Modest Petrowitsch lachte. Die Bläue hinter dem Fenster wurde dichter. Sie machten das Licht an. Ein Leben war zu Ende, ein anderes begann. Genau genommen lebte jeder Mensch, sogar auch dieser Geologieforscher Modest Petrowitsch, nicht ein, sondern mehrere Leben. Er starb und wurde wieder geboren, war bei seiner eigenen Beerdigung zugegen und sah bei der eigenen Geburt zu: wieder die gleiche Saumseligkeit, die gleichen Hoffnungen. Und nach dem Tode konnte er das ganze durchlebte Leben betrachten.
Eben damit beschäftigte sich Rebrow, während der Zug ihn gen Osten trug, in immer tieferen Schnee und kräftigeren Frost. Am fünften Tag gab es morgens im Gang ein lautes Gedränge. schrill und seltsam, wie nicht ganz bei Trost, schrie eine Frau: »Ai-ai-ai-ai-ai-ai!« Die Tür ging auf, und ein rotes, irgendwie verknittertes, schlaffes Gesicht mit vorquellenden Augen hauchte flüsternd: »Ist gestorben ... um fünf Uhr morgens . . .« Rebrow ging auf den Gang hinaus. Aus einem Abteil hörte man Schluchzen, in einem anderen – die Tür stand sperrangelweit offen – spielte man Karten. Den Gang entlang lief ein Mensch, der im Laufen die dichtgedrängt stehenden Leute beiseiteschob und eine riesige chinesische Thermosflasche vor sich hertrug. Rebrow ging ins Abteil zurück, kletterte auf seine obere Liege. Die Tränen erstickten ihn, er drehte sich zur Wand, und mit zusammengebissenen Zähnen und während er mit dem Gesicht die Feuchtigkeit des staatseigenen Kissenbezugs spürte, dachte er an das Leben, das er gerade eben durchlebt hatte: Ja, was war denn da schon daran gewesen?
»Die Sache ist doch die . . .«, murmelte er durch die zusammengebissenen Zähne, »wird es ein anderes geben?«
Eine Woche später erblickte Rebrow vom Fenster des Hotels an der Bolschaja Sibirskaja aus, wo er auf den Leiter der Forschungsexpedition wartete, folgende Szene: Auf dem Fahrdamm war eine Schlägerei ausgebrochen, ein Mann stieß erst einem, dann einem zweiten ein Messer in den Leib, stürzte davon, die anderen holten ihn ein, warfen ihn um, begannen ihn zu schlagen. Zunächst packten ihn drei: ein Arbeiter in weißem,

bemehltem Overall (an der Ecke wurde ein Wagen mit Mehlsäcken entladen), ein Soldat, der gerade vorbeigekommen war, und eine Frau. Als Rebrow nach unten gelaufen kam, hatte sich schon eine größere Menge um den Mörder geschart. Einer von denen, auf die er eingestochen hatte, lag da und stöhnte, der andere drehte sich im Kreis, krümmte sich, hielt sich den Leib. Mehrere Leute packten den Messerstecher, stießen ihm den Kopf aufs Pflaster. Sie beeilten sich, ihn vor dem Eintreffen der Miliz zu lynchen. Das Milizauto kam nach fünf Minuten angefahren. Die Menge machte Platz, der Mörder lag regungslos da, war schwarz wie eine Schuhsohle. Es war klar, daß das Urteil vollzogen war. Zwei Milizionäre nahmen ihn hoch und schleiften ihn, wobei sie ihn unter den Achseln gepackt hielten, zur geöffneten Hecktür des Wagens. Und plötzlich rückte der Mörder mit beiden Händen seine Schirmmütze zurecht, zog sie tiefer über seinen kleinen Kinderkopf und kletterte ohne Hilfe in den Wagen.

Rebrow kehrte in den ersten Stock des Hotels zurück. Er dachte: Wie leicht es war, einen Menschen zu töten. Und wie unvorstellbar schwer, einen Menschen zu töten. Bald darauf kam der Expeditionsleiter Balaschow, ein tüchtiger Bursche, aus Tomsk. Der Fahrdamm war leer, und nur an der Stelle, wo der Lastwagen mit den Mehlsäcken gestanden hatte, war das Pflaster ein wenig weiß bestäubt. Balaschow teilte ihm die letzten Termine mit: bis Mitte April Kameral-Arbeiten und am Zwanzigsten für fünf Monate in die Taiga. Und von dort, beschloß Rebrow, konnte er den Rückweg über Petrowsk-Sabaikalskij nehmen, das ehemalige Eisenwerk Petrowskij, wo Iwan Pryschow in der Verbannung zwar »mit dem Fuß gezuckt« hatte, aber schließlich umgekommen war. Er wollte sehen, was dort gewesen war und in was es sich durch die Macht der Zeit verwandelt hatte.

Wenn Lalja mit dem Trolleybus an dem siebenstöckigen Haus mit dem Fleischgeschäft im Erdgeschoß vorbeifährt – Lalja fährt ab und zu zum Kabyschew-Boulevard zu einer Schnellreinigung –, erinnert sie sich plötzlich an etwas aus ihrem früheren Leben, achtzehn Jahre zuvor: Grischa, das Theater, der alte Regisseur, der Fliederduft im Frühling, die Hündin Kandidka, die mit ihrer Kette den Zaun entlang schepperte – und sie verspürt einen seltsamen momentanen Schmerz, ihr Herz zieht

sich zusammen, vielleicht aus Freude, vielleicht aus Bedauern darüber, daß all das einmal um sie war. Und manchmal fährt sie an dem Haus mit dem Fleischgeschäft vorbei wie an einem völlig nichtssagenden Ort, denn Lalja hat wirklich Sorgen genug, der Kopf schwirrt ihr schon: sie muß an ihren Mann denken, an den Sohn, der in die achte Klasse geht, der Direktor des Kulturhauses lädt Lalja lauter Nebensächlichkeiten auf, sie fährt dreigleisig, sie ist im Außendienst, arbeitet im örtlichen Gewerkschaftskomitee mit, und dann noch die Tätigkeit im Kreis für Körperkultur im Dynamo-Stadion, wo Lalja samstags mit älteren Obersten Läufe veranstaltet. Laljas Mann ist Militär, Kandidat der Wissenschaften, er unterrichtet an der Akademie. Papa, Mama, Tante Toma, Onkel Kolja und sogar die unglückselige Maika, die fünf Jahre jünger war als Lalja, sind in diesen Jahren gestorben; die alten Freunde vom Theater sind verschwunden, sie mag auch keinen von ihnen sehen (Lalja hatte lange prozessiert, als man sie freistellte, sie hatte verzweifelt gekämpft, sich in diesem Kampf Asthma zugezogen, aber sie hatte nachgeben müssen), und jetzt hat Lalja einen neuen Kreis – Militärs, Ingenieure, Autosportler. Wsewolod ist selber leidenschaftlicher Autofahrer, jeden Sommer fahren sie mit Bekannten in zwei, drei Wagen mal auf die Krim, mal in die Karpaten, mal an die Ostsee. Aber von den Theaterleuten, wenn sie sie zufällig trifft, kommt nur Unerfreuliches.
Irgendwie war sie beim Anstehen nach Kopfkissen im GUM über Mascha gestolpert, ihre alte Freundin. Wie Mascha sich verändert hatte! Im Gesicht gealtert und insgesamt irgendwie gebrochen und böse. Aus irgendeinem Grund erzählte sie von Smoljanow. Wen interessierte das? Lalja wußte nicht einmal mehr, wie dieser Smoljanow aussah, dick oder dünn, mit Brille oder ohne. Er schien verarmt zu sein, verkümmert, schrieb keine Stücke mehr und lebte davon, daß er seine Datsche im Sommer vermietete. Na schön, Gott mit ihm, wohl bekomm's, wozu mußte man das alles wissen.
»Und dein Rebrow hat ein Verhältnis mit der Tochter einer Bekannten von mir!«
»Wie das?«
Auf einmal war Lalja ganz Ohr, obwohl sie ein gleichgültiges Gesicht aufsetzte. Mascha fing an zu erzählen: Das Mädchen hatte in einem seiner Filme mitgespielt, dann waren sie zusammen zum Festival nach Argentinien oder Brasilien gereist,

hierhin und dorthin, ein gemeinsamer Bekannter war mit ihnen gereist ... Doch unterdessen war die Schlange bis zum Ladentisch gekommen, sie wurden von der Menge auseinandergerissen, verloren sich, und danach fing Lalja gar nicht erst an, sie zu suchen. Von Rebrow wußte sie in etwa: er hatte Erfolg, verdiente sehr gut mit Drehbüchern, lebte im Südwesten, hatte ebenfalls ein Auto und war anscheinend schon zweimal verheiratet gewesen. Das war im Grunde alles. Und sie freute sich für ihn. Denn sie hatte sich doch immer sehr gut mit ihm verstanden. Eines wußte sie nicht: daß er oft über sein Leben nachdachte, es auf jede Art und Weise beurteilte – das war überall seine Lieblingsbeschäftigung, insbesondere auf Reisen – und daß ihm schien, daß jene Zeiten, als er in Not lebte, Sehnsüchte hatte, neidete, haßte, litt und beinahe betteln gehen mußte, die besten Jahre seines Lebens waren, denn um glücklich zu sein, braucht es ebensoviel ...

Und Moskau breitet sich immer weiter aus, über die Kreisgrenze hinweg, über Schluchten und Felder hinweg, es häuft Türme auf Türme, steinerne Berge und Millionen entflammter Fenster, es reißt die alten Lehmböden auf und rammt dort gigantische Zementrohre ein, schüttet Baugruben zu, reißt ab, richtet auf, überzieht mit Asphalt, vernichtet spurlos, und morgens sind die Metrobahnsteige und Autobushaltestellen von einer Unzahl Menschen überfüllt, mit jedem Jahr wird die Menge dichter. Und Lalja wundert sich: »Woher so viele Menschen? Sind alle auf einmal zu Besuch gekommen, sind die Kinder alle groß geworden?«

Inhalt

Wladimir Majakowski: Die Wanze / Schwitzbad und andere satirische Dichtungen aus den Jahren 1928-29.
Nachdichtung von Rainer Kirsch. Mit Dokumenten, Fotos und zeitgenössischen Karrikaturen. Herausgegeben und mit einem Nachwort von Fritz Mierau. Sammlung Luchterhand Band 302

Der vorliegende Band versucht, mit *Die Wanze* (1928), *Schwitzbad* (1929) und Satiren aus den Jahren 1928 und 29, mit Dokumenten, Bildmaterial und einem Essay von Fritz Mierau eine Art Bestandsaufnahme der beiden letzten Lebensjahre Majakowskis zu geben, vor allem aber dem deutschen Leser Majakowski in einer neuen, modernen Übersetzung zugänglich zu machen: in der sensiblen Nachdichtung Rainer Kirschs, die Majaowskis enorme Ausdruckskraft, die Dynamik seiner Sprache, ihre phantastische Metaphorik und besessene Rhetorik endlich unmittelbar wiedergibt.

Luchterhand